视线

也果 著

长江出版传媒 | 长江文艺出版社

目　　录

第一辑 | 视线

视　线

猫眼儿

从同一栋楼内闭紧了的一扇扇门上的确找不出区别，无论长短、色泽以及质地。门是木质的，但不是纯木，而是叫做刨花板或者高密度板。表面刷了一层清漆，抑或就是贴了一层薄板，令颜色亮丽、手感爽滑。虚掩着的防盗门看起来还是有些虎视眈眈，铝合金的材质透过涂抹在护栏上的银粉，放射出整齐而坚硬的光。也有的个别住户摘掉了原先的木门，安置了铁板一样的整体防盗门，没了丝毫缝隙。临行与归家时，机警的钥匙探入锁孔儿搅动得"噼啪"作响，这个连贯清脆的声音似乎加剧了门与墙体的密切。无论木门、铁门，门上一律贴着倒置或端正的"福"。那个"福"笑着，所有门上的大大小小的"福"都是一种笑模样。笑着的"福"不知不觉间就掩饰了猫眼儿的深邃。

站在门外，如果不仔细看，门上的猫眼儿真的难以发现。它藏得太隐蔽。就像黑夜里躲在暗处的那个柔软机灵的影儿。黑暗中灼灼闪亮、始终保持警惕的是什么？猫儿眼。不是猫眼儿。后者的尾音"儿"根本没机会落地，而是飘飘忽忽地荡了起来。嵌进门内的猫眼儿与门浑然一体了。倘若对与门浑然一体的小物件真正有所体会，还必须换一换位置。

站在门内，猫腰，而后猫眼儿，如此便心领神会了其中的妙处。那个仅有小拇指甲般大小的孔洞就悬在门后。安装的时候，肯定大致进行了一番测量。最终，目测的结果比照了靠近眼睛的位置确定下来。此刻，一缕细细长长的光线正活脱脱地从那个幽深处冷不丁跳将出来。说不清从什么时候开始，人们希望自家的门不再严实得密不透风，怎么可能连轻盈的不露声色的眼风也阻挡了呢。防盗门的防御是坚硬的，提供了一定的安全感的。只是生硬的抵挡冷冰冰得像铁，不能够洞察秋毫。于是，门上就出现了一个洞，一个由内而外或由外及里开凿的通道，像一只生动而隐匿的眼睛。

猫眼儿，又名门镜。由门内伸出的孔洞在穿越门的厚度时，在最外面嵌上了两面同样大小的透镜。此物的出现，使得门所承担的责任有了目光的参与而变得更为可信。那双被门完全掩饰了的眼睛——猫着的眼儿，借助了门的掩饰以及跟前唯一的通道，凑近，控制呼吸。目光因穿越孔洞而凝集、扩散，从而实现了洞察的种种可能。至于一次次被拟作了的猫，那对圆骨碌碌的眼睛警觉地在幽暗中发出灿烂的光。猫的形象一再成为效仿的楷模，自然而然地充满了人间的智慧。视线由一个固定的方向源源不断地散发，由里而外，透过设在门内的隐秘的观测口。那个看起来通透的，可以照得进光线的窄小的通道只满足单方面的探视。这样的设置便和自家的门一道儿令视线变得愈来愈坦然。谁也料不到近在咫尺的距离会成为最大的障碍。而今，目光哪怕是明明已迫近了被观察物，依然眼巴巴地无济于事。两片凸凹有质的镜片，轻而易举地篡改了视线的原有途径。自此，那束隐匿起来的视线完成了对外界审慎、防御、戒备、瞭望的全过程。

一种蕴含了科技手段的光学原理的制作现身生活的角角落落，使得位于镜子正反两面的视线曲折、多变。当我再次想象猫眼儿的时候，眼前不再单单是那个出现在门上的细小的孔洞。猫眼儿，其实就是每个贴近猫眼儿的眼睛。我试过两个人将眼睛瞄向同一通道的瞬间会出现的景象。那个在门前摇晃的人好像一下子被推出数米。似乎就为了钻进这个小孔，才缩身变得如此之小。外面的人是看不见里面的——方才还是亮的，蓦地出现了一团黑影儿，便知道是有人来了。

一天，门上挂着的福字渐渐滑落，垂下来的一角刚好挡住了那个通道。于是，一脸笑模样的"福"被请进了家。门上就剩下了一只猫眼儿，黑洞洞的，有些孤单地立在那儿。

窗　帘

"低垂下来的窗帘不经意地挡住了窗外射进来的一缕缕光线，就像我的睫毛以另外一种状态存在时会顺势遮盖了眼睛一样。"这是自己一篇文字的开头。如今，我早已看不见那个远去的下午，它载着曾经停留在那个下午的人变成了一缕消逝的光线。而被记下来的这句话，我也只是暂时借用，窗帘如一枚果子从树上被一只手摘取。

视线轻易地被吸引过来。那些垂挂在房间窗户上的窗帘，占据了整整一面墙。于是，大块大块的颜色全都一个方向地倾倒在品质不一的布料上。铺展，自如地铺展，好像当真成了一块画板。其间，所有的纹理丰富、真切，仿佛那儿不是被织布机含着线头慢条斯理扯出的经纬，而类似细腻光滑、丰盈弹性的肌肤。进一步借助工艺化的模仿，由印染所呈现的诸般景象愈加逼近了窗外的现实。偶尔被风吹得摇曳起来的窗帘晃动着，有了一种波浪般的整齐的舞姿。于是，那些渐渐弥散开来的色彩，或绚烂或淡雅或热烈或宁静，整齐地贴近了窗口，贴近了墙壁，成为属于房间的不能回避的事物。

隐在窗帘后面的窗口或宽或窄，透明的有机玻璃若有若无。若即若离的态度与视线无碍。房间的独立与封闭，尽管限制了部分活动，但也因为远离公共视线而成就了一处处相对私密的空间。跟居于连接处的门坚实有力的警备和防御意识相比，洞开着的窗是开放的，抒情而明亮，带来的是类似呼吸般的通畅。阳光、雨水、植物、机灵的鸟儿、形形色色的人。由此打开的一条条路线，度量着抵达外界的那些或长或短的距离。

一扇扇窗看起来是安静的，即使窗台上偶尔落下一只鸟儿或一片树叶。安静的窗被缤纷的窗帘装饰后，变得富于表情，耐人寻味起来。一张布更换了身份，开始不遗余力地、本分地参与了对室内生活的修饰与改造，即使偶尔替换了材质，用的是竹片、木材或者塑料，亦纷纷展现各自营造的不同魅力。隔着一道窗帘，使得被窗帘遮挡的房间成为一个包裹起来的难以搅动的秘密，任人生出种种想象。但凭空生出的想象没有像一枚针尖，恣意挑破耐人寻味的窗帘。视线在窗帘的背面被毫不犹豫地截断，暗暗摇摆着的装饰物依旧整齐地贴近窗口，贴近墙壁，不肯吐露丝毫。似乎到了这个时候，方才让人辨出窗帘进入生活的另一目的，原来是遮掩。充当着生活中的一道忠实帷帐的窗帘，适时阻断了外界可能投入的视线。而被窗帘遮蔽了的视线并不影响来自另一个方向的探视。一种由遮挡引领的视线在窗帘的掩饰下成功完成了由内而外的穿越。洞开在墙壁上的窗口是一只只眼睛，窗帘是名副其实的眼帘。生活的私密与视线之间总是保持着审慎而神秘的距离。

窗帘不是裙子。不过，飘起来的窗帘倒真的像一件长裙，可以将人头头脚脚地裹起，而不会被外人轻易觉察。窗帘完全挡得住黑暗，光亮则水一样丝丝漫过。被风吹得荡漾起来的窗帘总有些妖娆，如果其间伴着隐隐约约透过的灯光，难以抵挡的飘浮起来的音乐。至于把窗帘拧成一股绳索的事实，多是在电影里领略：一闪而过的紧张激动的场面；保准出现的那个勇敢且身怀功夫的人；急中生智造就了的迈过窗台的绳子。窗帘的这一突然间被附加的意义，单从形式上看，真是有些冒险，但唯此方能绝地逢生。至于现实中历演险境下逃脱的意外，私下里以为，一要看那窗帘的质地，二来，便是当事者的胆识了。

墨　镜

被我选中了的墨镜，紫色的，很轻巧。事先，我考虑到质地，也顾及了颜色，与衣着尽量搭配。外出时，我就戴着墨镜。于是，在一种颜色的遮挡下，脸上好像投下了一层阴影。眼睛被镜片遮住了，脸被镜片遮住了一半。如此，神情就变得不可测。"一袭风衣，不是白，也不是黑，而是灰，淡淡的灰，映得天空也是灰的，领子高高竖起，戴着墨镜……"这个由文字生出的印象出自未曾谋面的友人的想象。风衣的颜色掺带着一种说不出来的情绪，墨镜呢？自己随手翻看一个个曾经被记下的瞬间，层叠起来的自己居然连笑容都匿于墨镜之后。

　　我在街上穿行，飘来荡去的风吹起我的头发，却绕过了眼睛。是的，沙子、风、他人的眼睛以及紫外线，一起停留在深颜色的镜片外。我无意间在自己身上制造的这一层的隔阂，令事后难辨被掩饰了的真实。多少次，我试图回忆那个戴墨镜的女子的心思，距离像无法抵达的影子。我看不见她，而她却时刻猎物一样盯紧了我。

　　墨镜充当了一重可靠的保障。在镜片外停滞的紫外线是因为接触到涂抹在镜片表面的那层特殊的涂膜。黯淡的只是表面，优质的镜片清晰地给予了由内而外的最佳视线。居于室内应该摘掉墨镜。可是，有一段时间自己将此条忽略，出出进进，墨镜始终挂在脸上。因为当时眼睛周围的皮肤过敏。于是，红肿的异样便被墨镜小心翼翼地遮掩。我一向不把墨镜挂到衣领，也没有成为头箍，它向来镇定地居于我的鼻梁。曾经看了怎样戴墨镜的小贴士：不是架在发上，也不是架在额头上，而是架在鼻梁上。没有日光，就不要戴了。尤其在室内。除非你在餐馆或俱乐部用餐。

　　一出门，父亲就戴上了他的墨镜。镜片宽大，看上去黑洞洞的。渐渐迈入老年的父亲步履缓慢，走路的时候，先迈出去的一条腿总要耐心地等着另一条。他的不再神采飞扬的眼睛，畏光，视力减退。他介意笼罩过来的刺眼的太阳光，也介意旁人扫视过来的目光。他有些看不清迎面而来的熟人。没有了眼睛的辨识，声音也突然变得不可信。戴上墨镜的父亲坦然多了。父亲的墨镜遮住了刺眼的光线以及旁人的视线。走路的时候，他开始习惯紧紧攥着一旁母亲的胳膊。我看不见父亲的眼睛。即使在屋内，与他交谈，他的目光也总是绕过了我的眼睛，轻轻地落在旁处。

我见过一个在公开场合接受访谈的知名女性，被问及为什么此时还要戴墨镜而不摘掉时，她回答得很直接。垂着一头长发的她说这很不公平，那么多人都在虎视眈眈地看我，为什么我就不能看他们。众人一束束毫不掩饰的目光，带着一睹真容的目的，而被置于视野的人却将自己安全隐藏。视线有时候的确比紫外线还难以忍受。一个人完全袒露在众目睽睽之下，被观察、被审视的处境受到了来自内心的坚决抵抗。于是，墨镜出色完成了有效防护，公平得以实现。在被拍下的照片上，我看见了那个与他人对视的女子。墨镜遮住了她的眼睛，也挡住了她的脸。众目睽睽变得不再有力。那是一个一次次被猜度的谜一般的女子。

排除影视诡秘的形象或现实威武彪悍的保镖，墨镜呈现的黑暗加剧了成为道具的装点。公众人物脸上的墨镜好解释。作为日常防护，女性与墨镜之间也开始变得亲近。它细致入微地贴近了眼睛，如此毫不掩饰的遮掩使得视线得以隐藏。于是，那个看起来被阻挡了的视线无碍地穿越唯一的通道，被截断了的只是外来的纷扰。一个人可以将自己隐藏，隐在稳妥的镜片背后。这样的一重默默的心事令墨镜类似武装。遮住了眼睛表情的墨镜转而成为脸上最大的表情。

倾斜的影子

整个夏天我都无法拒绝窗外绿叶的探视，那些自然垂落的浓郁的影子表露出烈日下清凉的善意。窗前是清一色的杨树，一种长着长着就让人忽略了年龄的树，直立、向上是唯一的姿势和方向。只是被牵扯的旁人的目光在延伸的途中，不由得为那股无法遏制的气势担心。光滑的树嵌着一只只眼睛，硕大而温柔。纯净的眼神，让我依稀记得某一天它们的到来，是被一双双手小心捧着，埋进那些一个个事先挖好的坑洞。面对渐渐伸展开的身姿，自己除了仰望，除了表示全然属于集体的好感，不曾认真注视过哪一棵树。并排着的两行杨树无拘无束地生长，无法估量的长势早已越过四层楼。

灯光距离我的眼睛比书本稍远。落在窗台上的灯盏格外光顾这个下午，那些被点燃的文字理所当然地令周围暗淡。我没有在意一窗之隔的外界正在发生着的变化，室外的阴暗与灯光的照耀似乎毫不相干。一场迫在眉睫的大雨眼见着已经到来。阴沉沉的天空完全摆脱了时间的跟踪，像谁得罪了它似的，脸上堆满了愈来愈重的阴云，正由于摆脱不掉而急剧下降。风被挤得跑来跑去，早已没了分寸。尚在室外的人开始想方设法地与骤变的气候进行一场竞赛。大雨骤然降临，不是瓢泼，而是瀑布般的倾泻，暴雨沿袭的垂直路径以及集聚的更大的力量省却了曲折。闪电没有穿透我的房顶，震耳欲聋的雷鸣始终令人惊惧不已。在一场突如其来的暴雨面前，幸亏楼房镇定自若，让居于其中的人只是偶尔偷眼打量那个被骤雨席卷了的世界。眼见着大水漫过地面，并且持续不断地朝四下里渗入。窗外的杨树叶被雨水冲刷得洁净油亮，高处的树枝心事重重的，浑身上下摇摆不定。

眼前是扯不断的白茫茫的水帘，哗啦啦的雨点难以掩盖抽打窗玻璃的声音，夹杂在响雷过后的汽车警报宛如一把锐器，毫不客气地切割所有的阻挡。接下来会发生什么？如果事情是可以预料的，那么，突然间出现的那声抑制不住的惊呼是否可以制止或挽回事态的发展？可是，那个尖利的沮丧的声音正无奈地追随眼前庞大的身躯缓缓倒下。正对窗前的那棵杨树轰隆隆地倒了。那是一棵看起来和其他的树没什么两样的健壮的杨树啊。一场大雨过后，谁也没想到它竟然以这样的方式引起人们的注意。

那个庞大的身躯换了一种姿势，斜斜地依靠在阳台上。这大概是它寻到的最近的帮助。只是对于没了楼体的支撑又会怎样的想象，因为失去现实依据而忽略不计。这棵遭遇变故的长成了的杨树，这棵将身体整个儿倾斜过来的杨树，方才没有听见那个尖利的警告，或者它仅仅是想换个方式，在被推向一旁后趁机歇歇。此时，窗玻璃被雨水擦洗得分外干净，洗濯过的碧绿的叶子上挂满了水珠，不停地滴落。年轻的树干簇拥着稠密的叶子，它们紧贴窗玻璃、空调外机，被跟前的墙推搡。

这棵改变原有姿势的树经历着前所未有的遭遇。首先需要承受的是自己身体的重量。树身在倾斜的过程中缓缓降落，能听得见被抑制的沉重的喘息，枝杈断裂处不时发出咯吱咯吱的声响，难掩的阵痛混迹在渐渐零落起来的雨点里，愈加清晰。几根较大的枝干犄角般顶住墙，扑打在窗口的树枝变成了一团巨大的阴影，那些蓬勃伸展的树叶轻易挡住了视线，甚至有破窗而入的危险。已经听见楼上有人在扫除这棵倾斜的树可能对窗户造成的损害，推开了堆在自家窗前的树枝。这个举动让树发出不知是顺从还是抵抗的反应。浸泡在雨水中的树的根部渐渐逃离树坑，在一场突如其来辨不清意图的大雨面前，它像要真的准备活动活动似的。或者也仅仅是想，还没来得及考虑下一步该怎样做。雨完全停下来的时候，天空出现了一些亮光，围绕这棵惹是生非的大树身边现出三三两两的人影。有人开始追根求源，寻找解决问题的方式。一棵原本无碍的树突然间成了一个亟待解决的现实问题。与它近在咫尺的我相信这只是暂时的状况。当我打开窗，追近地注视着眼前这棵树的时候，好像面对的是一位不幸跌倒的伤者，把它扶起来吧，伸出手把它扶起来应该就没事了。尽管，把一棵倾斜了的大树扶起来的确需要一把力气，需要一些人，当然也少不了工具。

　　第二天，楼下来人了。我听见了说话的声音，来回走动的声音。挂钟显示出一个与早晨相关的时间——8：30。而对于一桩事件的筹备和讨论肯定要早，是发生在昨天傍晚还是稍稍晚些的某个时候？能够对该事件负责的人是否考虑了我的那个尚未表露的意见？站在窗口，我看见那棵树一夜间又降落了一些，地上遍布着落叶，树上的叶子正在迅速枯萎。树跟前站着的两个男人，手里各自握着锯子，树下倚着一架梯子。握着锯子的两个人在说话，过一会儿，锯子也会说话。我看着其中一人离开同伴攀上一直保持沉默的梯子。他不慌不忙地举起了手里的工具。于是，锯子开口说话了——嘶嘶嘶嘶，那些纤细的树枝就在这般耳语中从原来的位置纷纷落下。那个手持锯子的人全然忘了树下的同伴，此刻，他似乎格外中意萦绕在耳畔的声音。当进军的号角吹响，所向披靡多么令人振奋。

　　地盘在不断地扩大啊，快看那个手持武器的人。可是除了眼下那个忙乱的背影，我看不见进攻者的面容。梯子得换换地方了，锯这边，锯这边的。敦实的同伴扬起脸大声地提醒。可是跟这棵倾斜的大树相比，无论怎样，这架梯子总归还是矮了。那个斗志昂扬的人继续前行。离开了曾经属于他的梯子，像一只才爬上树的安静的蝉，小心翼翼地趴在了树的身上。接着，试探着缓缓移动身体，最后，那个操着锯子的瘦削的男人宛如灵巧的猴子，骑在了树干上。骑在树上的男人重新操起了自己的家什，自下而上，沿着自我拟定的方向匍匐前行。

　　有人在捡树枝。两个年老的女人在砍落下来的那丛树枝中间穿梭。她们怀抱着一根根折下来的树枝，脸上是掩不住的愉快的表情，好像是在弯腰捡拾的时候，把这样的表情也一同拾了起来。那个占据有利地势的男人果然非同寻常，一些不必要的障碍已经被他扫除。他挥动着手臂，开始用力地锯脚下的树枝。突然，一阵难以控制的脆响让人不免一惊。这个乍出现的声音似乎急于摆脱某种被操纵的不堪际遇，愤而呐喊，固执而尖利。站在窗口的我听见了，树上的男人紧张地蜷缩在原地，变成了从前的那只蝉。树身开始摇晃，一棵倾斜的大树行动起来了。谁都能看得出那个离开地面的男人的危险。他忐忑不安地趴在树干上，像乘坐一艘不知所终的舰艇。此时，我没有出声。我知道自己无论何种反应都无法阻止那个注定的结果——他会摔到下面的草地上的。对手哪里会手下留情，何况面对的是一棵如此庞大而沉重的树。预料中的危险并没有发生。大树倾倒时只是吱嘎嘎压断了身下的树枝，坐在树上的那人晃晃悠悠地从二楼高的位置安然无恙地降落。看着怪粗，可也不撑人呐。同伴赶上来对有惊无险地落下来的人说。

我的面前一下子变得空荡荡的，太阳不用穿越层层叠叠的阻挡轻易地触摸着单薄的窗。少了一棵树的夏天顿时让人觉得难以躲藏，缩在窗帘背后的眼睛注视着曾经把清凉唤来的树，无声地横卧在草地上。一棵树倒下了。一棵倒下了的树正在被肢解。重新镇定自若的两个人开始分别切割树上的枝杈，他们决定着从某处便要将其断开。手里握着的吱吱作响的锯子很锋利，挥动着这样的利器，树上多余的枝条很快被斩断。于是，一棵光秃秃的树瞬间变成了一只巨大的弹弓。接下来，两个人站起身，晃到树的底部，打算从这儿下手。可手里的锯子有些不听使唤，来回扯了几下都不利索。瞧，没晃开锯，还没打开槽呢。说话间，两人轮番上阵。瞧，这回错开牙了吧。一些碎屑肆意地蹦跳，伴随着连贯的动作扑簌簌溅落在地上。在伐木人眼里，这树是不成材的，不成材的树能派什么用场？

又有两个男人闻讯赶来。一个穿蓝衬衣，一个着黑背心，他们带来了斧头。两人对先前来回扯着锯子的人不满。你那锯不能杀那么大的树啊，只能杀小树枝。一把带血腥的凌厉的刀子在太阳的照耀下晃动，反射出银色的冰冷的光。黑背心迅速加入了新的工作，他接过对方的工具，那个健壮的肢体瞬间隐没。谁都能看得出，坐在地上的他前仰后合，已然与手里的锯子浑然一体。那个已经豁开了的长长的口子愈来愈大，零落的白色的碎屑雪花般飘落。看清楚了，阳光下落下的碎屑果真是白色的吗？一旁的蓝衬衣跃跃欲试，举起手中的斧子接着砍，顿挫的铿铿作响的声音，像骤然间响彻的明亮的拍子。稍后赶来的两个女人，手里握着铁锹，一个秃顶的瘦子远远地跟在后面。面对一棵杨树的倾倒，这些紧张而忙碌的人提到了池塘边的一棵柳树以及南边的法桐。他们由衷地说，这场雨可真大。那些被改变命运的树成了一场威力无比的雨的直接见证。最后，在场的五个男人要将这棵树从树窠里拽出，将倒向西侧的树拉到另一个方向。他们用一根长绳拴住树头，然后越过树身将其捆缚，那棵树就被搁在石阶上翘了起来。一二一二，呼出的整齐的号子使所有人的力气都瞄准了一个方向。面对久攻不下的场面，两个女人也披挂上阵了。于是，四个人用力推，剩下的三个人背过身拉绳子。最后，几个人齐心合力地把那半截树彻底掀倒。在场的每个人都不约而同地长长松了口气。

当日下午，那截埋在地里的树桩成了下一个共同目标。围拢来的是锄头、铁锹、斧子，上午那把战功赫赫的锯子没有出现。这些手拿工具的人要将树根斩断。树桩周围那些绳索般绞缠在一起的根真是难以预料，刨完这边，还有那边，挖出那里，这儿还扯着。那些根啊，真没寻思有那么多。不管怎样，树桩最终还是被扒了出来，还有无法计数的粗粗细细短短长长的树根。男人临行时带走了树桩。剩下的两个女人麻利地填平那个裸露的树坑。事后，那儿的土质松软，有着翻腾过来的新鲜。覆盖了落叶和石块后，便难以辨别这儿曾存在过一棵树。这些第二天出现的人，似乎预料到雨后将会发生的事件。所以，他们神情镇定，从容不迫地掩盖着关于一场事故的遗迹。对于这样的一件事，没有谁来追究，就像面对一场正常的自然死亡。接下来的几天，楼下充满了铿铿锵锵的斧子的声音。那些被扛回来的较大的树枝需要劈开，于是，就在这些声音的前前后后混合着一股新鲜的、白色的、柔和的味道缓缓散发。这些没有晒透的嫩绿的树枝被整齐地捆起来立在墙角，它们需要靠在这儿继续晾晒。太阳不得不改变了从前的模样，它需要低头，再低下头，才能看见竖在墙角的这些被称作柴的从前的树。

我的窗前闪出了一段无法填补的空隙。自己从来没有如此迫切地期待冬天的来临。我知道，冬天到了，那段空白就会被更多的空白填补。今年冬天，雪下得比往年多。窗前一棵棵往上生长的杨树依旧保持着原来的体态，仔细打量，那些粗粗细细短短长长的枝条像树根吗？一棵树上垂下的断裂的枝干撕开从前的那道口子，上面的叶子早已衰败，却还缀在上面，那儿曾经被雪覆盖。有一天，我看见两个老人站到从前的树坑前。那处的土早已变得结实而隐蔽。他们用铁锨小心地挖着，竟然在土里取出了一个个萝卜，而后，又将一旁袋子里的萝卜一一埋下。我真的不知道从什么时候起，这个从前的树坑已经被模仿成一个天然的地窖。

大剧院

门口的地上撇下一张椅面，绿色的。这个原本令人舒适的座椅，在与椅背和扶手彻底分开后，只能趴在地上。而从前的颜色则没有完全剥离，沿着肌肤一样的纹理深深地嵌进去。原来呢，椅子是被牢牢固定住了的。人一坐上去，整个儿就不由分说地陷入。脚够不着地，只能悬在椅子跟前晃荡。一同陷入的还有周围的漆黑，伸手不见五指。这种突然逼近了的陌生感让人很快形成了对该特定场所的深刻记忆。那道中途外出打开的侧门，被沉重的不知从哪儿拆下来的枣红色绒布严严实实地盖住。门吱的一声敞开后，随即闪出一条缝隙，应声而出的光线分外刺眼。

眼下的门是什么样子的？透过坠了一把锁的玻璃门，可以看见的就是趴在地上的一张椅面。走得急，带的东西就掉了，可掉了就掉了也没重新拾起来。于是，留在现场的这个被舍弃了的物件就制造了事后的一种场面。而想象的可能正沿着每一种可能的渠道徐徐展开。此时，站在门外再也看不见里面的情景，看见的是映出了影子的玻璃门，映照着立在对面楼顶上的广告牌。

那天，我从沂蒙路拐进考棚街是为了躲开身后的风。没想到的是，我拐了个弯儿，那家伙也紧跟着拐了个弯儿，随后就气势汹汹地从楼顶上刮过，又迎面扑来，或者从附近巷口冷不丁蹿出。一时间，我找不到一个可供自己停留的处所，除了继续前行。经过了一家医院后，必然出现的是药店，接着就是服装店、超市，以及形形色色的专卖店。路上的行人少，他们似乎不在意对面的人，也不太在乎伴在身边的风。我记得从前这条路上有一家报亭，现在却没了。对过的小商店外面铺着几张当日的报纸，我只是远远看着，没有走过去。一旁那个曾经一度出入的地方，如今物是人非。自己一路走过去，走过去了便不会回头。就像现在，我不会在意身后的风，提防着的是迎面扑来的。

迎面扑来的风踩上了楼顶。这不奇怪，草也站到了上面。几蓬没有颜色的草出乎意料地冒出头来，没有秩序地立在楼顶边缘。还有声音。我奇怪自己此时听见的声音不是来自路边，而是头顶上。我抬起头，这才看见几个人正在楼顶上蹲着，也有的走来走去。那是几个跟草并排站在楼顶上的人。接着，就看见了上了锁的玻璃门，看见了门口的地上撇下的一张绿色的椅面，看见了映出影子的玻璃门映照着的立在对面楼顶上的广告牌。"临沂全通大剧院"，是转到了正前方看见的。我知道以前不是这个名字，这该是被数次替换了的最后一个。曾经用蓝色精心描了一圈的轮廓，如今齐刷刷地被咬噬。

红色堆砌着的"售票处"依然耀眼。这个一度敞开的窗口旁贴着一张从前的纸，注明"票价 10 元，学生半价"。白色的字，种子似的分列两行，均匀地撒在红纸上。"通宵营业"指的是工作时间，也就是彻夜达旦。不同的字面排在一起即觉出了其中的分毫差异。那个守候在售票处的单独的影子，与分散在空旷的剧院内寥落的人影共同度过了一段时光。而任何一种光影的闪现都没有制造出更多的追逐。譬如那个亮灯的窗口，一卷卷长长的晃来晃去的胶片。现在，洞开着的售票处空无一人，除了一个正拿脑袋往里面探视的人。没有人会介意。坐在里面的人走了，靠窗口的桌子走了，椅子走了。剩下的是摊在地上的木棍、蒲扇、苍蝇拍以及凌乱的纸张——它们正在被灰尘团团围困。从前，这些可都是用得着的东西，夏天挥舞起来的神气的蒲扇，簇新的纸张规规矩矩地摞在抽屉里。而今，扑簌簌往下跌落粉尘的墙上曾经悬挂着的挂历躲哪儿去了？与售票处紧挨着的另一间房的玻璃门上，出现了"蜂蜜""蜂胶""蜂王浆""蜂花"。很显然，这些遥远的、诱人甜蜜的字眼与剧院无关。这间曾经被出租了的剧院的临街的铺面，先前派作了什么用场无从知晓。而今，在彻底清除了与蜜蜂息息相关的劳动成果后，留下的一股潮湿的、阻塞的气息，正试图打动靠近的鼻子和眼睛。

与此同时，眼前就出现了那面被打通了的后墙。对这个贸然打开的缺口所成就了的一扇窗，我还是感到意外。我不确信地一次次抬头，看着那个突然出现的硕大的豁儿。然后，就见一个人从剧院中走出，仿佛破墙而入。拥有这种力量的人会是谁？一种声音确凿无疑地出自他的脚底——踩在堆积着的木头上所发出的声音让人觉得寂静和不安。很快，那个一闪而过的人影与声音消失了，一并消失的还有长长的殿堂般神秘的剧院。院子里到处堆满了沙石、水泥、瓦砾，拆下来的木头、钢筋、铝合金窗框摞在脚底。剩下的那个曾经作为顶梁柱的支架，空荡荡得像个陈旧的衣服撑子。与增砖添瓦、热火朝天的建设场面相比，拆除呈现出更多的遗迹，令当初那些充当材料的建筑物质暴露无遗。如今，过去成为被推翻了的现实，废墟的意义除了眼下的荒凉、破败、坍塌、混乱之外，肯定还实现着其他的可能。那些蹲在楼顶、站在被推倒的瓦砾上、在眼前晃动着的人，熟悉各种式样的房屋，他们按照既定的步骤，一步步倒退着再次抵达出发点。

当我站在剧院东侧的门口处观望的时候，现状让自己的眼睛受惊。我不知道这一切是如何开始的。看着一座正在消失的剧院，某一刻，我是想努力凭借自己完整的记忆将它们重新搭建。身后的脚步声带来一前一后两个人。拆了啊。我说话的时候并没有把握对方是否会接茬。那两个走到前方的人扭头警惕地打量着眼前的闯入者。从留胡子的男人疑惑的眼神中看得出他原以为我是在采访，而另一个年轻人则始终抱着健壮的胳膊。我不关心拆迁的进度，不关心。我告诉陌生人，自己从前来过这里，可这回变样了。拆了准备做什么？娱乐中心啊。留胡子的男人回过神儿来，嗓子里发出一阵骄傲的声音。

"游戏里的猴子跑到厨房里，一通造反之后，又冲到街上。"

"游戏里的犀牛、大象、斑马等冲了出来，穿越墙壁冲到屋里。"

"游戏里的各种动物冲到大街上，小镇的人们不知发生了什么事，吓得赶紧躲避。"

"当小艾伦拿着□□躲进一辆汽车里时，以大象为首的动物群也冲了过来，大象一下子把汽车踩坏了，而小艾伦躲在车内却安然无恙。"

游戏里的。是的，游戏里的。一次次被确定了的主人公全部来自一场游戏。在一部放映的电影中，应该可以真切地看到这些画面。戴上眼镜的我也看清了那只猴子的表情，机灵的、顽皮的，有恃无恐。它出现在厨房，手里拿着的锅铲成了武器。它要反抗谁？被编排起来的顺序对应着各自的数字编码，从而让每一个片断变得顺畅、有关联。于是，我就沿着一场事件的发展，看见了猴子，看见了犀牛，看见了大象，看见了斑马，看见了小镇的人们的惊慌失措。小艾伦究竟拿着什么躲进汽车里了？还好，这孩子安然无恙。可到底发生了什么事？肯定发生了，世界似乎颠倒了，这些成为主宰的动物成群结队地出现在眼前，气势汹汹地横冲直撞。当虚幻的游戏充斥整个世界，面对梦魇一般的现实，每个人都难免惊慌失措，赶紧躲避。而对另一些生命而言，那些健壮的、高大的、灵巧的、勇猛的动物们，它们会说没有什么不可能。想到这儿，自己的脸上蓦地呈现出"小镇的人们"相似的惊慌。

这是一张海报。一张从前的、被剥去了大部分颜色的海报。经历了风吹、日晒、倾斜的雨点的偶尔光顾，以及视线的摩挲，准确无误地出现在剧院一侧的墙壁上。这个对剧院及观众而言必要的宣传品，从张贴之日起即执着于各自的展示。我看到的是一张完好的电影海报。很久以前，我就喜欢站在电影院门前花花绿绿的海报前，透过那些被截取了的一幅幅精美的画面，寻找着与剧情最紧密的关联。兴奋的心情难以言表。这部叫做《勇敢人的游戏》的影片，系彩色立体声故事片，美国哥伦比亚三星电影公司出品。那些顺次出现的是创造该影片的一群人。主演：罗宾·威廉姆斯，利斯特思·邓斯特，大卫·艾伦·格里尔，亚当·哈恩·拜尔德；音乐：摩姆斯·霍纳；视觉科技：JLM；剪辑：罗伯特·达尔瓦；总美工设计师、摄影指导、制片助理、原著：柯里斯·冯·阿尔斯伯格；编剧：格里格·泰勒，吉姆·柯里斯；电影剧本：乔纳森·亨斯雷格；制片人：斯科特·克罗夫，威廉·特伊特尔；导演：齐·约翰斯根。中国电影公司进口，北京电影制片厂译制发行。不知出于何种理由，我省略掉了总美工设计师、摄影指导及制片助理的姓名，尽管他们同样缺一不可。此外，《国家的敌人》《失落的世界》《一个都不能少》《舞女》《双料间谍》《国歌》《我的1919》《黄河绝恋》《幸福花园》是出现在海报上的一部部影片，它们与西安电影制片厂、潇湘电影制片厂、上海电影译制片厂、金龟兽影视责任有限公司、中国电影公司、美国环球影片公司安布林娱乐公司，长江国家广播电影电视总局、电影局紧密相关。而摄制、发行、译制、出品、展映、隆重推出，是一系列颇见力度的举措。新中国成立五十周年献礼巨片、数码立体声、彩色宽银幕故事片、国产优秀影片是隐在海报里的又一行分明的字。"有些恐龙居然还活着。"有人在一旁出声地念出。身旁是那个抱着胳膊一声不吭的年轻人。出声的是另一个年纪小于他的少年。他们认真地盯着年代已久的海报，好像准备发现什么秘密。两人什么时候也来到这儿的，我不知道。我知道，那句话出自《失落的世界》"侏罗纪公园"后面醒目的引号内。

有些恐龙居然还活着，这的确让人吃惊。此时我面对着的是陈旧的墙。自己很难对"旧"做出一个明确的界定。这个指向了时间且被时间给予了的生命，阴影般爬上了整面墙，爬上了这片即将废弃的剧院。坐落在剧院后面不远处的一幢幢青色的楼房，崭新得扎人的眼。重新站到剧院门口时，我知道自己攀上了十二级台阶。三根粗壮的石柱撑起剧院的门脸。周围再没有人，除了我，就是楼顶上直立的草和跟草并排站在楼顶上的工人。那两个年轻人走了，那辆牌照为山西

MB3603 的货车也准备走，车上装满了拆下来的旧木板。谁能料到"旧"与木板竟体贴得找不到丝毫缝隙。身后玻璃门上"欢迎光临，冷暖空调"还在，一把忠实的锁止住了任何试探的脚步。头顶处的天花板和墙边的装饰板一起翘起了嘴。剧院门前那个下水道井盖不知躲哪儿去了，留下一只黑咕隆咚的干枯的眼。我不知道剧院东边和西边卖烧烤的男女是不是一家。他们分别守在剧院东西两侧的巷口，耳畔似乎没有风，只闻得见煎锅内的热油吱吱作响。剧院西边的红门摘掉了，墙上高高的通风口乏了似的，早已阖了双眼。很少有人朝这儿走，除了巷口那个卖烧烤的女人，两个背工具箱的男人停在了一户大门紧闭的民居前。从前的剧院，灯火通明，站在散场了的剧院门口高高的台阶上，满眼都是陌生的气息陌生的人。自己的心里总是充满怯意，唯恐像片树叶似的被人流劫走，就老老实实地守在西边的巷口，盯着从眼前鱼贯而出的自行车、攒动着的人影。那道好像望不见尽头的深巷，排列着密密麻麻的自行车，光着脑袋的电灯泡和忙碌的看车人一起营造着属于某个夜晚的气氛。电影散场了，一条熙熙攘攘的热闹的街，人流如潮。坐落在远处的电影，不需要牵引。这样的一个被灯光和人群簇拥的夜晚，幽深，神秘，渴盼，充满了遥不可及的欢乐。

那夜，去东方红影城，经旋转门，进宽敞的大厅。脚下红底大花的地毯，绚烂得令人炫目，随处可见殷勤得体的服务员，巨幅电影海报从大厅的墙壁一直尾随至狭窄的电梯。电梯内，我不得不与梁朝伟忧郁的眼神相遇。这个在《色·戒》中出任易先生的男人也不得不与王佳芝相遇。汤唯就是王佳芝，还是易先生就是梁朝伟。我记得从前他是小鱼儿，单纯、快乐、狡黠，如何又变得这般神秘莫测、耐人寻味。电梯里面堆满了故事，斑斓的颜色抹上了每一个人的脸和眼睛，连不多的几行字都修饰得眉飞色舞。四楼 KTV 响起那首叫做"眉飞色舞"的舞曲。熟悉的旋律，陌生的曲名，郑秀文瘦削的身体随风舞动。我坐着不动。热闹的夜晚自己竟然有些落寞，跟前大屏幕上方迅速闪过"在 KTV 一次性消费百元以上，赠电影票一张"。

第二十三回线

我怀疑眼前一棵棵似乎被替换了的树，矮小，稀疏，拘谨得像陌生人。路人即使从一旁擦肩而过，眼睛通常也是朝向身后林立的店铺，对尚不及胳膊粗的它们视而不见。一根根立在人行道边儿的电线杆，隔不多远就遇上了。这些高耸直立，常常带着一副傲慢神情的家伙看上去若无其事，连来来往往的风都无计可施，更何况那些莫名其妙的视线。跟前的路不是主干道，包括数米远与之交汇的另一条路也不是。这样的状况使得道路在大多数时候畅通无阻。踞在一旁的体育馆造型别致，碍于目光短距离的接触使得立体感少了应有的视觉冲击。走在人行道上的我身旁闪过疾驶的车辆，那些碾过去的明明暗暗的声音，以及腾起来的尾气正在不知不觉地流逝。

步行令时间变得缓慢。忽然，我停了下来。迎面空荡荡的，不见一人。我停下来靠近了人行道。那儿是最靠近十字路口的一根电线杆。头顶上空交织起来的错综复杂的电线，使得连接成为一种看得见的秘密通道，那是与动力、光明、建设相关的一个强有力的注脚。这个属于国家的公共设施，高大，强壮，一个人伸开的手臂难以将其合拢。没有人解释围绕着的一周匝密密麻麻的字迹，它们安分守己地躺在纸上，像一只只寄居蟹心安理得地依附在这个庞大的躯体。分明有着先后的顺序没能使它们摆脱一拥而上的混乱，那个最靠近眼睛的位置出现了拥堵。层叠之间，后来者居上令人不再称奇。一阵阵曾经抵达又转身离去的脚步似乎并不在意身后的争端。如今，我所占据的视野，仅限于眼前，已经发生的——包括一行行被截断了的只言片语。

至于之前或者今后的事，那儿是看不见也无法填充的缝隙。

可以肯定，"极限"一词充当着文身的修饰，这个看不见底的深度诱惑，许诺将在身体表面进行一系列可能的创意。我的眼前晃过早市上一面之缘的矮胖男人，黝黑的胳膊上暴露的图案竟与怀抱着的黑猫神似。马路上摩托车手后背摆动着的青龙，制造了一晃而过的惊惧。"遮盖文身、遮盖疤痕、修改文身"。如今，这两个并列的动作在事后支起另一副神情。这些发生在肉体之上的文身是时兴的、彰显的，而这种外在的个性又不得不为"不时兴"承担一时兴起的后果。承诺被格外标注，"本店所用文身器具均一次性"。我没记下"极限文身"的地址、电话以及网址，这些联络方式与括号里注明的"常年招收学员"一同发出盛大的邀请。整张纸色彩缤纷，白纸红字，压黄底，其间伴有绿色、蓝色及褐色。位于中间的"极限文身提醒您：吸烟有害健康"尤为醒目，好像冷不丁朝前迈了一大步。这份广告才贴上不久，内容完整，所见之处不止一张。

一则"寻人启事"直冲大路。纸张的破损犹如溜走的时间，让人难以追回。我看不见那个具体的日子，即使看见了也不能对其中的内容产生丝毫影响，"某年某月9日离家出走，至今未归"。那张模模糊糊的脸一声不吭，默默地注视着每一个注视她的人。相比悄无声息离家出走的女人，单一的路线已被家人漫无目的的寻找变得复杂而焦灼。寻人启事呈现统一格式。只是身高、体重尚可以模糊，年龄为何也如此不确切。"35岁左右，身高150左右，体重40公斤左右，"其间流露出的情绪，温和、体恤，使得一些平常不易觉察的细节凸现，譬如"头发偏长"，"上身穿绛紫色衣服"。接下来呢，那个女人离家出走系事出有因，"神经不正常，有好心知情者与家人联系，一定重重感谢。"依次排列的三个数字极其接近的电话号码——ＸＸ63025，ＸＸ63070，ＸＸ63027，像居住在同一座村庄的乡邻。它们来自"ＸＸ省Ｘ县梁邱镇大荒村东关庄"。一个女人的特征就被这些数字、颜色以及断断续续的言语表示出来。而"电话""地址""重谢"等等字眼背后的家庭，则让呼唤始终大张着口，散落在一张张遍布各处的沉默的纸上。一个愈来愈模糊的女人孤零零地立在那儿，想象中的"绛紫色"开始渐渐消失。

"刻章办证"就是一张张窄小的字条，戳子似的摞起来，上头挤满了沉重的黑色，像在身体上蔓延开来的黑斑。也有的直接用黑笔写下了。一旁体育馆的石级上就露出白漆没能压住的旧痕。办证，这个语义模糊的概念，突然间使得能排上很多用场的种种证件触手可及。那个长长的手机号码则严阵以待，随时期待着被一阵阵悦耳的铃声唤起。包罗万象的证件似乎在可靠的技术面前不得不低伏。以假乱真，是一桩桩生意得以延续的最大保证。从公交车候车站点走过，常常见到趴在地上的形迹可疑的影子，依然是"办证"，与那些导引或尾随的数字呈现一律艳丽的橘黄，难掩满脸的兴冲冲。"特效包治"落在一张轻薄的纸上，看上去不免也有些轻飘飘的。哪怕身后有着"进口药注射、当天见效"的保证，似乎也不能给人增添几多信任。游动在街头巷尾的性病广告有意无意地揭开一度掩藏的隐私。门帘儿被无声地挑开，坐在屋内的人脸上荡起一阵儿看不见的小风。等来的那个心事重重的人蹩进阴暗的角落，不得不抬起的脸面终于成就江湖游医标榜的手段。末了，这桩私下交易甚而连讨价还价都草草省略。

出租、转让属于两种性质，在这儿却热闹地簇拥着，让人有些分不出彼此了。"临西三路与金三路交汇处有别墅一栋"，就剩下这一行字了，除此之外，其他的该不会都藏起来了？只撇下两条路交汇处的那幢空荡荡的别墅。于是，这个依附在陌生路边的别墅顿时冷清起来，如何飘落至此的谜团笼罩在一张似是而非的纸上。"高校食堂出租"。相信很多排在一起的场所还是有区别的，譬如摆在食堂前面的高校，而更换位置的可能性微乎其微。那个最富于人间烟火的所在，无论落在哪儿都弥漫着诱人的气息。只有数字被有心人一次次拨弄，算计。究竟有没有必要让人家明了转营的原因？最顶上那张大红纸上面的字迹潦草，大概是手中的笔太过沉重——"因待产转营业中女子护肤美容院"。无需旁人代笔，她的理由已经如此充分。这个直接的、没有拐弯抹角的解释无形间提高了这则消息的可信度。那个过来张贴消息的人如果没随手拎着个板凳儿，一定是站在自行车后座上。不管最便捷有效的途径——136ＸＸ498678，有没有被人试着拨通，对面被唤醒的女人在这个春天的心情应该不错。红色甬管怎么看总是喜气。

"专业美容"大都嵌在美容院的门脸上，打扮得光鲜亮丽，让人一打眼就看见了。如今，美容业的蓬勃发展让美成为流行事物。美容院的装饰大都美观讲究，对从业人员亦有着诸多要求，譬如"形象好，（气质佳）"，此处显露出来的"25岁"想来是年龄的上限。接下来的待遇不能回避——"有月薪，1000—1500元。无经验者可免费培训。无押金"。电话依然保留，最底下署名"男士专业护肤健康会所"的字样。还有一则内容，想来贴出的时间应该稍晚些，所以内容保留完整，不影响阅读——"中国青年旅行社下属最大酒店，因业务发展急召男女公关、私人伴游、纯服务生。要求19—40岁，身体健康，形象好，气质佳，普通话流利。地区学历不限。无需经验专业培训，学生优先。月薪万元以上，包食住，可兼职，面试合格即日上岗。"我不知道这样的一则广告与自己前几日无意间收到的手机短信有无本质区别："ＸＸ大酒店内部直招专兼职男女情感陪护……"当文字选择不同的方式表述，各自的传播途径是否成为被限制的主要因素？一些被闪烁着的言语中包裹着的含义从此毫不遮掩。数日后，自己小心翼翼地将这则短信从手机中删除时，唯恐那个被画上横线的陌生电话，一触即发。

超市促销员、仓管、业务员、会计助理、前台经理、火锅师傅，是招聘启事上出现的职业。那家被撕去名字的超市与"盛乐福商贸有限公司""健康美烧烤涮串串香"的招聘内容上没有对诸如形象、气质的要求。超市与公司分列了年龄限制，前者20—26岁，后者18—25岁，同样要求为女性，"盛乐福商贸有限公司"特别申明是"未婚女性"，除此之外，超市促销员还应有"健康证、高中以上文化，有促销经验优先。工资面议"。这时候终于出现了证件——"健康证",这个芸芸证件的一种,与前面的"办证"不知不觉地有了一次跳跃性的呼应。"招聘"在此成为一个异常活跃的字眼。这个与生计、发展、效益息息相关的行动,涉及雇佣与被雇佣双方的利益及社会的安定和谐,需要的是双方的共同协作。那些条件是行业限制的门槛,也有相应的回报。"工资面议"。总之还是当面说清楚最好,既可以减少不必要的纠纷,还可以适时沟通双方的感情,增进彼此的理解与信任。而一方率先摆出的姿态尤为重要,至少在视觉和心理上给人施以某种有利的影响——"本公司因业务需要,现招聘优秀业务人员10名,中专以上学历,年龄不限,经培训上岗,一经录用,待遇优先(提成)。"

这一天,我站在这儿了。曾经有很多人站到了这儿。当天下午,一名男子的目光狐疑,走过去走过来共两次均没放过那个他看上去奇怪的人。眼前的一些痕迹,一些依旧保存、没有消失的痕迹,正在由于自己的参与而建立起一种不容改变的联系。那些形形色色的人,手里拿着各式纸张,从各处不约而同地朝向了这儿。时间不一,目的却是惊人的一致。这些消息汩汩地冒了出来,摩肩接踵地聚到一起。广告的意义由此出现。接下来,有人朝这儿瞥了一眼,又有人走过来站住了,骑自行车的偶尔也把散淡的目光转移片刻。那些从各处聚拢的人,来了,散开,又陆续有人抵达。这个肩负重任的聚焦由于蕴藏着巨大潜力承受着越来越多的关注。于是,纸片不由分说地贴上去,随之而来的目光,水一样渐渐渗入,传递。

被紧紧围绕着的这根高大、强壮的电线杆,如果自下而上地观看,能分辨出这个庞然大物是如何渐渐收起了自己的身体,呈现几分流畅的线条感。倘再仔细些,能看见上面有黄色的字体醒目地标记——"第二十三回线,32号"。这个被命名了的线路和早已存在的编号,有如家家户户守着的门牌号。负责该路段电业巡查维修的人员一定是记准了的。除此之外,上面还出现了一行令人警惕的黑字——

"禁止攀登""高压危险"，黑色的警示震撼，威力极大，触目惊心。只是不知当初，有没有哪一个肯把头扬得高一点儿。否则，一定会知晓，这儿的确有一个名字，叫做"第二十三回线"。

车次表

慢　车

　　列车时刻表上见不着这样的命名。那些密密麻麻的被确定下来的时间总是与密密麻麻的行程有关，与纵横交错的路线有关。一个个响亮的地名被圈定后作为旅客熟谙于心的站台。镶嵌在沿途的小站台一晃而过，来不及记忆就匆匆遗忘了。某趟车的出现似乎竭力弥补这样的疏忽，尽管车次隐没成漫长铁路线上一棵会跑的树。等车的人总能记住那个固定下来的时间、熟悉的身影如何晃至跟前。

　　慢车。从命名上摆脱了与生俱来的快速与疾驰，闲适，带着几分性情。它的关于过去的印迹被现在抛却，不知不觉旧下来的绿颜色和沉重的窗口，努力接近着一个个远去的记忆。剩下的是硬座，需要温和地吐出，它们占据了一节又一节漫长的车厢。那些包着皮革的、斑驳的硬座，硬座上晃晃荡荡的旅客，满耳朵咣咣当当的声响。坐下来的人挨得近，肩并着肩，胳膊碰着胳膊，腿蹭着腿，伸出去的脚总免不了触在一起。面对面坐着的人，需要安放的还有各自的视线，他们小心翼翼的，为投出去的射线找寻暂时的寄居。这些拥有同一段行程的旅行者不约而同地计算着途经的大大小小的站台，计算着时间从眼前从耳畔从脚底如何游走。

　　与挤在硬座上的大部分沉默的旅客不同，有人不时在狭窄的过道穿行。

"来来来，两块钱一本，看完一本能换。消磨时间啊。"操着方言的男性乘务员怀抱一摞杂志已经在同一节车厢走了三回。这个敦实的上了年纪的男人举起手在乌压压的头顶上挥舞着。

"来，开始卖电话卡了。"由远及近，报幕员一路走来。眼前的舞台有些狭长，富有节奏的皮鞋踩出了一条绝不变更的直线。"电话卡有办理的吗？"自上而下的莺声燕语，暖风似的一遍遍吹，埋首之人循声张望。

"列车时刻表了，一块钱一张啊。卖全国各地的列车时刻表。"一个女人的声音，懒洋洋的，再慢一点儿就跟不上脚底行进着的那双落伍的黑皮鞋了。

"开水泡面""热奶茶""对肩周炎腰肌劳损有特效"……拥有巨大腔体的车厢，并不介意闯入的活跃分子。嘤嘤嗡嗡的车厢里除了旅客随身携带的行李，究竟还可以塞进多少内容，谁也没做过统计。

低矮的车窗把外面奔跑着的树分成两截，天空也被割据成了田地。可谁也无法阻止太阳把脑袋从车窗探进来，没完没了地上下打量。盯着一个人端详实在是不礼貌。对面的老人，男性，个儿矮，双手握拳。这个双目深陷的短途旅行者，始终将视线投向窗外，他是静心享受旅程还是揣着哪件丢不开的心事？一会儿，原本明晃晃的车厢倏地暗了，云层不知不觉地从箱子底翻身压了上来。

车厢浮现一张张面孔。这些骤然出现的走近了的面孔，由于视野的顾及生动地绽放。陌生是一扇门，只需轻轻推开，伴随一声问候或温情的一瞥。穿大红羽绒服的小女孩，五岁还是六岁？她举起母亲递过来的手机，大声问她的父亲，"你，坐过火车吗？"当火车浩浩荡荡地从孩子口中跑出来，也是高昂着头颅，一路呼啸，充满惊人的速度和力量。一个人的童年究竟可以积攒多少快乐，会跟火车一样长吗？跟姐姐一起带着孩子走亲戚的女人，瘦小，看起来年纪不大。但目睹了对方利利索索抱孩子的样子后，再没人怀疑她的身份。年轻的母亲给孩子买了方便面和火腿肠。她一边搅动添了热水的面，一边安抚怀里挣扎的孩子，然后吹气、捞面，俯下身，像一只鸟一样用嘴给孩子喂食。

从一开始他就中意那个颇有些来历的角色。对演员而言，最重要的是对角色的把握，无论表情、动作还是台词，需要由内而外地逼近或成为角色本身。演出次数的增加无疑成就了他对于人物的塑造，一次次脱口而出的言语已经看不出丝毫可疑的痕迹。专业乞讨者以凄苦的身世表达个人如何"走上了乞讨的道路"。孰料，过于流利反倒成了最大的纰漏，它严重影响了众人对头发花白的陈述者的信任，进而产生了一种挥之不去的江湖的油腻。那对老年夫妇，中途上车。女的瘦弱，坐下后甚至连眼皮都不抬，也不跟身旁的男人言语。相比妻子的沉默，男的表现出对这次行程的满足。闭目养神的他先于旁人察觉广播里响起的一首老歌。很快，周围的人听见清澈的女声下方出现的伴唱，微弱、低沉、不依不饶。相距甚远的两个声部持续而默契地响起，不离不弃，直至曲终。对于多年以后出现的老歌，仿若不同场合现身的旧友，制造着一次次当事人与过去时光的不期而遇。

站台上落到地上的影子被拉得极长，走着走着的人好像随时都会被自己的影子拽走。双目深陷老者的继任是一个黝黑的男孩。他一找着座位就把一副耳塞填进耳朵里，然后，闭上眼睛，世界骤然止步，消失在咫尺之外。充耳不闻的他对现实的漠视仿佛天外来客。此时，天外来客盯着窗外一只白色的箭头。这是一列被命名为"和谐号"的动车，由上海驶往青岛。车实在是白净，像雪。直到白色的箭头闪电般消失，一双眼睛才迟疑地收回。这个走神的年轻人一定没听见此前的播报——"列车前方到站，泰山车站。到达泰山车站的时间是 14点 40 分，距离 85 千米，行车 1 小时 24 分。"

车厢始终是满的，仿佛端平了的一碗水，无论怎样颠簸，也还是稳稳的，溢不出丝毫。旅行者的神思一次次被穿行的脚步打断，那是啤酒、雪碧、大碗面和可乐的集体行动，它们希望能够引起更多关注。过道里走着的除了提着行李找座位的，肯定有去十车厢冲泡大碗面的——那里是整列车唯一的热水供应点。相声的出场次序与先前的歌曲有别，不再是等车的间隙。气喘吁吁的火车，沸沸扬扬的车厢，那个段子成为水面上时隐时现的浮标。隔段时间响起来的播报总能让人提神。听着即将抵达某站的提示，眯着的眼会不觉地眨动，陷落到座位下方的身体开始寻找可靠的椅背。旅行者几乎同时看见了被火车携带着的那只巨大的钟表。K8272 次列车，由日照开往烟台，途经莒南、临沂、费县、平邑、泗水、兖州、曲阜、瓷窑、泰安……抵达济南火车站的时间是 15 点 39 分，停车 39 分。到达终点站烟台，估计得到夜里。

火车总是与远方相连。由火车延伸的一次又一次的迁徙，令步履匆匆的旅行者怀揣热切的希望。眼下这列火车断断续续地奔跑，沿途的停靠是践行事先的约定。它载上大站蜂拥而至的人流，不遗落小站台孤单的旅行者。共同的目的地使得方向就是风向标，每一个登上火车的人都是摇旗呐喊的兵士。对这列车而言，等待是一件不容回避的问题。行驶在共同的铁道线上，它需要安心等待，等待一列又一列车先行通过。于是，交汇处寂静的铁轨上常常卧着同样寂静的火车。于是，慢，与等待相连的慢成了这列车最大的特点。其间，所有的时间被叠加，忠实地记录，旅途时光也慢下来。慢，成为积聚下来的气氛，一种节奏，与某种气质类型接近。有谁真的会去抗拒"慢"？当时光驻留在每一个事物上，当它真的不再稍纵即逝，而是以缓慢的方式深情凝视，有谁希望再"快"一些？能够在一片锈住了的时光上面刺绣，想想也会让人心动。拿火车与列车相较，个人倾心前者，因为温热的名字里充满抹不掉的记忆和力量。

下车，一眼就看见那个敦实的上了年纪的乘务员。他的手里没了杂志，笔直地站在车旁，看着人群从自己身边再次消失。这才猛地想起，上车督促大家伙儿的那个人也是他。

早班车

晨色与夜色接近，仿佛面目酷似的孪生子。人在黑乎乎的道路上狂奔，失去了熟识的参照后，行动变得有几分莽撞。从梦里追逐到梦外的睡眠难以摆脱，昏黄的路灯一路上都在打着长长的呵欠。远远地，看见候车大厅了，看见候车大厅里的灯亮着，亮着的灯仿佛一双眼睛。看着看着，晨起的寒意消了，再看看时间，还早。

大厅里没几个人。走进来才发觉头顶上的灯，只是呵气，吐出来的气息让视线模糊。走来走去的几个人影和晃动着的灯盏，怎么也塞不满偌大的空间。剩下的地方藏着更大的让人摸不着头绪的黑。有声音从前方传来。站成一排的队伍正开始散去。那是上早班的检票员，清一色的女性，身上宽大的棉制服差一点儿就把她们藏了起来。与方才集合时严肃的场面不一样，这时候的女检票员轻松，她们交谈着，并不在意清晨的寒意以及被压制下去的困倦。有人手里还捧着饭盒。一天的工作从清晨开始了。

如果不是着急赶时间，没人愿意早早起来坐这趟早班车。关于早班车的发车点儿，估计负责接线的话务员一天总得说上几遍。不知道此时，候车的几个人事先问过没有。人零零星星的现身，像平静的湖面，期待良久才吐出的一个个水泡。匆匆来了的人，定了定神后，发现不着急排队，于是抖抖身上的包带，与一只只静立的箱子一起步入。行走着的一个男人咳了一声，朝地上啐，随后抬脚擦了。他的举动没有被随后出现的车站督察者发现。后者疾步走至墙边，对一盏影响照明的灯提出意见。时间与方才路上的疾驰相比，明显慢下来，甚至再不肯往前挪一步。陌生人之间保持着的距离像周围的暗，黑纱一样裹着。瞅着检票员到位，分布零散的局面紧凑起来。

一行人顺次穿越栅栏围就的通道。检票员与通道的存在使得制度闪烁铁的光芒。那辆早早候在院中的公共汽车迎来一天当中第一批旅客。坐定后，原本露过脸的几个人纷纷藏匿，再难寻觅。空荡荡的车厢对于六个人来说实在阔绰。坚持送女儿上车的母亲还没走，她先安顿背包，又安顿自己的孩子。直到那个高出母亲一大截的女孩频频点头，依嘱行事，那位牵肠挂肚的母亲才下车。

坐下后的皮椅渗透丝丝凉意，好像一下子抵到了冰面，难以脱离。敞开的车门唤来阵阵寒气，也把期待已久的司机牵引。眼见着连时间也开始滑着步子走了，早班车还是保持静卧。中年司机端坐，他似乎忘了时间，只是关注洞开的车门。那里鲜有人出现。早班车的早，锐利得像根矛，击退了绝大多数人的选择。车内有人咳嗽，接着是隆隆作响的酝酿。"吐远点，不要吐在车上。"说话间，一直背身的司机并没回头。一个瘦的男青年不断地看表，嘴里发泄不满。开始还是嘟哝，冷不丁冒出的言语，稍后，猛地拨动了音量旋钮。这名外省推销员已将个人情绪扩大至对所处省份的不满。送声催促最终打消了司机对下一位旅客的等候。6 点 10 分发车的早班车，于 12 分钟后缓步移动。乘客由六人增至十人。

坚持收听广播的早班车司机拧开收音机。一个声音在清冽的早晨，在寂静的车厢升起，行进中陡然长了几分精神。以另外一种方式另外一种口吻，由另外一个人叙说别处已经发生的事。电波是安静的，带着自然的呼吸频率，不由得让人生出一些感应。安静的时候，声音的出现就像一群游动的蝌蚪。外省推销员开始调整姿势，嘴里发出长长短短的感叹词，驱逐围过来的那些看不见的声音。这个瘦削的年轻人似乎天生反感旅行，当无法停止独自的辗转和游走后，他一次次竭力将瘦长的身体，皮球一样抛入最近的篮筐。这是他第二次向司机提出要求。在接了一个电话之后，推销员要求司机关闭广播，打开车载电视。仅仅经历了一个回合，年轻人便击退了对方"都看过多少遍了"的回应。又一种声响骤然闯入，轰隆隆的，那是洞开的另一个世界。其中的每一个人，都在卖力地说话，说给自己听，说给别人听。外省推销员仰头，眉飞色舞，沉陷其间。

天色渐明。坐在车上的人相信这样的变化，就是被身前身后一辆辆早早醒来的车犁动。从夜色中摆渡过来的生活已然开始。隔着车窗玻璃，看见远山的淡影，连绵起伏，乳白色是相宜的底妆，由远而近，悉心涂抹。沿途的树木一字排开，接受检阅似的肃然静立。干净的枝桠有鸟儿据守，空中的滑翔是一次独立行动还是奔赴酝酿已久的邀约？驶入高速公路的早班车，看不出一点儿困倦的迹象。一声口哨，不知从哪个角落轻轻吹响，断断续续的，内心的隐秘换作旋律，是为了呼应咫尺之外的歌唱？

中年司机聚精会神地把握方向盘，他差不多已经忘了方才的争执，但心里的确希望坐车的人应该再多些的。年轻的推销员仰着头，沉浸在别人的生活中，现实是醒来才需要应对的一场有始有终的棋局。单身旅行的高个儿女孩怀揣母亲的叮嘱，突然开始想念那个愈来愈远的背影。哨音停歇了，吹口哨的旅行者依旧把目光投向变换着的窗外。远离服务区的高速公路上，迎面一辆红色的货车车头歪向一侧，匍匐在地面。一旁停着闻讯赶来的警务车。

隧道出现了。途中出现的隧道令每个人开始尝试在一座山体内的穿越。黑暗成为需要打通的第一重顾虑，还有伴随着的探秘和恐惧。眼前完全被一双巨手遮住，没有丝毫空隙，悬挂着的昏黄的灯盏是一缕怯生生的烟。在原本属于山的领域，每一位通行者都是入侵者。驶过一段漆黑的路，远远的，前方的大门洞开，光亮导引着目光和雀跃的心。脚下的冷气早已消退，车内散发徐徐暖意。

夜　车

隐藏在夜晚的事物总能成功脱离视线的追踪。谁能够左右那尾在深海游弋的巨鲸？陌生的城市轻易地陷入巨大的阴影，转眼间消失了边际。夜晚从来不拒绝黑，一步一步地把光亮驱逐，甚至想拭去静卧在铁轨上的月色。每一桩事物都选择在夜里悄然生长，没有耳语，没有眼神，只有呼吸在黑暗中的碰撞。车站上看得见的是高悬的站牌，站牌上顶着的那抹淡淡的光，看不见眼前集聚的人群，一张张重叠而交错的面孔，如何依次出现又义无反顾地沉没。

时间这匹忠实的老马，不管走出多远，总能踩着点归来。18 时 28 分，三车厢是满的。18 时 28 分之前，三车厢就是满的了。刘婷婷的母亲抱着她，父亲扛着行李，赶在此前找到了座位。刘婷婷像个布娃娃被母亲放在座位上。一旁黑黑的车窗玻璃里面人影晃动，刘婷婷没有在那里找自己的影子。她趴在桌子上，眼睛盯着自己的手。刘婷婷记不得有多少次被母亲抱上抱下，坐上一辆又一辆的车。从吉林到老家郯城到底有多远？三岁的刘婷婷还没打算考虑这个问题。她好容易才数清了手指头，可以口齿清楚地说出"刘婷婷"，剩下的那一段长长的黑黑的路途，属于母亲的怀抱，属于甜蜜的充满诱惑的糖。

车厢尽头写着"禁带危险品"，红色，很是警示。刘婷婷的母亲时时守护着自己的"危险品"，怜爱的目光片刻也没离开。这个在吉林做小本生意的中年女人和她的丈夫一样，外表和善，区别是更健谈。言语中羡慕本地人花钱大方，"人家买肉都买一扇，那还不得 200 多块？"可卖年糕赚的钱她不舍得。儿子二十岁了，处了对象，也在那边帮工，还有这个小不点儿。刘婷婷的母亲常忍不住摸小女儿顺滑的头发，一双大手上上下下拢着。她说每年坐车回家倒来倒去的也习惯了，这次打算过了年再回去。她说那边人爱吃年糕，回来的话估计那东西不好卖。她说坐这趟车，最大的问题就是容易困，到了临沂有车的话，就回去，没有的话就住一宿。

夜晚降临。降临了的夜晚展开深酣而漫长的幕布，密匝匝的底色填补了每一处空白，打消了每一个欲言又止的疑虑。相比同车厢的其他旅伴，毗邻无疑最有可能成为攀谈对象。话题缘自真实的生活，带着经久的风尘和新鲜的汗渍，在敞开的言语中浮现。没有谁怀疑车窗里映照着的场面，萍水相逢的人，迥异的面孔，暗自生长着的力量和向往。一列奔驰在夜晚的火车充当着理想的发生地，位于固定场景中的人物远远近近，或坐或立，高低错落。

窗外，灯火影影绰绰，远远地成为黑夜最引人瞩目的地方。沿着一节节晃晃荡荡的车厢，两名乘警的身影威严地在眼前一晃，"注意自己的钱包和手机，防小偷哦。"镇定自若的人们不动声色地用余光扫视行李架、脚边以及身体的某一部位。睁着一双大眼睛的刘婷婷重新被母亲牢牢抱在了怀里。那些关于火车的故事总是需要不同的人物。翻滚着的轰鸣是不容回避的同期声。警察和小偷交替现身。前者威严正义，后者由于隐蔽而诡秘无常。这一夜会成为双方较量的某一特殊时刻。"哎，看报了，齐鲁晚报。重大新闻看一看。"报纸的出现对漫长的旅途来说是一种救赎，阅读宛如推开的一扇扇窗。相比居于显赫位置的重大新闻，挤在角落的点滴消息并没有被人们遗漏，阅读者似乎比以往任何时候更愿意关注那些差点儿挤出去的内容。

怀抱婴儿的母亲，保持着最舒适的姿势，丝毫不在意疾驰的速度、嘈杂的空间，她的世界小得只能小心翼翼地抱着。她确定自己的臂膀足够安全。那是一对热恋的情侣。亲密呈现出的不仅仅是偎依着的身体，一对连在一起的两个耳塞更是设法让两人息息相通。对于有情人来说，浪迹天涯是天底下最浪漫的旅程。刘婷婷要喝水，自己抬手拿杯子时，不小心打翻了桌上的那杯水。刘婷婷的母亲忙起身擦拭四溢的桌面，朝溅湿了衣裤的邻座道歉。稍后，这个四十多岁的母亲撩开衣襟，三岁的女孩猫一样趴了过去。

邻座的男孩低着头，一直在摆弄自己的手指头。偶尔抬起头，视线也总是被陌生人的脸、蜷曲的腿以及椅背挡了回来。他的左手戴一枚体积庞大、不明材质的戒指。如果没人跟他言语，这个夹在别人中间的单薄的年轻人没打算开口说话。可既然开口说了，这个操东北口音的小伙儿一点儿也不隐瞒。他说他十八岁了，在济南一家饭店打工。老家是莒南的，现在坐车回家。从前，他的家在鹤岗，那里产煤。地下差不多挖空了，但是自己家下面保准塌不了，让火车道和国道给围起来了。他一直都怀念自己的出生地，觉得那里才是自己的家。如果不是因为户口问题，父母决定回老家，他应该会跟姐姐一样在当地上大学。尽管心里不乐意，但还是跟着父母回来了。从前学习成绩不错，回老家后就不对劲了。课程内容不一样，老师和同学一说快了就听不懂，没有朋友。后来就不想上学了。他说自己对以后的生活还没有打算，现在没事就是上网，和朋友玩，今后希望能有一个自己的店吧。

车厢关节处有人打呵欠，好像费老大劲，吞了列火车，又张了大口等待庞然大物冒着烟跑出来。只能保持一种姿势的夜晚免不了困倦，连车厢顶上排着队的灯也开始困倦地眨眼，随时准备眯上一会儿。刘婷婷的母亲睡了，小女孩也睡了。睡着了的刘婷婷被放在座椅上。熟睡中，蜷曲着的女孩换了一个姿势。走道那边，一个年轻的旅行者抱着自己的旅行包，把脑袋贴在了上面。习惯夜袭的睡眠，来了就让人措手不及。也有人身体力行地抗拒。靠近车厢门的中年男人站了起来，尽管有人途经过道时，不得不侧身。他手握行李架，尽量伸展自己的身体。打牌也是消退疲乏的方式。昏黄的光线下，几个人集体制造坚固的堡垒。快乐从来不分高低贵贱，眼下，它正属于这个由陌生人临时组成的阵营。

卖香珠的仍在坚持兜售，只是"10块钱2个"的诱惑并未造成实际影响，倒是吆喝"豆干、豆皮、大碗面、啤酒、矿泉水"的不时停下来。夜车默默地行进，停靠，启程，好像怕惊醒了昏昏欲睡的旅行者。很久没有听见报站名了，那些鸟巢一样散落在铁路线上的站台开始在夜间消失。一个男人在唱京戏，唱腔婉转，悠长，穿越此起彼伏的交谈、瓜子皮落地、行走着的脚步以及窗外可闻的奔跑。深夜还有人陆续上车，如果此刻头脑清醒，能感受到火车的喘息，看见站台上等待已久的灯。那灯光正沿着铁轨一步步滑行，为夜车把深幽的前途擦亮。

五里堡

与有来历有名堂的锅炉厂、化肥厂、面粉厂、啤酒厂、国棉八厂、金属公司、外贸公司、电影公司、水利局、公安局以及学校相比，五里堡太不起眼了。这个被道路围困的村庄，分明患了鼻塞，呼吸不畅。连好容易打出来的喷嚏，也长时间停留在村庄上空，不肯移动半步。眼见着前者沿四通八达的道路尽可能地延伸，除了通往房舍整齐窗明几净的家属院，通往被勤劳的主妇簇拥着的热闹的水龙头，通往清水洗涤后晾晒在太阳底下懒洋洋的肥皂味儿，还有一条条看不见的隐藏起来的路线，正由于心照不宣的默契以及根深蒂固的关系，令纷至沓来的脚步在接近想象的距离时，充满弹性。一株樱桃的后代从不担忧有朝一日变成桃树的模样。

从银雀山小学到五里堡只一条路。这条伸向南边的巷子，从一开始就模仿羊肠的阴暗和曲折，两旁由各色石头搭砌的矮墙和拥挤的房屋，是灰不溜丢压得极低的帽檐儿。路边遗留的人畜粪便与从墙内厕所散发的气味纠结，寻着泥泞的雨天开始行动。晚上，黑咕隆咚的巷子少有行人，排除纷繁的臆想，邪恶的现实当真省却了家长的唇舌。等到天亮，这儿变成另一番景象。经久不息的喧哗与密密麻麻蚂蚁般穿行的孩子有关。每天，从巷口涌出的乌压压的脑袋，与放学时毫不犹豫伸入暗箱的人数相仿。这些来自五里堡的孩子，成群结队，被撞到墙上和迸溅在身体上的声音是多么一致。这些与童年相偎依的孩子在规矩的指针、家长的目光，以及严肃的校规校纪之外，享受着巨大的快乐。

我看见方才还排着队的同班同学在巷口消失了，汇入乌压压的长蛇阵。朝夕相处让每个人的名字长在嘴里，一开口就会咕嘟嘟地冒出。我从没想到有一天他们的名字也会跟人一样长大，长得面目全非，以至于遗忘。被我搜寻到的曹新军、王永成、于文进、陆效光、潘敏、胡俊芳……又纷纷变回从前的模样。可以肯定，我的那些来自各单位家属院的同学远不及五里堡的同学多。我的五里堡的同学衣着素朴，家常布衣往往与书包取自同一块布；无所顾忌的性情中略带狡黠和粗野。与学校如此近，极少见到他们父母的身影。但是他们无惧常年瘟神一样守在巷口的同村男孩，方脸，夏天赤身露体，热衷于出其不备地吓唬人。他们会像大人一样呵斥他，然后盯着那个拖出来的鼻涕虫忽长忽短。

我终于走进了五里堡。一墙之隔的现状在耳闻鸡鸣犬吠之后依然徘徊。是因为心里格外怕狗，还是那个汪的存在？我对迎面或尾随而来的狗天生恐惧，从没想过对方的驯良与忠诚。至于那片陷入村庄的水域从未见过。但是关于水怪早已不再是传闻。那个看上去安静的汪里住着邪恶的水怪，会拉扯水边玩耍的孩子。于是，一个个傍晚愈加贴近村庄夜晚的悲伤。战战兢兢走进小巷，是因为潘敏约我去她家。潘敏的父亲是司机，母亲在家里养了很多貂。这是否成为我去她家的理由？当天，我的确看见了关在笼子里的家伙。印象中，这次深入令乌压压的房舍变成飞翔的影子，鸟儿一样在记忆的上空升腾。在巷子里，我不可避免地碰见了狗。如今，我一回头就看见蹲下身假装系鞋袢的孩子。看见狗别跑，赶快蹲下，它以为你要捡石子，它就逃跑了。潘敏同学对我神秘地耳语。

周萍，瘦弱，温顺，有些腼腆，一开口就要笑，一笑就露出两个酒窝。姐姐和住在五里堡的周萍关系要好。那两只引以为傲的小白兔便是友谊的见证。后来，升学去了六中的周萍变了，那个纯朴的女孩成了另外一个人。周萍在街上见面不再和姐姐说话，穿高跟鞋、喇叭裤、戴耳环、晃荡着的眼波。那个面色黝黑、厚嘴唇、大眼睛女生也是五里堡的。突然跃出的令人惊异的大眼睛，是因为她的父亲。快跑，拉大粪的来了。看见缓缓而行的粪车，有人掩鼻而逃的同时高声告诫。每个人都迅速离开弓腰拉粪车的男人。她也跑开了吗？她的父亲拉着粪车从路上走的时候，低着头。听见别人的喊声，她的脸一定红了。于建英的外号叫花大姐，年龄要比我们大上几岁，个子高，心眼不坏，由于成绩差总被捉弄。头发时常散发的异味，是远离的理由？

　　我始终没有生出叙述一座村庄的勇气。近在咫尺的五里堡，那里的生活由犬吠鸡鸣、泥泞的村路以及粗陋的木门编织。这座城市内部的村庄，被四周的庄稼地和道路分割得格外独立。五里堡的居民彼此相熟，举止一致，没有谁冲他们指手画脚，他们属于这座叫做五里堡的村庄。每个班都有五里堡的孩子。被那座村庄孕育的孩子骄傲地指点，这一片，那一片，包括学校都是他们村里的地。班主任统计户口时，当城镇居民的优越感从户口簿的内页跃出，被标注了的农业户口吞吐着获得土地之余的遗憾。我不知道途经高高密密的庄稼地带来的恐惧，是跟吹过的冷风有关，还是跟他人转述的曾在水沟旁发现死婴有关。我曾经一遍遍校正"堡"字的读音，以为该是另外一个字。还有命名。一个有着如此确切名称的地域究竟是从哪儿开始计量？年少的我，不知道身负重任的马对于驿站的渴望。

　　日子在时光的注视下发酵。李宝强，那个寡言憨厚的毛头小伙儿，走路脚底下像踩了弹簧，一边肩膀总是习惯性地朝上耸动。由于屡教不改的毛病，备受大人指责：哪家姑娘能看上你？但是他的妻子显然忽视了这一点。李宝强娶了大妹李永红的小学同班同学。也就是说李永红的小学同班同学成了她的嫂子。这个结果一度让我很惊讶。我记得那个身材不高、圆脸、大眼睛的女孩，就住在一墙之隔的五里堡。现在是一路之隔了。开阳路被开辟的时候，两旁的单位各自让步。低矮的石墙、沟壑、树木和墙外的小径一并消失，取而代之的是一条崭新的道路。成片成片的庄稼地不见了，五里堡被棋盘样的道路团团围住。

五里堡雨后春笋般矗立起一栋栋楼房。它们起于老宅或另外划分了的宅基地。这些一律由铁门封闭、排列密集的院落，迅速占领了曾经的村路、水汪、树坑，有声有色地掩盖了从前的村庄。五里堡的居民在自家房屋上面叠加着越来越高的楼层。如果说日新月异的城市化进程呈现开阔与高度，这儿丛林般的密度令人望尘莫及。五里堡也得改造吧？还是保持现状吧！这一周匝被城建绕过的民居生机勃勃。仰仗优越的地理位置、充足的房源，房子不愁租不出去。这些早已更换身份的原村民，成了坐收渔利的房东。他们依旧像从前那样坐在自家门前，数点家长里短。各自隆起的房屋挨得近，前门说话，后院儿就能听得见。每逢固定的日子，在自家院里楼上楼下挨着敲门，脚步着实轻快。

早市数年前由另一条路迁移至此。于是，晨曦微露，五里堡纵横的街道上就出现了熙熙攘攘的人群。个别摆在门前的摊子，会遭到主人声色俱厉的警告：离远点儿，总得让人出门吧！卖菜的乡下人喏嗫着，矮身将铺开的摊子朝一边小心挪移。这个热热闹闹的早市上出现一条不声不响的狗，不只是逛早市的人牵来的。那些在肉摊子前弓腰晃来晃去的该是土著。我敢肯定那天早晨看见的是胡俊芳的母亲。她看上去变化不大，眼睛还是小，身材明显丰腴。怀里抱着的该是孙儿了。如今看来，一直被我记住名字的小学同学并没有被遗忘。对面涌来的人流中有没有隐藏着的长大了的脸？成年的相遇大都借故不理会。彼此看着愈来愈相像的某一个人，会不会停下来说上几句？该从哪儿说起？

我决定在春天的某个午后走进五里堡。穿越宽阔的金雀山路，我听见汽车的腹部贴近地面追逐春天的声音。大风兴冲冲地跑到了前面，它越过差不多有两条开阳路那么宽的金雀山路，再容不得别人开口，率先导引。走在五里堡的巷道，我发现那个叫做五里堡的村庄彻底消失。用时间清除了所有与时间有关的记忆，除了依然保留下来的从前的名字。一条条小巷被庞大而紧密的楼房窥视。"五里堡居委1321"是我见到的第一个门牌号。然后，就在路边墙上随处可见半个巴掌大小的"吉房出租"。"破烂啦——收——破烂"，昂扬的吆喝声在巷子出没，其间穿插着一个卖糖麻花的女人甜蜜的声音。由一扇打开了的大门朝里张望，便看见了已经或待出租的"吉房"。眼眶一般深陷其中的院子，阻塞，阴暗，不见光线，挨得紧密的一间间房门紧闭，像规规矩矩的学生宿舍。高高的门楼上飘挂着一对醒目的大红灯笼。那扇敞开的大门背后，有粉笔提醒："出入请关门，不关要批评。"挤在两座楼房间隙的一棵槐树，被压弯了脖子，看得见已经萌动的嫩芽，上面落着几只欢蹦乱跳的麻雀。树下是一间破旧的老宅，矮小窄仄的木门，朝南，透过门缝院子里堆砌回收的废品。在这个寂静的午后，少有行人，除了头顶上鸟儿的欢叫，身后偶尔传来铁门吱吱嘎嘎的声音。当我的目光停在"五里堡居委1315"门前时，一辆装载着简单家具的地排车刚好落在一户洞开的大门前。一条条四通八达的巷道被太阳忽略了，沸沸扬扬的大风也被集体挡在了森严整齐的壁垒之外。一条精干的黄狗突然现身。它试图追随健步如飞的老妇。拐弯折向了南的老妇甩开膀子，一溜烟就不见了，让那个往西的家伙掉头，踩着主人的影子猛追。望着迎面遇见的陌生人，不免多看了一眼，就这一眼让人只想夺路而逃。

五里堡的地盘比想象的大。除了开阳路往南，金雀山路往南的一整片属于五里堡，我不知道再往南是否还是它的所在。绕开沿街生意兴隆的店铺，穿行在五里堡狭长的巷道，我一直没找到隐匿在民房中的教堂。那个平安抵达夜晚的核心，虔诚安宁的所在，长满了希望的向日葵。在这个春风洋溢的下午，当我从乘坐的61路公交车走下来，发现被售票员称作五里堡的站点并没出现。立在路边的站牌写着"沂都国际名流会所"。那个由奔忙的马匹带来消息的古老的驿站，与老城相距五里的旧时村庄，化作马力十足的机车，扬起的尘烟瞬间消散。

电影院

我看不见自己的手，怎么也看不见。还有路，明明就在脚下，可那些堆得横七竖八的想象中的事物，顽固地阻止着你。眼睛在黑暗中试探。黑，根本摸不着，却像墙一样堵着，柔软而诡秘，让人在不知不觉中一点点地陷落。很快，试探过后突然发现，那个呈现出一定倾斜角度的过道，尽管深得像隧道，要把人吞了似的，却非常适宜滑行。脚底下已然踩着了一对活泼泼的轮子，只是还生涩，不太习惯。但心底里再没了恐惧。而在接下来深深浅浅的独自摸索中，体验着一种细微的隐秘的快乐。

电影院的出口，以及其余的两个分出口，都已被沉重的、擦着暗红色的双扇门严严实实地遮住了，像洗相片的暗室，与光明永远间隔一扇不能轻易打开的门。几盏卧在墙上的灯无声无息的。室内外光线的强烈反差使得视力的辨识陡然降低，需要短暂的调整。被安置在周末的电影的确是一种切切实实的吸引。

电影院始终是热闹的场所。电影院的热闹是由旺盛的人气带来的。这个恰如其分的集会，随着陆陆续续参与人数的增加，一种嘤嘤嗡嗡的声音便开始迅速集结在影院的上空，就像腾空扬开的麦芒，绵密，嘈杂，未等落下又蓦地腾起。不断补充进来的人流，让那些潜在的、细小的、毫无关联的声音聚集起来，保持着某种程度的连续。继而，这些被人为制造出来的声浪，便像海面上的浪花一样喧腾着，跳跃起来。在这里，所有的声音都是被遮住和被包围了的，所以是暗的、模糊的，却异常胶着、紧密。这些宛如堆砌物一般的声音，一层层持续地积累着，一时间沸沸扬扬。

进入电影院的必经之路是一条狭窄的、由两根铁栏杆护起的通道。那上面原先的颜色经了风蚀日晒，显得斑驳、黯淡，倒是有几处光亮异常，该是被途经的身体或者手掌反复摩擦的缘故。检票员不胖，可卡在一头的她成了一块坚定的不可动摇的磐石。秩序井然的人们缓缓地移动，依次穿越那个狭窄的、唯一的通道，手持的每一张电影票都在检票员的手中重新过滤，并被麻利地扯去一角。

电影票都是提前出售，票面上除了排数与座号，还列着甲级与乙级的字样。其实也就是以区域的分布进一步确定座位的远近偏正。对号入座。座位是绝对固定的。即使入座之后，最好也保留各自的票根，以防不定期地拿着手电筒来回巡视的检票员的再次光顾。职业的威严常常使得手电筒的威力在黑暗中再一次得到延伸和证明。对于迟到者，手电筒的存在更是方便和必须，他们在那一束如炬的照耀与指引下迅速找着了属于自己的座位。

骤然响起的电铃声尖锐、凌厉，像突然从耳边滑过的防空警报。在迅速刺破那些密切的宛如堆砌物一般的声音之后，开始了独自在这个广阔、轩敞空间里的回荡。这个跃然而上的极具穿透力的铃声，超越了所有的声音，使得包括一枚枚瓜子的裂开也暂时停歇下来。当然，这样的警示，除了镇定住了眼下颇为松散的局面，也使松弛的心神不由得开始紧张、振奋。在那个拖起来的长长的尾音过后，一道白亮的透过雾团的光束高高地跃过头顶，神秘地从身后的窗口直冲向前。

电影院一般坐落在城里的繁华路段。混迹于一片低矮素朴的建筑物中，藏是藏不住的。高出路面的若干级台阶，不知不觉地烘托几分鲜有的气派。在这里，谁都能看得出堆砌的必要。电影院是人们闲暇的最佳去处，所以电影院好像从来没有闲暇过。无论什么时候从门口经过，喇叭里传出的真切的、感情充沛的声音总会不知不觉把腿脚缠绕。抬眼间，看见门楼站着的醒目的巨幅海报有些神气活现。电影院的四周就是被不断更新着的海报、衬托剧情的鲜艳的剧照包围了的。至于那些蹲在此前流连忘返的人，以及每天出现在门口的忙碌的商贩，除了眉目间流露倾听的共同意愿之外，后者更乐意做的是将挑挂在秤杆上的瓜子倒入一只张开的喇叭口里。

能去电影院看电影是一件非常幸福的事。心花怒放就不会太多考虑手里有没有一只喇叭口的纸袋。我总是耐心地盼望着父亲单位发电影票的日子。与孩子紧迫的时间观念相比，大人的镇定自若和永不慌张就有懈怠之嫌。集体购买的电影票让看电影成了一场真正意义上的欢庆的聚会。左邻右舍都是熟识的人。人们之间愉快地打着招呼。几个在路上已经碰到的伙伴，坐定后看见了，便兴奋地站起来大声呼唤对方的名字。楼上的位置虽然高了也远了，的确居高临下。不过，我还是畏惧举着手电筒来回巡视的检票员，那道集中的有些刺目的光束，往往在轻巧无声的布鞋的掩护下，突兀而警惕地现身。

学校也包电影。每年的六一儿童节，当我们敲锣打鼓挥舞花束、当街游行以示庆祝之后，最后的落脚点往往就是附近的电影院。通常，正片之前是加演片，加演片也离不开受教育，大都是科教农业。我们期待的是动画片，当然也等来了《孙悟空》《哪吒》《崂山道士》《聪明的渔童》，落款是某某美术电影制片厂。在孩子们自己的节日里，我们的影片终归还是与儿童有关，在穿越硝烟烈火的记忆中茁壮成长。《小兵张嘎》《闪闪的红星》《地道战》《狼牙山五壮士》。于是，拥有一只勃克枪是一件极威风的事，尽管最终是找木工制作的那种，原木的，有些粗陋，但并不影响它的威力。

很长时间以来，自己夜晚独睡便会心生恐惧，因为眼前老是晃动着一只从门缝里挤进来的眼睛，阴险，邪恶，即使蒙上头也无济于事。那个女特务尽管善于隐藏，我也早预料到其身份，但暗露杀机的眼神，还是让人惊骇。而当这样的场景一次次安置在夜晚，它的威吓便与先前宽银幕上的特写镜头一起逼近，放大。还有一部是跟魂灵有关的外国影片，几个人被无辜埋在废墟之后，变成了魂灵，空荡荡的，喝过某种显现的药水之后，复了原形。对这样的故事，自己肯定是不信，但从此对夜晚的惊惧迟迟不得消除。喜庆些的是载歌载舞的印度或者巴基斯坦的片子，故事雷同，歌声悠扬，结局完满，让人心情舒畅。

从家到电影院的那一段长短不等的距离，通常是用脚步或者车轮来丈量和抒情的。有一年，一家位置偏僻的影院开张，为招引人特意免费送票。尽管自己刚学会骑自行车不久，依然被远处的电影院吸引，于是，几个孩子结伴朝城外的那个并不明确的地点前进。起先是被人家带着，后来也自告奋勇地接替起来，路竟是没来由的远，总也不到。整整提前一个小时出发，等到气喘吁吁地赶到，离开场也差不多了。八十年代的电影，看过的便记忆犹新，《小花》《少林寺》《甜蜜的事业》《小街》《瞧这一家子》。大街上所有的流行歌曲都是首先从电影院里传出。那些耳熟能详的电影插曲。

谁也未料到如此热闹的兴味盎然的情形会急转直下，从前熙熙攘攘倾巢而出的隆重与热烈一下子散了，淡了，抹得很是干净。当然，热闹的依旧还是热闹的，只那一处的风光不再，冷清成了风身上滑落的那件轻飘飘的外衣。此时，看电影不知不觉萌生出另外的意味，电影院就成了一个反复遴选过的最适宜的地点。曾经被邀请去看电影，大概电影的内容并不重要，所以总也记不住，就是坐着，不出声，然后留意对方的反应。后来，在经常开英模事迹报告会的剧院看过一场表演，表演便以为是表演了，可等到舞台上的煽情无聊拙劣，便再也按捺不住，弃场而去。其间，也看了过目不忘的电影《红高粱》《我的父亲母亲》 《哈利·波特》，还有《花样年华》。别的，好像就没了。

电影院静悄悄的。人迹罕至的大门好像一张空洞的失去了牙齿的嘴。空着的座位彼此不信任似的露出越来越大的间隔。坐在折叠椅上的感觉就是陷落，失去了弹性的弹簧呈现生硬的本质。从身后高高的墙洞穿过的光束，苍白而松散。孩子们很显然并不能一下子适应眼前的黑暗。偶尔激增的上座率，是与一部成长教育的影片有关。朝小学校发放的优惠券立竿见影，前来捧场的多是孩子和家长。上个世纪的影片，图像模糊，断断续续的声音总像喘不开气，能听见机器清晰的不懈的运转。

一天，那家年代已久的电影院消失了。它的消失留下来的是一片瓦砾丛生的废墟。曾被无数身体或者手掌反复摩擦得光亮异常的栏杆没了，将海报高高托举的门楼没了，哪怕又不知重新涂抹过多少次。不久，原址很快被一幢异常挺拔的大厦覆盖。另有一家电影院被企业重新冠名，但依然对门前的寥落无计可施。电影院似乎成了多余的了。

一个好像没有了电影的城市，似乎并没影响人们的生活。时间像对待生命一样，在每一个事物上面镌刻深深的纹路。电影院，这个原本属于寻常生活的事物，曾经出其不意地成了一种象征。先前是深入其间的探视，而观望是需要一定距离的。那个轩敞的宽阔而神秘的场所藏了起来，像儿时玩的藏猫猫，不容易找着。这样的感觉当你再次步入其中，借助难以辨识的黑暗一次次朝你迎面袭来。

公共澡堂

澡堂是有名字的。人们称呼它，旅社。那是位于新华书店南面的一家旅社，叫"红星旅社"。红星旅社的澡堂对外开放。那时候，城里统共也没有几家公共澡堂，这儿应该算是规模最大的了。

那个被漆成了枣红色的双扇玻璃门得用很大的力气才能推开。等到好不容易闪出一条缝，人就会像纸一样从门缝里塞进去。尽管小心，身后还是不免落下一连串吱吱扭扭极不情愿的声响。

进来得买票。卖票的从南面敞开着的窗子里露出来，女的，烫发头，胳膊肘撑在一张黑乎乎的桌子跟前，旁边就是一摞摞齐刷刷的澡票。有人买票，她左手将一杆木尺移到澡票描着虚线的地方压牢，"刺啦"，抬起来的右手准确无比地、极为爽气地撕扯下来。人多了，窗口就挤满了黑乎乎的脑袋。卖票的见状，迅速翻起了眼皮，顿时，黑眼珠隐去了，流露原本就多的眼白。

"挤什么挤？排队！排队！"

除了卖票，还卖毛巾、肥皂、洗头膏、梳子、镜子。对面是一家理发店。澡堂的附加服务有搓澡的、修脚的，还有按摩的。

一楼是女池，"男士请上二楼"。

撩开一楼南面挂着的那个厚重的棉布帘，迎面立刻掀起排山倒海般难以抵挡的热浪，目的明确，劲头十足。不自在是肯定的了，脸首先红了起来，跟和人吵架时激动的表情相仿。喘气会觉得特别闷，好像到处都短了一截似的。此时，热不再单单是一个词，瞬间成就了特定的环境，营造出某种氛围来。

澡堂管理员看起来像电影院的检票员，进来的每个人都会被她叫至跟前，伸出去的手接过对方的澡票，三下两下撕得粉碎。只不过，很多时候要悠闲安逸的多。她盘腿坐在床上打毛衣，毛茸茸的线球在身后长了腿，极有分寸地若即若离。长期在澡堂工作的女人，丰腴，红润，脸上呈现被暖气和水汽一起烘托带来的特有的光泽，时不时颠簸着的乳房似乎随时都有可能冲破外面的那层单衣。

由两个矩形组成的大屋子靠墙堆满了床。铺着相同细格子床单的两张床紧挨在一起。中间摆着的那个可以上锁的柜子看起来已经满了，偶尔会露出夹在外面的衣角。那些折得结结实实的衣服，各自隆起来，土丘一样卧着。屋顶上布满了数不清的水珠子，坠得老长，好像含着口气，忍着，忍着，最终却又不得不释放出来。于是，有些地方开始吧嗒吧嗒往下滴水，不久，落在床上的那个位置便洇出一块大大的水渍。

床下横七竖八丢着拖鞋。不要想着一次就能恰好找准最初的那对儿，寻着的即使是不一样的两只，也会不伦不类地穿在脚上。假如真的找遍所有的床底依旧毫无所获，穿顺了的两只鞋子也比光着脚丫子体面得多。寻找或者等待一双拖鞋需要的是耐心。有人翘首站在澡堂门口迎候里面的人出来，以便可以得到一双人家脚下的拖鞋。水泥地湿漉漉的。脚下的拖鞋不防滑，走在溜光水滑的地面上就得分外当心了。

空气中弥漫着热腾腾的雾气，白色的，稠密的，热情而冷静。不消片刻，人就隐在了里面。周围是陌生的。一种来自皮肤的、腺体的、毛发的、陌生的气味，一下子涌了过来，让人来不及回味，又风一样迅速覆盖了整个空间。结果，这种共同的、综合的、单单属于澡堂的气味，便使得每个人都不可避免地沾染上了。至于那些具体的来源，丝丝缕缕，千头万绪，似乎哪儿都有，哪儿都有可能。在这个聚着很多人的公共场所，不由分说地被重重气味包围。环绕其间的还有声音，那些深陷其中被无端推广了、扩大了的声音，此时，因为过分响亮，听来反而有一种含糊的感觉。

　　水的走势自上而下，从一个莲蓬头被悉心分割成一缕缕的水线。对于这股连续的、细密的、像温和的雨点一样洒落的水流，我的心里一直是期待着的。或者可以说，自己与这间澡堂的距离正是由于它的突出而紧密联系在一起的。我望着倾洒在头顶、身上、脸上的水，留意着飞溅起来转眼又消失了的水花的去处。对于水的亲近源于肌肤。沐浴，是一个使人清洁且身心舒畅的过程。一个个原本模糊着的人毫无距离地聚在了一起，面目渐渐地明晰，抬手转身之际不免碰着。四周响着哗哗哗不绝于耳的水声。白色的泡沫、洗发香波的气息固定在某一处，持续地散发着关于香气的种种解释。

　　每次去澡堂洗澡，我都是跟着母亲。我像依赖食物一样依赖她，与她寸步不离。我需要她，同时需要的还有毛巾、洗头膏、香皂和换洗的内衣。我伸出自己的胳膊，手腕始终是纤细的，正被母亲紧紧地攥着。她把站在一旁的我拉近了，我闻得到她身上清洁的熟悉的气息，面前的那张脸格外光洁，连皱纹也显得熨帖而舒展。母亲的手很重，一个卷起来的毛巾常常把皮肤搓得发红生疼。我不乐意地甩着胳膊往后退，而她毫不放弃地拎起了另一只。搓完胳膊，她又俯下身来给我搓腿。

　　洗澡的时候就是这样。对于那个单薄的、纤瘦的、不断生长着的身体，我的反应始终是淡漠的、迟钝的，像失去了嗅觉的鼻子忽略了对所有气味的品察。是的，除了发红与痛，身体给予我的似乎就是这种感觉。在这儿，我经常碰到我的一个同学，她的母亲也选择周六领她来。那个小名叫玲玲的同学，长着一张白里透红苹果一样的脸，一头栗色的长发被高高地挽在头顶，斜斜地顶着，像那些随处可见的留长发的女人一样。

　　当水汽雾蒙蒙、湿漉漉，门窗一样安装在了澡堂，谁料到眼睛也被裹上厚厚的一层。从里面出来的时候，我奇怪地发现灯泡的周围罩上了一层脱不去的光晕。等着眼前逐渐澄清，不适感消失，透过挂着蓝色窗帘的窗缝朝外看，才发觉外面的天已经黑了。夜晚的降临，让澡堂里点着的那几盏昏黄的灯，陡然间长了几分精神。

站在床边的女人低着头，双手搅着湿淋淋的长发澡堂管理员。刚刚从澡堂里出来，拿着钩子才清理完被头发丝堵住的下水道，见状大声叮嘱：别把水弄到地上，滴到盆里去。有人晕池，满脸痛苦地被搀扶着在一张床上缓缓躺下。这时，一个女人愤怒的喊叫像是从地底钻出来的：是哪个不要脸的把我的鞋子穿走了?!

除了每年的五月到十月，在一年当中另一半时间里，人们集体寻找着一个共同的场所，一个安全的、温暖的、充满水源的空间。在公共澡堂里，裸露着的身体氤氲在柔软温和的水中，呈现自然的光滑水嫩。或者，公共本身就是一件衣裳。于是，一场关于身体的仪式，郑重其事地在某个固定的场所进行。那些丰满的、纤瘦的、年轻的、年老的、弹性的、松弛的、白皙的、黝黑的身体。那些聚集在某个私密空间里的所有的参与者，因为拥有共同的秘密，结成了坚定的同盟。

多年以后，自己对于公共澡堂的印象止于以上描述。因为我的远离，它早已成为渐渐远去的记忆中的一种场景。曾经的一场关于同盟者的誓言转而被遗忘，分崩离析。时间的钟摆款款摆动，对于身体的醒悟与审视，因循的是成长。重新涉入其间依仗的是想象。而今，已远非昨日的我，只能偶尔想起。回首间，一切物事仿若近在咫尺，触手可及。

楼 道

　　绕过堆在楼底下的那些自行车真是有些麻烦。本来就窄的出入口，让那些暂时或永久停歇下来的车子毫不客气地占据，留下来的空隙仅容身体的通行。跃，自然是跃不过，是每每改变了通行者身体的角度之后，顺便让那些不吱声的车子也稍稍委屈一番，才过得去。不过，还得提防某个车把冷不防伸出来钩住你。说不清是摆放的姿势还是特意地展示，这些款式不同又大致相仿的自行车一律呈现慵懒与懈怠。朝向一侧呢，也就是顺便把头扭一下，就见着了一只只颜色不等、大小不一的报箱，整齐而规矩地挂在墙上，怎么看都像沉甸甸的蜂箱。

　　楼道里，暗。"暗"是一个混浊得让人看不清因而也说不清楚的字，但是存在。说到感觉则要容易些。楼道里，暗，像蒙上了一只长长的灰色的丝袜。一切就这么被罩住了，无论是贴近了也难以分辨的颜色，抑或影影绰绰的气味。其实，还是可以随处找得到颜色的：与楼梯保持同样倾斜的墙上齐整地着了一半的浅绿，一路追随径直朝上的扶手上涂抹着的深红。前者是涂料，后者是油漆。而今，一律斑驳了，暴露出先前被覆盖着的底层——石灰与木质，有些类似凌乱的旧棉絮或者不小心磕破了的膝盖。没有谁会把手搭到扶手上，那地方不同程度的磨损应该属于搬送家具时遗留的擦痕。当然，还有时间。东西搁在那儿，摆着摆着就放旧了。便让人明了，旧与暗之间原来如此相通。气味则不太好捕捉，明明在眼前飘着，浮着，却又不知去向。与从人家厨房后窗经过时漫进鼻子里的香气不同，就以为一定是不声不响地贴近了地面，伏在墙壁上了的。不知道阴凉算不算气味。楼道里始终保持着一种特有的凉意，找寻缘由，不觉间盯上了水泥地面。陈旧的、深重的水泥地。那儿是凉的。

太阳尝试性地绕了一圈也没能找着合适的入口，最后，好不容易才从楼道拐角的那个窗子爬进来。慢慢地喘息，吞吐出来的丝丝缕缕的光线，一股脑儿地撞在了墙上，渐渐地发黄，展开，凝固成一张底版。除此之外，楼道里还聚集着其他一些看得分明的线，也是纷纷效仿，越窗而入。历数这些颇有来路的电线、电话线、网线并不费力，它们紧贴墙壁、匍匐着，像专门生长在楼道里的攀援植物。这些出现在眼前的形形色色的线，穿墙入室，顺着来时的路线一丝不苟地保持着与外界的息息相通。二楼靠近窗子的墙角，有一张垂下来的网，不知什么时候布下的，早已称不上完整。一有风吹草动，那只处境飘摇的大蜘蛛便闻风而动，迅速滑动机警的腿脚。

追随这些颇有来路的线的，是另一些隐藏在楼道内不明来历的小广告。这里的暗似乎刚好应和了各自种种不一的身份。它们几乎随处可见，像喜欢在树底下聚集的为数众多的蚂蚁，楼道俨然成了最理想的栖身之所。墙壁，蒙着灰尘的扶手两侧，玻璃窗，垃圾箱门，以及脚下的楼梯都有迹可循。一层层地贴，又一层层地揭下来，整个过程丝毫不差地完全保留。重重覆盖之下，人们终于有机会目睹后来者如何居上。

遍布楼道的大大小小的广告，寥寥数语，言简意赅。后面一律依依不舍地紧跟着一个长长的电话号码。不言不语的描述与街上响起的有声有色的吆喝不同，却也可以体会集体制造的别样的气势。疏通各种下水道、疏通管道、修水管、机器专业疏通……疏通，疏通，还是疏通，不知道为什么几乎所有的广告都与疏通下水管道有关。有人在远处焦急地等待那个幽深的、隐蔽的、肮脏的、必须的生活通道，某一天突然发生故障，属于意外，却使得原本正常的生活陷入束手无策的窘迫与困顿。大概没有谁留意散在角落里的这些广告，就像除了无所事事的孩子，谁会盯着树底下那些无所事事的蚂蚁？这些散开的广告，有的仅是半张巴掌大的纸片，有的则是信手在墙上划下的，无论粉笔还是黑笔，只为了醒目。专业移动空调、加氟，送奶到家，昌盛开锁……拎起任何一个电话号码，应该都能够接通一个陌生人的声音。彼此都会感到陌生的声音，不知道有没有人做过这样的尝试。面前显然已经伸过来了一只只真实的生动的触角。各种各样的生活在跟前重叠交织，令人无法无动于衷。夹杂其间的"好人一生平安"，该是哪个孩子的手笔，表达着个人良善的祝愿。卧在墙上的安静的手机号码的某个数字被抠掉后，顿时有了悬念，凭空增加了更多的揣测。

占据顶楼拐角处的杂物，并不怎么妨碍人。从主人不经意的摆放看，它们失去了原来的用途。那是一些纸箱、桌子、成摞的花盆以及一只孤单的呼啦圈。分明是废弃了，置于视野之外，却不知道为什么没丢，而是漫不经心地堆在楼道。从目前的状况看，除了使得有限的空间更嫌局促，且颇有耐心地攒下一层层的灰尘，更是加强了日后摒弃的决心。

所有的门距离楼道的长度都是等同的，如此体现出来的公平常常被忽视，除此之外还包括那些门的式样，也是一般无二。楼道与各自隐秘的家庭生活仅一门之隔。偶尔，从门缝里渗透可以捕捉的余音，并没有使人驻足，哪怕是不常见的口角，犹如子弹毫不费力地穿透阻碍。以家庭为单位的空间已经形成了一个个坚实的堡垒。门上一律长着一只黑洞洞的猫眼，在有效阻止外界侵入之后，由内而外的窥视慢慢地生长。从猫眼朝外张望，分明近在咫尺的楼道一下子深远了许多，变得又细又长。有时听到门响，问答声隔着一扇安全的门展开。身份在未亮明之前，怀疑是又一道门。门外还有门，是防盗门。它在被委以重任之后，额外地担当起了各种传单的插架。不知什么时候出现的那一个个灵巧的身影，成功避开所有的视线之后，只在楼道里荡起若有若无的轻尘。出入楼道的除了各家住户，就是那些张贴、送递形形色色广告的人。每周防盗门上都能发现当地某大型超市为会员免费递送的花花绿绿的广告。

　　困在楼道里的光缩成一团后，很快失去了自己的影子，使得楼道加速成为一个特殊的充满想象的空间。傍晚，一个孩子在此经过，一定会大声唱歌，没有谁知道那个小小的敏感的内心世界，他也从没告诉过别人，唱歌是为了给自己壮胆。下行音阶似的楼梯一路载着歌声，忠实地将其护送出黑暗的困境。每晚十点钟，楼道里准时响起一阵熟悉的脚步，是楼上的男孩儿下晚自习回来了，变声期的声音粗糙、沉闷，与那个颀长的瘦弱的身材不相称，"哒、哒、哒"，声控灯被极不情愿地唤醒。与此同时，四楼的门吱嘎一声响了，早早守候着的母亲把一同等待着的家门打开。邻里主妇之间的话题难免带着家长里短的琐碎。驾照的出现，像一尾格外活跃的鱼。有了私家车的两户女主人格外珍惜楼道里的相遇，历数各自的学车经历成了生活的花絮。在这个可以轻易地将自己和影子一同消失的地方，狭窄毫不费力地挑动隐匿的情绪。被助长的私下里的举动生出仅仅属于一个人的暧昧。

　　楼道真的像是一截必不可少的肠道，不声不响地隐在体内的某处。这个提供进入的唯一的通道似乎已经习惯了这种隐匿。发现自然带来一种久违了的欣喜。从外面看不见的、并不深邃的楼道，直上直下，一级一级默默地缔造着自己的曲折。望着经年的楼道，一回回地走过，便觉得一点点地沉淀，一点点地发生着变化。尽管，只是地上的一双脚在不停地行走，腾起，放下，一起一落。其实，这里布置的还是相对安静的生活场景。譬如，谁也不像它这样非常有耐心，非常有耐心地等待着一楼那家小男孩儿的诞生。只是一转眼，婴儿无比娇弱的哭声已经被另一个孩子的顽皮替代。

异　地

　　我一扭头就看见了窗外的月亮。娇小、明亮的月亮是一盏温和的灯，挂在树梢，也静静地落入我的眼中。方才，自己从熄了灯的屋子里不禁摸索起来，体味沉甸甸的陌生。黑暗赋予熟悉的屋子另一副面孔，让人无法忽视的黑色是一种令人沉没的颜色。所有的见证都需要一双眼睛。就像现在，我一扭头就能看见窗外的月亮。没开灯，隔着窗子，我感到了宁静。这是一个有月亮的夜晚。我开始辨认这个似曾相识的月亮，是不是从前也来过。

　　看见月亮，不是在异地。我又坐回原来的位置。行走停止后，异地消失了，一度摆脱了的生活重新落在面前。我不知道每个人是不是都怀着一种对于异地的向往，继而生出一番体验的情绪。宛如房屋一样固着的生活让人很难觉察时光的变迁，更不要说萦绕在眼前的空气的气味。我体验另外一种生活，还是那个我，堂皇地出现在异地充当着路人眼中的陌生人。我竟然是偷偷地喜欢这样的感觉。漂泊，不稳定，以及满目的新鲜。太远的地方去不成，我的异地只是毗邻的另一座城市，坐上一列不用下来的火车便可抵达。

　　我开始被不停地移动。先是那列晚点了的火车，因途中某个不明确的原因拖延 12 分钟。意外除了延长了在站台滞留的时间，并没有干扰即将开始的旅行。当飞快的火车以自己的速度接近、摆脱广阔的田野，我就是被大风挟带着的一颗细小而沉默的沙砾。已经开始的行程由远处黛色的小山充当可靠而连续的背景，在陷入那段漆黑的隧道前，我发现了沿途唯一被自己看见的村庄，真的是叫做铁牛庙。

一直守候在出站口的出租车司机乍看就是接头的。那是个中年男子，极健谈。他讲述自己的经历时也以同样的时速极快地一路碾过。似乎应了这样的速度，这个外乡人多年以后在本地拥有了一栋房子，还成了一张地地道道的活地图。见识了他的熟稔，庆幸及时摆脱了兜售地图的女人。自己介意她的过于流利的外地口音。

我深刻地记下了第一天下午在草坪上空飞过的燕子。一只，两只，三只，应该还要多，来来回回地在眼前不停地穿梭。它们很自然地聚在公共绿地上空，选择从一个旅行者的面前表演优美而高超的飞行。我确认了对方的来历。那个贴身的黑的庄重的颜色，以及灵巧的尾巴。我不知道自己为什么撇开热闹的市声，选中了这块绿地，与这些安静的燕子共度一天中的美好时光。几棵挺拔的大树，以茂密的枝叶展示夏天的姿态。耳旁听不见蝉声，那些由隐蔽的器官发出的生命的欢腾，始终比不过沸沸扬扬的鸣笛。

一座城市被人们惦念肯定是有原因的。排除任何诗意的想象，美丽悠长的海岸线，夏日多情的金沙滩，一座被海风时时眷顾着的城市，海的气息。即使仅凭省气象台播报的大气环境指数历来是优的评价，也令人心生迫切。一座新兴旅游城市声名鹊起，每年夏天各地游客蜂拥而至。于是，外地不再是一处处固定的地方，而是一些可以走来走去的名字。路上随处可见苏、皖、豫，兴奋地挂在大巴车后。这些庞大的显出疲乏的车依旧像鱼一样穿梭，驶过喘着粗气的老城，朝向通往新城通往海边的大道。

我相信多年以后还会记得万平口。我的确对这个地名产生了兴趣，好像洞悉了那个张开了的口字与海的关系。傍晚，来到万平口。一个热热闹闹的广场，穿行着连绵不绝的人流。这个叫做万平口的海水浴场就像一块湿漉漉的巨大的海绵。

在广场上的穿行有一种陷入的感觉，步入沙滩的时候也类似，那里布满无法分辨的脚印。我一直朝前走。摆脱了前一种陷入，心甘情愿地向往另一种完全的陷入。我一点点地远离着陆地，来到海边。海面到处漂浮着一片片破碎的海藻，这是生长在海水里面的植物，像陆地上的草。除此之外就是一团团白色的永不消失的泡沫。一根粗大的长长的缆绳牢牢地固定在海面上，成了海上唯一可以握在手里的实物。那里聚集着跟缆绳一样长的不平静的人群。大海从来没有平静过，当一排排的浪依次涌来，人群就会变得像海水一样波动。我不会游泳，只是凭借充满气体的圆圈在海水中漂浮。身体被高高托举，从浪顶跌落。除了会游泳的，几乎每个人都满足于这样的嬉戏。此前，人得低伏，保持这样的姿态才能使自己不被湮灭，否则就会冷不丁衔上一口咸涩的海水。我随波逐流，平心静气地等待着浪涌，排除周围人声的喧哗，只听见身旁微微作响的水声。当黑暗给大海穿上了同样的衣裳，远处明明暗暗的灯光就像闪烁的星星。闭上眼睛，这样的情景似曾相识。

我很快记住了马路对面的"天天"鞋店，还有不远处的那家肯德基餐厅。我几乎每天都去海边，乘市内公交车沿海曲东路前行。这是一段呈现海岸线一般蜿蜒起伏的道路，6路、10路公交车，以及一条旅游专线均在此交汇。我倾听着沿途一个个铺满异地的名字，董家湾、前大洼、厉家庄子、高家庄、魏园、舒斯贝尔花园、新玛特购物广场。那是由车顶上方传来的一个暗哑的女声，纯正，柔和，还有难以取代的疲惫和热情。

排除任何参照物的指引，我成了自己的向导。开车的师傅，身着蓝色工装，矮，瘦，瘦削诚实的脸是转过头看见的。他目睹乘客将钱币投入铁箱，或者聆听机器发出"嘟"的声响。我也试图想象只闻其声的女人的面孔。车窗外候车的红衣女子，被陌生人注视时，表情有些不自然。跳跃的红色连衣裙给素淡的脸平添抹不掉的颜色。从车上能看见远山，尽管被雾遮住，却成了一道实实在在的风景。在一座座矗立起来的楼房后出现了新的工地，破土的确是一个非常活跃的词。一个骑越野车的男孩儿，在被海风吹到的公路上与身旁的风展开了热烈的追逐。谁也没有能力制止突发事件的发生。凌乱的车祸现场，两辆受损的车以另一种姿势匍匐。我的脑海又出现了那只从未见过的庞大的黑鸟，从路边的树丛突然腾起，呼扇着翅膀飞远了。停留在空中的黑影固执地占据着我的眼睛。

我是突然意识到方言的巨大潜力的。当两个女人不期而遇，交谈开始了。她们很兴奋，双方对邂逅寄予热望，以至于旁人都能感受到彼此说话的兴致。她们的声音很大，我试图接住其中的任何一句，却还是难以分辨言语的去向。她们说得极快，那些仿佛在打架的音调，呈现交替的唇齿相依的胶着与连续，过于活跃的舌尖成了交流中最明显的障碍。待又一个女人操优越的方言上车时，那个声音令自己一点点与周围剥离，像一片随风飘起来的羽毛。

异地，就是容易让人产生异样的地方。我是一个没见过多少世面的人。当我一点点远离被颠覆了的日常生活，已经感觉到了周围来之不易的缓慢。时间被一天天分割，原来的生活被空间隔开。我尝试着一种没有生活的痕迹、一种泯灭了生活痕迹的生活。行走在异地，我扮演着陌生人。对这样的身份感到兴奋。我成了一个崭新的不能更替的概念，在异地一下子突出。只有我才能使储存的记忆让异地真实地落座。复述让自己重新进入异地。经历刻在心上，那是关于内心的迁徙。

异地，排除了地理概念的异地在某处存在着。而今，我仅仅把它置于与此地不同的任何一处。旅行是暂时的，异地是一个行程，只能观望，如一颗露珠轻轻滚动，不能真正渗透。我的返回结束了异地之行。那个曾经小住数日的城市成了异地，与我身处其间的城市有什么区别？现在，我又坐回原来的位置，在一个有月亮的夜晚感受清澈的宁静。我随时都能触摸到手腕及手心处的茧，浅黄色的、硬，一个裸露着的生活的茧。

城市二题

西餐厅

被夜晚遮挡了的视线借助一盏盏灯穿梭起来。数不清的明明暗暗的灯，兴师动众地参与一场对夜晚的围剿。静立的路灯，警觉的车灯，安宁的民居，以及商厦店铺渲染起来的欢腾。远处散落着的灯犹如一枚枚水钻，无声地嵌入那片巨大而乌黑的背脊，发出细碎的、晶莹的光亮。西餐厅的门关着。从关紧了的玻璃门窗透过的些微的光，正温柔地打磨着窗外寂静的夜色。这家餐厅的位置有些偏，白天路过很容易被忽略，此时，那抹淡定的光从头到脚将其围拢，像一把柔软的刷子轻轻掸落浮尘。眼下，灯光并没制造出更多的光亮，由此建立的新的秩序，渐渐驱散白天的印象，专注地接受来自夜晚的指引。于是，落下来的沉静与夜晚有了几分默契。这个白天被忽略的角落开始迎候姗姗来迟的客人。

西餐厅的门早早被笑容可掬的侍者打开。相比殷勤的举止得体的侍者，客人们的确姗姗来迟。与旁处不同，来这儿的大都不是成群结队，而是不那么确定的零星、松散。走进来的人，瞬时被先前看到的淡定的光围拢。排除言语的侵扰，在这间宽敞的大厅走动的更像一个个无声无息的影子。没人在意一丝不苟的装束，一尘不染的地面，形形色色的表情。颜色变得不再重要，剔除那些多余的、醒目的装饰后，整个大厅剩下的是那份被把握的极有分寸感的深沉。悬在头顶的柔和的灯光继续气息一样弥漫，晃动着的影子不是被淹没，而是悄无声息地融入其间。大厅一侧高于地面的台阶摆着一架三角钢琴。声音落至键盘才能上下翻飞。而今，一个保持沉默的灵魂躲进黑白分明的琴键的缝隙，只有靠近才闻得见呼吸。一间间陈列柜式的房间，沿长长的走廊依次排开。空间感给予人的满足突然间发生了转移，由一个公众的、敞开的局面，转化成独立的、恰如其分的包容。

温哥华在维也纳的隔壁，一步之遥。钢琴手出现了，一同出现的是清凉的琴声。被敲击的键盘发出一连串谋划好了的声音，要归功于钢琴的洗练与华丽。被钢琴手捕捉的音乐，属于某首正流行的乐曲。排除尘世噪音的演绎，孤独的钢琴一遍遍清澈地从耳畔擦过，像溜冰场划过的看不见的痕迹。偶尔，寂静的走廊穿插细碎的脚步，是那些举着托盘的年轻侍者。稍后，轻轻的叩门声与方才的脚步声一样，审慎，有礼。出现在面前的侍者身材高挑，相貌端庄。金属碰到同样质地的托盘发出的清脆的声响，与穿梭着的钢琴声不免撞到了一起。钢琴手聚精会神地演奏。忽然，流淌着的旋律出现不易觉察的断裂，手指显然没能按住冷不丁出现的音符。这个意外很快被掩饰，像脱了彩的唇，背过身后迅速地被唇膏填补。那个转瞬连缀起来的琴声重新在耳畔萦绕，拟就西餐厅典雅、浪漫的独特背景。

一种被控制住了的气氛，包括精心铺设的环境、漫漫流溢的暖气，以及一桌之隔的絮絮话语。精致的菜单努力渲染食物的品质，被装帧在彩页上的食物，色泽与带有异域特色的命名，出色完成了视觉的营造和冲击。依次落在餐桌上的是一只只宽大的盘子，白底儿，边沿儿镶细细的绿边儿。蔬菜沙拉赏心悦目。黄瓜、西红柿、胡萝卜、卷心菜、玉米粒、豇豆紧密团聚。除了颜色的迥异，上述食物形状有别，呈现线条或颗粒感。卷心菜尤为特别，红白双色、纤细、蜷曲着，被摆弄成发丝。蔬菜汤盛在式样讲究的小罐儿内，那器物通体一色，状如竹编，刚好把握。汤里不见一丝油星，除了西红柿、胡萝卜、卷心菜，还寻到一根通心粉。西红柿的口味重，很有些气势地压住了其他滋味。最后端上来的不是盘子，是吱吱作响的锅底，有些像铁板烧。说及铁板烧的由来，据说是某皇帝闲来寻思，珍肴佳馔色、香、味是全的了，唯独缺一样，声音。于是，铁板烧诞生。至此，动用了诸般感觉器官的中国菜无可挑剔。不知传出类似声响的牛排是否传承该项烹制技艺。腓利牛排与黑胡椒牛排，口味上有些区别，配菜高度一致：洋葱丝一撮、土豆几块、菜花一朵、冬瓜条一根、胡萝卜若干、煎蛋一个。顺次端上来的一只只透明玻璃瓶，盛以白糖、盐、白胡椒。一个清浅的竹筐搭配几块点心。

眼前摆放着的食物忠实地保持原有的色泽。这些被选取的蔬菜大都艳丽，人工的渗入只关乎配色以及刀工。缺乏烹饪技艺的拼盘只为了搭配，过于简洁，更像是摆设。触手可及的一只只瓶子，根据个人需要酌量增加的味道，肤浅地附着在表面，拒绝参与，拒绝渗透，拒绝追根究底。单单满足了观感、满足了口腹之欲的饮食是乏味、简单的，远没有成为令人愉悦的美食。刀、叉、勺子，锃亮，充满质感，这些相互辅助，怀着共同目的的金属器具，分明还遗留武器的尖锐和攻击性，再次集体对食物进行没有血腥的切割。尽管人们吃葡萄，表皮大都被剥除，红酒的颜色却仰仗葡萄皮的润泽。咖啡成了另一种意义的茶。暗淡，苦涩，香气弥漫。虽然一部分人排斥它的怪味道，但谁也不能阻止那种叫做咖啡色的庄重的颜色。被提炼的原本看不见的咖啡因，则由于行为诡秘、深藏不露，被限制使用。咖啡没有加糖，加了时间之后，渐渐冷却。鸡尾酒的滋味难以捉摸。那些被一次次勾兑添加的佐料，瞬间麻痹了人的感觉。好像背离音乐很久了，却要试图辨出一组复杂的和弦。那种搭配了的、混合起来的滋味，已然生成极特殊的口感，耐得住品咂。

人来得始终不多。这家西餐厅并不在意客人的寥落和清寂，似乎唯此才是属于这儿的。不久前去一家火锅店，靠近广场，又值周末。老远瞅见耀眼的大红招牌。灯火通明处，着旗袍的迎宾，高个儿，模样俊俏，热情备至，与西餐厅彬彬有礼不肯多说一句话的侍者有别。

二楼大厅的气氛像极了婚宴，人头攒动，人声鼎沸。跑堂的小伙儿，手持一把长嘴壶，准确无误地瞄向茶杯。在人缝中穿梭的服务员动作敏捷、言语泼辣，有守在桌前迅速记菜名的，有举着盘子往桌上端的。端上来的是一盘盘生菜、生肉卷以及调味品。一桌现成的配料，有些从水里捞上后直接端来。刚刚点燃的酒精炉蹿出一股呛人的烟。倘这算是第一份底料，稍后在酒精炉的锅内汩汩作响的该是第二份。还有佐料。要麻汁还是蒜泥？要不要辣块？吃火锅，便得劳驾自己。看着火锅一次次煮沸，生的变熟的，一遍遍侵吞锅内的底料，浸入滋味后，拎出来接着涮。一致的味道重申的是被欺骗的感觉。身前的，身后的，左边的，右边的，一只只酒精炉被点燃，所有的酒精炉都被点燃了。这个若干平米的大厅被燃起来的火苗毕毕剥剥地舔着。饮食不再属于个体，成了聚众行为。其间，言语声、咳嗽声、笑声不断，袅袅腾腾的烟让人面目不清。一切都是公众的、热烈的、嘈杂的。坐在对面的人开口说话了，不由得仰头，探过身子，试图把一副被火锅浸润过的嗓子喊破。

水族馆

太阳风尘仆仆地从远处赶来，究竟穿越了多少街区，才抵达盘踞在城市广场的零公里处。接下来，越过草坪、石级、树木，越过金鹰花园第二十七层天窗，越过第六中学的教学楼和操场。如果与空中鸽群的邂逅没让它止步，还会在意羲之路的金融超市，在意超市对面拥挤的店铺吗？羲之路被藏了起来。当周围楼房的生长速度超出树的想象，那些途经此地首尾相连的车辆和陆续出现的行人，趁机把这条沉陷于此的路掩埋。

剩下的只有影子。楼房的影子，树的影子，车的影子，人的影子。落在地上的影子化作赶不走的阴凉。这边紧凑的店铺显然插不上一只脚。一只只停止晃动的脚停在盛满金鱼的巨大的玻璃缸前。那些游来游去的金鱼喜欢阴凉，喜欢潮湿，喜欢呵着的水汽，看起来并不介意彼此的摩肩接踵。

云荟水族馆、新鑫水族馆、金海岛水族馆、鲁南水族馆、洪源水族大世界。我试图将缀在后面的几个字去除，以便恢复记忆中关于海边馆舍的全部印象。那里聚集着众多绮丽而神秘的鱼，自己与遥远隔着一层若有若无的玻璃。而今，我与这些称为水族馆的店铺也隔着一层玻璃。水族馆是统称。那些采用透明材料制作的大型水柜，不管是玻璃、聚乙烯、聚丙烯、有机玻璃还是玻璃钢，在水柜中贮养水生生物，都可以如此称呼。而在另一种语境，水族馆与养鱼缸根本就是同一个词。我在眼前的养鱼缸里寻不到，状如雄狮的翱翔蓑鲉、善于自卫的锥颌鱼、美丽的巩鱼、游速最快的箭鱼、金光闪闪的金龙鱼，以及能用"肺"和内鼻孔呼吸的非洲肺鱼和善于伪装的蝴蝶鱼。这些水族馆门口的养鱼缸里生活着清一色的金鱼。

一只只盛满金鱼的养鱼缸偎依着墙。这个位置是稳妥的，不能动的，好像稍稍偏移一点儿便会惹得鱼儿不高兴。隔着玻璃目睹鱼群，让人毫不怀疑眼前热闹的群居生活，令一个家族看起来格外庞大。这是一些看起来差不多的家伙，嵌在头顶的大眼睛，圆嘟嘟的身体，灵动异常的尾巴不停地舞动。目前，舞动变得有些困难，一条条金鱼不得不侧身一次次从同伴身旁周旋。同一只养鱼缸里的鱼儿事先进行了挑拣，个头匀称，看起来齐整。仔细辨别，还是能找出些微区别，譬如体态、花纹、颜色等。为数众多的鱼群，增加了彼此的可比性。我说不准对方的来源，无从追问它们对于集体出现在街头的真实意见。无疑，这样的展示使其作为鱼类的魅力彰显。这些在水里游荡的、被隔着玻璃观看的异类，被称为水族。一间间水族馆名副其实。

树底下的那只玻璃缸没有水。它看起来更像一只罐子，圆口径、大肚脯，很敦实的样子。玻璃罐子里趴着若干数量的乌龟。个头小，仅半个手掌大，一只只安分地摞在一起，像要从亲密无间的依靠中获取更多的安全感。偶尔的蠕动，碰到一起的身体发出状如沙砾般的摩擦声。一双细小的眼睛与柔软的脖颈一起警惕着外面的丝毫动静。这种披着漂亮的绿盔甲、叫做巴西龟的小家伙，似乎知道玻璃之外的一束束目光无碍，更乐意趴在那儿，冷静地观察身旁的时光如何出没。水族馆门口支一长货架，摆着大小不一、形状各异的玻璃缸。没有放入金鱼之前，这些暂居的玻璃缸充当摆设。其实不单单从阵势，具体到每一只，都会发现它们的确不仅仅是一只只简单的器皿。有样貌，有身材，有风度，每个生命都被玻璃包裹得精细而华丽，承受围观者的审视与挑剔。沿墙站立的橱架下塞着未除掉包装的玻璃缸，货品丰富。

　　成袋或散装的鱼食和龟食，堆放在塑料盆里。不再是从前池塘、水沟里见到的密麻麻的鱼虫。那时常见有人用渔网捞回去喂家里的金鱼。走近了，发现这些被合成的饲料，颜色驳杂，呈颗粒状。具体成分不详。至于味道，得耐心等待那些鱼儿开口了。有的玻璃缸沉入几块亮丽的有机玻璃石子，或方，或圆，与放入长颈玻璃瓶的塑料水草目的一致。在仿真效果下，过于耀眼的颜色一下子暴露虚假的真相。放入装饰物品的玻璃鱼缸导引旁观者的目光，令视线发生幻化。这些安静的石子、水草尚且如此，游弋其中的金鱼又会制造怎样的奇妙？不晓得它们是否欢喜围绕毫无生气的玩意儿。

　　时间长了，很多人就记着了这个地方。能说清楚哪条路，虽然路名记不准，那就顺便提提附近的中学。店铺的名字被抛到脑后，只记得路边的风光。水族馆，在哪儿？那不是鱼市吗？被提醒了的人们介意突然出现的正式的命名。对于印象中摆布着鱼缸的阴凉处没有遗忘。近在咫尺的水族馆不是可供欣赏的关于海洋生物的馆藏。沿街出租的那几间房子方向一致地坐落着。不知是哪家先来的，目光投向与世无争的鱼，接着，一家家寻来，不约而同地一致起来。鱼市日趋形成。当美丽被相中后，被出售的便是无法回避的被追逐的美丽。这些进入玻璃缸里的水族，成群结队地游来游去，色彩艳丽，惹人眼目。不久，它们中的成员会与团体分离，会被论及个头儿。无法见证的成长以货币为衡量标准。

　　羲之路上的水族馆成了城市的一部分。这个集市被簇拥在玻璃缸里的鱼装点，以自己的方式嵌入无所不在的生活。路人漫不经心的一瞥带来的也是赏心悦目，已经培养的或偶尔生发的闲情令其驻足。没人在乎铺面的简陋，他们被群居的鱼吸引。金海岛水族馆的卷帘门，添加了"活水草"。于是，在那间幽暗狭小的室内就看见了飘荡的活水草。相比潦草的、装饰的塑料，暗自摇摆的水草充满活力。靠墙的木架上端坐造型别致的垂钓者。突然出现的意趣弥补了冷落的空间，引发自然的生趣。门外，一老者正手握渔网，躬身端详眼前的鱼群，寻找钟情的目标。只有当水被搅动才显得慌张的生灵，对生活并没有过多抱怨。洪源水族大世界的店面大，沿墙放置的玻璃缸除了红色的黑色的金鱼，还有五颜六色的热带鱼，盛装的披挂让人叹服世间的奇迹。相比待在羲之路另一端清浅的水池里拒绝被渔网打捞的鱼，这儿的水族馆该是理想所在。

　　水族馆的门敞开着，途经此地的太阳不肯进来。一双双湿漉漉的鞋子不得不躲着地上湿漉漉的影子。从装满水的或空着的玻璃缸沿儿伸出去的目光，挽留着闻得到鱼儿呼吸的路人。紧挨着的店铺，连在一起的货架让人分辨不清。那个下午，云荟水族馆的姑娘从屋里走出来，新鑫水族馆的店主，那个长着一双小眼睛、羽绒服外面罩着围裙的女人，并未谈拢方才的生意。她袖着手，侧身望着已经转到另一边的背影。不远处，一只湿漉漉的渔网立在一株瘦瘦的树下嘀嗒着水。

节目单

唢 呐

　　为数众多的人依次往台上走了，站定，转身，按事先练就的阵势排成一排。说是一排，但不太直，不能太直，而是略略呈现了一个让人觉察到了的弧度。从台下看，上面的人是多，人一多，队伍就有些密，有点儿挤，就差点儿能量出舞台的长度了。稍后，只见中间某人不经意的颔首，众人便心领神会地一致举起了手里的家伙。唢呐骤然扬起。如此齐整隆重的举动，比起方才主持人热情洋溢的台词更有了开场的效果。

　　人多势众。现场很快埋没在一片喜庆的欢快的气氛当中，谁也没有理由不为这样的阵势所倾倒。台下一双双被逐一唤起的目光开始了共同的追逐。那些令人瞩目的乐手明显兴奋起来，左右，前后，身体有规律的摆动不知不觉地加剧了视觉的充实与动荡。声音是最大的蛊惑者，明明谁也看不见，一伸手似乎又能捉住。那些可以捕捉到的声音，高昂，扎实，尖锐，明亮，沿着每一条可能存在的路线锲而不舍地前行。耳朵忠实可靠的牵引使得在场的人们不由自主地陷入完全由声音制造的包围圈。眼见着来自内心强大的喜悦被疏导，被更替。此时，人们极想知道的就是那个看不见摸不着的去处。目光想方设法从固执的严密的声音缝隙突围。人们盯住移动的手，盯在了纹丝不动的嘴上。声音依旧不可避免地拥挤，碰撞，绚烂得像盛开在夜空中光芒万丈的烟花。站在后面的敦厚的鼓和镲不甘寂寞起来，见缝插针地将剩下的空白填补。

乐手们着装统一，白衬衣一律塞在黑色的裤装内。那根红领带就兀自醒目起来了。这样讲究的阵容强大的队伍，乍看以为是清一色的小伙儿，片刻就更正了。这个有弧度的队形明显地将立在中间的男人和一名女子烘托。男人是师傅，可以肯定作开场示意的就是他。女子梳低低的马尾，如果不是站在舞台中央，没有人会注意，但手里操持家伙后，就不得不让人另眼相看。吹唢呐的女子脸上荡着笑意，眉目鲜活，像朵花儿在绿叶丛中掩也掩不住。

眼见着现场气氛即将抵达令人窒息的白热化，人们纷纷翘首以待。突然现身的逆转有些出乎意料，戏剧性由此产生。密不透风的空气明显松动。欢声齐唱的唢呐戛然而止。众唢呐手将英武的家伙纷纷从嘴边移到了手上，身后间歇响起的鼓点变成了长久的休止。唢呐依旧响彻，是师傅和那名女子，正携手奋力往上冲。继而，其中的一只因故停下了，剩下那女子独自扬起俊俏的唢呐。如今，现场所有的目光都集中在了一个人的身上，对方并不躲闪，过来了，就笃定地接了。声声不息的唢呐像极了一根绷紧了的丝线，愈拉愈长，愈来愈细，充分显示难得的弹性与坚韧。而那女子并不在意，一鼓作气，持久地传递着一股子不知从哪儿攒起来的劲儿。人们真的有些担心了，想知道那个已经被拉得足够长了的声音，最终会落在哪儿。是掉到地上，还是挂在空中？经过漫长而静默的僵持，屏息静气的人们蓦地回味过来，顿时，掌声如潮。然而直至潮水渐去，那音儿仍在，末了的尾巴像撒欢的强劲响亮的鞭梢儿。台上的女子脸上现出淡淡的红晕，有了一层抹不去的神气。

男声独唱

独唱演员有些孤独地站在台上。当那些高高低低变幻莫测的光，无遮无拦地压下来，影子不见了。没有影子的人独自站在那儿就有一种说不出来的孤单。热闹拥挤的舞台突然静了下来。起先，这样的静让人觉得恍惚，好像面前不合时宜的空白是一堵白色的连续的墙，不管不顾地扩大，伸展。于是，那个站在偌大舞台上的人就单薄起来，像旷野里一棵孤独的树。

独唱演员一个人站在台上静静地等待。之前，他鞠躬，站立，而后，就像一枚钉子钉了上面。对于舞台，他是熟悉的。还站在原来的老地方，不太居中，稍稍朝右偏移了些。站定后，就没再动。他知道自己的出现从一开始就被无数视线关注，不得不约束自己的一举一动，以保持舞台应有的作风。独唱演员看上去很镇定，这关乎台风。上台前的各种准备已进行过了，他将自己安置在一个不起眼的角落，努力调整呼吸，目光鸟翼般掠过黑压压的人群，盯住对面墙上的黑点。上台的时候刚好与主持人擦肩而过。两人身高相仿，他能看见对方闪露的一口无所事事的亮晶晶的白牙。接着，他气宇轩昂地一步步走到台上。站到了舞台上的他完全脱离了职业，也不再是一名称职的父亲或孝顺的儿子。角色经层层筛选和剔除，得出确凿有力的结论。他是演员，一名独唱演员，即将用自己的歌声打动观众的耳朵和心。

安静必须是短暂的、有限制的。哪怕再长一点儿都会让人觉得难以忍受。终于，空气里飘荡起了一群群四处游动着的蝌蚪。他无处躲藏，一下子暴露在众人面前。人们的目光也有了大体一致的方向。此时，独唱演员选择若有所思地凝视远方，如此，深沉就像那套将他严密包裹起来的西装，从头到脚地罩起。不过，被镜片遮挡的目光并不走远，还没碰到半空中的墙，就止了。由着四下涌来的音乐深浅自如的引导，独唱演员全神贯注地投入到演唱。现场渐渐沉浸在低回盘旋、凝重饱满的歌声里。歌曲内容与当地丰厚的历史相连，充分体现了本土的文化气韵与精神。千古书圣啊。身体与声音配合着，让他完全陷入久远的墨香。经过训练的声带酿造的情绪如此贴切。转身之际，凝重的背影仿佛已与书圣结伴同行。恪尽职守的追光灯一刻不停地追随独唱演员的行踪。突然觉得他的这套行头过于庄重了，甚至让镇定的神态增加了几分疲惫。也许还因为滋生起来的温度，有人正穿着凉爽的短衫。独唱演员在台上缓缓地踱，尽量放慢脚步，以适应中途停下来的同样缓慢的节奏。歌颂是缓慢、深沉的，激情被掩盖之后一点点淡下来，含蓄而深情。歌曲旋律宽展抒情，起伏不大，让人充分地心领神会。歌唱被扬声器刻意扩大着，有了一种强调的美感。

　　这个被安排在前面的演出是受重视的。人们在观看节目时不知不觉审视起了演唱者，这似乎与歌曲同等重要。用以传神的眼睛被一层浅薄的镜片遮挡，加上光线的干扰，双方并没能很好地交流。眼镜的斯文在舞台成了障碍。独唱演员看起来稳重。除了神情，为实现歌曲宗旨而显得心事重重。必须在台上走来走去的他，没有拖曳的长裙。作为男声独唱，显示了一定的气魄和力量，最后的高音落实稳定，没有令人担心。不清楚是真唱，还是对口型。为了演出效果，音响师实在功不可没。台上时而腾起来的炫目的气泡，起劲地烘托着，虚幻是虚幻了，从屏幕上看应该有不错的视觉感。舞台就该是这样。

舞　蹈

　　灯光不声不响地消失了，没有任何先兆，让人毫不提防。每个人的面前就这么猛的一黑，眼前是一块神秘的黑布，谁也没有力量在上面撕扯任何一道细小的口子。灯光的突然走失让黑色一下子占据了眼前所有的地盘。夜晚开口了，在黑色的遮掩下窃窃私语，那条谁也看不见的通道只有风独自穿行。此时，在黑暗中得到良好诠释的夜晚，理所当然地充当了黑夜。影影绰绰的，究竟是什么在晃动？那些细细碎碎的影子，在蹑手蹑脚的轻巧中宛如荡起的水波。谁也不知道该如何对待突然降临的黑暗。不过，当本该明晃晃的舞台莫名其妙地一片漆黑，肯定是有原因的。

音乐出乎意料地揭开了黑色的边儿，以水浸透一张纸的方式缓缓地进入。这样温和的攻势竟然使得原本严密的抵挡不复存在。接着，骤然响起的声音一下子撞开了黑夜的门。咔嚓，咔嚓嚓，咔嚓，咔嚓嚓……起先是远的，弱的，<u>丝丝缕缕</u>，密密切切，不一会儿便由远及近，由弱及强。一种被口唇真实模拟的声音，配合干净利落，整齐划一的节奏，耳边顿时布满看不见的声音。黑暗中亮起的分明是剪刀，一把把坚硬锋利的剪刀。尽管面前没有，陷入包围圈，又分明到处都是了。

微光乍现，像黑夜被齐力剪出了一个孔洞。周围依旧是暗，但挥舞起来的手指在声音的配合下，已经使每个人的想象力得到最充分的延伸。表演除了表演者本身，也顺便将观众带入一场虚设的情景。夜晚被搅动起来，黑暗中充满了触手可及的生气，一把把欢快的灵巧的剪刀愈来愈清澈，迅速改变了夜的味道。一个背影在光的簇拥下，月亮一样升起。被人们发现的那个端坐在舞台中央的舞者很安静。起先，谁也没料到单凭一个不动声色的背影就能彻底地打动人。目光投过去，像溅入池中的一枚枚保持沉默的石子。背部曼妙的曲线让人们突然间发现身体的美好。气氛就是怪，无论有声还是无声都能刻意制造。音乐从背后袭来，那个安静的舞者像受到了召唤，曲线发生波浪般的起伏。身体尽情地展开、呈现，以常人所不及的姿态。伸长的手臂，灵动的腰肢仿佛蕴藏着异样的力量，原来身体可以像庄稼一样自由地生长。那个始终没有移开的方寸之地成了又一个舞台。顿时，那儿成了漩涡，引人瞩目。面对以背示人、坐着的舞者，观众期待她的转身。

舞台骤然亮堂起来。此时，布景的灯光已出色地完成任务，制造了预期的舞台效果。耳边依旧是剪刀的声音，更欢快，更明亮。人们的眼睛也亮了。这是一群跳民族舞的本地姑娘。舞蹈有个好听的名字，叫"剪春光"。表演者年轻，鲜艳，后者是装扮，前者则意味着即使不装扮也同样吸引人。曾经在黑暗中各就各位，随着背景的隐去，灯火通明的舞台依旧需要想象。被整体美化了的生活，在整齐划一的动作与生机盎然的音乐合力打造下，令人赏心悦目。身体成了最大的可能。肢体必须纤细、袅娜且柔韧，从此千姿百态，变化多端。眼睛是灵动的，一直不说话，却像一直在说话。每个人都发现了眼前的舞台因为跳舞的姑娘，荡起一股纯净的气息。跳民族舞的都是一致的发型，唯一变化的是刘海儿。于是，看着看着，一张张娇艳的脸便有了迥异。睁大了眼睛在这一群姑娘中寻找先前的舞者，不一会儿，对方就跃了出来。不错，是她。定睛观瞧，人长得小巧，不漂亮，细小的眉眼灵动。在最后的造型中寻找主角，还是她，花蕊似的娇艳。远远看去，舞台上像摆放着一只盛开的花篮。

细　节

站在马路对面的时候，我没敢动，因为红灯亮了。这个高高在上，时而藏匿时而现身的家伙很警惕，如今正虎视眈眈地与我对峙。十字路口就是一张名副其实的大口，宽阔，健硕，永不疲倦地忙于吞咽。面对着亮起来的那道沉着威严的光束，我知道自己正在被拒绝。时间如同切割的香肠一截一截地塞进了里面。从来没有谁真正去计数，这段难以摆脱的长度是否真的与交错着的另一个方向穿梭不已的行进一致。

暂且撇开更替着的红绿灯各自隐藏的意志，十字路口多像一处柔韧灵活的关节。等我站到了对面的街角，转过身突然有了这样的发现。这是一个春天的下午。我知道自己面对的不再是一个单纯的词语。我已经明显感觉到了她的入侵，正从路边敏感的树的末梢儿一点点地、执着地愈来愈接近我的体温。是的，温度。宛如河水一样静静流淌着的温度。那是属于太阳的、空气的、身体的温度，温情而明媚。这个下午，到处弥漫着的是一种叫做春天的气息。

透过春天的橱窗会看到什么？玻璃的存在似乎就是为了显示自身的不存在，天生的纯净与透明，使得这种被称为玻璃的物质非常愉快地牵引着所有的视线款款前行。那些由远远近近的距离形成的阻隔，早已被证明与视线无碍。

踞于十字路口拐角处的店面有着与众不同的显赫。美佳乐蛋糕大世界就像精心镌刻在生日蛋糕上丰厚醒目的祝福。身着粉红色店服的女店员，年轻，白皙。她们举止得体，从不表现得过于随意，即使店里没有人。在室内柔和的日光灯、下午特定角度的光线以及若有若无的玻璃共同作用下，每一个路人从外面就可以看见这些年轻的姑娘。

门被推开了，微笑像花儿一样绽放。粉红色的衣服，走来走去的粉红色的帽子。谁也不会回避娓娓的嗓音，殷勤而亲切，不经意间制造出一种类似于鲜奶、朱古力的黏稠芬芳的气氛，上面还别着精致的晶莹剔透的水果，樱桃、草莓，还有葡萄。粮食被巧妙地掩饰了，彻底地陷入松软香糯的包围之中，成为品茗佐餐随意添加的副食。洁净明亮的店面如同调和过后的凝固的乳白色。有人在里面坐了下来，并从一旁的报架取了份报纸，他愿意暂时待在这儿，在聚集着香味儿的文字中停留。出来的时候，还会多多少少带走一些。我相信四处游动着的香气早已属于这个春天，并且毫不怀疑一定捷足先登地最先延伸到了毗邻的一家。

敞开着的门表明的是一种态度，这种自然流露的接纳与欢迎常常令人欣然不已。当然，不能回避的还有橱窗内的模特摆出的魅惑。时装店那些美丽的模特很容易使人产生由衷的好感。接下来，我得明确自己在这样一个下午出现在街上的理由了。每到换季就有类似的事情发生。我的衣着太黯淡，颜色也旧了，与对面的春天不相称。站在门口是没有多大意义的，我走了进去。这家店的门脸儿大，里面也开阔。我知道站了满满一屋子的衣服是在等着某个人，尽管它们从来不开口说话。我与它们挨得很近，看得见各自藏起来的表情。我相信自己对衣服的嗅觉一点儿也不次于对香味的品察。

我不知道自己的注意力是什么时候开始转移的。我显然已经忽略了进行中的寻找，所有的动作不知不觉都停了下来。我静静地站着，发现这个下午原来很安静。一旁正在进行的交谈正在努力地把声音压得很低。做这种努力的是不远处的那几个女人。我刚进来的时候，她们甚至没顾得上打招呼。

在午后进行的一场交谈会围绕什么展开？那些被压低了的声音，显然是不易放大了音量，可还是忍不住摆出来了。秘密的耳语传过来的只是几个间歇的断裂的词，这就使得可能的事件变得模糊、不确切。由此增添的揣测使我试图将那些言语串起来，像看到的一粒粒断断续续的珠子。难以破解的是一张张背过去的表情，围拢着的阴影呈现未知的神秘的光彩。她们正在谈论一件事，一件关心着的远处的事。是的，远处的。与现在，与我，很难发生实质性的连接。那是关于别人的现实。

如果没有那两个人的出现，这样的状态大概会继续维持，至少一直到我若无其事地离开。所有的事实在没有被揭晓之前，都是一个谜。大多数时候，人们并不了解周围发生的事，所以相安无事，也乐于身处未知之中。我还没来得及走开，那两个人就出现了。他们从敞开着的门径直来到女人跟前，站住。他们是警察。在亮明了身份之后进入了直接的实质性的调查。附近刚刚发生了一起交通事故。这是一个结局，一个令人不愉快的事实。面对这个已经产生并且难以更改的事实，他们接下去要做的是尽量还原整个事件真相。即将进行的过程是排除了结果重新开始的，详尽，铺展，力图通过这样的回溯，寻找缘由，获得加以论证的依据。他们确信那个瞬间发生的事情一定被记下来了，记在了脑子里，成为被称为记忆的一部分。

做笔录的警察没有去问路边的电线杆。作为距离事发现场最近的目击证人，那根电线杆应当比其他任何人更具有发言权。它占据的实在是一个有利的位置。比事后跑出来的女店员有着更理想的视角。这扇敞开的店门像长在街面上的一只眼睛，深邃，透彻。这是十字路口的拐角，以这样的地势，应该看得见，而且会很详细。警察是作了推断后才决定迈进时装店的。他们相信现场的目击者常常能够提供更多的信息。尽管有些情景于人们头脑中的再现带来的总是一致的回避。这儿是最近的了，除了街上早已走散的路人。他们敢肯定，当时，这些女人一定看见了的。问题被一个个审慎地提了出来。然而，警察的突然介入显然让女人们缺乏必要的思想准备。

这个下午，警察走了进来。他们没有打断正在进行着的交谈，只是插入。语气始终是平和的，甚至随意，与春天的性情非常贴近。他们希望在问询中一点点地还原本来的面目。只是，警察的出现让女人们很拘谨，缄默而被动，带着明显的排斥和疏远，谈话的兴致一下子中断了。启发式的问答进展缓慢，好像是一个并没有经过充分准备的节目。其中的一个女人表示她们并没有看到什么。我们离那儿是有距离的。说话间，努了努嘴，示意着真的是并非简短的距离。她们有些沉不住气。因为警察的出现，关键是他手中不停歇的笔。他在记录着每一句说出来的话，还不时地抬起头。明明是没有影子抓不住的音儿，此刻却被一双锐利的手擒着了，一个一个现了形。可这是真的吗？渐渐的，怀疑让一切又纷纷变得不那么确定起来。

只知道那是个女孩儿，穿着校服的。骑着自行车该是放学回家。那司机还算有良心，出了事儿女孩儿就被送进医院了。具体的？再具体些的，没了，真的没了，其实也没看见，一忽儿就发生的事儿，又不是在眼皮底下。是的，我们出去了，可出去的时候，女孩儿已经倒在地上了。到处都是血。真可怜，唉。女人们表示只知道这些，如果她们的及早出现能够阻止这起事件的发生，她们是愿意早早地坐在那里等的。

局面一点点地被刺穿，就像一只滚动着的慢慢撒气的自行车轮胎。没有谁愿意在一件事上持久地纠缠。已经发生了的事如果没看见就会不知道。不知道的事，与事实之间的距离有时并不是很明确。无法拒绝的是真相。

这条街叫启阳路。当这个春天的下午，一些人出现在启阳路的时候，就一同被这个时候的太阳非常熨帖地照着。春天的界线如此明确。你会觉得春天很明媚，空气里带着香味儿，你会发现玻璃橱窗，那一处处透明的玻璃房就像糕点一样。路那边有一棵开花的树，哦，花儿正和停下来的蝴蝶一起呼吸。行人在人行道上不紧不慢地走，运动着的车辆以各自不同的速度追逐。一切都在行进当中。时间是一个个的点。几点了？没人注意时针与分针的移动，只能听见那根最细最长的针走动发出的声音，它一刻也不肯停下来。

那个瞬间发生的事，一忽儿，一眨眼的工夫，停留在某一点上。属于意外。这样的遭遇发生了，双方的势力那么的悬殊。所有控制着的行进中体现的节奏，戛然而止。

自行车倒在地上，仰面朝天的车圈乏味地转了几圈后，便开始对现实不满。但那的确还是两个圆，依旧饱满，只是改变了方向。那个庞然大物静静地站住了，四只脚安稳着地。地面总是给人一种踏实的感觉。所有的能够在地面上行走着的事物都这样认同。除了蝴蝶，一只快乐的飞翔着的蝴蝶的意见除外。突然降临的碰撞无法躲闪，抵着的是磐石一般的硬物，不可避免地撞击，迅即弹了出去。身体在面对笨重坚硬的对象面前呈现本来的纤细与柔软。疼痛一下子被盖住了，如同利齿一样地撕裂。高亢刺耳的刹车掩住了发自心底的尖叫。

与春天无关的惊惧被轻轻捂住，可还是保留下了口字的形状。咫尺之外，人们的目光正被什么吸着，粘着，深深地咬紧。短暂的围观。朝向医院的加速度。被眼睛捕捉到的痛，虱子一样长在了身上。反刍与一个女孩儿有关。血，碰撞，沉默，叹息，紧张，离得远远的还有隐隐约约的庆幸。透明的玻璃窗泛着透明的光泽。谁也看不见的风，摆好了架势不知道又往哪儿去。

从店里走出来，觉得有些热，温度好像不知什么时候突然升高了。我看见了离得最近的那根电线杆，高高的，有些孤独。一对少年结伴从门前走过。就在这儿，看，还有血。手指的地方，走近了，看见藏起来的深红，是被称为殷红的红，点点滴滴，嵌入硬硬的台阶。那不是水，有光也没有反射。这时候的人不多，道路看起来很畅通。

被黑色浇灌的夜晚

　　我想象最多二十分钟以后我就会从这辆公共汽车上跳下去。当然在此之前，我得先走到后车门按响门铃。我是用戴着手套的右手食指的指背，轻轻碰了一下那个不起眼的凸起的。那个仿佛耳蜗般的摆设落在后车门的上首。紧接着，听见一连串嘶嘶嘶的声音，好像四处漏风的牙齿正不断地倒吸着凉气，而嘴巴又对准了音质粗糙的话筒。这时候，我不用大声示意，司机选择了恰当的地点减速、停车。接着，我从公共汽车上轻快地跳了下去。

　　才坐到座位上已经想到二十分钟以后的情形，我不知道自己为什么总是情愿丢开眼前，而对将要发生的事感兴趣。那天下午，天有些阴，透过墨镜，似乎又加深了几分这样的感觉。确切地说是一副浅蓝色的风镜。当眼睛红肿的异样被一层透彻的有机玻璃成功阻隔，像偎依着一堵最安全的墙。

　　车上的人不多，没有人注意我。人们之间保持着的距离正以一排排生硬的座椅适度地间隔。我抱着自己的包，偶尔望望窗外。公共汽车迟疑极了，磨磨蹭蹭地在路上缓缓滑行，像一个才试着在冰上练习的初学者。我敢肯定，这不是最后一班车，却是我坐过的最晚的一趟。没料到这么慢。当然，慢有慢的理由，一路上拾煤核儿一样捡拾站在路边招手的人。我不断重复着的动作就是不厌其烦地掏出包里的手机，一回回扫视腿脚比车要麻利多的时间。

　　车厢成了一个庞大的胃，贪婪地一个劲儿地往里塞。尽管车内无限制的膨胀没有使铁质外壳发生改变，但每个人不再互不相干。很多人站着，把手高高吊起，而将身体或多或少倚靠着一旁的座椅。那些由内而外释放的温度，被严严实实裹在感觉迟钝的衣服里。公共汽车不停地摇晃，像一个内心极度不安又无从掩饰的人。一下子陷入拥挤的人群，我显得很不习惯。我不喜欢被包围，周围的陌生带着明显的不安全感，距离的消失让自己顿时变成一只被团团围困住了的小虫儿。

黑色大概就是这时候来了，无声无息。起先，它把自己的脸贴近车窗玻璃往里面窥视。这样的企图使它不可能成为水，渗过一丝缝隙从容漫过。可最终又是如何溜进来的？

当窗外的黑暗神秘地聚起，车厢被投上一层难以抹去的阴影，连近在咫尺的后背也一同受到挤压。黑色是迷惑的，隐蔽的。窗外的黑色像一种气息，随着呼吸的深入一点点入侵。整个车厢被它牢牢占据。迅速弥散开来的黑暗使我黯淡地陷入。黑色是属于夜晚的。当目光抵着四下里渐渐浓郁开来的颜色，仿佛含着一块特殊气息的糖。所有的与黑色有关的实录与口供，隐秘而潮湿。

旁边的男孩儿落在嘴角的笑意，缓缓地释放，就像他的坐姿那般安逸，始终都没来得及消除。当我把目光投向窗外，便会不可避免地掠过邻座的少年。他看上去太年轻，像一株稚嫩的枣树，一双安分的眼睛不停地忽闪，好像周围隐藏多么有趣的事。

这个肤色黝黑、单薄的少年是我的同行者。他会时不时甩一下头。我想不出一个更好的方式，可以替代甩头。这种成长中的习惯，尽管有些作态，至少显示自己不再无所事事。如今，我已不用装模作样。我把身体贴近椅背，目光注满绸缎一般细密的黑色。

一只手。一只白色的、修长的手，从一出现便彻底吸引了我。那是一只独立的、看上去甚至是有些漂亮的手，在周围深色的映衬下夺目而突出。起初，自己对于它的出现并不是很确定，甚而心存疑惑。

水蛭轻轻滑过安静的水面，贪婪地扭动着纤细的身体，轻盈地、不动声色地一点点贴近目标。它的动作如此轻柔，灵动，起落间蕴含无比的温柔，状如抚摸。我不得不盯着无遮无拦的这只手，无法回避，因为它太醒目，因为它就在眼前不停地游移。

我立了立身。这个动作显然有些唐突，不合时宜。此时，那只水蛭陡然间伸出了细脚伶仃的爪儿，正准备登上某个向往已久的据点。当然，它还是谨慎的，这就使得原本旁若无人的动作又有些不够大胆。眼看着似乎一下子就能迈过的，却又不得不在一道形同虚设的阻碍面前，止了。我刚刚及时整了整落在膝盖上的包带。

不一会儿，那只缩回去的手再次跃跃欲试地伸了出来。它依旧是灵活的，甚至顽皮，一副不肯罢休的样子。因此，当这样的一只手固执地、试探地伸过来时，又着实是大胆的。它似乎完全忽略了身旁正对着的目光。已经暴露的企图像一条恣意的蛇，借助摇晃的车厢，暗淡的夜色，以及毫不设防的迟钝的身体，沿着事先设想好了的途径，靠近。

突然，那只苍白的细长的手，倏地缩了回去，像探头时被打着了的乌龟。眼前缓缓张开的臂膀好像一道不可逾越的坡。片刻，当那只手又一次从笃定的线路摸过时，取而代之的是犹豫不定后的踏实。这种执拗和肆无忌惮或多或少地刺激了我的视觉，鼓励从一开始即完全处于下意识的抵抗。我适时整理包带的动作，宛如设在中途的关卡，一次次成功阻止了行进中蓄谋已久的企图。如此几次三番，身后的对方终于明白，面前遭遇的看似漫不经心的举动，充满了显而易见的故意。

此时，那副浅蓝色的风镜完全成了装束，或者道具。它在一定程度上掩饰了我的溢出嘴角的笑。我相信偷儿就站在身后。我和他挨得那么近，可以想象那双因屡屡受挫而恼怒异常的眼睛，一股无处可去的怨气像酒精，借助生硬的肢体在空气中徐徐发作。

之前，我敢肯定他一定把我忽略了。他的注意力全都集中在了前面男人的臀部。男人的左手伸向半空中悬挂着的吊环，厚重的上衣与裤子间自然闪出大段空隙。其实，单单从外观看，真不好说口袋里究竟有什么。引人注目的是毫不提防，可以轻而易举地偷袭。

还有一站路。准备下车前，我拎起落在腿上的包，碰了碰一无所知的男人。我说，你坐下吧，我下车了。闪现在车厢里的声音，像一枚刀片，锋利地划开白色的纸背。

我转身挤进人群，不小心踩着了某人的脚后跟，又与迎面的人撞在了一起。突然，自己被一种充满敌意的力量推搡，那个不得已罢手的偷儿在我身后尾随。接着，就见一个瘦高个儿几步晃到一矮个儿跟前。我扫视着堆在一旁的凌乱的眼神，比划起来的发狠的手势，猛然觉得身后那一高一矮的偷儿是永远不会开口的。在这场原本只出现了两个人的对峙中，必须由一个人打破沉默。

好不容易挤到后车门。我没有伸手去按耳蜗般落下的门铃，也没有听见一连串嘶嘶嘶的声音。我大声说明下车的意图。臃肿的公共汽车缓缓减速，车门吃力地张开。我准备着像事先设想的那样轻快地跳下去。就在我的双脚刚刚脱离踏板，尚在空中保持连续跳跃动作的瞬间，左腿被身后飞出来的一只鞋子踢中。

眼前是车来车往的十字路口，到处闪动晃来晃去的车灯。不经意地回头，我突然发现，就在刚才下车的地方站着两个人。心扑腾腾跳了起来，好像一张嘴就能看见一只鸟扇动着翅膀飞出去。我飞快地跑过十字路口，望着不远处停在路边的三轮车和穿梭着的出租车，考虑是否该坐上去，逃离即将到来的险境。

可是，在离家数百米的路口，我没有搭上任何一辆车。我从来来往往的车辆旁跑过。我选择了奔跑。我不知道那两个家伙下一步会有什么样的举动，头脑中始终浮现挥之不去的情景：嗒嗒嗒细碎急切的脚步；气喘吁吁的两个人；黑暗中冲过来的一把匕首，准确无比地瞄准了目标；顿时，泛着金属光泽的表面涂上了一层耀眼的红。

高跟鞋清亮地敲响了整条寂静的街道，坐在汽车修理铺门前的几个人拍手叫喊。没有谁知道缘由。一个独自在黑夜的街道奔跑着的女子，成了属于这个夜晚的秘密。此时，几乎所有的灯都亮了，像长在夜晚身上的眼睛。

碎　影

　　门框儿看着看着就窄了，人陷进去了呢，就像一个硕大的笨重的镜框儿，只不过其中的人物并不计较，不言声儿地将那片地儿整个儿占满了。余下的便是上面那半截儿。跳起来的风没了遮挡，呼哧呼哧起劲儿地窜来窜去，好像也并不太在意底下站着的人儿了。她把左边的膀子斜倚着门框儿，剩下的一边轻省多了，极松弛地挂着，衬着胖嘟嘟的脸上同样松弛的表情，好像突然间找着了绝好的姿势。从此严严整整、舒舒服服地保持着，那个臃肿的发酵了似的身体终于结结实实地落到实地儿。

　　其实，只是扫了一眼，徐徐的、漫不经心的一眼，再一眼，就被记住了。记住了的印象没费力气就压成了相片。我不经意地抬头或匆匆回头，在不期而遇中完成印象的累积。倘若仔细计数，自己在"扫"上面该停顿了些许，就如风将落叶儿吹得翻了身。这段过程刚好由惊疑的神情完整地持续。虽然的确想避开，却又不得不遇上。不能否认的是开始，好奇真的像急于捅破窗户纸的手指。

　　整个大院儿是被自己逛熟了的。我的眼睛成天弹子球儿似的骨碌碌滚来滚去，屁股当然粘不住板凳儿，两根瘦骨伶仃的小长腿儿像会跑的小树，得空儿就朝外跑，一刻也不肯闲着。我熟悉院儿里的每棵树，每条道儿，每户人家。在熟识的环境中，陌生更像一种气味儿，远远地，就能迅速觉察。

　　路是石子路，长而窄，遍布着的石子心事一样一枚枚藏得隐蔽。路两旁长着紫荆，细长的枝条上爬满紫色的小花儿，凑近了，也闻不着香气。一排排低矮的平房心平气和地伏着，头顶上的那片天没来由地高远起来。没等对面出现的三个人走近，我就忽地闪到了路边。这是刚搬来的一户人家，有三个女孩儿，常见的只有两个，就是分站在两边儿的。一家人总能从眉目中寻得扯不去的肖像。但我的注意力很快集中到了中间儿。起先，也没觉得哪儿不妥，只是面生，头回见。胖，大病初愈的样子。两条腿明明触了地，移动起来像呆板的指针，机械，缓慢，全凭旁人的力量。两边的人耐心地随着她的步骤。等到自己正欲将眼睛移开，陡然间被硌了一下，好像脚底下的石子呼呼呼全冒出来，生硬极了。我转身飞快地跑了。

她笑了。那个突然降临的笑，明艳艳地挂在那张平淡的圆脸上。继而站住了，站牢了，高高地无遮无拦地站在最敞亮的地方。这个一跃而起的笑，原本是在哪儿躲得好好的，冷不丁蹿出，带着恶作剧似的兴儿，故意捉弄没有半点儿防备的人。

可真的是灿烂哦，就迟迟地舍不得褪去。站在家门口的她也一直保持这样的笑。一双眼睛并不盯着人看，风筝线似的，忽悠悠掠过门前的石子路，高低相间的松树和紫荆，出神地锁在无人光顾的某处。脸上的表情倏地顿住了，随即冒出汩汩的笑声，连续、不间断的，像一串红，一簇簇开着，鲜艳而醒目。她好像是忽然出现了，又好像从没离开。那扇吱嘎作响的木门成了最可信赖的依仗。尽管，旁人看来还有些限制，而她没有丝毫拒绝，反而透出欢喜。身后的门是敞开着的，四四方方，人就嵌在门里头了。这儿是她最愿意待的地方，从一开始就选了，没打算离开。她把左边的膀子斜倚着门框，心甘情愿地嵌了进去。

路南边的那几棵苹果树开花了，红的红，白的白，格外好看。苹果花的香气总能引来成群结队的蝴蝶，颜色说不上鲜艳，大都是白的、黄的。那些随风飘来的香气扑鼻。通常，我总是在路过时朝那扇敞开的门看过去，她就在网罗中被发现了。与我在草地上掀起来的追捕蚱蜢的热闹场面不同，她是安静的，像一只安分守己的蛾子，牢牢地卧在据点。事实上，我们之间的距离总以单方的移动发生变化。

短发，圆脸，大眼。依旧是胖。身上的衣裳就很紧凑了。头发看上去并不服帖，有些蓬松。临石子路的平房换成了东首的一楼，依旧围着院子。朝南的院门朝了东，还是木门，黑漆漆的，带了门环。距离总是有理由继续制造生疏。从来都是远远看着的，等到有机会稍稍走近些不免多看了两眼。我去提水就经过这里。门敞开着，她顶着一旁硬生生的门框旁若无人地站着。飘过去的眼睛没费劲儿，一下子罩住了从前的蛾子。

她的嘴巴一开一合，像不停歇吐着泡泡的鱼。那一根亮铮铮的钩子在哪儿？不断引诱鱼儿吐露内心的秘密。一张活动着的嘴，像咀嚼食物一样咀嚼着一个个含混的字眼。聚在墙根儿处的那些细细密密的声音，是被一绺线绳儿串起来的。喃喃的低语似的倾诉，轻易地将那个笨重、迟疑的身体带入兴奋的池沼。我始终无法判断若有所思的神情究竟想些什么。于是，就想走近些。眼前的确与往日有了极大的不同。一向活跃的嘴巴突然停下了。是对突然降临的沉寂不惯，还是起了疑心？一双顿时警惕起来的目光，显然对无缘无故的驻足表示不满。院子里有晃动的人影。我忙低头匆匆离开。往后，那门常常是关上了的。

男人在前面走，她跟在后头，相隔始终有着两步远的距离。前面的男人走得规矩，低着头，好像地上有比眼前更有趣的景儿。她则把脸儿扬着，高高地举着盆儿似的，任嘴角徐徐溢出飘浮不定的笑影儿。那脸色的的确确是红亮的、快活的。平时极少走动的身体僵硬地摇晃着，步态的零乱和散漫让人瞅着，既不放心又放心。嘴里止了声儿，似乎所有的注意力全都让嘴角的笑意牵扯。铺在地上的短短的影子也是不言声儿的。不言声就不言声了吧。她看起来对前面那人的印象不坏。是的，的确不坏。白皮子，窄脸，瞅着很顺眼。她是受了刺激，"文革"时候吓坏了的，旁人介绍的时候说。避开父母是近亲的渊源。男人，海边的，穷，家里弟兄多，三十大几没娶上媳妇。女主人，那个外表过于严肃、声音低沉的中学教师不可能凡事儿都能顾得上。而父亲真的是一个有主意的人，不但有主意，还能把主意变成现实。凭着他的能力，给女婿找了份工作，安顿下来。

好像只是一不留神的工夫，身体就膨胀起来了。那一对饱满的、逼近球体的圆在一层单衣的笼罩下，尤显神气。女孩儿没喝过她的一口奶。没喝过一口奶的女孩儿果然如人所愿的聪慧，机灵。是浑身上下都透着机灵劲儿的机灵，让人心生爱怜。多好的一个孩子，多讨人喜欢啊。女孩儿叫小翠。小翠长得好看，有些出乎意料地好看，而且乖巧。她常常兔子似的悄悄跟在父亲身后，一双清澈的眼睛像溪水。有一回，男人上我家修爆裂的水管。九月，水不管不顾地直接将人家从岸上拽进水里。临走，很过意不去地递上烟，很过意不去地塞去糖果。烟接了，糖果则推却。给小翠的，给小翠。

很长时间见不着，她的印象就淡了。有一年冬天才过了一半，母亲很意外地说起一件事：知道吗？吕爱珍的姐姐死了，煤气中毒。冬天了，一家三口住在院子里的平房，逼人的寒气从四下里窜起，蜂窝煤给予这间小屋温暖的气息。可是，小屋实在太封闭，连喘气都变成最困难的事。结果，她死了，小翠也死了，男人仗着有几分力气好容易爬出来。小翠真可怜，还没长大，才六岁，就跟她妈一块儿没了。好容易逃出来的男人被辞了，从哪儿来又到哪儿去。冬天了，该把孩子接到家里的，家里有暖气。

中学教师和有主意的父亲退休了，还住一楼，没了院子，带地下室。所以，一楼也就不是真正的一楼，还有着一截长长的楼梯。我知道吕爱珍是她的妹妹，吕爱琴是她的另一个妹妹。她叫什么名字，到现在我也不知道。

姿　势

扎竹篱笆的人

咖啡色的绒线帽，旧了的黑皮夹克，一双吞吞吐吐的棉鞋。这些堆在一起的装束与落在帽子底下的深褐色的脸，让一个男人轻易地跟旁边的树木区别开来。男人蹲在路边。如果身旁的树长得高大，又逢枝繁叶茂的季节，人肯定会被藏起来的。但是现在，那个缓慢蠕动着的身体像一只庞大的黑色的甲虫。

没有什么可以令他停下来。一个正忙着干活的人，手根本停不下，眼睛也没工夫打量四周。他需要蹲着，挪动起来的时候也得保持。可即使蹲着，也不能妨碍旁人看得出这是个体格健壮的男人。谨慎的固定下来的姿势实在是委屈了那个庞大的身躯，不过，倒也使他更方便地贴近手边的活计——那些渐渐竖立起来的低矮的竹篱笆。一个需要精心摆弄的心灵手巧的细活儿让男人很少有机会站立，累了就喘口气，捶捶腰，或者干脆坐在地上歇息。走动走动，那该是干完活儿后的享受。

地面上整齐地摊放着一些长长的竹片，离他身后不远，触手可及。这是一些剪裁均匀、分不出彼此的竹片，大都显现干燥后简朴的土黄，也有的上面撒落星星点点的绿意，就瞅出几分不一样的新鲜。一根竹子极难直直地劈开，变成竹片后则呈现另一份难得的柔韧。他洞悉它们的脾性，手劲儿把握得刚刚好，随手拎起任何一个薄薄的竹片，就折成一张弯弓样的半圆。随后，每每将其插入地面固定后，紧挨着放置下一个，接下来，又在两者之间补缀一个，竞相交错，连续不断。每个连接处箍以细细的亮莹莹的铁丝，一双结实的大手完全对付得了，压根儿用不着工具。这是一条才铺了不久的新路，与路边草坪的间隔闪出一溜儿光秃秃的地面，显出践踏的痕迹。男人的工作就是为道路两侧的草坪竖起一道安全的篱笆。从身后那道扎好了的长长的篱笆推算，已经干了一段时间。具体从什么时候开始的，大概除了他，没有谁会知道。

那个下午，太阳看起来很关照，将橙子样的光洒得遍地都是，甚至连男人身上的黑皮夹克也抹上了一层。不远处的楼前站着几个拉呱儿的女人，天气好，聚集起来的声音也快活。被惊扰的一只觅食的雀儿，愣了愣神儿，纵身飞离方才的枝杈。蹲在路边的男人突然闷闷地喊了一声，头没回，也不见称谓。话音刚落，一高个儿女人袖着手走出谈话的人群，临走连招呼也没跟同伴打。一个没回头就能喊过来的人会是谁？冬天真是不好说，仅过了一天，天气就变了样儿，太阳把脸儿藏起来，再不肯露了，那些压低了的云层好像跺跺脚就能摸着地。男人仍旧蹲在路边扎他的竹篱笆，被绒线帽包着的脸神情严肃。站在身后的女人被头巾围得严实，连嘴巴都裹住了，低垂下来的眼睛躲过任何一束目光，露出的脸颊与红棉袄有些界限不清。她的怀里抱着竹片，随时准备递给前面那个忙着干活的人。

男人的行进是缓慢的。他一个个拿起竹片，折成一段段站立起来的拱形，依次固定、交错。谁也不知道土是松软还是坚硬，插入地里的那一截又是如何牢固起来的。他的身后形成了一道长长的别致的竹篱笆。这道竹篱笆将与这条道路一样长，与被围护起来的每一条道路一样长。风吹动了树枝，吹动了草，却吹不动一旁的竹篱笆。这些围绕着道路的竹篱笆是好看的，弯曲成了最好看的一种样式。这个扎竹篱笆的人已经使人相信竹片实在是做篱笆的上好的材料，也出其不意地让人见识了一个男人精巧的手艺。此时，路旁是没有生气的草坪、灌木，还有小树。过些时候，草绿了，树上的花儿开了，这些路边的竹篱笆上面一定也会热闹起来的。

拐弯儿处

很少有人注意到这个地方，掠过来的视线穿越干燥的电烫过的柳树枝的缝隙后，像曾经遍布空中的鸟迹，难以寻觅。那个一闪即逝的地点却是实实在在的，隐在十字路口的一侧。这个拐弯儿处，除了跟前几株毫无生气的柳树，就是蹲在路边的垃圾箱。路西那栋拔地而起的高楼，看着纹丝不动，不定什么时候就昂首挺胸，毫不客气地把金灿灿的光线拦腰斩断。当位于街角的圆楼某一天突然消失，就被忠实的围墙迅速围拢。

墙根处晃动着几个军大衣，绿色的影子树桩一样散落。他们早已守候多时。对这个不可多得的地盘，与军大衣同时出现的，是一辆辆勾肩搭背的平板车。后者平铺开来的气势更像占据。车上铺着整块的毡布，那些大红的、天蓝的，柔软且有些耀眼地装饰着。一圈圈松懈下来的绳子堆在不一样的毛毡或毯子上。翘起来的车把不约而同地挂着一只简陋的提包。军大衣集体出现在了拐弯儿处。这个不起眼的地方因平板车的衔接涌起聚集的意味。无疑，聚集成就了一个场所，是力量、声势，也是规模和展示。站在这儿就是为了被发现。这种力气活不同于其他的活计。来要车的，最少也得两三辆。

守着大把大把的时间，真不知搁哪儿好。落在脚底的烟灰是被侵蚀的看见的部分，总是等不及弹掉就在地面堆积。时间就是一支接一支的烟的长度？一本不知翻了多少遍的书，早已卷得不成样子，还是牢牢地握在手里，盯着一只只飘过去的黑乎乎的飞虫，渐渐沉浸其中。一屁股坐在车上后，原先那块落在车里的大石头丢到一旁。有的躺在车里打瞌睡，披在身上的军大衣换了用场，成了铺盖。脸上蒙着一张刚刚翻过的旧报纸。没人来的时候，就盼着时间快点过去。也有的一直扬着脸，漫无目的地扫视从跟前走过的人。守在这儿就是一个目的，等。眼睁睁地看着日头，慢腾腾地露出脸儿，慢腾腾地转身，那家伙好像也拉着车在天上慢腾腾地走。抽烟、看书、打瞌睡，除此之外总还得干些什么。两个人在地上摆开阵势后，迅速围过来几个伙计。充任棋子的是捡来的石头，实在找不全就干脆掰几节柳树枝，蹲在地上乐一阵儿。

城里到处都是路。当一条路试图穿越另一条路时，达成心照不宣的默契。突然现身的十字路口，紧张而忙碌，预示着也实现着更多可能。尽管并不是每个十字路口都可以被占据，但这儿的确属于他们。这个拐弯儿处多像两道简洁的圆弧，于是，平板车以及拉平板车的就被括了进来。等，终归还是有结果的。从走出家门的那一刻，这个愈拨愈亮的念头再没断过。附近卖早餐的棚子刚收拾完，现场保留着的香气属于油条和米粥。与车屁股吐出的油烟比，前者的滋味温暖，令人回味。

姿　势

路突然间瘦了，像案板上捚长的兰州拉面。沿街簇拥着的高高低低的民房将门脸儿转过来后，让人眼花缭乱。这条叫做新华的路与不远处的书店分不开。书店辗转去了别处，路依然在。一起留在路上的是这些民房，让路起了变化的一家挨一家的餐馆。重庆火锅城、老重庆火锅馆、老四川大酒店、成都大酒店、山城火锅……无论名字如何不同，感觉却是一种味道。好客的店主纷纷携特色川菜，共同培养当地人对麻辣的嗜好。

重庆火锅城的店门扯起了一条横幅，"菜金满28元送羊肉一盘，满38元送羊肉两盘"。红底金字，数字用另一种颜色，更醒目。紧挨着的老重庆火锅馆的门前玻璃贴一行红字："买二赠一，买三赠二"。趴在另一家餐馆玻璃上的是同样大小的红字："买二赠一，买三赠二，买四赠三"。于是，一盘盘刀功精湛厚薄统一的羊肉片儿已端至跟前，拎起来就可以倒入吱吱作响的火锅。再走几步，就能听见从沸沸扬扬的汽笛、人声以及音像社的乐声中突围的另一种声音。一个音质纯正、气息深厚的男声，正从容不迫地从质地良好的喇叭里传出："尊敬的各位顾客您好，凡在本店消费菜金满……"

有几个人一直站在餐馆门前晃。走近了会发现是清一色的男性。年轻，个头不高。当路人经过，就能听见对方热切的招呼，一张从台阶上端下的笑脸迎面而来。随即，那个落在跟前的人猛地矮了一截儿。等发现人家没有就餐的意图，才折身登上身后的台阶。

台阶前的空地就是他们的地盘儿。为寻找可能的客源，从上面走下来，走多远都没人在意，但登上台阶后就有了界限。那个四四方方的地儿，与店面呈直线延伸到路边，被各自牢牢地把守，互不干扰。通常，人站在那儿踱，但踱不是主要的，目的是要把路人迎到台阶上来。每个从店门走过的人，都有可能成为自己的顾客。所以，要发出邀请，流露反复演练的话，请人家到这儿来，到这儿品尝。声音盛情，主动。与此同时，一只手连续挥动，准确无误地指向身后的店。似乎有了这样的引领，那些人就会沿明确的方向潮水一样涌向店内。

不能说这种姿势没有用场。有人在此带动下迈上台阶，一前一后，不远处的门被殷勤地推开。店面挨得实在是近，方才的情形，站在一旁的即使不抬眼也见了。立在原地数秒钟，扭头盯着热闹的背影彻底消失才转过身。再次瞄向路人时，召唤里就加了些什么说不出名堂的火锅底料。那个重新返回原地的人，是跑着回来的，亮堂堂的嗓子配合熟练而欢快的动作，仿佛回到了舞台。于是，此起彼伏的声音不时碰撞着，擦出幽暗的细小的火花。

店面装饰总少不了热火朝天的红色，就像盘子里无论藏在哪儿都找得到的辣子。透过紧邻街面的一排排敞亮的玻璃窗，可以看见店里的墙壁、地面、餐桌、椅背、碗筷、楼梯扶手、灯光，以及散落的人影，剥剥作响的浓郁的火锅气息萦绕其间，开放的暖气令玻璃窗笼上一层淡淡的雾。天黑了，餐馆门前停了几辆车后，就没了插脚的空儿。路上涌动的人群中穿梭着看不见的声音，来来回回的车灯扫视遇到的每个人，发现挥舞的船桨一样的手臂。隐在暗处的树，不声不响，被绚烂的街灯牵出。这条路上没几棵树，蹲在楼前多少年了总也长不大，常常让人忽略。

两个民工和一堵墙的迁移

　　当两个人真正站在那堵墙面前的时候，发现带来的东西全都用不上。有时候就是这样，事情会突然变得出乎意料。铁锤，从工地上带来的，也是结着伴儿的，一起失望地倒在了门口。有那么一会儿，他们愣在了那里，像走着走着道儿猛地发现前面不通了。他们带来了铁锤，除了铁锤应该还有别的什么，甚至没有让人看清，那些笨重的有力气的家什，一进门就被丢下了。

　　他们是到这家来干活的。事先，两个人便早已做好了准备。说是要砸墙。所以，他们带来了砸墙的工具。当然他们也准备好了力气，力气是攒在身体里的，平常看不见，类似于暗藏着的风，但是挥舞着铁锤的时候就给带出来了。一堵墙的消失一定跟铁锤敲击的力量和频率有关。他们还想到了声响，一种制造出来的剧烈而绝不动听的声响。那是严厉的不懈的敲击下伴随着的砖石、水泥、石灰的解体，是噪音。呈现在面前的就是这样一副司空见惯的劳动场面。用铁锤来参与毫无疑问属于破坏，但谁都知道破坏其实是为了重建。总之，他们会一丝不苟地依照房屋主人的意图，圆满地完成任务。当然，在拎起铁锤前，他们还会不约而同地朝手心啐口唾沫，好使双手能更好地把握工具。于是，被夹击的那堵墙便无路可循，最终在力量的撼动下现出原形。可是如今，现场的情景真的让人措手不及。没带工具啊。两人不由得面面相觑。

　　早晨，他们带着工具，还有充足的信心，从工地风尘仆仆地赶来。那个工地有点儿远。开车带他们来的是包工头的儿子。当面他们都称呼包工头王经理，喊包工头的儿子小王。小王个头不高，像裹得结实的粽子。一起来的还有管工程的建筑师，戴着眼镜，一看就知道是有学问的人。人家让干就干呗。尽管有那么一会儿，两个人分明是有些退缩来着。那时候，他们才刚进来，就站在门口。他们抬头看着那堵墙。不砸墙啊。失望像漂在碗里的油花，聚了一层。可一会儿就散了，是把要说的那句话说完之后。活儿倒是不难，还轻省多了。没带工具。交流在两个人的眼中水银一样晃荡起来。这是轻省的，不太费劲儿，当然得慢慢来，不是一下两下就能见效的。只是如今，他们手里是没有了工具的。没有了工具，就好比赤手空拳。面对实力庞大的对手，赤手空拳意味着什么？两人很快商量好了，结果是先看看吧。他们一步一步踱到了那堵墙的跟前。是的，他们从一开始就否认这是一堵墙。

这的确不是一堵真正的墙，却一直充当着墙的作用，把一间原本不大的厅隔成很难派上用场的两部分。这堵墙是由木质纤维板和有机玻璃混合而成。正面是博古架，说实在的上面没有古，只是较为有序地摆放了一些装饰物，还有女主人的两张照片。背面镶嵌着一块巨大的深蓝色的玻璃。房间在它的制约下，显得局促、狭窄。这样的一堵墙还与旁边的一扇门紧密地联系着。两个人来来回回踱着，打量着，商量工作的步骤，如何将这样的一桩事物分开。总之，他们格外具体，建造的时候是怎样一步步地来，而今则要循着原路一步步退回去。他们怀着对一堵墙的敬意，他们一眼就看出它的好来。要完整的。那是当有人提出如果实在不好办，直接砸了的时候。他们瞅了瞅堆在墙角挥起来呼呼作响的铁锤，而后，抬眼看了看文弱的墙。只是立的不是地方。如果砸了，事儿是简单了，可是太可惜了。太可惜了。他们说。让这堵墙换换地方吧。它立在那儿还真是不太合适。

墙的存在追溯得远了，从楼房建立一同来的，属于配套设施。如此根深蒂固的关系为拆卸增加了一定的难度。在问题尚未解决时，难易度是不能确定的。结果最好是让它得以完整地保存，就像当初是怎样把它立在这儿的。这一回，他们打量得更加细致，眯着眼，甄别着物品的优劣似的，随之而来的表情审慎而庄重。应该先将玻璃卸下来。于是，围绕玻璃一周遭的木条成了首先需要解决的。如果有一把螺丝刀。这个要求很快得到了答复。手持螺丝刀使他们恢复了足够的信心，像握着手术刀的医生，从容不迫地沿埋设的路线一点点地剖开。他们碰到的是一枚枚坚硬的迷失了的钉子，小巧的，为数众多。他们需要把这些东西一个个像鱼刺一样挑出来。但显然还是有一些区别。插入，用力，朝相反的方向。溅落下来的声音水泡一样滋滋滋地冒出来。于是，那些虱子一样刺挠的钉子露出本来面目，被干净利索地抛在了地上，甩也甩不掉，就粘在了木条上被整个儿揭开。

当玻璃被成功摘除，一种掩饰着的浓重甚而压抑的局面被一下子打开了。宽敞，明朗，屋子顿时亮堂起来。于是，完全成了空架子的墙愈来愈成为一种多余的摆设。这时，正像一桩重要手术的结束，他们稍事休整，长长地舒了口气，端起一旁泡得酽酽的茶。在此之前，两个人只是偶尔说着话，那全然是跟活计有关的。而今，被间隔的距离消失了，他们面对面，接下来的对话显然已脱离了这堵墙。那是些关于家常的事儿，按说这些事儿应该不属于本次的谈话范围，可既然那个年轻女人开了头。

他们是一个地方的，费县，相邻的两个村子。两人还是远方亲戚。那个矮些的喊高个儿表姑父，尽管他的年龄比对方还长两岁，五十四岁。长期的劳动让他们看上去很健壮，就与年龄有了几分不相称，黧黑的面孔像抹上了一层特别的蜡，散发奇异的神采。他们的身上保留着一种说不清的味道，附着在衣服上面，没经过水和皂液的洗涤保留下了的。应该属于远处的那个工地，或者半年没归的家乡。村里镇上也有了厂子，在家也能干，有些人就不愿出来了。但是他们不。一年当中他们既是庄稼人也是手艺人，他们是泥瓦匠。所以他们提到了房子。他们很自然地就提到了房子，他们不能不提到房子的。他们都亲手给自己的儿子在村里盖起了房子，一砖一瓦垒起来的，也仗着周围乡亲们的帮忙。他们得意地描述着，面前纷纷呈现亲手建造的房子。当他们出来打工的时候，他们的儿子就在那座房子里和妻儿过着正常的生活。

他说起了自己的儿子。他妈死得早，好不容易把两个孩子拉扯大。儿子要到外面闯，就由他去。儿子自己找了个女朋友。那丫头长得还行，家是云南的。是洗头房的。那里面的。那小子看上了，对上了眼儿，不同意也不行。领回家来，亲戚没一个同意的。好说歹说让他把人家送回去，可人是送到了，是两人一块儿回来的。她们那地方穷呀，不如咱。两人看来是好上了。但这事儿由不得他。最后就给了女方两千块钱，算完了。那小子说算完行但找就得找个中意的。想想自己也挺对不起他的。谁让咱把人家拆散了呢。也不知相了多少个，就是看不中。谁都清楚，是他心里还放不下那个云南的。不过，最后终于看上一个，两人都相中了。相中了就定亲，我给他盖屋。看着他安顿下来，我也放心了，他妈也能闭眼了。表侄儿的不易，表姑父都看到了。他庆幸的是自己的儿子，没费周折，如今小孙子都三岁了。也是一个闺女一个儿子，好命的人。闺女小还在外头打工，不用人管，自己挣自己花，还给自己攒嫁妆。他出来干活，老伴儿就在家里伺候孙子。表姑父的脸膛红润润的，不如表侄儿健谈。可是插话时添了几分炫耀。他说一想起孙子，身上就有劲儿。

两个人之间的称呼很随意，只表明简单的指向，譬如，表侄儿会对表姑父说，你个儿大，你用劲儿抢吧。于是，身大力不亏的表姑父就抢起大锤狠劲地砸向框架。那层远去的亲戚关系只是在介绍的时候被挑明，年纪相仿的他们看起来更像伙伴。毫无疑问，正是那层关系使得他们这对伙伴有了渊源。很快，两个人就忙起来了。应该说活儿不大，就是费功夫，带来的锤子也用上了，没有这家伙，哪有劲儿去砸那木框子。刚才还松松的，好像一掰就能下来似的，可怎么突然又卡住了。但这还算难事儿吗？城里的大楼都是他们盖的。他们就是盖楼的。他们像勤勉的蚂蚁一样成群结队地出现在城里的工地。他们站在搅拌机前，他们习惯握着铁锹，朝里头不停地填塞沙石，那家伙就是一副好胃口，总也喂不饱。他们的面前矗立的是起重机、脚手架、安全网。当他们一遍遍浇铸水泥的时候，浇筑在耳朵里的是那些永远不绝的轰隆隆的声响。他们随着一层层摞起来的楼房一起长。大楼建好了，他们就走了，转向又一个工地。生活就这样在眼前不停地迁移。不论是建设还是摧毁，见惯了的就是那些砖石水泥。一天是一天的工钱。他们知道今天到这儿来，也是出工。对方还管一顿饭。他们都觉出了主人的好客。人家准备好了茶水、烟，还有肉馅包子、菜肴、啤酒。中午，不抽烟的表侄儿喝了一瓶。表姑父只抽烟，不饮酒。吃饭的时候，他们纷纷赞扬大饭店的包子就是香，都是肉，味道就是好。

两个人没料到的是到处都是钉子，出乎意料的多。一枚枚别在木头里的钉子像长在里面一样结实。这些眼中钉，让他们觉得麻烦。他们不辞辛苦地寻找着长年累月埋藏起来的钉子，那些已经长成了的真正的骨头，全都巧妙地藏匿。必须一个不落地全部找出来，才能将木框和门分开。他们又一次撼动门框，发现有一个地方还是连着的。楔着钉子，看，还缝着的呢。那钉子最少也得有七公分。小心。砰。面对共同的对手，他们结成了最可靠、最坚定的同盟。他们要完整地将那堵墙拆下来。尽管到处都是钉子，尽管遍布着的是最坚硬的骨骼。

等到门被轻易地摘掉，最后剩下的就是门框了，孤零零的，有些失真地立在那儿。很快，一切都消失了，像从没存在过。当然，地面还得再作一番弥补。那堵墙就这样整个儿移了位置，换了地方，立到了墙边。这个主意是那个年轻女人的建议。人家说反正要搬家。把家换换样子。听着她轻松地说，两个人也觉得可行。果然比原来强多了。于是，两个人拍了拍手，不约而同地觉得今天这活儿，干得还不错。

杀　鱼

　　我把一条鱼切成了四块，用了三刀。这是一个非常准确的描述，却让人看得有些突兀了。因为，结果一下子呈现，没有心理准备。其实，在我提起刀的时候，也缺乏心理准备。照例，我先把那条鱼拿到水龙头去冲，看着哗哗哗的水从破开的鱼肚冲进去，径直从鱼嘴流出来。鱼嘴被水冲得活动开了，一张一合，像是在喝水。接着，自己再麻利地倒过去，如此几番，那条鱼里里外外被清洗得非常干净。然后，这条被清洗得干干净净的鱼搁到了案板上。我右手执刀，左手轻按鱼身，一束平静而沉着的目光稍作打量，那柄原先插在不锈钢架上的黑色的钢刀就抵在距鱼的脖颈约二指的部位。刀锋才碰着黑色的光滑的鱼皮，尚未触及白色的柔韧的肌理呢。

　　这时，一件意想不到的事情发生了。鱼尾猛地摇动起来。这个突如其来的动作一下子把我骇住了。其实，是隐藏在身体左侧的心被惊骇了，它剧烈地狂跳了几下，难以平静。与此同时，那柄握在手里的钢刀"砰"地落在了地上，声音脆响，应该把某块地板砖上的瓷磕掉一点儿。我慌得连退数步，终于停住。不能再退了，后脚跟蹭到了厨房的门。站稳再看，方才那个猛烈摇摆的动作，瞬间落了，没了半点儿影儿。我心有余悸，再也不敢近前，呆立着，远远地望着案板上的鱼。刀早已撂在了事发地点，像一件凶器，上面遗留着我的指纹。鱼腥气是围绕那条鱼不断散发着的浓烈的味道，指纹是我的气息，无论如何也掩饰不住。在没有被抹布小心擦去之前，应该还留在那儿。狭长的丰满的鱼身被我划开了一道细微的口子。那是一条银白的细长的缝隙。隐约中，好像又看见那条鱼，动了一下子，强忍脖颈裂开的细长的伤口。接下来我该如何解释呢，这一刀其实并不是它的致命伤。真的不是。

　　卖鱼的男子个子不高，当他蹲在地上很卖力地摸鱼的时候，就更显得矮了。他摇着手里的网兜开始拨拉池里的鱼。多沉的？二斤左右吧。我只说斤两，价钱和哪一条全归卖鱼的说了算。路边的那个水泥砌成的池子里落满了鱼。游来游去的鱼儿不停地甩着尾巴，在网兜的追寻和驱赶下急促地挤在了一处。我的眼睛落在一旁的女人身上。跟你在一起的是谁？是俺丈母娘。这个回答有些意外。我还以为是你姐呢。说完我就笑了，他不笑，低着头继续搜寻目标。我盯着一旁的丈母娘矫健麻利的身手。那女人正准备从一辆崭新的摩托车上下来。那你多大了？没想到这个肤色黢黑，长着一双细长眼，看上去比我要大的男子实际年龄却小得多。我也见了他的小媳妇，怀里抱着吃奶的孩子，身子骨却像一根葱，从头到脚一般细。

　　卖鱼的终于收了网。网兜里的一条活蹦乱跳的鱼，尾巴扬得老高，浑身上下的水星子像一粒粒银珠子噗噗噗落到水池。卖鱼的抖了抖，抬头朝我示意，行？见我点了头，他转身将鱼甩到了地上。离开了水的鱼，开始扑腾，扭来扭去。卖鱼的手疾眼快地按住了，伸手举起了地上的钝物。我猛地将头扭到了一旁。我看见鱼摊旁边那个卖姜的老头正和卖菜的青年继续着一盘没下完的棋。

　　接下来，卖鱼的一气呵成。站在一旁的我像一个姑息养奸、袖手旁观的看客，避开难以入目的残忍的一击，将头缓缓地移了过来。鱼遭受了沉重的一击，正中命门，顿时昏了过去，身体停止了扭动。一把锋利的剪刀自上而下，顺着腹部"刺啦"划开了，手无忌地探了进去。鱼鳞像片片飞扬起来的细薄的雪片，瞬间撒得遍地都是。鱼鳃成多余的了，还有白色的泡泡，自从离开水，许多器官都成多余的了。很快，殷红的鲜血染红了一双手。等到从池水中舀出水来冲过之后，那艳着的红浅了，淡了，顺着一汪水渐渐地流走了，只剩下一股顽固的腥气在空中粘住了似的，久久不散。

在充分回忆了鱼的直接死亡与我脱离了干系之后，那颗极不平静的心渐渐平和下来。我重新拾起了那柄刀，一步一步地走回了方才的地方。这时候我看见鱼一动不动地卧着。我开始陷入了对于方才情景的追忆当中。眼前的一切不禁让我怀疑起方才的真实。我伸手摸了摸案上的鱼，不动。再摸，还是不动。我确信它已经死了，的确死了，它是老早就死了的。那么刚才，谁晓得是为什么。这才多大的一会儿工夫哇，我就把容易忘掉的那部分忘掉了。

我把一条鱼切成了四块，用了三刀。我的目光自上而下地打量着案板上的鱼。此时，它已经完全被分割了，像一个零件似的被拆开。那柄曾视为凶器的黑色的钢刀上没有一滴血，正散发出一股淡淡的柠檬的香气。那是白猫洗洁精的味道。我不可避免地与一双眼睛对视着，那双眼睛瞪得很大，虽然只是片刻，便把目光游移到了旁处。嵌在大大的鱼头上的眼睛是多么的鲜亮。如此鲜亮的眼睛是不能称作死鱼眼的。死鱼眼是对已死去多时的鱼黯淡的毫无生气的眼睛的统称。但是这条鱼不是，绝对不是。这双眼睛是清亮的，一点儿也不浑浊，里里外外透露洗濯过的清洁。

再等一会儿，我就会如数将鱼入锅。之前，我得先把铁锅涮干净。然后，打开煤气灶的阀门，任由蓝莹莹的火苗亲热地舔着潮湿的锅底，瞬间就会把锅的内外烤干。接着，舀上几勺花生油，看着它一点点地灼热。有了这样的铺垫之后，我就可以将鱼段依次倒入。我最好手持铁铲，随时翻腾调换，否则就会粘锅，这很容易。还得陆续往里面添加一些佐料，譬如，葱，姜，蒜，花椒，茴香。如果是清炖，注入一定量的清水后，便可以静候原汁原味的鱼汤了。如果要做红烧鲤鱼，肯定还少不了酱油，由脱脂大豆、小麦为主要原料的酱油会在白色的汤里增添一些茁壮的颜色。尽管遮盖了本来的味道，但那是另外一种滋味。

突然间，我发现我的先前充满了负疚与怜悯的情怀已经发生了完全的转变。我开始沉浸到了对鱼的制作工序上，不厌其烦，津津乐道。我觉得自己很虚伪。我说我爱鱼、多想成为一条鱼的事儿全成了不折不扣的谎言。尽管我还有眼泪，埋进了咕咕作响的鱼汤里，变成了必不可少的盐的替代品。如今，在不算漫长的等待过程中，这条鱼会成为我身体的一部分。对于生命而言，实际上只是完成了一种转换。面对一盘香气扑鼻的鱼，照例，我将先吃掉鱼眼，明目；鱼脑，健脑；鱼肉，鲜美，富含蛋白质，氨基酸，不含胆固醇。我会变得更加聪明。我是因为吃了鱼才变得聪明的，变得聪明的我觉得自己跟鱼其实真的是没有多少关系。

缓　慢

下午，风刮起来了。乍出门的人还不提防，耳朵里就灌满了那些颇有来历的声响。那是一根甩起来的鞭子，所抵之处制造的不可避免的撞击，令空气也禁不住皱起了眉头。只是，这样一股不知从哪儿来的势不可挡的风，到了眼下这个路口，看得出，竟然有些犹豫。早已事先打算好了的，在一条塞得如香肠似的街道跟前如何受阻，如何左奔右突。而今，却像走错道儿，不得不停在了原处。稍后，怅然若失的风才重新端起架势，贴着空荡荡的路面长驱直入。

街上没有人，出乎意料的干净，有些像落潮后的海滩，终于显出两旁立着的房屋的脚踝。脚踝处晃动着零星散落的人影儿。这些被潮水赶上了岸的人们只管低头看着自己的脚底，对最终挪上来的台阶表示极大的信任。接着，他们就把眼睛瞄向了前方，察看究竟是什么力量将自己推上了岸。他们没看见从眼前吹过去的风。不是陌生，而是压根儿没在意。收回来的目光落在离得最近的人的肩头，落在偶尔相视的眼波，落在只言片语的缝隙。身后黑洞洞的屋子敞开着，等待任何一束伸进来的视线，哪怕只是片刻的闪烁。突然闲下来真的不知该做些什么才好了。

一只耳朵长得格外长的黑狗站在路边。这时候出现的它因为周身漆黑，还是孤独，不免有些出众。它的耳朵长得长，只能垂下来，差不多要够着地了。它还有一条不明原因受伤的腿。这只站立不稳的瘸腿黑狗，眼睛里满是疑惑，像一个人似的立在当街，等身旁脚步声响起，才默默地挪开。路旁出现了一棵棵崭新的树，才栽上的。有的头顶上有叶子，有的没有。没有叶子的树看起来怪怪的，像一根细长的木棍儿，狠狠劲儿磕在腿上就能掰成两截儿。路旁还陆续出现一个个坑洞，方的，不太规则。从前浇灌的水泥地面硬得撬不开，但还是在锄头的力量下镢起口子，翻天覆地。那些一个个挖好了的坑洞，间距是事先丈量好了的。用脚步走来，刚好五步。打此经过的风该看见了，但它没停下来，似乎还在对众人的视而不见耿耿于怀。两旁的店铺一点儿也不欢迎这些突然张开的嘴，好像一不留神就会掉进去似的。路西有几家店铺关了门。原先贴在大门上金色变体的"招财进宝"摞在了一起，真的像一只聚宝盆了。只是，那盆子经了风吹雨淋日晒，旧了，周围纷纷卷起了边儿。

一个声音骤然响起——当、当、当、当。那是剁肉的砍刀落在案板上。一下一下地，单调而持续，充满力量。这个一度隐藏的声音仿佛这才进驻昔日的市场。离得稍远，两个男人就可以充耳不闻，蹲在路边下棋。从两只脑袋之间看见划好的格子内落着的棋子，原来是萝卜皮。路东有倒塌的棚子，随处可见塑料袋、砖块、瓦砾和积水。两个工人正忙着干活。他们由南往北清理路面，堆积杂物是后续工作。两人试图令身前那段铺好了的红黄相间的行道路，沿既定的方向继续伸展。这儿是一家医院的西邻。曾经在医院外墙洞开的一道道门又被砖重新垒上。与市场一窗之隔，掩不住沸沸扬扬的市声。从医院传出的婴儿的啼哭，越过屏障跌落人间。

才几天工夫这条街就变了样儿。从前，这儿可是热闹。欢愉是蔬菜上滴落的水珠，是片片飞离的闪亮的鱼鳞，还是快速收拢钱袋跳动的手指。除了道路两旁固定的店铺和摊贩，一些流动的货挑子落在当街。那是一些手推车、自行车、三轮车，有的车上架起横幅，上书大刀凉皮或正宗咸水鸭，来自遥远的西安和不太远的南京。也有本地人腌制的各色小吃，聚集在坛坛罐罐里，曾经被时间死死守候的香醇最终战胜了时间。堆在地排车上的瓜果不吱声，全凭货主起劲儿吆喝。除了路东卖菜的云集，道上也是卖菜的居多。跟那边摊主在蔬菜上一遍遍泼出的水灵不同，这些年长的菜农只需讲——自家园里种的呢，没人在乎根上的土、叶儿上咬蚀的虫洞。卖煎饼的和卖溻煎饼的喜欢扎堆。前者不论男女，齐刷刷地站立，像展示各自的手艺活儿，将手下圆圆的煎饼叠得方正；做溻煎饼的妇人拉开架式，仿佛站在自家灶台前。南来北往的人群和过往车辆又将街道陆续分割成众多条路，走着走着，这些路就成了众人的脊背或脸膛。不探实情的汽车打此过，只能无可奈何地陷进去，一番虚张声势后也无济于事。

路西是一家全猪老店，主人姓杜，就唤作杜家全猪老店。一家男女老少齐上阵，分工合作，精心将一头猪分解。而后就守在祖传秘方烹制的猪肉前，透过袅袅热气，协助食客指认再熟悉不过的部位。北边也有一家在路东卖熟肉。每天下午两口子准时推来货车。男人高个儿，看上去和气、干净，手里的活计也利索，女人在一旁负责收钱。满满当当的食物总被横扫一空。路边馒头店、饼店、烤牌铺、糕点坊，一家挨一家。馒头有白面的、杂面的、夹馅的，还分大小个儿；还有花卷、豆腐卷、葱油饼、手抓饼、馅儿饼，甜的、咸的、原味的，林林总总。沿街看得见落在一旁的大笼屉、铁皮烤箱及泥质炉子。粮油店、肉制品店、杂货店亦纷纷将货物排成方阵，头顶上方支起的简易棚，与守在一旁的货主一样忠于职守。在一张张黑乎乎的棚底下，即使没见着白嫩的豆腐、老板娘的红脸膛，单单从门前的积水、为数众多的低矮的桌凳以及攒动的人头，亦断定此为豆腐坊。

卖咸鸭蛋的小伙儿胖，经常跟卖黄瓜的瘦子逗趣。几个女菜贩对顾客笑脸相迎，相互间颇有敌意，后来出现的自家男人是最得力的助手。卖鸡蛋的女人四十多岁，有两个女孩，直到生了小子，才算舒了口气。他们家把收来的草鸡蛋放在竹篮里，四周覆以稻草。洋鸡蛋不金贵，成箱成箱搁得到处都是。卖鸡的聚在了路东边，隔不多远就出现铁笼里的鸡，分门别类。有一家还在鸡笼旁，砌了鱼池。养了狗的一户掏出鸡肠抛给守卫者。被一根绳拴住的家伙果真膘肥体壮。卖牛羊肉的女人身上沾了抹不掉的膻味儿，而那个卖调料的男人偏偏将车子支在近旁，被笼络的香气对飘在眼前的异味根本不在意。西边几家卖肉的把摊子横在路边，那个眼有点儿斜的屠夫说话和气，收购的猪又让人挑不出毛病，生意自然好。

长耳朵黑狗走了再没出现，它似乎早已觉察眼前发生的事与自己无关。那个下午只剩下在街上撒欢的风，这个无所事事的家伙转来转去终于发现了目标，开始朝一圈人身旁凑。相比四周空荡荡的迹象，那儿的确有人气。聚成一团的女人，正不懈地用言语弥合闪出的间隙。她们必须得说。都十几年了，接下来叫人怎么办？她们念叨着的是那些已经过去了的日子。而今，站在骤然变化了的街上，从前可望不可即，让人不由得怀念。她们习惯易名前街道的名字，习惯一顶顶踞在路边的棚子，习惯周而复始。谁也不曾料到延续了十几年的生活说变就变了。男人也在怀念。相隔不远的男人们的聚集因为人数的锐减没那么热闹。面对突然出现的境况，他们也不免慌乱，不适应，但是不多言语。男人们的沉默令聚集成为超越个体的力量。当地报纸亦在第一时间对事件做出反应。那篇没有配发图片的报道，篇幅不长。指出该自发形成的市场常年以来造成的道路拥堵混乱现象，早已是亟待解决的难题，对有关部门加大力度取缔非法占道经营的举措表示拥护。言及今后市场将改店外经营为店内经营，此举对规范城市建设、优化城市环境、保障居民的合法权益意义重大。最后亦倾吐周边老居民的心声。多少年了，也习惯了，从前买菜多方便，出了门就是。

几天后，街道两旁镶嵌红黄相间的行道路，依着行进的脚步缓缓流淌。一株株新栽的松树倚着涂抹过的粉墙，绿的绿，白的白。焕然一新的旧址，有纷纷扯起的条幅，过往的风吹得绸布簌簌作响，"本馒头店迁至路西 60 米处"，"尤记豆腐老店迁至路南 50 米处"。如果不是看见了条幅，还真不知道那个脸膛红润身材壮硕的老板娘乃尤氏。路口处的这家豆腐店人满为患，只管一箩筐一箩筐地往案子上搬运，箩筐滴着水，地上淌着一路水。有水，豆腐才嫩呐。红脸膛老板娘不紧不慢地解释。走至路南约莫 50 米，果真看见豆腐店的胖丫头，守在门口东张西望。街道两旁立起了路灯，身影笔直。曾经在路东开着货车卖瓜果的两口儿，蹲在路西守着一篮子刚上市的甜瓜，黑脸女人一动不动地仰着脸。男人个子高，站着不动就像一根若有所思的电线杆。道路倏忽间远了。人少了。车也少。路上听得见脚步的穿梭、交谈的絮语或者冷不丁的咳嗽。街道北边入口处修葺一新。从前坑坑洼洼，一不小心就会扭了脚，每回经过都得留神。

　　一转眼，夏天就来了。西边洞开的瓜果店门口，静守的黑脸女人架着眼镜盯着往来的行人。西瓜从车上卸下来后就进了屋。路上难见人影，好像怕头顶上的毒日头似的一个个都躲了起来。一辆辆顺次泊在路边的车，毫不畏惧。道路两旁的小树也不怕头顶上的太阳，咕嘟咕嘟冒出叶子。两个推着车子的摊贩停靠在路东，两人揩着汗，发表对这个夏天的意见。太热了啊。等那边的树长大了就好了。一个人说。那得多长时间啊，太慢了吧。他对缓慢生长的树，缺乏信心。另一个人显然等不及了，身后躺在车上的那些面红耳赤的瓜果也等不及了。

落至河面的下午

我从大门走出来，就碰到那个门卫。他的长相踏实，只是年龄看上去有些不太让人放心。很少待在警卫室的他，总是在门口来来回回地踱，像个军人似的忠于职守。路边的店铺在这个下午纷纷敞开着，聚在一起的女人把目光投向一路之隔的医院。医生和护士并没有出现，她们只是被当成瓜子壳似的吐了出来。"人都不见了。"这样的结果令挂在女人们脸上的神秘难以消除。的确，面前没有出现白色的身影，同时消失的还有附着在医院上空肃穆而洁净的来苏水。

拐角处卖报纸和小吃的妇人，守着当天和前一天剩下的报纸，她似乎没有觉察到光线已经从她的左边晃到了右边。这个下午依旧满是淡淡的油墨味和从烤炉里窜出来的红薯的香。我越过一辆辆停靠在路边的车，它们看起来还算安稳；那些从身旁驶过的车则一律满载心事，随尾气排放了的不可避免地令路人沾染。一个男人站在店门口，大声地打电话，用充满奚落的口气指责对方，好像要让整个世界都对某桩事有所耳闻。十字路口的红绿灯始终坚持间隔一段后才换岗，那个看起来疲惫的肤色黝黑的交通协管员，他的伙伴还在路上。

广场上布满了人。迂回的长廊下，散落的座椅，围拢着的花坛四周，开阔的空地中央，一张张面孔浮现。从人群中穿越，我能感到对面的人呵出的气息，身份在走动中被一点点湮灭，每个人都留下自己的踪迹。我确认了下午的莅临。在一张张浮现的面孔背后，下午浮现。一个习惯周六下午出行的人，禁不住生出生活是从下午开始的念头。或许人只有处在人群中，才更容易将自我与他人完全区别。我发现自己走过的路线成了一把尺子，在偌大的广场上刻画若有若无的格子线。成群结队走着的少年，那个扎辫子的女孩儿一路雀跃，吹着泡泡。只是她对扬起来的泡泡看也不看，任其腾起、溅落，像摒弃多余的快乐。我抬头望着升腾起来的绚烂，攀到肩头发出热烈而细碎的裂响。一只只风筝在更远的天上飞，那根绷紧了的线让人难以发现。风从哪个方向吹，它们最该知晓。一对老年夫妇并肩走着，两人带着式样相同的帽子，留给下午的是安静的背影。正在拍照的恋人，站定喧闹的一角，并不介意身后走来走去成为背景的人。镜头中，陌生的身影以及这天下午的声音一同被框定。聚众消遣的人挥动手里的纸牌，脚踩滑轮的孩子们充满理由地在人群中勇敢而快速地行进。

下午被圈定在广场上。飞在天上的风筝，怎么也越不过四周林立的大厦。一只不明原因靠至近前的狗，才伸出得意的鼻子，就驯服地被主人唤了回去。从前见过的那个嚼着爆米花乞讨的男孩儿，没有在这个下午出现：眼前晃动紧攥纸币的手、坦然伸出的手和那双毫不躲闪的眼睛。这样的一个下午，我并不打算一直待在广场。那个独踞一隅的人很快发现，自己的目光无论投向哪儿，都是同样的距离。人是处在人群中才发现自己的，也是在人群中发现了自己的孤单。电话打通了，朋友 B 正在海边小镇忙碌，声音里带着浪花的遥远和洁净。接下来的另一个回答近在咫尺了，"我在沂蒙路呢。"这消息着实令人愉快。因而，个人有理由认定"沂蒙路"是这个下午听到的最优美的词组。

汉诺威是不远处那条街上的一家自助餐厅，供有自制黑啤，同伴 L 便是从那儿赶来。他说方才和 X 守着满玻璃窗的阳光，饮着黑啤，谈了一下午的诗歌。当洋溢着幸福泡沫的啤酒遭遇诗歌会是怎样的恣意？杯子与铺着细格子塑料布的桌子会意地击掌，陷入光线中的咄咄逼人的目光柔和而温情。L 说自己也喜欢下午，缓慢、闲适，大度得让人可以停下来仔细打量。他的声音里不时抖落一簇簇白花花的光线，有些耀眼。"离开这儿吧，换个地方。"这样的提议令下午的广场也踩着车轮渐行渐远，从而成为身后簇拥着城市标志的巨大梦境。

其实，生活中的每一次转折都如此简单，只是调转方向。面对任何一种即将到来的情景，事先便存在着选择。城市远去了。这个下午，我们打算逃离城市，这个下午，是否真的能够寻到一个去处。风在头顶上飞，是赶着与风筝相会，还是不舍地追逐车前那些正在飘逝的时光？

下午的转折从一座桥开始。从河西赶往河东，需要渡过一座桥。跨越在河流之上的长长的桥，箭头般带着不容置疑的指向。L丝毫没有理会头顶的风，他说自己没事儿经常去河边，早晨，选择河西岸，到了下午，就驶往河东。我知道这个下午，风也急匆匆地从河西赶往河东，它满怀欣喜地发现，自己迈过的刚好是一座桥的体长。我不知道这条河上究竟有多少座桥，但桥的出现，是因为河。这个下午，我们渡过桥，是为了看望眼前这条河吗？转过身，我看见了河，一步步临近的距离，让人不得不正视它的存在。河流呈现。多令人惊叹的景象，花朵盛开似的，不再是水的温润的记忆，不再是转折的潮湿的情绪。尽管对于一座城市的命名开始即注定与河流有关。这个下午，太阳被击中了，跌落柔软的河床。面前穿行万千箭镞，闪耀璀璨坚硬的金属的光。我感到了一股逼人的灼热，正从头顶上方急剧倾泻，越过车窗玻璃迎面扑来的白光令人不得不闭上眼睛。远处那个圣物正喷出烈焰，把投射的水域点燃。

我好像这才发现了方向的改变。之前，在下午的光影中晃动的是一个面目不清的后背。这条河是一面镜子吗？一个人最终落到了河边，意外地看见自己在这个下午的姿态。我成了河边的一块青石。河流被视线省却了原来的长度和更为深远的背景，就像这个下午的翅膀曾经轻轻地停留。河面宽阔，舒展而宁静，那个终于从镜中窥见自己的太阳，身体愈来愈贴近这澄澈的水面，变得温驯，连同深酽的羞也悉数抹向镜中。风站在河面上，追逐着一层层细致的波纹。那些成群结队的雪白的羊群，缓缓地，从山下被赶往山上。河流从下游的方向赶来，除了风，还会因为什么。L说，现在的河水浅了，从前那些石头是看不见的。水面上涨时被淹没了的青石纷纷露了出来，它们固守原地，沾满河水气息的身体，如今覆盖尚未散去的下午的温度。周围少有人。从河水渐渐消退呈现了的河堤上，偶尔晃动的几个人影，隐身不见了。我一声不响地望着金黄色的柔软的河面，望着河面之上聚集着的广阔的波纹，仿佛闻见来自世界底部静谧的芬芳。我相信时间停止了，就在自己屏息令呼吸止住了的那一刻。夕阳、河流、金黄色的水面、远处的桥、近处的风、潺潺的波纹、水下自由自在的鱼、岸边的青石，盛大而隆重地呈现，使得它们成为这个下午的全部。距离造就任何一种可能的角度，成就发现。此时，在彼此会意的对视中，其他的事物迅速而无声地隐没。

河边的我与对岸的距离是一条河。一河之隔，就可以坐在河边看落在下午的河，看河面上的夕阳。我知道自己还会在某个下午像这样赶往河东，一个人或结伴同行。现在，我看不见河那边的城市，隔着一条河就觉得远了，好像是另一个世界。隔着一条河的距离去看，怎么也看不透了。这个下午，我没有遇到曾经现身的那只龟，当时，它正在岸边散步，恰好碰见了L和T。多幸运，就这么相遇，一起称兄道弟，一起在河边晒太阳。聊够了，再见吧。那家伙竟心怀不舍，在荡漾的河面上连续九度回首。此时，我仿佛才听见湖心岛传来的打夯声。湖心岛是坐落在河中央的一个突出的岛。那声音一下一下的，有板有眼。在保持连贯的有节奏的击打中，它的目标是哪一个？已经滑至天际的夕阳，在一声声沉重有力的锤打下，一点点地沉落。守候在河边，我看见夕阳真的落进了河里，到处都寻不到它的踪迹。只有，下午还轻轻地落至河面。

第二辑｜浮生记

浮生记

1

楼后人家院子里的那株无花果树，叶子落光了，头上还顶着一蓬帽子，绛红色，丝一般缠绕。举过房顶的枝杈成了在此出没的猫的捷径。楼前的杨树一律站直了，干净得如一缕风。从房檐底下钻出来的鸟儿认准了乐园，欢喜地在枝头雀跃。

路面被翻了个底儿朝天。重新埋设自来水管道令宁静的院落演变成热火朝天的工地。沟壑纵横，人头攒动，蓦然出现的铲车，骤然作响的切割声。工具已然化身武器，初衷明了的建设性行为由于深入井然有序的生活现场，状如侵略。与此同时，一场不疾不徐的雨的加入，使得泥泞成为混乱的一种。有人喟叹"地脱穗了"。先前的那匹布早已不在，撕扯得厉害，到处是凌乱的难以续接的线头。楼道里布满了重重叠叠的印痕，使得泥泞作为混乱的标签，一路被带回了家。稍后，那些连接地下的管道径自尾随，接踵而至。

院子里的人对"施工给您带来的不便"给予了最大程度的谅解。那口自备井饮用了多少年？曾经的水塔早已不在，一同消失的还有伴着水塔的蒿草，蒿草丛躲藏着的孩子。那口井还在不断提供着水源。自来水连接的是院子里的井水。这是一件想想就让人骄傲的事。直到近年，水质问题被一次次提及，人们开始审视饭锅里的水。愈来愈多的人舍近求远。院子里每天都能看见提着塑料桶、拎着水壶的人。邻近那家医院对出出进进的人本不在意，后来，瞅出苗头的门卫阻止。再后来，司空见惯，也不言语了。

院子里走来走去的多是老人。那些依旧熟悉的面孔被时光一遍遍洗濯，借以见证最轻的重量。那个一度被仰望着的匆忙而陌生的成人世界，而今，已然融为一体。视角的更移，令一排排平房化作记忆里的积木，操场、大礼堂、养鱼池和老柳树没入其间。只有转动手中的魔方才能让它们全部汇聚。曾经一眼望不到边的院落如今被一道栅栏隔开。那是一道实实在在的阻隔，落在眼前，落在每一道视线与过往之间。看得见，却再不能自由出入。院子小了，小到只剩下一条条窄仄的通道。散步的人将自己塞入其中，把蹒跚的背影扯得愈来愈细长。每天，坐在栅栏这边的人真切地望着对面。栅栏那边是一所中学明媚的校园。丁香怀揣春天的种子，整齐的杨树是站在操场边的领操员。

院子里还晃荡着一些新鲜的面孔。相较持重的年长者，他们是柔嫩的椿芽，是快活的五彩的气球。不是那些知根知底的孩童。他们永远无从掩饰，一张张似曾相识的脸一览无余。院子里藏不住丝毫秘密。这些成群结队出现的孩子排着队，从某个楼道鱼贯而出，领头的举着一面旗子。等到院子里一下子现出几支像模像样的队伍，蜂拥而至的阵势和叽叽喳喳的喧腾堪比一路之隔的校园。院内出租户的窗玻璃上出现的是与小学旁边相同的字样：学屋。这处邻近一所重点小学的院落炙手可热，常见墙壁楼角张贴着名片大小的购房信息，"求购本小区住房一套"。

黄颜色的班车，停在专门划定的位置。为防止别的车辆停靠，地上画线，还写了字，周遭揽上了绳子。每天，老赵进出四次，将大车泊在距大门咫尺的专属领地。没人怀疑司机老赵的技术，他摆弄方向盘的历史藏在鬓角的发根，时间久了就会被发现。从前，开车的赵司机很胖，有些脾气。现在，司机老赵的肚子没了，脾气也不见了。五十九岁了，还是舍不得放下手里的方向盘。早晨，挨着车窗看着老赵端着水杯摇摇晃晃地走。大车驶出大门的时候也是摇摇晃晃的。坐在车上的人很是叹服老赵的技术。就像当年目睹他把车开得飞快，而今任由赵师傅谨慎地一点点地把车驶出窄仄的通道。

2

墙上挂着的绿萝，褪了颜色，愈见稀疏。不知从什么时候起，就变成了现在的模样。还记得是夏天，自己捧着它在路上走。忽然就听见一旁有人招呼。这花真好看。从哪儿买的？对方不知道，这是绿萝。绿萝是不开花的，垂下来的翠绿的枝蔓就是她的花。有一个词，想也不想就给了她，婆娑。

阳台上的仙人球没有变化，总不见长。母亲叮嘱好几次了。买盆仙人球吧，对久坐电脑跟前的人有好处，抗辐射的。依言买了，放到了电脑跟前。一天，一只飞来的皮球碰上了仙人球，被刺破了。又过了段时间，有人失手打翻了桌上的仙人球。刺球翻了个身，碟儿碎了。后来，仙人球就待在一只碗里，放到了阳台上。太阳隔着玻璃照过来。偶尔，自己去看它，它总不见长。

我还是能闻到葡萄的味道。从远去的秋风，从留下来的只言片语，从正午灼热的光线下一遍遍袭来。开始，是淡的；之后，变得浓烈，挥之不去。忘不了的是那个正午，径直倾泻的密密的光线，把自己与葡萄罩在一起。到处都是葡萄。我的双手、衣衫、眼睛以及鼻息之间都染上了葡萄的味儿。眼前则爬满了葡萄架。我验证着途经的每一枚葡萄，听着葡萄皮与果肉剥离的声音。宽口颈瓶内喷溅着葡萄的液体。那个正午，我开始想象远处的葡萄园，绿茵茵的，不是臆想之地，而已置身其间。

有一种味道是耳朵听到的。友人提及她领略的滋味，着实美妙，看样子很是陶醉。不知不觉饮了的是酒哩。入了秋，待自己也觅了葡萄，便开始实践一桩密谋。被密封的挤挤匝匝的葡萄一并携入的是糖、熠熠的目光，剩下的就是时间了。发酵属自由行动，隔着一重透明的玻璃有声有色地进行。一个人的守望含着好奇和耐心。一周过去了，又一周过去了。心急的人早已品尝了几番。我的器皿依然密封。眼前发生的是一个秘密。当酝酿化身行动，私酿自然而然成为一种私藏。我悉心守护着关于葡萄的秘密。期待有一天，从那只透明的玻璃缸里倒出陈酿。

3

楼道里有烟味儿。有人喜欢在楼内抽烟。人走了，烟还想什么呢，没跟上，只得留在原处。雨究竟落了多久，还没有停歇的意思。此时，地面成了镜子，被一束晃过来的车灯照亮。刹那间，隐在幽暗的楼梯口的人藏不住了。风从对面赶来，撞到了暗处的脸上，急切地想从敞开的窗户闯进去。

父亲回来了。他坐在车内等待着车门打开。待车门敞开，母亲上前搀扶的时候，他的双腿还固定在原处，迟迟未动。他不知道接下来该怎么离开座位，顿时没了把握。终于，借助母亲伸过来的胳膊，父亲弓身站了起来。父亲的双腿没有了力气，好像一下子把怎么走路这件事忘记了似的，他不知道该怎样摆动自己的腿，不知道能不能踏上面前的台阶。雨点落在他的帽子上，落在穿得厚实的外套上。父亲的脖子上围着一条围巾，严严实实地缠了两遭，将口也掩住了。

父亲出院了。在医院待了两个月后，他的身体成了负担。行走变成一桩最困难的事。他只能缓慢地，试探着迈出自己的腿，需要别人搀扶着才能完成行走。每逢周二的傍晚，我都会站在楼梯口等着从医院回来的父亲。等着他从车上被母亲搀扶下来。然后，弟弟在前面架着他的右胳膊，我和母亲在后面，各自抬着他的腿上楼。弟弟的身材高大，脚步沉着，不时吐露鼓励的言语。一些单纯的阶梯状的数字依次出现。这些数字与阶梯有关，与父子有关，它们正像识字卡片一样从一个成年男子的口中有力地呼出。

由于疾病，父亲一向深居简出。三年前开始做的腹透，状况良好。唯恐出现的感染没有发生，但意外仍然不期而至。腹膜处产生严重的渗漏，不得不改作血透。从此，父亲需要每周两次去医院做血透。谁也看不见的血管里流淌着生命的源泉。它们鲜活而生动，洁净，有力量。力量从来就不是为了让人看见的。当原本静寂的领地一次次被纳入视线，安全与隐秘一同在眼前消失。从手术的那一天开始，父亲身体的血液不再完全属于自己，因为它们不只在一个人的身体内部静静地流淌，它们需要流经一台威严的精密的仪器，被过滤，被洗濯，被监视。与此同时，父亲的力气消失了，消失在流经体外的血液里，消失在一次次出行的路途中，消失在静卧的床榻。

母亲说那个声称"明天也不想吃饭"的病人，现在胃口极好。每天吃四顿，面色红润。但父亲的饭量依旧。他吃不了多少，吃了肉就想吐。体重减得厉害。母亲的神情黯淡，背着父亲的时候，常不由得叹息。她原以为至少可以保持现状。哪怕每天做三次或四次腹膜透析，匆匆出门，绝大部分时间都待在家里。她还没有做好充分的准备迎接又一重的变故。每回，车门打开之前，母亲总是先朝周围看看，路上有人，就等着人家离开。她说，到了夏天，出门也得穿长袖的。

一天早上，父亲对母亲说，他又梦见二弟了。父亲已经不止一次地梦见他死了的兄弟。他说二弟看起来跟从前一样，问他干什么，回答问大哥好呢，说父母、姑母都很想他。希望他去看看他们。父亲醒来把梦说给母亲听。当天晚上，弟弟带着母亲在面朝老家的路口，给二叔烧纸。母亲说你大哥的身体不好，胆子也小，给你钱，你在那边好好的，别再来了。

父亲躺在床上，房门总是关着。有一次听见他喊母亲，我推门进去，他说，把凳子搬到那边去。我就把床前的马扎放回原来的位置。一会儿，又听见他的声音，是要求拿一旁的纸，他要用。有一回，从医院回来，父亲坐在床上，我给他脱鞋，听见他的肚子响。母亲正忙着给他包水饺。临走时，我问母亲方才他吃了多少。母亲数了数，说，八个饺子。每次我去看他，临走前都要求给他按摩。我给他揉揉背，捏捏腿，捏捏脚。然后听他说谢谢，感慨得济了。岁月踩上了他的脊背。我能看见他身上的每一根骨头。那次，我给他按摩背，手被骨头硌得生疼，没能止住涌上来的眼泪。爸爸，你好好吃饭啊。

他坐在床边，我给他脱鞋，脱衣服。每次起床，他都从枕头旁摸起梳子梳头。窗帘黯淡，蜷曲着，生出了褶皱。桌子玻璃板底下的照片被光线掳去了颜色，只有黑白照片依然清澈。父亲的面容还是从前的样子。一旁橱窗里的书即使罩着一层玻璃窗，看上去也是灰蒙蒙的，与单薄的人影相遇。

4

桌面保持凌乱。即使又换了张带柜体的，书还是挤着。那些不断出现的新面孔，带着灼热的气息，跃跃欲试地侧立，就使得从前的不得不卧躺或倾倒。我没有在意这种局面，甚至纵容此类现象的蔓延。有时候，凌乱是一种心情，由着它绽放，恣意流淌。自由随时随地可以寻找，是一只未找到笔帽的笔，也是一些摸不着头绪的只言片语。

我时常遗忘一些事情，记不得是做过了还是没有去做。一些日期似隐没在地面的发丝，总是轻易地飘落，不经意地被遗忘。自己并没有寻找的念头，只待某一天对着蓦然出现的纷乱的丝团发呆。忘记了时间，而每天它总是在看不见的时候来了，又不知不觉地溜走。

有一回，没能赶上班车，眼睁睁看着黄色的影子从前方驶离。站在原地的人被车推得愈来愈远。我曾认定一辆自行车多像一只蜻蜓，轻盈地上下翻飞。身躯庞大的班车就是一间游动的黄房子。黄房子布局严整，整齐的座位上永远晃动着熟悉的面孔。记得那天，黄房子走了，自己没等着出租车。最后，几度辗转才去了二十余里外的学校。

不上课的时候不再着急赶车。周而复始对于每天有着自己的定义。日常的琐碎，被生活放任，隐藏在各个去处。是那些被文字锁住的探险，是堆在一起的学生作业，是无处摆放的零落的心绪。那个活生生的人仿佛成了一个幻影，隐没其中，不再现身。我以为慢条斯理地守着这些，不离不弃，时间就会过得慢些。可是谁知连这样的日子也被时钟监视，标上了等距离的刻度。某一天，突然发现绿萝萎了。还记得从前盛开的绿萝。路人说，这花真好看。

有时夜里做梦，醒来通常是记不得的。好像那些梦境计较着与尘世的不同。有一回，醒来倒还记得，自己在梦里对从未谋面的朋友提及，"去年的诗歌还在树上生长。"差不多的意思，可味道全变了。

5

下午的那场电影纯属意外。意外的发生常常源自某一突发奇想，譬如中止了的行车路线。中途下车使得路线更改，一时间由于失去了目的地而变得摇摆。一个小小的举动轻易捅开了生活的走向。我站在大街上，一边思考着即将面对的转折，一边已经走到了背道而驰的新的路口。一个暂时偏离了生活轨道的人，希望看到一个不同的下午的颜色。兜里揣着同事早先送的体验券，保利影城近在咫尺。无疑，影院的出现划出了一道迷人的弧线。

直上直下的电梯却是让人惊惧。高大的玻璃将空间隔开，密不透风，却又相互看得见。待在玻璃箱体中的我，没有丝毫安全感。恐高症总是瞅准脱离地面之际对着失去根基的人奇袭。我背向无处不在的险境，在电梯顿开的瞬间，风一般逃离。对于无法操控的机械的抗拒始于何时？遭逢紧急刹车，他人的反应只是身躯的俯仰，出其不意的晃动带给我的永远是惊呼。引众人循声四顾。

电影院里黑魆魆的。一间间被分割的厅有着各自的命名。规模比先前小了好多，但可以同时放映不同的影片。观影者有了选择的余地。骤然缩小的空间令落座的零星的人觅到一重坚硬的壳。下午的电影院是安静的，甚至孤寂。容得下那么多空位子，也容得下影影绰绰的故事。魔术箱一般。是表达逃离，还是投入？坐下来，早已不闻吱吱嘎嘎的声音，优质的音响弥漫，将人席卷。这里没有了先前的嘈杂和喧闹，只剩下空荡荡的人和空荡荡的容器。下午严严实实地被影院关闭。

这样的寻找始于何时？一个孕育的故事，注定出现的人群与运动着的影像相遇。影片的指导者是魔术师，在特定的变换着的场景中解析和控制着事件的发展。一晃即逝过往云烟的生活被活生生地展映，人们在影像中寻找着真实与虚假，爱与恨，前世与今生。悲欢离合是笑声和眼泪的催生剂，是不可或缺的糖和盐。黑暗呢？在一切重新制造了的世界里，黑暗也被同样制造。只是，此时的它不代表寒冷、困惑或窘迫，仅充当着一个必需的环境，宛如夜晚的降临，任由厚重的门和幕布将灯绳拉灭。黑暗的意义在于呈现，光影撕开了缺口，从一个方向呈现。

生活的意义也在这里呈现吗？栖身于黑暗中的光开始讲话，轻轻地，唯恐惊扰了他人。起先，只是微弱的光，黑场的黑超越了周围的暗，好像是浮在黑暗中的一条船。生活中早已熟悉的声音漾了出来。流失已久的音乐汩汩的，在耳畔风一样轻轻地吹。光线集聚成光束，力量大增，立在头顶上方扫射。陆续呈现的是街道，房屋，背影，双腿，脚，终于滑到转过身来的一张脸。颜色是被突出的了，是生活中见不到的浓郁。什么样的光线可以让一个人如此黯淡如此光彩照人，似乎就这样照进所有人的心里。自己原来是他，是她。突然看见了生命的样子，看见了一个人的内心，原来像湖水。由远及近，或者由近及远。不断变化的镜头宛如无所不在的上帝的眼睛，掳掠蛛丝马迹。有时，强烈的预感奇袭，思想仿佛领到神谕，预料成真。有始有终只是大团圆的一厢情愿，试图引领欢乐的人群通往童话之境。敞开的方式更加肖像生活，令结尾充当段落的一种，继续实现着现实中无法预料的可能。

甭管愿意相信还是摒弃、远离，眼前终究还是保持了舞台式样。由着画框牢牢框定、选择、限制，以既定的意义呈现。无论时空如何流转，无论如何心醉神迷，等到灯光乍现，眼前依旧影像摇曳，陌生的背影正从一种现实踏入另一种现实。户外则永远存在着两种可能，白昼明亮，抑或星斗满天。

步出影院，下午正露出光亮的脊背。此前，自己曾给附近古玩城的朋友打过电话。对方欣欣然说起自己近期的收获。那个数着过去的钱币的人，沉醉于遗落下来的过去的味道。年久失效的钱币，因为时光，再一次被端详。失去关注的生活是因为步入电影才开始被郑重其事地观看？

6

终于从路边买了一只盆钵，把仙人球从碗里取出，放了进去。瞬间，颜色似乎鲜亮了。这东西一年四季绿着，兀自生长。干燥什么时候充当起了最适宜的生存环境。

管道重新铺设之后，地面遍布久居的尘土，锈住了似的。开始期待能有一场大雪彻底地洗净。最终也没等来雪，等来了两名全副武装的保洁。她们蒙着口罩，用力地挥动着扫帚，尘土飞扬。对面来人了也不顾及。漫天扬起来的尘土飞起来，又落下，状若战场。清扫过后，地面看上去干净了。曾经的沟渠铺设了水泥，未干的时候有人踩过，留下鞋印。心想，如果留下鸟的爪印，会是怎样？可鸟停在树上，怎么也不肯落下。

葡萄酒被打开了，香气四溢。私藏的秘密深酽，倾倒出了时间的滋味。我想给父亲送去尝尝，可见面的时候还是忍住没提。糖尿病是这世上最不近情理的疾病。我努力积攒着平淡生活里的绮丽事件，与病榻上的父亲分享。而他每回见我来都是欢喜的，即使脸上没有显现。他常常要在床上坐起来，听听最近又有哪些有意思的事。母亲说住院的时候，父亲总是会跟别人提及他的小女儿，炫耀啊。可人家并不知道作家是什么。我知道父亲的内心是宽慰的。每次探望父亲，如果有刚刚写完的文章，就带去读给他听。有时，他会说出自己的意见，赞赏或是指出不足。有时，读着读着，看见他闭上了眼睛，鼻息均匀。以为睡了，就停了下来。片刻，听见父亲说话，怎么不念了？

我的窗前飞过一只鸟，落在了树上。一个人目不转睛地看，还招呼旁人。那是一只奇异的鸟，身形大，流线型的体态令人刮目。更吸引人的是它飞起来的样子，翅膀张开，稳稳地滑行。好像空中是它的溜冰场。小脑袋异常机警，看得见神情轻盈流转。那鸟真好看。好看的鸟落在栅栏那边的树上。栅栏这边也有树，有人家。只是那边的树更多些。鸟显然没有那些顾忌。再说那些栅栏不是给它们设的。那是两个单位之间的界限。鸟没有单位。它择木而栖。所以，那天傍晚，这边楼后的树上飞过一群鸟，从这棵树跃上那棵树。起起落落，好不自在。一定也有人从窗前看见这群奇异的鸟。用手指着，看，那么多鸟，真好看。

十二月，池塘的水面上浮起薄冰。冬天就这么朴素地立在池边，素得让人心静。那股素气刚好与寂静的青石相守。窗户闭紧了，一点儿颜色也漏不进来。点亮的灯，夜晚来袭。时间滑过早晨水池的薄冰，滑过映入电车的正午的光，滑过落入夕阳的枯萎的竹影，不疾不徐。我看见墨水瓶，看见废弃的笔齐聚，不知道该拎起哪一只。墙角现出一组不明数字，光阴浮现。暖气的暖，触手可及，努力接近春天的边缘。

童年的玻璃和黄昏

童年是一块玻璃。从正面投过来的那个淡淡的身影，它的背面还存在着另外一张面孔吗？我用手背轻轻地擦拭，努力想通过它看到什么。我看见了一个影子，一个小小的瘦弱的影子。当稚气像蝉蜕一层层地自行剥落，自己原以为从此能够看见时间那张神秘的脸，哪怕只是漫不经心的一瞥。告别了，却没有进行任何的仪式，像一场永远只有一个人的旅行。身旁还有谁？是谁在以近乎静止的速度缓缓地飞翔，看不见影子，也听不见声音。

接下来能够记录的都与童年有关。尽管有时候怀疑会带着问号不由分说地来到跟前。面对过去，自己还是表现得相当温和，感召下的怀疑最终也像一块玻璃，可以从一边清澈地看到另一边。

那个在红色的蜡笔下闪烁着无数光芒的太阳，似乎换了一个。依着记忆中的大致轮廓，我还是毫不费力地想起了它原来的模样。阳光把脚掌轻轻地落在了每个人的身上。站在通往人生旅途的最初的站台，我没有任何负担地袒露纯真和善意，多少年后依旧保留下来的这样的笑容与举止，被称作胸无城府。盛开在童年的真实叫做童真，那是一块还没有来得及染色和洗涤的布。

童年沾染了一层幽静的金黄。不知不觉地，那些能够保存下来的渐渐稀少的黑白照片，一律旧了。这些因为某一瞬间而长成了永恒的事物，相对于短暂的一刻，的确是长久的。童年似乎并不单单依据为数寥寥的照片，记忆是蛰藏在洞穴里经历了冬眠的蛇，大多数时候还是喜欢不停地游动。

所有的树枝都会唱歌。那是春天里的散发通透与翠绿的一段嘹亮。透明的，带着甜蜜光泽的玻璃纸，炫目地系在了手腕上，叮当作响。水沟里机警的小鱼不停地上下撺掇，成功躲过一次又一次围追堵截。盛夏的中午，寻声而至，诡秘地指向密叶中的那根长长的竹竿，出其不意地伸出了筋道而黏稠的舌头。

盼着下雨。因为下雨就可以顶着家里唯一的那把巨大的油纸伞，虽然笨重，颜色褪得也像旧衣裳，可仍然兴奋地高举，光着脚丫子故意把水踩得稀里哗啦。不远处积水边坐着一只大肚子蛤蟆，趁它迭声怪叫，跺跺脚就把那丑陋的家伙吓跑了。喜欢用彩色蜡笔画画，图画里所有的花儿都咧着嘴笑，小草儿郁郁葱葱，树叶像温柔的绿色的眼睛。红彤彤的太阳周围射出箭一般短促有力的光芒。

喜欢月亮的皎洁，那个女孩儿怕黑，怕一个人在家。黑暗和孤独一起被童年毫不犹豫地拒绝。眼瞅着一天当中落在地上的自己的影子，从容完成了长大的历程。路灯下的黑影更怪，进进退退，任意伸缩起了所有的短短长长。偶尔一个人发呆，会好长时间盯着散布在墙上深深浅浅的水渍，一张张清晰可辨、变幻莫测的面孔就在眼前不停地穿梭。

"池塘边的榕树上知了在声声叫着夏天，操场边的秋千上只有蝴蝶停在上面。"我会唱这首叫做《童年》的歌谣，现在还会。只是我的池塘边没有榕树。童年的池塘边长满了模样古怪的柳树。我的榕树长在院子西边，西楼的后面，榕树的旁边是紫红的桑葚。当月亮露出浅色的影子，我躺在操场高高软软的麦垛上面，身体轻飘飘的。这儿离地远了，离天近了，黑色的玻璃球似的眼睛，一抬头就看见了闪亮的星星。

我会在睡觉前突然惦记起一双鞋子，一件衣服，或者一株向日葵，一只爱下蛋的母鸡，还有街上的酸梅汤和冰棍。此外，那个被父母称为孩子的女孩儿，认可温暖的家、亲爱的爸妈和姐弟。只有跳着橡皮筋的时候，快乐似乎更愿意乘上歌声的翅膀，自由地飞翔。

此外，童年的快乐似乎完全被属于糖的甜蜜和芬芳包裹，我始终分不清它们究竟是香糯黏稠的奶糖、清爽宜人的水果糖，还是脆生生香甜美味的爆米花儿。

　　我一直想在童年与黄昏之间找寻一种亲情般的融合。事实上也包括了玻璃。往事常常来不及历数就已经深深陷落记忆的沟谷。模糊的四周，好像蒙上了一层赶不走的灰尘，是因为光线、角度，还是与时间有关。

　　一天当中只有最后剩下来的这一段被称为黄昏。这个已经远离了白天，像一位离群索居的隐士般的黄昏。面前闪耀着的是黑色的漫长的夜晚。黄昏持续着的是一种昏暗，透露出昏黄感觉的暗，与停电时掌起的煤油灯的微弱相似。除却表面上的关联，黄昏是安静的。黄昏的安静由内而外，仿佛聚集着的无数的鸟的翅膀，正愈来愈低地，愈来愈低地压过来。

　　回想沉沉地陷落黄昏的谷底。我多想抛却现在的衣裳，兴致勃勃地跑回去，跑向开启在黄昏的一扇门。哪怕依旧是昏暗，或者只是头顶上的一盏昏黄，低矮的桌子上摆着五只碗，大小迥异的五张板凳。那扇吱吱嘎嘎的木门，沉淀下去的只是陈旧？是谁在门外呼唤着我的乳名，一声声，那么熟悉。

　　如今，我的童年躲在黄昏，像一个神奇的钟摆，停止了摆动。我带着迟疑的目光穿越单薄的脆弱的玻璃。谁知道童年会在某个黄昏自行复原，像潜入水底后显像的黑白照片，像压在床铺下重新变得方正妥帖的烟纸。我看见了那个女孩儿，看见了高年级的同学那一张张长大而成熟的脸。

　　时间在身边悠荡，安静而从容。那个处所，像一个驿站。人还是那个人，换掉的是一匹又一匹疲惫的马。前行是永远的方向，离原来的地方越来越远。

　　我坐在安静的黄昏，我的童年也坐在安静的黄昏。坐在黄昏里的自己又变成了以前的那个女孩儿。当童年成了一次次出现在黄昏的事物，我也可以一次次触摸童年宽阔的额头。所有的事物都是自己的建立，长大就是打破。那些单纯的美丽的肥皂泡，经不得阳光的触及而破裂。随之，长大的希望也跟着接二连三地破灭。那是曾经挂在嘴上的远大于冰糖葫芦的向往啊。当自己终于完成了最初的向往，长成了一个大人，童年的池塘，失去了原来的吸引。

光阴只有在童年那里才显得慢条斯理，表现出对幼小事物的爱怜与顾惜，缓慢而抒情。四季盛开在童年的土壤，森密，粗大而结实。希望是长在其间的一枚最初的种子，还有那些伴随着成长的歌谣。整个童年因为漫长始终充满殷殷的期盼，就像只有孩子的眼睛才会万分感慨万花筒的奥妙。那个可以走过去的路线是唯一的，可以回首，再也无法返回。

童年是长在自己鼻梁中间的那枚醒目的红痣。照镜子的时候会让我想起那个孩子脸上同样位置的那颗。经历了那么多年，它还是安安静静地站在原来的地方。当我刚刚学会造句时，喜欢用红通通、白花花、黑沉沉这些美丽的重叠着的颜色，衬托那个缓慢的不断生长着的身体。

心依旧还是那么容易被周围的事物打动，却不再仅仅与甜蜜的糖果有关。童年是一个梦，一个因为遥远而渴望接近的梦。那个由于再也无法抵达而完美无缺的理想，始终拥有玻璃一样清澈透明的表面和本质。

那年夏天的午后

　　午后。明亮的，澄澈的，湖水一样的午后。在这个词语的背后存在着可以想象的宽阔和温暖，与中午本身带来的强劲与饱满稍稍有了一些区别。既然肖像了湖水，便也真的从此荡漾了起来。这样的感觉通常表现在晴天，表现在心情也是相当晴好的日子里。如今，我想记述的是一个事件，一个与午后，与那年夏天关系密切的事件。那年夏天，就成了一条线索，一条唯一存留下来的可以充当举证的线索。尽管，我已记不清楚究竟是在哪年。

　　毫不确定的那年就这样因为遗忘而显得神秘莫测。让午后的温度一直持续着的依旧是夏天。那时候的夏天总显得不耐烦，因为看也看不到尽头，就像一个一心一意盼望着长大、又对此没多少把握的孩子。午后成了其中难耐的一段光景，闷热、烦躁而漫长。太阳站在每个人的头顶，火辣辣地不偏不倚地照，像被吸铁石吸着，赶也赶不走。但是大人们依旧习惯午睡，习惯被炎热、被身体流淌着的细细密密的汗水包围，夏天的午后一旦能与睡眠相伴，竟也变得松闲慵懒了起来。

　　围着一圈儿柳树的池塘并不愿惹是生非。不过，那些谁也看不见的微风就喜欢荡在长长的柳条上。池塘里的水时常呈现的是一种笃定的颜色，绿的，漆一样深厚、浓稠。我不知道是不是与满池化不开的浮萍有关。时间一点点地堆积，一分一秒地聚集起来，阳光垂直地沿最短的路线迅速抵达。在那个阳光稠密的午后，同样稠密的还有络绎不绝的蝉声。这些蝉声连续，高昂，像后街午夜还在吵架的女人，愤怒、警惕而尖利。

这样的感觉一直笼罩着我，像那个午后无所不在的太阳。如今，即使隔着再也无法抵达的距离，我发现那年夏天依旧那么燥热。我放弃了随时可以使用的有声语言，试图用沉默而温情的文字再次触摸。这种温和的方式该不会惊动沉睡了的过去。

茂密的柳树匝地，或者索性垂到水面冲凉。一个看起来无比清凉的地方，遭到所有母亲的诋毁与诅咒。在平静如水一切依旧的表面下，池塘作为危险的存在似乎仅仅是一种潜在的可能。童年的午后总是从躲避父母的目光开始的。到了夏天，这里依旧会聚起三三两两的男孩儿在此垂钓。

不知道是不是因为海边出生的缘故，他一下子爱上了这个有水的池塘，还有那一场可以与机灵的鱼儿展开的斗智斗勇的游戏。开始，他只是满心欢喜凑在一旁看人家钓鱼，大人们用的是长长的钓鱼竿，大些的孩子用的是废弃的罐头瓶。充当旁观者的好奇不久即被跃跃欲试的愿望替代。这时，他也找来一只空罐头瓶，用白色的绳线拴牢瓶颈。随后，他就这么静静埋伏起来，看起来比其他人都显得沉稳，蹲在那里一整天也不声不响。

那个安静的池塘成了他最乐意去的地方。与其躺在床上翻来覆去，不如躲在柳树的阴凉底下，屁股挨着凉丝丝的青石。他甚至已经给自己谋好了一个固定位置，来了就直接奔那儿。身后那棵粗大的柳树护住了小小的身影。

那些藏起来的小鱼儿真馋，一闻着蚯蚓的美味，就开始撺掇。就像他喜欢吃红烧肉不喜欢吃青菜一样，那些家伙也禁不起诱惑。第一次如愿钓上鱼，他连蹦带跳，叫着，嚷着，跺着脚，手舞足蹈。有时候，一个人也很快乐，就像现在。他啊啊地叫着，快乐极了。

他还远远称不上一个少年。只是一个孩子，一个小男孩儿，一个长着一双漂亮眼睛的小男孩儿。我见过那双眼睛，大而明亮，像闪动着的粼粼波光。在这个有声有色的世界里，他就是一条幸运的漏网的小鱼，在每一个夏日的午后自由自在。尽管那段时间，那段拴在从不间断的蝉儿嘶鸣中的时间，在他人眼里是令人厌烦的漫长。

后来，他换了鱼竿，换成挂着长长的线，挑着明晃晃钩子的真正的鱼竿。那天，他一定是拎着它的。

青石垒成的池塘干净，光滑。那个位置，那个早早盘踞下来的柳树底下的位置，他刚刚离开。他转身准备去挖蚯蚓，临走还没忘记在鱼竿上轻轻落个石块。可怎么才一眨眼的工夫就不见了呢？石头在，不见了那个钓鱼竿。他很快就看见了漂在水面上失去了掌握的鱼竿，孤零零的。他趴在地上，伸手试图够到它。一定要够着它，他想着。已经摸着滑滑的水了，就差那么一丁点儿了。是的，再有一点点儿就够着了。他有些得意，兴致勃勃的，刚才不安的脸上现出胜利在望的微笑。

那个傍晚，空气里依然保留着白天温热绵长的气息。为了寻找那个不会说话的男孩儿，大人们呼喊着，焦急地到处奔走。越来越多的人加入，不断壮大这支搜寻队伍。人们几乎寻遍了院子里所有的场所。他会去哪儿呢？最后，当人们把目光抛向池塘，突然发现是那么沉寂，空荡荡的。一杆沉默的鱼竿，不声不响地漂在绿色的、漆一样深厚浓稠的水面上。

我曾经一遍遍刻意描摹那个午后的状态，一回回陷入其中。但它丝毫不能制止或改变，只是在自我叙述中使整个事件的进程变得缓慢。那个原本最充沛的、绿叶一样充满生机的生命，没有像任何一片落在池塘里的叶子，浮着。池塘无声无息地掩盖了真相。一直生活在平静中的人们，曾想着把这个平常的夏天等同于以往任何一个。

生命像波光，一闪即逝。预感总是在最后一刻惊显。那个被家人爱护也忽略了的男孩儿，那个始终不会说话，喜欢守在池塘边的男孩儿，在那年夏天突然消失了。我无法想象悲痛欲绝的母亲和那个同样悲伤的傍晚。一向缄默的父亲，那位曾在海军舰队上服役的军人，面对再也不会站起来的幼子失声痛哭。他原本是一个完美无缺的孩子，在小时候的一场高烧中失聪。

准备过了暑假就送他上学的，男孩儿的母亲反反复复不停地说。聋哑学校一墙之隔。那里的学生我见过，高高大大的，没见着那么小的孩子。他们用变化起来的手势表达着，张开的嘴，活动着的眼睛，困顿的、单调的音节从嗓子冒出来的时候，就像一卷生生撕裂的布匹。声音是什么？如果从来没有听到，它还存在吗？在那个无声的世界里，沉默是存在着的另一种语言。

几年之后，我见到了小学同学沈丽美的弟弟。我简直不敢相信自己的眼睛，他与那个男孩儿惊人地相像。这个在普通小学上学的男孩儿，看上去有些腼腆。当他喊姐姐的时候，我的同学沈丽美就会扭过头，拉着他的小手，很亲热的样子。

时间是一块染了什么颜色的幕布。如今，所有的记忆都安安静静地栖息在原地，带着生动的呼吸，均匀，顺畅。生命就是呼吸，持续的毫不间断的呼吸，不能被任何缘由阻止或打断，哪怕是最柔软的水。如今，作为一位叙述者，我的呼吸正常，心情平静。我所延续的是想象，是事实，是想象与事实之间合情合理的铺展。那个在过去了的夏天存在着的事物，从我的眼前复活，午后，阳光，蝉鸣，池塘，柳树，微风。除了，那个沉默的孩子。

那年夏天的午后凝固了，像一支永远不会化开的冰棍儿，没有甜味，只是，一味儿的凉。如今，柳树和池塘依然还在，水越来越浅。我曾看过被淘干了的池塘，黑压压的，像谁的被翻过来的内脏，散发出一种说不出来的味道。于是，我把眼睛迅速移至身旁的柳树。它看上去老了，可依然茁壮。

遮　掩

1

走进那个晌午需要多少时间？我没算过。多年以后，我只是突然想在某一天开始练习转身。视线远没有光线那么长，再说我还患有中度以上的近视，以这样的目力难以洞穿近在咫尺的字迹，更何况那些沾满云烟的旧味儿。不过，那一天很简单，我从屋里一脚迈过门槛，再一脚，就踏入早早等在外面的晌午了。

这个晌午是新的。即使被席子围起来也挡不住那股新鲜的气息。被母亲唤过来的时候，我没有一点儿犹豫。顺从是听话的表现，我一向是母亲眼里听话的孩子。大多数时候的顺从，我相信应该是来自于一个孩子对母亲完全的信赖。我被席子团团围了起来。我被席子完全围起来的时候，也被晌午围着。夏天明明热得像一只红彤彤的火炉，不得近身，但四周却贴满了香喷喷的芝麻烧饼，从而导致了我从心底里拼命地喜欢。

母亲把一张立起来的席子卷成了一只圆筒，里面刚好可以放进一只盛满水的大铁盆，可以放进我。直到现在我也不知道她究竟是用了什么方法，让那张寻常的席子不同寻常地持久站立。这个因地制宜形成的帷帐充满了单单属于母亲的智慧，它机警而巧妙地设在我家门前。太阳从头顶上水一样哗哗哗地跌落，径直滑进了铁盆，很快就不分彼此地搅成了一团。水是温热的了，手指触摸上去感觉适宜。我开始一遍遍地从盆里往自己的身上淋水，顿时觉得凉快了，也好玩。那些亮晶晶的水珠神气地缀满了身体，顺从地坠落，贴着纤细的脚踝陷入地里。

院子里很静，午睡绝对称得上是良好的生活习惯，因此，这个时候的冲凉便刚好避开了人们的视线。阳光始终敞敞落落的，完全没有一丝窥伺的意图，但我还是隐隐觉出了不妥。外面的席子能挡住什么？水毫无顾忌地从席子底下徐徐漫过，汩汩的，轻易地流出了一重包围。别人一定会发现这些泄密的水的。我开始担心。只要有人经过，就一定会看见院子里立起来的奇怪的席子，以及渐渐漫到院子当中无声无息的水和难以掩饰的声音。那个由席子围就的一隅，粗陋，安静，而我却不能保持安静了。我不担心席子会倒，是怕被别人看见。难堪即使隔着一张封闭的席子也能折射脸上的颜色。我不想被小瑾姐姐看到。我不想看见焦虑甚至不满的眼神从那双好看的眼睛里流露。她曾经在院子里看见我和弟弟一起光着背，毫无顾忌地玩耍，悄悄走过来的时候就用了那样的眼神。女孩儿怎么可以这样，你已经长大了。我顿时被她说得不好意思起来，突然意识到了自己是一个女孩儿。小瑾姐姐是院子里公认的长得最漂亮的姐姐，她的话和大人一样不容怀疑。我一直没忘记某次跟着她，被她的同学以为是她的妹妹的事。长得很像啊。对方打量过后认真地说。好长时间，自己的心里都因此美得不行。

我就这样第一次怀着颇为复杂的心情，忐忑不安地度过了那个晌午。一个九岁女孩儿的心事没有谁有兴趣揣测。那个裸露的身体在日常生活中很容易被忽略，自己不会在意，包括母亲也没有要求，还是个孩子呢。尽管那里明明白白充满了旺盛的生命力，正准备崭新而茁壮地生长，随时随刻都能听见来自体内的声音。但是看上去却含混，像一根细细瘦瘦的竹子。还需要用什么遮掩吗？遮掩。我对这个跃出的词语感到亲切和妥帖。那张围起来的席子就是我的遮掩，使得没有丝毫掩饰的我和外界保持间隔。眼前混合着阳光、水汽以及植物味道的席子，通透而潮湿。

2

空旷的操场毫无防备地充当叙事场景。操场很空旷，很空旷的操场并不排斥人。这里最早出现的除了球类爱好者，围着跑道奔跑的人，最有可能出场的是谁？

我们实在找不出一个比操场更有意思的地方了。快乐无可替代。成群结队是一个不可磨灭的标志。童年的伙伴喜欢的就是没有距离感的热热闹闹的集会。因此，一个高高的篮球架下涌现出为数众多的孩子，不足为怪。那是清一色的女孩儿。这些从小一块长大的孩子，相互之间看起来模样一点儿也没变。除了拔节一样增长的身高，愈加清亮甜美的嗓音，一张嘴就暴露的丑陋的牙箍。

明，是一个胆子特别大的女孩儿，经常在我回家的夜路扮鬼吓唬人。她总是躲在哪儿，一边跺着脚，一边发出令人心惊的怪异的声音。明很喜欢看着我吓得一路尖叫狂奔的样子。在出现了预期反应之后，隐在暗处的她得意地笑。明比我大一岁，十三岁，这个差距让我觉得自己总是在走她走过的路，我始终没机会绕到前面看看她的表情。望着她兴冲冲地往前走，我注定了跟在后面，无法超越。

起初，谁也不理解明说的话是什么意思。那句插入交谈的言语，像拐弯儿的河道，唐突地立着。那个下午，明看起来若无其事，站在篮球架底下的她抬起细细长长的单眼皮盯上了我：嗳，你来了吗，那个？话说得莫名其妙，我立即陷入空荡荡的眼睛里。顿了顿，明又重复了一遍：就是那个，我知道你一定来了！别想骗我！这回的口气大变，好像一下子捉住了见不得人的把柄，而对方分明故意抵赖。后来大概是见表情实在无辜，明转而问岩。岩和我同岁，她和旁边的文兴趣盎然地问是哪个。明真是有些失望了，自顾自地说难道你们真的连那个都不知道，就是月经。哦，长长舒了一口气的我们这才发现了目标，连忙问她来了没有，被围攻的明异常坚定地摇头，没有，她也没有呢。

我的身体流血了。不疼，没有惊慌，一点儿也不害怕。我的反应竟然如此冷淡，似乎对发生在自己身体上的事件漠不关心。又或者过于从容，仿佛早已知晓某一天一定会发生些什么。月经，例假，这些温和的体恤的词替代血淋淋的事件。我开始一板一眼跟母亲学着折叠卫生纸了。这样，再这样。我盯着母亲熟练的动作，不知道她会想什么，措手不及或许搁母亲那儿更合适。我对母亲临时出去买来的卫生带很抵触。它的形状以及啰里啰唆的缠绕。长满细碎小花的窄长的棉布，中间镶嵌冰凉的红色的皮质。我打心眼儿里不喜欢。我不知道月经的来临对一个少女意味着什么，只是机械地对待每月的来潮，事后清洗变了颜色的内裤和卫生带。我需要做的是看着被倒掉的水变得浅些，再浅些。

周期性的发作让我不得不面对身体的变化，间歇性的腹痛怪异而邪恶，像一条不怀好意的蛇。我开始趁热喝姜丝红糖水，那是母亲的关爱。面对我蜷缩的身体和止不住的泪水，母亲除了温言软语，又搬来救兵元胡。痛经折磨得我痛苦不堪。我忽视自己的身体，从没想过隐秘的暗道需要承载沉重的流血事件。我是母亲亲生的孩子，没有被闪烁其词的谎言欺骗。我不是捡来的。我一直以为肚脐是孩子最有可能的出口。

事隔数年，明终于说了实话。她说那个时候，她已经来了。谁也不知道空旷的操场曾经与一位心事重重的少女同谋，严守秘密多年。明看着我，细细长长的单眼皮很真诚。她现在不再吓唬我了，因为我已不再怕黑。

3

我脱口而出了。针对那个女同学的名字，许怀云。这本来是隐藏在心里极度回避的事。我一直觉得自己动机不纯，心理阴暗。我不知道出于什么意图把名字的后两个字换了音调。我肯定是在开玩笑，将一件未来的事预先架设在一个女生身上。时间好像一不留神往前跌了一跤。这个预见遭到对方态度强烈的拒绝。这个玩笑似乎开大了。许怀云气急了，哭了。这个学习甚好，下决心一定考上小中专的女生趴在桌子上哭了起来。无论我怎样狡辩，她都不依不饶地表示要告老师。

余下来的日子在惶恐不安中度过。我相信这样的结果已经惩罚了自己的口无遮拦。许怀云终于将难以启齿的事压在心里。

班主任老师姓杨，中等身材，他有能力从乡镇中学调至这所新建的城里中学，跟坚持不懈考取的函授文凭有关。作为一位相貌堂堂的语文老师，很容易获得初中女生不知所措的好感。杨老师年轻英俊，普通话标准，善于运用笑容以及幽默风趣的谈吐。我曾经夹杂在一群叽叽喳喳的女生中装模作样看他的妻子。那女人看上去的确太一般。回来的路上，我们一致认为杨老师的妻子不好看，跟他不般配。

我一直犹豫是否跟母亲说那件事。班主任老师选了我参加学校的演讲比赛。那份演讲稿一经润色，变得鲜亮，极富感染力。为保证良好的现场效果，他要求我下午放学去办公室练习。母亲对我说还是按时回家吧，学校离家那么远。至于我如何跟老师解释这件同等重要的事，被母亲忽略。后来，杨老师非常严肃地问我放学为什么没去，他一直在办公室等。我支吾起来，无论什么理由都是搪塞。隐隐约约的介意，让十三岁的女孩选择逃避。那天放学，我远远地望着办公室，若无其事地与同路的女生相携回家。

明明只是淡淡的一瞥，就把目光收回来了。那条巷子太长，它让我的视线变成一根长线。参加作文比赛的女生坐在杨老师的自行车后座，一路谈笑风生。那印象像树一样长在没有一丝土腥儿的脑海里。

4

青春期呈现一场大雾的迹象，困顿，迷离，模糊不清。徒步穿越的途中将会完成怎样的蜕变，只能由自己破解。我变成一只狐，一只性情孤僻离群索居的狐。一个人的行走和一只狐的行走变得同样寂静无声。我始终离事发地点远远的，扮演旁观者。冷漠的表情充当最严密的武装。敏感是遍布身体数也数不清的汗毛，体会内部的喧嚣。

我不知道他们是不是在恋爱。可以肯定的是，那个运动队的高个儿女生一点儿也不躲避。她不避讳身材不高的体育老师，乐意与他朝夕相处。我见过她下午训练去老师宿舍换衣服。听人说她和体育老师的关系不一般。不一般的论据就是早上看见她从那间单身宿舍睡眼惺忪地走出来。那个会武术的体育老师爱喝酒，喝过酒，脸一定是红的。尚未搞清两人关系的我有一阵子也会觉得脸红，因为与体育老师同姓。这所普通中学的学习风气像一堆潮湿的柴，燃烧缓慢。早恋则是飘荡在校园扶摇直上的另一种风。我不喜欢隔壁班装扮成熟、嗲里嗲气的女生，身后跟着一群精力旺盛、惹是生非的异性。一位因相貌出众闻名全校的女生似乎不屑与校内男生的厮混，引来无所事事的社会青年在校门口望眼欲穿。初三，班上一王姓女生和从外地转来的插班生俨然神仙伴侣，出入成双。运动队的高个儿女生毕业真的和姓陈的体育老师结婚了。她的年龄成了实实在在的谜。那所新建中学从各地招来的第一批学生比应届生大许多。至于那个心理和生理发育同样良好的王姓女生，再没见过。

含笑一点儿也不好看，但是活泼，与男生打成一片。她和勇要好，两人经常有事没事坐在一起，眼睛时不时碰撞。含笑喊勇的时候是恶狠狠的，这就与别人有了区别。勇黝黑，健壮，他似乎很喜欢含笑同学这样对他。含笑是名字中的后两个字。高中阶段，男女生关系开始变得融洽。有一回，我试着沿另一条路回家，看见勇飞快地骑着他的大轮自行车。上自习课，后面的一个男生老是扭头朝我们这边看，被同桌的女生唤作"不要脸"，但他还是有意无意地坚持朝这儿张望。如果弃同桌于不顾，那个平时不爱说话的男生是在看我，我对他的目光麻痹。

谁也不知道这个沉默寡言的高中女生怀着怎样的心事。孤僻，不合群，不跟任何一个男生说话，即使迎面碰到了，也总是先低下头，避而不视，视而不见。但是并不妨碍我经历一生中唯一的暗恋。一年是长还是短？那个高个儿男生，戴眼镜，完全在不知不觉中成为我的焦点。暗恋本身充满秘不可宣的隐藏，有一些说不清的痛苦、激荡和甜蜜，而我坚持要做的是遮掩。我穿弟弟又粗又肥的军裤，因为他也穿。那是一个无意间为我黯淡的高中生活添了一笔亮彩的男生。日记里出现过相关的文字，后来被撕毁。具体的物证消失了，从残存的只言片语和凌乱的纸页段口，证实确有其事。

5

我看起来跟原来没有变化，自己也乐于从旁人口中听到类似的言语。这已经成为目前我愿意得到的最大的褒扬。只是，原来该从什么时候算，是九岁、十三岁还是十六岁？我突然发现自己这个概念更应该属于现在。时常出现在镜子里的依然是熟识的。现在，我只是拥有足够长的距离观望。

一种由来已久的身份被我占用，却也是一直抗拒的。我欣然接受女子、女性、女的，这些关乎性别的指代，却一点儿也不喜欢“女人”。我不会用这个词语称呼别人，更不会自称。以为那是一项过于华丽的帽子，戴在自己的头上不合适。我不是一个善于遗忘的人，即使没有那些因为承载新生命遗留下来的见证。只有我知道它们的存在和弯曲。通常，这些与时间无关的痕迹被隐藏，被遮掩。

县　城

　　我看见了山楂树。成片成片的林子一路追逐飞奔的汽车，让人说不清是摆脱还是靠近。眼前晃动低矮茂密的树影，缀于其间的酸酸的果儿流溢清香。多年以后，那片执意出现的山楂树不是现身故地，而是通过想象的方式占据曾经的路途。山楂树的长势依旧，渐渐弥散开来的气息，悠长而淡定，隐约可见的果实的红成为忠实的提醒和指引。从前抵着的那堵黧黑的矮墙还在。如此，一座被山楂树围起来的县城不由得带上了些微的抒情底色。

　　顺次出现的河流是一道关卡。当道路的延伸借助横卧其上的桥，便轻易地令一个急于跨越所有障碍的人忽略了河流的存在。我以为它是静止的，静止得像路边掩映的房舍，像画中被勾勒的沉默的线条。然而，一条河流的存在远胜一座桥，正如后者的出现全然是为了架设或沟通。河流是温和的，水润的，它心有灵犀地迎接着行进在桥上的年轻人，对方眼睛里跃动温和而水润的光。流经县城的河叫温河，可以触摸的温度就镌刻在水面上。

　　如果没有火车，县城也会是一张平静的水面吗？火车出现了。那些从时刻表上准时驶过的庞然大物，飓风般掠过县城。谁能准确刻画被搅扰且激荡起来的心潮？并非每个人都能目睹来自远方的勇猛、强悍和伟岸，以及连续不断的身姿，但阵阵呼啸难以抵挡。那个一时间充斥在县城的唯一的声音，像一柄锋利的刀，旁若无人地穿越柔软的腹部。如何又腾空跃起，成为盘旋在县城上空黑色的鸟群。水面被打破了，由远及近的火车扫荡了县城的平静。久而久之，当静静的守候成为期待，相逢就是安装在体内稳健的生物钟。定时出现的火车化作了县城不可分割的一部分。

她兴冲冲地走在县城的街道，脚底像踩着了弹簧，有谁注意到她的眼睛？那里正生长着麦子一般蓬勃的爱情。麦芒是耀眼的外表，其中是否颗粒饱满，只有拨开麦粒看了才知晓。不要嘲笑那副单纯的表情，你能指望二十岁的姑娘脸上现出什么？她不贪图荣华富贵，不稀罕金银珠宝，她的爱情月亮般圣洁高远，晶莹剔透，纯洁得就像她自己一样。这样的爱情宛如理想，与天堂毗邻，在人生刚刚起步的时候，便可以出现这样的奇迹。某一天，她小心翼翼地将自己的爱情安放在某个人身上，她不知道这也许只是暂时的寄居，而是开始即习惯了长久与永恒。她慷慨地馈赠属于自己的爱情，从此，便不管它出现在何时何地，都不会放弃自己的脚步。这个爱情的追随者，多像一只年轻无知的幼蛾。

与周末有关的爱情的探望，郑重而有规律。眼前早已消失了山楂树、桥以及河流，火车奔驰在远方，脚下是地势带来的波浪般的起伏。独自行走在县城的街道，心里竟寻着了一份归属。一个人的日子无论怎样叠加，还是一个人的，但是县城却成了一座桥，那些可以计数的路途是流淌着的河水吗？这场以县城为背景的爱情，显然不属于天堂，它朴素的被不远处的人间点点灯火围拢，还被染上了淡淡的山楂树的清香。

音乐充当了什么？是飘荡在头顶上空的云朵，是火车远去后唱响的歌谣，还是系在发间的蝴蝶结，手腕上摇晃着的木质手镯。音乐出现了，并非务必出现的音乐只是恰巧充任了一个可有可无的角色。可有可无的音乐毫不世故，但天生浪漫，所以，即便是背景，也尽可能地占据领地。那双手多灵巧。那双展现了无限灵巧的手在键盘翻飞，一个个安顿的密集的音符有声有色地被捕获。这个来自乡村的小伙儿，似乎天生就是键盘手。音乐并没有因为他的出身而怠慢，而是更加眷顾。他的性情，他的模样，他的装束，他的音乐才能，似乎都在无限地接近她心目中的形象。是因为他的出现才有了这样的标准？爱上一个人，有时候不排除盲目或无知，看这个二十岁的姑娘满心欢喜地在自己那张无瑕的白纸上画下唯一的印记。

萍水相逢的两个人在某一时间某一场所制造了一起事件。一切都是偶然。但是生活变了，一个人的影像开始穿梭，想念是压在石头底下的蓬勃的草。那种令人恍惚的说不出来的感觉第一次产生。接着，表白令内心的秘密消失。或许，从一开始，她就有意无意美化了这个爱情，毫不在意自己在爱情来临的那一刻彻底消失。爱上一个人便需要以此为代价？那个年轻的姑娘被巨大的幻影遮蔽。她一次次地奔赴县城。出现在县城的理由只有一个。如果那将是一个令爱情消失的地方，她是否依然迷恋？一种凭借热情与幻想制造的爱情，根本无法与时间抗衡。如果最终只能做到一个人的信守，那么，煞费苦心搭建起来的积木必定訇然坍塌。成长是否意味着一次次的否定？当一个人完全站在对岸，才看得见曾经溺水的那个人。最终，得以确认，这仅仅是一起只有开始没有结局的事件。

爱情随风飘逝，县城似乎不复存在了。一年又一年，她再没去过那座县城。只记得山楂树，架在桥上的河，火车的呼啸，波浪般起伏的街道。没有退场的人还在活动着，有些像电影的场景。当时，她青春年少。在距离青春愈来愈远、差不多要忘记了的时候，她发现了自己留在那座县城的痕迹。一个托着腮，优越地以为日子过得慢，匆匆打发岁月的人。她会因此成为县城的印象？除此之外，县城是简洁的。简洁到只有几条规矩的街道、客源不多的商店、夜晚路边摆着的长长的夜市、山下的小饭馆，以及舞厅里的乐队。无疑，音乐是属于这座县城的。乐队里有个师兄，弹电吉他，唱一首记不清名字的歌，"想说爱你却不是很容易的事，想要忘记你也不是很容易的事。"声音自然好，只是听来惆怅。这个后来历经波折的男人是否知道，途经生命驿站的旅客从来只是一个人。如果爱不在，忘却其实是一桩简单的事。

故人总归是故人，她在人群中一眼认出我。当时，混迹在人群中的我若无其事地经过，可还是不可避免地与那束目光相遇。一时间，两个人汇集在彼此的眼睛里。记忆真的无须借助言语。十余年后，我又一次来到了县城，以为自己能够在光阴的庇护下遁形，但是身材娇小的侯，还是透过眼镜认出了我。她定定地望着对面的人，一字不差地唤出名字。看得出，她在努力跟从前的人比较，因而语气带有些许的不肯定。是出于礼貌，也是在竭力揪扯时间的笼罩。我也认出了她，却一下子想不起名字，怔怔地看着依然娇小白皙的她，镜片背后遮不住的时间的线条。唱花腔女高音的师姐，从前瘦削的身材变得丰满，像揣了众多的秘密，而她则大度地任由这些秘密发酵，泄密了也不以为然。不过，人看上去很安顿。一段纠缠了数年的爱情终于有了结果，她成了一个男孩儿的母亲。

　　时间愈来愈不可靠，它的流逝开始令从前变得巨大，时时刻刻地侵扰现在。从前是什么？作为曾经共同经验的从前只对部分人的记忆负责。我在县城碰到了从前，碰到了与我攀谈的侯和师姐，碰到了擦肩而过的人——他们已将我遗忘或准备遗忘。我没见到从前的键盘手，听说他已于数年前去了南方。流浪是一个与旅途有关的，沾染了风尘、奇遇与乡愁的词语。它使我想到了手风琴，想到了那些忘了名字却依然耳熟的乐曲。键盘上快速滑动的手指的去向难以辨别。从前，那句客死他乡的言语变得愈来愈不像戏言。一个人真的能够看清楚自己生命的去向？那次聚会，我看见了他。没有说话，只是随同他人一样举杯。呈现在面前的是一个被时间俘虏了的男人。从前，我无法预知自己的爱情，看着它水一般流淌，没有阻止。而今，我确信那段爱情早已走远。作为一种可能发生的故事，对生活制造的影响却是始料不及。其实，人生就是一张草图，任何经历都是草图上不可更改的一笔了。

　　在县城，我还遇见了陈，我的同班同学。我没见到他的儿子，也没见到他的妻子，我看见他满心欢喜地站在新买的汽车前。看见陈便不由得想起从前。那时候，他的女友是一个有些娇气任性的女孩儿，童花头，长着一双大眼睛，会跳印度舞。现在，陈的头发还是有些长，其间晃动耀眼的白。陈领我去了后山。那时正是夏夜的雨后，山间草木葳蕤，空气清新。坐在那间位于半山腰的草庐叙旧，一桌人中有相识的有不相识的，其中一个也说是同学，是同级的校友。对面男人的头顶已然荒芜，多年以前，他肯定不是这样。

通过另外一条道路去县城，路边就看不见山楂树、矮墙和架在河上的桥，横卧的铁路在火车没来之前影子一样沉静。那些簇新而别致的建筑偎在葱翠的山脚下，仿佛要装点出小山的轮廓。盘山公路两侧深深浅浅的绿，令人心动，迎面而来的山风嬉笑着直往人脸上扑，好像多年未见的老友。俯视卧在山下的县城，依山傍水，真是俊秀。早听说县城有个久负盛名的水库，景色宜人，但自己从没去过。那条幽静的河已成为响当当的品牌，本地酒厂就取了河水的名字。

游戏之间

老鹰捉小鸡

宛如一场童话的上演。尽管没有讲述人绘声绘色的言语，缺乏背景、道具以及音乐的交相呼应，但上场角色阵容齐整，正式而隆重。接下来的情节正耐心等待着成群结队的鸡，与一只单打独斗的鹰的出现。来自自然界的两股力量的对抗，转瞬间变成了眼前的事实。对立双方早已站到各自的位置，中间保持着的那段距离是表明立场的，谁也不能打破。老鹰与小鸡。这样一对被选定了的组合，仅属于数种对峙力量中的一组。如果一方断定为老鹰，另一方没有成为兔子、鸟雀或者其他别的什么。由此看来，成群结队出场的鸡，多像剧本中那些被事先拟定好了的角色。

这是一出没有多少悬念的对抗。来自天空的鹰，自由桀骜，高不可攀。尽管"老"字涵盖的是人为的老辣和凶狠，但也表现了天之骄子牢不可破、至高无上的地位。由天空抵达地面，那只独立的鹰，无疑充当着另一领域的一名地地道道的入侵者。作为对手的是天性驯良的鸡。它们普通，寻常，为数众多。这些早已放弃飞翔而习惯在地面择食的家禽，安分守己，生活规律，容易满足。如果胆怯软弱的本性在，似乎只有旺盛的繁殖和生育使得种族的生存机会延续。于是，一只母鸡的背后会出现为数可观的鸡群。鹰的出现，无疑让由一只母鸡看护的鸡群遭遇了天大的麻烦。

游戏由此展开。扮演老鹰的显然已被角色充分调动起来，嘴里发出与动作一致的骇人的呼啸。它身形灵活，声东击西，劲风一般冲击着面前的猎物。强悍的眼神掠过母鸡上下扇动着的翅膀，伺机捕获尾随其后的鸡崽。就像有人愿意担任老鹰一职，母鸡的扮演者也是出于自愿。一个身形高大的人站在了队伍的最前面，嘴里不时发出"欧咪欧咪"的驱逐声。这个辅助的然而又是必不可少的动作，既显示母鸡过人的胆量，又提了队伍的士气。应该说，在这场游戏中展开对决的便是老鹰和母鸡。作为攻击者与防卫者，被凸现的是作为鸡群领袖的母鸡。只见镜头一回回闪现，充分显露其英勇、无畏的精神气概，如此果敢与力量来自母爱的伟大。不知是否受当时影片人物普遍脸谱化的影响，在整场游戏的安排中，两位主角的表情，亦存在明显符号化的倾向。

　　小鸡是被捕捉的对象。它们为数众多，神情慌乱，在一种被追逐的模拟情境中，毫无招架之力。躲避是唯一的手段。这个处于弱势的群体，需要的只是一种被保护的满足。但见躲在母鸡身后的鸡崽，排成长长的队伍，相互间扯着彼此的衣襟，伸出去的手掌成了连接的纽带。这样的牵连加强了与保护者之间的紧密，也使得游戏的成分凸现。在接下来的奔跑与身体的冲撞中，结果发生了，居于末尾的那只小鸡掉了队。一只只落在最后面的小鸡总是难逃厄运。老鹰的目标明确，就是垂涎小鸡的稚嫩味美，对于骁勇善战的母鸡了无兴趣。这些与现实的些微出入，再次验证了一场游戏的存在。

　　势力的强弱并非总与数量有关。游戏中的老鹰力量强大、不乏机智，一次次成功晃过鸡群，最终俘获所有的小鸡。除非碰上的是一只格外威猛的母鸡，这时的老鹰仅充当着形式上的对立。在一场被演绎了的追逐的游戏中，即使一方全军覆没，现场也只是出现短暂的沮丧。嘻嘻哈哈的气氛眨眼间掩盖背后凝固的瘀血。在角色分配上，老鹰不再是自由无畏的象征，而成了邪恶的代名词。作为保护者的母鸡则全然剔除庸俗、胸无大志，成为母爱的崇高化身。小鸡是一个群体，弱小而团结，尽管游戏中的从众心理使得软弱一时间成为可爱的特征。无疑，在这样一场变幻了的实战中，受到教育的正是广大的小鸡。作为成人世界的一个颇具典范的教育实例，游戏中的孩子无意间获悉身边世界平静之外的险恶。

藏猫猫

主意提出来了。这个拿主意的人好像一下子被闯入脑子里的念头吸引，无法忽视。那棵老早长在里面的树发芽了。多好的机会！他不觉兴奋起来，决定就在此时打动身边的同伴。他放大了自己的音量，仿佛小声旁人便听不到，影响收听效果。抑或富于表情的言语更具煽动性。这个叫做"藏猫猫"的游戏，首先需要寻找的是志同道合者。那根在面前晃动着的火柴，噼噼剥剥地将围拢的苗头一一点燃。明朗的结果令倡议者激动异常，再次提高了的音量像遭遇鼓槌击打的响锣。于是，一群年龄相仿、意趣相投的孩子被团聚起来的共同的情感鼓舞着。多热烈的场面啊！

藏起来，快点儿藏起来。藏哪儿呢？兴冲冲离散了的孩子怀揣一个硕大的问号。那只不老实的兔子躲在心窝里不住地扑腾。耳畔响起了背离众人方向的寻找者的催促。如何才能在别人的眼皮底下消失？大衣橱，床底，门后，柜子里，这些可以依靠的遮蔽物是家里的去处。可现在是户外。奔跑改变了与寻找者的距离，尽快找到稳妥的藏身之处才是最重要的。废弃的老屋，矮墙背后，阴暗的楼道，还有奋不顾身攀上的一棵可以藏身的大树。藏好了吗？藏好了吗？这是一种极易让人失去警惕的声音，充满诱惑，一同袭来的是蹑手蹑脚的试探。此时，一丝一毫的声息都会泄漏行踪。如果正为隐藏得当而得意地应声，便恰好中了他人的圈套，对方寻声而至，逮个正着。

作为游戏，对手的出现是必需的。游戏开始之前，即划分两个阵营。很显然，充任单个力量的寻找者，与众多隐藏者并非势均力敌。

从游戏的命名以及悬殊的力量对比来看，快乐似乎更多地降至那些将自己藏起来的孩子身上。藏哪儿呢？藏哪儿，才让对方找不到？如果可以隐身，那该多好啊。这种不可能的想法只是闪念。接下来的是：紧张的奔跑，躲起来还不忘窥视的铮亮的眼睛，被抑制了的呼吸。消失，消失在视线之外，让寻找成为一件困难的事。隐藏带来一种压抑的隐秘的快乐。寻找者在丧失他人的快乐之后，为改变孤立无援的处境，化身猎人的行为实现了一定程度的自我补偿。两者的对立并非血腥般残忍、强硬，而是依稀带着智慧的底色。最终，或是寻找者一副得意洋洋的成功姿态，或是隐藏者脸上挂着粲然的笑意从各自隐蔽处现身。最令人不快的是一方竟然对结果漠不关心，分明藏得巧妙，最后却不得不蒙受弃置不顾的冷落。

藏起来，这个只有孩子才生出的念头，无章可循地隐匿在一个个白天或黑夜。白天那些眼见的熟悉的事物成为呵护弱小躯体的屏障。那可是弥漫着樟脑球气息的衣橱啊，藏在干净衣服里的强烈的味道瞬间袭遍全身。将黑色携来的夜晚让人很容易失去对周围的信任。黑色，多吓人的颜色呐，于是，继续理由充分地怕黑。可黑夜多像一个巨大的黑暗的衣橱，那里面没有樟脑球的味道，没有叠放整齐的衣裳，只有被包裹起来的层层神秘。变成影子吧，一起变成影子吧！变成影子谁也找不到了。藏起来，藏起来，让我们一起玩"藏猫猫"吧！将自我隐匿的游戏完成了神话般的消失。这个又名"捉迷藏"的游戏，在中间的"迷"字上展现的是谜。

在真实的世界里将自己隐藏。这个唯有孩子才想象出的念头，令平静的生活呈现不可能的可能。一个人在眼前消失了。消失是短暂的，那是只有自己才知晓的秘密。藏起来了，藏好了，开始找了哦。游戏之间出现的是相互配合的寻找者与隐藏者。藏起来的人快慰于自我的藏匿。隐藏加强了自我意识，遍及各个角落的寻找亦是不可或缺的来自他者的认同。游戏一次次起始，不断尝试消失的人体验着被确定的自我。被认知比清醒饱满的个人意识更重要。一个儿童创意的颇具寓言式的游戏，意欲完成对现实的逃离与摆脱，却又不得不凝视跟前唯一的游戏规则：参与者不得离开限定区域，否则无效。

丢手绢

谁都听见了那首童谣，看见蝴蝶穿梭在快乐的人群中。这首完全配合游戏进程的童谣，简洁，明朗，富于情境，循环往复的演唱加速了情节的幻化，令情绪激荡。"丢呀丢呀丢手绢，轻轻地放在小朋友的后边，大家不要打电话，快点快点抓住他，快点快点抓住他。丢呀丢呀……"这不是唯一的一首游戏童谣，玩跳皮筋的时候也有匹配的歌。就参与人数及整齐划一的动作来看，场面动人。所有参与者双手击打节拍，手掌拍击方向与头部的摆动一致，忽左忽右。具有节奏感的动作，令一首童谣在人群中上下翻飞。

游戏开始之前，参与者手拉手，尽量伸直手臂。手放下，席地而坐，一个圆圈就围成了。人数众多，成就的便是一个偌大的圆圈。尽管相邻的有矛盾的两人会刻意回避，但位置被调换后，一点儿也不影响那个壮阔的圆。看，多快乐的人群啊！因于参与者众，游戏地点大都选择开阔场所，或操场，或草地。一人持手绢，在圆圈外绕行。时而若无其事地踱，时而健步如飞。前者要么搜寻目标，要么目标既定分散他人注意。总之，持手绢者趁人不意，将手绢丢下。反应愚钝的束手就擒，机灵的则不时在背后扫荡，摸着了，动如脱兔。亦有善伪装的，假装心不在焉，其实心知肚明，蓦地起身追逐。丢手绢的人填补空缺。最后，被捕获者入圈子中央。惩罚的力度不大，就是表演节目。碍于表演者羞怯，将圈内人积攒的主意，既满足了他人要求，也使得节目有趣而连续。

谁带手绢了？在高举的一只只小手上选吧。那些飘起来的手绢，白的，花的，有香味的，包着鼻涕的，需要仔细找，才能找到那块最干净的被花儿点缀了的手绢。于是，轻飘飘的手绢握在了手里，成为游戏道具。多重要啊，堪比一位戏份很重的演员，自始至终在镜头下闪现。手绢有意团在手心，他人看不见，而后暗自降落，落在经过揣摩选好了的目标背后。和风吹来，会调皮地将手绢吹到另一个人背后。它真的变成一只白蝴蝶了吗？

丢。一个轻的、有意识的、倍感抒情的动作，伴随手绢的飘落完美展现。而后，跑啊，快点跑啊，转上一圈就能够找回丢下的那块手绢。只要没有被别人发现，只要小朋友不打电话，抓住她了！抓住他了！又找到丢下的手绢了。闻闻，带着香味的吧，是太阳味儿还是香皂味儿？每个人口袋里都会放一块手绢，擦手，抹眼泪，揩鼻涕，文明和清洁需要手绢的参与。那个娇弱白净的女孩儿老爱用手绢捂着嘴说话，娇滴滴的，爱哭，还动不动就把妈妈搬来。模仿之风盛行，成群结队的女孩儿手持一块手绢，如登临舞台依次排列，随后，咿咿呀呀的装腔作势中成就一个个古典而年轻的水袖。

手绢被丢下了，这是事实。丢下的手绢找不到了，怎么会找不到了呢？耳边响起的分明是从前的童谣。声音竟然具有如此旺盛的生命力，在漫长的途中辗转，也没有迷失。当那首叫做"丢手绢"的童谣响起，每个人都成了孩子，拍手，忽左忽右，头部一致地摆动。不打电话，不打电话，快点，快点！可是手绢呢？翻遍口袋也找不到了。那块最干净的上面被花儿点缀了的手绢。手绢丢了，真的丢了。那个不再用手绢捂嘴的女孩儿长大了。多年后，一个表演中的行为令人追忆，追忆一场游戏，追忆逝去的手绢。它当真变成蝴蝶了吗？此时，手绢已萌生特殊的意义，跨越古典而年轻的水袖成为时间。手绢丢了，已是无法改变的事实。如今，人们除了对遗失的时光徒生感慨，唯有念念不忘那首没有逝去的童谣。从此，这个叫做"丢手绢"的游戏伴随经典的歌谣经久不衰，广为流传。从此，每个染上怀旧病的人，耳畔响着，心里念着，将曾经丢下的手绢一次次拾起。

吹泡泡

　　大人在院子里洗衣裳。在这个特殊场合，大人仅限定为母亲。勤劳的母亲坐在板凳上，俯身直面一盆盆浸泡在白色泡沫里的衣裳，双手用力在搓板上搓洗。无数次经受生活磨练的痕迹令劳作中的手指粗糙、泛白。地上到处流淌着汩汩的小溪。对洗衣裳的母亲来说，需要空闲以便直面这些生活问题，当然，此举对天气的要求也是严格的——阳光灿烂的好天气多么令人期待。半天工夫，这里俨然成了战场。满院子晾晒的衣裳就是浩荡的旗帜。在一件件晒满院子的床单衣物中间，散发着无所不在的太阳的气息和洗涤物清幽的芳香。

　　这个由母亲布开的阵势，因为有了太阳和洗衣粉的加盟，显得阵容强大，气势恢宏。太阳喷薄欲出，那张升起的用蜡笔画出的脸膛，热情而宽厚。课本与歌曲中尊敬地称呼，太阳公公。集聚着巨大能量、穿透力极强的光线，不管隔多远都能照见，包括心口窝。这儿也亮堂堂的哩。这样的阵势必定吸引孩子。起先，孩子的出现，就是在院子里穿梭，在洗干净的晒满床单衣物的院子里追逐，面前的景象宛如迷宫，矮小的身影在旗帜般的床单下时隐时现。这些孩子，忙是帮不上了，自告奋勇拧一拧床单吧，也还是差把力气。只要小脏手别碰上洗干净的床单。

　　这样忙碌的场面总归是热闹的。太阳像个探照灯，在头顶上晃来晃去，母亲不经意瞥过来的目光也像。水盆里聚集的白色泡沫有些不乐意了，渐渐地，越聚越多，终于沿着盆沿儿涌出来。这时，一个愿望被眼前的景象滋生，继而一遍遍令幼小的心扉无比激荡。吹泡泡吧！吹泡泡吧！这主意看起来真不错。身后的屋子里有一股特殊的阴凉，在太阳底下待久了，再迈进屋子，眼前变得格外黑。深一脚浅一脚地走进来，真有点儿不适应。掀开席子，那一根根阴冷的麦秸秆儿就躲在床铺下。小心抽出一根，用剪子把两端剪齐，事先得含在嘴里透透气。那截含在嘴里的麦秸秆儿，漾出特别的味道。最终，这样的味道连同小人儿一起化入无限的光明。

青松肥皂不能酿造丰厚的泡沫，需要洗衣粉。在有母亲出现的忙碌的生活场面，注定与洗衣粉有关。很快，孩子衔着麦秸秆儿，冲着刷牙的茶缸子咕嘟咕嘟吐泡泡。看，那些拥挤不堪的越堆越高的泡泡，像什么？瞬间涨起来的泡沫，多像蹲在火炉上沸腾的水，集体发出多么快乐的声音！一定要记住，千万不能吸，要吐。一不小心吸了，接着还要吐，朝地上狠狠吐上一口。来，吹泡泡吧，一起吹泡泡，看谁吹得最大！一个个带着仙气的泡泡在眼前升起来了。站在太阳底下，不去看泼溅在地上的水泡，只管抬头，仰望那个最大的美丽的泡泡往上飘。它多勇敢啊，它能飘出小院儿，飘上门前的大杨树吗？接下来，又会去哪儿呢？茶缸子里的泡泡越来越多地聚集在小院上空。它们多像蒲公英的孩子。

麦秸秆儿不晓得自己的力量。隐藏起来的五彩缤纷的颜色是它发现的吗？发现这个秘密的孩子们开始传递。一个个透明的色彩斑斓的圆圈里充满了怎样的想象？灿烂的太阳底下接连不断地飘起一个个悬挂的浪漫。这是孩子们的白日梦吗？这些美妙的梦幻与盛满空气的泡泡相像。这些无忧无虑的理想主义者，即使眼看幸福的破裂也毫不惧怕，而是信心十足地制造下一个。无数个同样的愿望汩汩生起。听，多令人心动！平淡的生活拥有绚烂的光彩。院子里集体的欢乐让人产生联想，原来所有的泡沫也喜欢聚众。在童年这个充满理想主义的摇篮里，孩子的心底多么充盈，明亮。偶尔，也会一个人吹泡泡，没了太阳的光顾，那些泡泡好像迷了路似的走不远。孤独的游戏，趁着阴暗的天气弥漫黯淡的气氛，很容易让人想起阳光明媚的从前。那些泡泡是水里的月亮吗？

一颗牙齿的纪念

我开始诉说整桩事件了。当它像一张完好的煎饼无辜地摊开的时候，我知道自己正在寻找一个缺口。一张折叠得棱角分明的煎饼被我掰开。如果不是因为上周买了鱼，我很少吃这种叫做煎饼的食物。但是我不会拒绝将煎得火候恰当的鱼夹在其中，那些繁密细小的刺顿时化为乌有，鲜美是留在口中唯一的念想。手中这半张煎饼就是上周留下的，现在，被我反复折叠。存放令时间格外眷顾，于是，人为铺展开来的粮食变成了一张挺括的纸。我则试图在这张纸上留下点儿什么。

飘忽不定的时间让纯朴芳香的气味渐渐远去，但是在入口的时候，偏又宽容地令消失的一切原原本本地复原。当然，我抵到了手工制造的粗糙，还有如鳞甲般生出来的坚硬。这种保留了太多粮食本质的食物被命名为粗粮。而我则私下里以为，即使没有鱼，自己偶尔食之也无不妥，既可以换换口味，还可以练牙。是的，据我所知，一些人之所以拥有一口健康有力的牙齿就凭着它。正是仰仗着这份坚硬才使得自己的锻炼成为可能。我慢慢地一口口地进食，表现得既不欢喜也不厌恶，怀着个人目的的行为使得吃饭看起来像极了一次锻炼。一次有益无害的锻炼。我心无旁骛，又多少掺带着那么一点儿抹不去的个人兴致，津津有味地蚕食。

我将咬食这张纸一样的煎饼。我将咬食纸一样的煎饼当成了手段，所以并不太把眼下的困难当回事儿，也就是态度端正，不畏难，深信咬咬牙就能克服。手里的煎饼被我反复折叠，无形中使得齿前的阻力成倍增长，对于自己铺开的道儿当然是迎刃而上，还想体会迎刃而解的畅快淋漓。突然，顿觉口中生硬，就下意识地加了把劲儿，旋即似有不妥，但不能确信，便试探着借助舌头进一步扫视，以为不过外物覆盖罢了。我觉出了哪儿不对劲儿，只是依然怀着一丝庆幸，那个漾在心底里的、对幸福定义得宽宏大量的解释，率先将最有可能的可能剔除。当及时清洁了口腔之后，那种不适竟然还在，不过自己不再信任舌头不知深浅的试探，这回搬来的是明辨是非的镜子。

真相马上就要揭晓，在一面不会说谎的镜子面前。每一件发生了的事，事先都存在着种种可能，但是当结果以事实的姿态呈现在眼前，我愿意时间永远停留在五分钟以前。现在，我真的有些难以启齿，就是这个难以启齿的齿。我不能张口了，如果重复刚才在镜子面前的动作，谁都能发现那个豁儿。一个恬不知耻敞开的豁儿，正得意地躺在口腔里。表面那层洁白、光亮、透明、美丽的釉质被彻底掀翻。我开始怀疑有关牙釉质的概念性表述了，钙化程度如此之高、硬度仅次于金刚石的坚硬组织竟然顷刻间败下阵来。脱落得毫无感觉，与我无关，那是因为它本身就是反应迟钝没有感觉的组织，这点儿对应起来倒是丝毫不差。听起来真是一个笑谈，我的牙齿被硌掉了，被一种叫做煎饼的食物。

受到伤害的一方总是有理由鸣冤叫屈。从此，我将态度坚定地对那种叫做煎饼的食物保持最大的厌恶和对立。这不是软弱，而是避而远之的强硬。委屈与不相信让我不禁一次次审视那一所在。确切地说，我的右上方由里朝外数的第三颗牙齿从此不再完整。随时随地体味到的残缺使得沮丧与懊恼一刻也不曾消失。这个生活中偏巧发生了的偶然，一点儿也没有因为懊悔改变倾向，依然我行我素。但是突然间我看见了一个尾巴，一个好不容易才暴露的尾巴被我一下子揪住不放了。那些隐藏起来的内情在一双眼睛的捕捉下无路可循。

我的那颗牙齿是龋齿。曾经的黑洞，多年前被牙医用不明物质填补，被我淡忘。它的深藏不露足以使那颗牙齿的外观得到掩饰。我不知道看起来完好如初的牙齿为何突然间暴露空虚和怯弱。我甚至看清了不明填充物的存在。被剥蚀的是位于牙冠表层，又名为珐琅质的牙釉质，是人体中最硬的组织。至此，我不得不怀疑这种硬度。可是我从没怀疑过自己的牙齿，这些被称为恒牙的牙齿。当我开始追溯，用的是学名，也就是现在的名字。在没有成为恒牙之前呢，那里遍布的是一枚枚稚嫩的青草般的乳牙。差点儿就要忘记了，如果不是就此陷入回想。我的从六岁开始的换牙行动，应该是一场声势浩大、伴随着疼痛和眼泪的历程。没有欣喜，没有抵抗，只有面对痛苦与难堪，下意识的挣扎。我从没想过这样的代谢也有着人生的意味。在那段热切期盼成长的焦急而缓慢的过程中，我也没有料到最先受到洗礼的是含而不露的牙齿。

将那些暂时的新生的乳牙一一替换的就是这些恒牙。永恒的命名揣藏愿望中的坚定和持久。只不过这些将伴随我一生的牙齿一直以来是被忽视了的。一度被忽视了的牙齿，天长日久中究竟发生了哪些不为人知的变化？所有的危险都是潜在的，蓄谋总是在忽视的目光中得以酝酿。对于一颗牙齿的痛惜显得如此真实而恳切。我一点儿也没料到谁可以伤害到自己的牙齿。生命在更新生长之际，是蓬勃，是规律。面对一枚乳牙的脱落，是成长的快乐的痛。而今，我没有勇气面对中途退场的空缺，暴露的是难堪的丑陋和空洞。两强相遇，最终必须分出彼此。就是现在这样的结果吗？想当初双方咬合紧密、不相上下时，我毫不在意。绝对信任自己满口碎玉般的瓷牙，誓将一次来之不易的锻炼进行到底。

张牙舞爪，咬牙切齿。牙齿在充分展露的时候大部分是在示威。与舞动的四肢保持行动中的协调，是动物性的感情强烈的表现。即使换作另一种表情，笑不露齿抑或开怀大笑，牙齿也能在或隐或现中达到感情流露的目的。除去特殊时候展露，平常被隐藏的牙齿极有分寸。而我似乎更注重外在的表现，忽视了时刻伴随自己的牙齿。或许隐藏本身容易让人产生遗忘。牙齿不经意间暴露了。莹亮，洁白，森严，秘密林立着的卫士，纠集着不可言说的力量。深深地镶嵌，像树一样扎根。食物在口腔愉快地粉碎，是牙齿的功劳。在味觉敏锐的同时更需要借助它的力量。牙齿不计回报兢兢业业地劳作，令食物充分地分解、发酵、消失。咀嚼，始终保持对口腔的热爱。唯有牙齿知道，那真是一件令人愉快的事。

这些数量固定、排列紧密的牙齿是属于我的。我总是试图用牙齿洞穿一切，这是属于我的最锋利的武器。尽管不了解它的结构，我知道牙齿的锋利与青春息息相关。我从没怀疑过青春的坚硬。牙齿就是我的骨骼，年轻，旺盛，斗志昂扬。我没有看出自己的盲目，显然高估了牙齿的力量。它对食物保持的咀嚼并非势不可挡，在一张纸的阻挡下，落荒而逃。或者应该怪罪自己练牙的举动不合时宜。青春的黑洞，即使藏起来也无法掩饰嗜糖的后患。甜蜜的诱惑漫漶着，掀起一场对无辜的牙齿不动声色的侵蚀。我的迷失了的眼无法识破。当隐秘不再，我突然想起儿时的倒牙，但忘了究竟是怎样一回事。

事情就是这样。我详实地记录下某一天，忠心耿耿伴随我的一颗恒牙遭遇的伤害。一场意外被我郑重其事地命名为事件。事后，除了懊丧，就是思忖怎样才能实施反击。避而远之及心底的嫌恶不能挽回一颗宝贵的牙齿。从此，我将不便暴露。我的微笑变得含蓄，动人。我会着意隐藏，不再无所顾忌。我回避触及那个并无感觉的点，善待其他完好无损的牙齿。我将在一段时间内无比怀念，怀念那颗陪伴我好多年的牙齿。

尾 随

正午的阳光像棉花，大朵大朵地从头顶上飘落下来，地上就白花花的一片了。走在本城最宽阔的一条马路上，觉得自己实在是讨了便宜。从药店走出，我打算沿大路一直走下去。为避开公交车，甚至有意绕过牵引视线的候车亭。我想走着回家，这个态度既表明时间的充裕，也有突然出现的热爱，我没法不理会眼前的好天气。顶着一身柔软明亮的棉花，我只是偶尔眯着眼，躲避随时可能降落的细密而温暖的光线。

另一个念头是如何冒出来的？如果我不是站住了，应该继续沿这条南北走向的大路抵达前面的丁字路口，然后，折向西去的另一条路。这就是我的路线。但是我停了下来，停下来的我不经意地朝西看了看。跟这儿比，那边是暗的，像任何一道黯淡困顿的阴影，颜色是楼顶一般的灰。挤在一起的建筑，高低错落。我错过行色匆匆的路人。就像我没有机会揣测别人的心思，也没有谁知道我在想什么。那儿会不会是一条路？事实上我已经看到了门，但是不能肯定走得通。游移的目光转过来后，还是不安定，终于寻了目标落了下去。那是迎面过来的一个男人。年长大概是选择的首要原因，还有对方手里拎着的簌簌作响的平易的袋子。我指着对面的路问，那条路通吗？对方先是一怔，接着摇摇头，表示他也不清楚。

改变常常始于一个念头。对于那个一度掩藏，而今不知不觉跃动的念头，我没有熄灭，也不回避，而是放任了暗暗滋生的长势。现在，那个短促的、闪亮着的念头极其迅速地占据了头脑，继而彻底改变了自己的行动。是的，我要到那边看看。我开始穿越那条宽阔的大路了，为了躲开汹涌的车流，耐心等待是必须的，接着，在寻着了一个可靠的间隙后，像一尾漏网的鱼，安全地溜到了对面。

我看见了一个女人，看见她的时候人就抵在门侧的墙上，面前被一辆摆满食品的手推车堵着。女人埋着头，在我没开口说话之前，她似乎并不打算把头抬起来。当她抬起头来的时候，谁都会发现女人和她的车子非常紧密地挨着，一种亲近就像油，轻轻地浮在了上面。这个被掩在手推车后面的女人像守门人，我看见了从对面就见着的那条路，在女人身后无声地延伸，只不过隐蔽，很难为外人留意。站在这儿，我才发觉太阳已不在头顶上了。周围没有旁人，我决定开口问她。这条路是通着的吧？为了表达得清楚我还顺便提到了那条路上的一所中学。女人抬头看了我一眼说，通。并且肯定地点了点头。女人黧黑的脸上着了一层沉着的红，看不出什么表情。她像是从哪儿来这儿歇脚的，又好像这里原本就是属于她的地盘儿。我听出了她的外地口音，但是这个外地女人却熟识我所不知道的一条路。有那么一会儿，我觉得她就是从对面来的。这个地方虽然没有太阳照着，但是僻静，还可以避风。

我开始沿着这条路走，在自己还没来得及打量它之前。很快，我便觉到了异样，这种感觉先是从前面，而后由两侧陆续围拢。周围暗，很静，自己分明走进了一只匣子，一只狭长的灰色的匣子。路上见不着一个人。一个人在这样的路上走，走着走着就没了底气。我开始回头，一回头就看得见身后镜子般明亮的大路和守在门口的女人。这条路到底通不通？我对此一无所知，可是一无所知的自己却冒冒失失地闯了进来。

改变固有路线的行走对一个人究竟产生多大的影响。我听得见自己的心先于脚步急切地起跳，然后重重落在了地上。当然，那些白亮的阳光不会，它们高高地聚在楼顶，旗子一样挂着。灰色的楼房则守在道路两旁极有分寸地伸展成了威严的墙。这是一条偏僻的路，在没有被确认与辨别之前，非常隐蔽地藏匿于众人的视线以外。我谨慎地跟在一条路的后面，如果我不回头，它不会回过头来看我。路过一扇敞开着的大门，远远地见着几个人从里面急匆匆地出来，持续有力的脚步一下子扰了整个住宅区的平静。我从门口虚虚实实地一晃，没等那些人走近，便又继续朝前走了。现在，似乎没有必要再想起曾经的缘由，那个一念之下的选择。我暂且信了那个女人的话，觉得她实在没有理由骗我。可心里分明还在试探，仍有几分不自信。我告诉自己，如果走不通就马上往回返。

这条路像一只探出去的手臂，径直朝前伸展。没有摸清它的去向之前，我的小心翼翼的尾随显得谨慎而必要。下午不知不觉地来了。我从没计算过一个下午到底有多长，但对于一条铺开的路的测量已经开始。属于我的这个下午就这样留在了一条陌生的路上，像一个人的气息，真实而绵长。我像空气一样悄无声息地隐匿在了人群之外。没有谁知道我在哪儿，这条空无一人的小路让我暂时失去了与外界的联系，重新建立或者恢复也将因为这样的一条路？路上的确一个人都没有，也没有风，我的脚下发出落叶一般的声响。一旁突出来的招牌显示诊所的静谧和安闲，双扇门虚掩，门口有帘子漫不经心地垂下来，像午休时阖上的眼睛。一辆白色的汽车紧挨在门前停着。方才见着的那堵墙，曾经一度让我以为路到此为止了，走近却发现仅仅是一堵墙，与路的去向没关系。脚下这条路乖巧地一弯，指向了朝南的一侧，像一个人背起来的手，并非故意藏起来让旁人看不见。

脚底一滑，人陡然间矮了下去。只觉得眼前迅速暗下来，暗下来的光线极快地晃了晃身一下子扑倒在地。两旁林立的房屋像突然出现的巨石，沉默而冰冷地对峙。一股阴郁的窄仄的气息像盘旋在山涧的鸟群，发出暗淡的持续的声响。我的出现着实突兀了，有那么一会儿觉得自己是多余的。我不明白我的想象力为什么会在如此局促的空间里剧增，超出了一条小路的容纳。我听见后面隐约传来的脚步，诡秘、狡猾，可每每回头之际奇怪地消失。我希望前面任何一扇紧闭着的门能够打开，又唯恐一扇不明原因打开的门后的秘密应和了身后叵测不定的脚步。一扇敞开的门黑黝黝的，躬身出现的老妇缓缓地将头抬起，衰老在那张脸上镇定地占据，皱纹是布满墙角的潮湿的苔藓，在背对阳光的地方寻着了蔓延的理由。

这时，我突然发现自己实际上正在不知不觉地朝回走。路线是固执己见的指向，方向感总是在运动中得到辨识和肯定。我看着方才走过的那段路正在另一条路上慢条斯理地重述，却毫不相干。自己仿佛越走越远了，由着一条莫名的小路的引领。身旁的一扇门忽然吱扭扭地敞开了，从里面依次走出两个女孩儿，各自推着一辆自行车。那是两张干净的面孔。她们说笑着，轻快地骑上了自行车，身体开始摇摆，路也紧跟着摇摆起来。前面的两个人很快驶出我的视线，只剩下一连串晃动不已的清脆的铃声。

她们消失了。我的心头不觉一振。我已经看到了不远处横着的一条路。等到走近了，眼前霍地亮了起来，阳光一个劲儿地往下落，对面正是向往已久的那条路。我兴冲冲地朝前走。路口的墙角站着一个人，身前被一辆摆得满满当当的手推车严严实实地堵了，有一阵儿，我以为那张黧黑的、着了一层沉着的红的脸会再次扬起来。站住了定定地看。车后面闪出一张陌生男人的脸。这个安闲地站在中学对面的男人择的地方着实不错，太阳暖烘烘地照着，僻静，还避风。

对　面

　　起先，她没在意那个声音。她注意到的是光线，风一样，有声有色围着窗子出出进进。一个待在房间里的人忽略了一个下午的到来。或者本也没打算迎接，猛然发觉不知什么时候下午已经顺着一根光溜溜的杆子滑了进来。站在面前的是一个下午，这个发现让她不由得四处打量。没有什么举动可以阻止一个下午的进行，慢慢腾腾地，气味一样缓缓释散着的下午，一伸手就摸得到。

　　那个固定下来的声音是真的。开始，她不动声色，没听出是自家门前，一直坚信是隔壁的门在响。甚至冲着那个细碎的声音发了一阵儿呆。会是谁？没容她考虑，门外的叩击依然响起，恳切、执着、不疾不徐，同样的三声，好像是在轻轻呼唤。她这才发觉那个声音原来立在自家门上。由弯曲的指关节叩击门板发出的声音，简单、直接。偶尔，那个声音断了，似乎迟疑，片刻又重新响起，愈显沉着和镇定。她的耳朵就这样一点点被唤醒。沉默像贴了标签的检验，并没动摇门外树立的信心。她决定收起好奇，不再从如此耐心的声音里找寻一丝破绽。

　　门开了。没有按期望的那样完全打开，而是保持了一个有分寸的角度。这种分寸感让她一个人刚好把门堵了。露出来的门缝儿摆在那儿，像突然洞开的口。从楼道攀上来的光线是从后窗跳进来的，正源源不断地踏入。她感觉到自己的目光一点点地被裹了进去，那层黄色的暖意，让她再次意识到下午的存在。

　　门有些出乎意料地开了。感到意外的是倚在墙边的那个孩子。他先是睁大了眼睛，接着兴冲冲地扭头大喊。被唤上来的同伴显然被消息打动。一只圆乎乎的球奋力地在楼梯上起伏。这是个身材胖壮的男孩儿，一度失望的脸由于突然的奔跑和兴奋带着明显的红晕。好不容易爬上来的他气喘吁吁，还没站定就往屋里闯。她不得不闪身，接着坚决地堵住了。那是个不得不补的缺口。

她笑着问他有什么事儿。正拿眼往屋内逡巡的男孩儿站住了，他说某某某在家吧。然后，突然伸出自己的手，指认有人朝他身上扔鞭炮。她握住了伸过来的那只手，胖胖的，有点儿脏，是手心儿靠近大拇指的一处。她低头盯了一会儿，那儿好像真的粘上了个黄米粒儿。男孩儿显示十足的把握。他庆幸这个随时消失的痕迹，像一道真正的伤疤留了下来。这个口述之外的有力证据让他理直气壮。嬉戏引发的事件无法躲避，却被他牢牢攥在手心，在关键时候亮出来。

笑容是落在脸上的花儿，在光影中显现。她知道自己的表情没变，始终和颜悦色。她还像刚才那样站着，站直了的身体保持一定的高度。男孩儿说话的时候抬头望着她。她需要低头。低下头便看见抬起来的一张脸，像堆起来的面团儿，小眼睛，鼻子也小。她伸手摸了摸他的脸，肉乎乎的，有点儿皱。另一只胳膊搭在对方的肩上，挨着的地方也是厚厚实实的。楼道里的光线源源不绝地从窗口照进来，在即将抵达门口的时候止了。打开的门口是暗的。但并不妨碍那双小眼睛极快地眨动，神情得意。她知道倾听和耐心已经迎合了对方的初衷。那孩子有意将自己的目光拉长，使劲儿地将头往后扬，好让后面的伙伴也能看得到。

她在努力营造氛围。关于友好，关于平等。跟下午无关。不过，因为下午的参与，有了光线的意外加入变得格外安静。在这个突发事件面前，她不慌张，保持冷静。她看见对面的胸脯的起伏。这个九岁的男孩，看上去有足够的力气，受欺负的对象似乎选错了。他看起来还算有礼貌，称呼她阿姨。他希望自己的遭遇能伸张。她站在他的对面。事后的抚慰至关重要。开始，她摸他的脸，这个动作不知不觉充当了温和的前奏。她盯着那双小眼睛，耐心地听他把话说完。她的充满同情的眼神以及明辨是非的态度化解了对方的愤懑。那个孩子的目的达到了。其实也简单，就是告状。于是，理所当然地松懈。她亲眼看着气鼓鼓的皮球一点点泄气。她也将埋在心底的气吐了出来。

声音就是力量。当她开始说话的时候，听见自己的声音在楼道回响。她能感觉到每个字在空中停滞的状态。那是飞翔的痕迹，怎么也不肯老老实实地落在地上。她调整说话的语气，语音婉转。她的声音不大，好像是第一次听见自己的声音，很清楚地站在面前，却又好像是另外一个人的。其间，男孩儿几次要插话，都被打断，她要让自己的话更加连续，像一根舞动着的线。她滔滔不绝地说，好像那些话原本就在那儿，现成的，毫不费力地就找着了。这时候，正像她心里所希望的，没有人出现。楼道里飘着一个陌生女人的声音。楼道果然是一只隐蔽的质地良好的音箱，尽职尽责地将裹藏的情绪扩大。

她就站在他的对面。她一直站在那个孩子的对面。她不知道自己会不会被对面的孩子记住了。他是个孩子。她呢，她好像对自己的身份还没有清醒的认识。她不知道那个孩子的记忆里会不会从此有了她的形象。至于那样的把戏，有点儿熟悉，因为她也闹过。那时候，她也是个孩子。孩子的快乐总是能那么容易地建立。掺杂着恶作剧的快感，有趣、令人兴奋。现在，她只是偶尔想想，必须纠正过来。她把这件事说成是一个恶作剧。她不能笑，这不是什么好笑的事。还疼吗？她很快站到了另一个立场。事情完全反过来了。是这儿吗？她关切地握着伸过来的那只胖胖的小手，轻轻地抚摸。

优势是肯定的了。她低着头，把站直了的身体渐渐矮下来。她的对面站着两个孩子。她轻易地称呼他们孩子，一道看不见的距离，让她高高地站在了一边。力量的悬殊是从什么时候演变的。她对着两个孩子说话，滔滔不绝地说。对面消失了。她只是自己，一个人，她觉得自己就站在对面，盯着说话的她。自己对着自己说话。她是站在孩子的对面，站在一个下午的对面，什么时候站在自己对面了？楼道很暗。她转身闭上了门，有些怀疑方才的话是不是自己讲的。

位　移

　　我和她距离肯定不远。听着有人喊我的名字，还没来得及转身，身旁已经站着个人了。看着像你，还真是的。李晴晴的声音像装点节日的彩球，非常衬托气氛地在那个初冬的下午随风飘荡。就这么凭着一个并不确定的背影，我的小学同学李晴晴从茫茫人海中一下子就把我捞了出来。她的眼光不差，像子弹一样准确有力地洞穿了十五年的光阴。小学同学的印象扎根在广阔无际的希望的田野，有着野火烧不尽春风吹又生的坚韧和顽强。只是我不会表达得如此直白。我曾经见过我们五年级二班的中队长宋建华很慵懒地踩着一双鲜黄色的拖鞋，配合着颜色相近的鬌发，在某个夏天走得很不得体，是妖娆，想出这个词的时候，总觉得不该佩戴在宋建华的身上。宋建华永远扬着一张秀气的脸，讲一口动听的东北普通话，左臂佩戴鲜亮的象征身份和荣耀的两道杠。那天，隔着一条散发着浓郁沥青味道的发烫而柔软的马路，我静静地看着昔日的少先队中队长妖娆得像出现一样神秘地消失。记忆中的太阳如无数面镜子在头顶上泛滥地一个劲儿地照，格外刺眼。

　　就像我能隔着一条马路认出宋建华，我也认出了站在眼前的就是从前的那个李晴晴。当然，如果不是李晴晴主动打招呼，我大概也会像望着宋建华一样望着李晴晴毫无声息地走出我的视线。我不明白自己为什么会有这样的反应，矜持，其实就是冷淡。这样的冷淡像沙子，撒在明明是热情的、无限憧憬着的心底。但李晴晴是李晴晴，她没有无动于衷地眼望着美好的童年时光像水土一样轻易地流失，清丽的一嗓，就遏制了恶劣形势继续恶劣的进程。我说我一眼就认出了李晴晴。这其中显然省略了李晴晴从一个成长中的少女，一点点锲而不舍进行着的惊人的蜕变。如果说女人是花，李晴晴当然也是花丛中的一朵，摇曳多姿，芬芳可爱。但是我肯定错过了李晴晴最为美丽动人的时刻。那个谁也无法阻止的蜕变还在持续，如今，呈现在面前的变化因为极大的跳跃带来了无可弥补的破坏。一直蒙在鼓里的李晴晴没有发觉，她霸道地不由分说地把我的眼睛全都塞满了。肥沃和富饶是用来形容土地的，我知道再搁哪儿都是谬误，可是面对久违了的李晴晴，它们竟然毫不相干极度汹涌地从地底下竟相冒了出来。

李晴晴好像变了一个人。矮了。勉强到我的鼻子。看她的时候不得不将平视的眼睛往下拉，然后就和一束往上扬起的黏糊糊的目光碰到一起。与人说话，看着对方的眼睛是尊重的礼貌的行为。面前是一块多么热情而巨大的吸铁石，我渐渐地觉出了始终注视着一双灼灼发亮的眼睛的难度。我的小学同学李晴晴源源不断释放出的饱满高涨的情绪，远远地将眼下这个肤浅的依然温润着的初冬毫不留情地抛下。我相信李晴晴绝对是有基础的。站在面前的李晴晴变化巨大的就是胖。说不清是矮衬着胖，还是那身肉把个儿压的。这样说话很不厚道。方才，我说认出李晴晴没太费力，那是在我费力地将包围在李晴晴外面的棉衣一般的脂肪扯开后。脸还是原来的那张脸，只是毫不迟疑地进行了扩张。不光是脸，李晴晴的上上下下都完整地保留下了毫无节制扩张后的结果，于是，脑袋像一顶帽子扣在了肩上。李晴晴的短发剪得很随意，分泌过剩的油脂让头发显得油亮但不清洁。

我和李晴晴见面时的谈话均采用了严格的现在时。我们不约而同地表现出对现在绝对的热情。我们心安理得地陷入了一场真实而巨大的包围。生活是从现在开始的。只有现在才是可行的。我们省略掉了小学毕业之后继续下去的缺少不了的学业，我们对上学这件事情变得不再关心。我们步调一致地像鸟儿梳理自己的羽毛一样耐心地进行着现在。我们把过去像扔沙包一样扔出去老远，再也捡不回来，再也捡不回来了就不再回头。我们只是忘了说小学时候真好。我相信是忘了。因为我们没说真好的时候心里头早已经说了。我们建立起来的纯洁的深厚的友谊是从小学一年级开始的，从七岁一直持续了五年。我们的脑子里对这段经历没有留下一点点的阴影，一丝丝的不快，我们都格外地宽容。我们一问一答，生疏地配合着。我用普通话，李晴晴则坚持本地方言。是的，我已经非常流利地操纵着普通话。我说得很地道。我的普通话里有效地筛去了宋建华口音里的东北味儿。

应该说我和李晴晴的谈话富于跳跃性，完全摒弃了那些无关紧要、琐细零碎的话题，我们有重点有目地进行着重逢以来的首次交谈。李晴晴透露以前就见过我，还不止一次。也是在这条街，远远地看，没走过去是怕人不理会。你看上去那么时髦。李晴晴说。但我肯定没见过她。我的视力在一定程度上制约了在超越一条马路的距离认人的能力。李晴晴问我在哪儿上班。李晴晴说她现在不上班了，在家看孩子。省得找人看，就自己带着好了。李晴晴对自己成为母亲这件事实很看重，很热爱。而我却觉得那还是遥不可及的事。李晴晴很不在意地讲完这些，突然顿了顿。说她现在正准备参加一个考试。紧跟着，眉目间就神秘了起来，欲言又止。还是告诉你吧，一个秘密，别告诉别人了。李晴晴突然来了情绪，下定了决心似的开口说。海关正在招人。被她着重了的头两个字，像落在地上的跷跷板，陡然间增了些分量。李晴晴说她看好的是报关员。学历要求不高，待遇又好。得参加统一考试，竞争很激烈的。李晴晴看来对情况早已了如指掌。你报不报？末了，她带着怂恿的口吻蛊惑我。

我盯住了李晴晴的眼睛。我发现这双笑起来月牙般弯弯的眼睛和从前的相似或者一致。在猝不及防地受到李晴晴所给予的强烈的视觉冲击后，我不得不面对着很不负责地堆砌起来的随意和草率。李晴晴的声音跟身材形成了极大的反差。李晴晴的声音立得笔直，清丽、年轻，好像涂上了一层光滑透明的釉质。我知道我看到的是现在的李晴晴。我也知道现在的李晴晴就是原来的那个李晴晴变的。我跟李晴晴说再见了。这个脱口而出的再见只是短暂的告别，它与下次的相见不会再有长长的距离。这个恰到好处的间隔，像一个漂亮的逗号，被我点在了考棚街的某个位置。因此，这个时候道出来的再见就充满了明朗的、曙光重现的意味。我突然觉得，我和李晴晴的相识好像就是为了而今的重逢。从前呢，全都是精心打造的处心积虑的漫长的铺垫。

反正，我只要喊一声李晴晴，不管大声小声，李晴晴都能听见。李晴晴听见了，就坐上了一朵云款款地落在我的面前，她不说话，那双弯弯的月牙般的眼睛里挤满了笑。我知道她早就不想在某一层抽屉里待下去了。

李晴晴，高个儿，头上绑着两只高高的辫子。没过节，那上面也会飘着美丽的蝴蝶结。于是，亭亭玉立的李晴晴头发上就始终落着展翅愈飞的蝴蝶了。我怀疑李晴晴的头发里一定抹着一层清清亮亮的油，所以才又好闻又好看，还总那么听话地长长地垂着。我一直羡慕李晴晴那一头滑溜溜的头发，跳皮筋的时候，神气地一甩一甩。李晴晴和我差不多高。我那时候就像个假小子，有些逗能。而人家李晴晴从小就淑女，基本上没用人教就是大家闺秀的样儿。李晴晴的鼻子高，鼻尖略带着弯儿，这就让她看起来有些与众不同。还有那双眼睛。李晴晴笑起来的样子很甜，笑起来甜甜的李晴晴故意把那种意思塞在眼睛里。

李晴晴一定觉得自己长得很漂亮，所以李晴晴就很傲气。她看人表示不屑的时候，就把那层不屑像芝麻盐一样，均匀地撒在眼角多出来的眼白部分。受到这种待遇的多是男生。我不怀疑我们考棚街小学五年级二班的男生有人会偷偷地喜欢李晴晴。我们的青春期似乎集体提前了。我们那时候就会开玩笑。故事情节是从小学教室开始的，显然缺少了丰满的有血有肉的内容，但是已经往后延续了许多年，甚至预言了多年以后的事。李晴晴便是故事中当红女主角，男主角是我们的体委。我们说李晴晴是体委的老婆，说这话的时候，当然是离当事人不远了，因为得让对方听得见。听见了效果才能出来。于是李晴晴就听见了，于是李晴晴就涨红着脸，甩着一对漂亮的辫子，挥舞着拳头追逐兴奋的肇事者。我们似乎已经懂得了一些事儿。我们喜欢把谁和谁说成一对儿，因为他们经常在一起。我们就是这样把李晴晴和体委说成一对的。然后，越看越觉得像那么回事。

那时候，远远地站在一旁的我看着热热闹闹的场面，偶尔为自己没能参与感到不安，心里不由得压制着对李晴晴隐隐的羡慕。是的，周围没有人说我，不敢说。我常常为一句不中听的话，拼命反击同桌的男生，在他的手背掐下惨不忍睹的指甲印，弄得那家伙只好举手讨饶。我也打量过体委，那是他站在队列前整队的时候，想不看都不成。他的脸黑，太瘦，眼睛也小了点儿。只有自己心里清楚，四年级的时候，我偷偷地喜欢上了五年级四班的那个领操员。当然从来没走近，也没说过一句话。我总是保持着一定的距离看着那个高年级的同学。他长得很好看，大眼睛，平头，高个儿，一举一动都很吸引人。既然有这样一个人一直坚持在课间操的时候吸引我，那么我就找不出理由嫉妒李晴晴了。

秘密是有保质期的，时间总能恰如其分地把握其中的分寸。小学时候的秘密等到成年早已失去了最初的禁忌，而乐于充当可以分享的最动人最明亮的细节。我一直没注意李晴晴的胸部。不知什么时候起，那儿已经发生了微妙的变化。尽管李晴晴早就把胸脯骄傲地挺起来了。而我只是看着她那儿的衣服高了，跑步的时候像揣着什么东西似的，不停地跳动。是的，这跟自己喜欢那个高年级同学比算不得秘密，我只是现在才发现早已存在的一个事实。早在小学五年级，我的同学李晴晴的身体就已经悄悄地发育了。李晴晴的学习成绩挺好的。李晴晴不但学习成绩好，李晴晴还是我们考棚街小学女子排球队的。那时候，我们五年级二班的女生占据了考棚街小学女子排球队的全部主力阵容。因此，那个白白胖胖的体育老师对我们几个格外青睐，他总是很严肃地点名批评或者给予口头表扬。我和李晴晴也成为音乐老师的得意弟子。那个相貌端庄、声音动听的音乐老师经常在课堂上叫同学起来"范唱",可以担当此任的先是我,当然也少不了李晴晴。

李晴晴的家里种着几棵樱桃树。我可以想象那几棵长在庭院里的樱桃树是怎样的生机盎然。年年丰硕的果实是李晴晴父亲的功劳。樱桃树的出现不是偶然的,因为只有那种不同寻常的樱桃才能浸泡出神奇的樱桃汁。每年冬天,李晴晴都会从家里拿来专门配置的樱桃汁,小心地装在一只瓶子里带到学校。于是每到冬天,李晴晴就当之无愧地成了全班的焦点。我们的小手都不同程度地受到了冬天的伤害,手背上长满了被撕裂的小口,或者就是一根根名副其实的胡萝卜。李晴晴的樱桃汁成了神仙水,李晴晴就成了好心肠的仙女,跟她要好的同学都会得到象征着纯洁友谊的樱桃汁。樱桃汁的功效彰显在李晴晴那一双莹润剔透的玉手上,我们相信祖传秘方,我们纷纷或明或暗地对李晴晴表示真诚而热情的好感,我们盼望着李晴晴手里的如甘霖雨露般的樱桃汁。我知道那时候李晴晴和班主任的女儿的友谊就是通过樱桃汁维系的。当然,凭着和李晴晴颠扑不破的友谊我也会得到。而班主任的女儿则会有满满的一大瓶。这点儿谁也攀不上。班主任的女儿说话娇滴滴的,好像五年级二班就是她的家。她总是有理由做出一些非常可人的样子,由此引来一些莫名其妙地欢呼和回顾。李晴晴是不是在巴结我不知道。因为李晴晴在背地里曾经不止一次地发狠不再给她了,甚至为送出去的一瓶瓶宝贵的樱桃汁后悔。但结果常常是还没等到寒冷的冬天来临,李晴晴就已经和班主任的女儿尽释前嫌,好得像腻腻歪歪的糖稀。

李晴晴的家离学校近,出了校门斜对过就是。那幢灰色的二层小楼。李晴晴的父母看上去老了,她的喜爱侍弄樱桃树的父亲在李晴晴上小学的时候就已经退休了。那是个清瘦的、看上去很有风度的老人。李晴晴的母亲成天待在幽暗的密不透风的室内,养育了一张白白的很富态的脸,头发泼了墨似的漆黑,柔顺,头顶上别了一道长长的堤防一样的黑卡子。李晴晴很少约同学去她家。我只去过一次。有个善于明辨是非的同学诡秘地说李晴晴不是父母亲生的,是捡来的。没有人去查证问题的真伪，而那个时候自己就想当然地这样以为了，借此填补了那道看起来难以逾越的鸿沟。不过，现在看来，李晴晴长得其实很像她的母亲。

我和李晴晴又见面了，在考棚街。考棚街不知不觉地成了我和李晴晴邂逅的重要场所。似乎就是这条还老老实实待在原地的路，忠实地把过去和现在用手帕牢牢地系在一起。还有一点也渐渐明确起来，我根本没离开。我始终站在离小学校不远的地方。我开始相信李晴晴真的见过我。只是除了李晴晴，我极少见过其他的小学同学。我问过李晴晴的父亲，被我想起的那个老人快八十岁了，还住在原来的地方。那个与学校一路之隔的老了的二层小楼。我发现李晴晴的消息远比我通畅。她总是先平铺直叙介绍小学同学的情况，然后再针对性地毫无遗漏地附上自己的看法，就像老师的操行评语。你见过刘军吗？我见过，在街上说了会儿话，她太瘦了，显老了。宋建华呢？她变化挺大的，跟妖精似的。我们陆续提到的熟悉的名字是我们共同的记忆，只是原本清晰的线头，多年以后却变得去向不明。李晴晴提到班主任的女儿。她有一段时间很疯，你知道吧。我摇摇头。我脑子里的班主任的女儿永远是一副娇滴滴的样子。我想问究竟如何疯，而李晴晴却只丢下半句话，避开不谈了。一次，听见是李晴晴在后面。你身材真好，真苗条，看上去很像新加坡的一个演员。赶上来的她毫无顾忌地夸奖着。我天天看那个新加坡的电视剧。李晴晴似乎不肯放过这个机会。我觉得自己并不是一个轻易脸红的人，却被李晴晴说得不好意思起来。

原来，别人给我介绍了一个对象，是咱小学同学。坐在对面的李晴晴冷不丁冒出这样一句。谁呀？我很好奇。奇怪，脑子里竟然没出现那个瘦瘦的体委。李晴晴忸怩起来，不肯说。人家没看上咱。这样的结果伴随着的是呵呵的笑声。而后李晴晴抬起头，嘴里像含着块糖似的轻巧而含糊。还记得吴岳吗？是他？我记得吴岳，我爸姓吴我妈姓岳。他这样解释自己的名字。那个胖胖的、脸上有雀斑的男生是四年级转过来的。我想那是一次记忆犹新的失败的相亲，对于这场意外的失败李晴晴好像还有些放不下。他肯定能看上你。

李晴晴说这些的时候，是坐在一家酒店里。我应李晴晴的要求，给她女儿找了一个家教。那天路上堵车，好不容易赶到，碰到站在外面候了半天的李晴晴。李晴晴上下打量着学生，流露出中意的神情。跟她想象的一模一样，譬如圆脸，大眼睛。李晴晴说我的女儿很聪明，我送她学画画，学舞蹈。你小时候学过舞蹈吧。她能上清华，我女儿是清华的材料，我早看出来了。李晴晴对女儿灿烂的前途看得长远，并且深信不疑。李晴晴坚持不让服务员点菜，她说，叫你们经理来。李晴晴扭过脸来笑着解释，这儿的餐厅经理是她丈夫的侄女儿。席间，李晴晴宣布她要做生意，是与台湾的贸易，做了就会很成功，因为她那边有人。所以，过段时间，她还要去台湾实地考察，那个签证可是很难办的。我表示认同地频频点头，我一下子就对李晴晴刮目了，我甚至已经看到了那个风光无限的富婆，腰缠万贯。然后我对着满面春风的李晴晴说她看起来特别像老板，大老板。李晴晴那天穿着一件黑上衣，上面镶嵌了很多闪闪亮亮的装饰。有了这些铺垫，她笑起来就很有些派头，好像是坐在飞机上俯瞰美丽的台湾海峡。李晴晴说还准备再生一个孩子。做生意的大都有两个孩子。李晴晴显得很活跃，脸上始终挂着踌躇满志的笑。李晴晴说她是居士，正在读佛，按期到附近的庙里上香。很多人都说了，她长得特别像一个菩萨。而李晴晴在研究过后对此格外笃信，像笃信隔不断的深厚的佛缘。我看着李晴晴宽阔而舒展的脸，带着笑意的眼睛，觉得还真有点儿像。比我像。

一段时间，李晴晴经常给我打电话，问东问西咨询很多问题，在她眼里我好像成了神通广大无所不能的人。一次，她要我帮她弄一间能够出租的房子，说她要做生意，她看中的是单位保卫科那间。我说那是值班室，好像不行。她听了大概很失望，浮上来的兴冲冲的情绪一下子沉了下去。她显然没考虑到另一种结果。之后，好长时间没接到她的电话。再见到李晴晴的时候好像比原先胖了。我关切地问是不是怀孕了。她红着脸说没有。是那件异常宽大的外套带给了我这样的错觉了。

李晴晴对我一直很热情，她没有放过任何一次相遇。她的视力好，总是能从数十米外，瞅清楚了。那天，李晴晴又从身后认出我，赶上前来热情地招呼一声，就挥手说再见了。远远的，李晴晴骑着的那辆木兰有些气粗，承受不住似的叫了起来。在一溜腾起来的薄烟上，李晴晴整个人像是蹲在那辆红色的旧了的小木兰上，背后出现一层层不规则的皱褶。也是，怪天气，天气暖和了，李晴晴穿了件单衣，很不合适地裹在了身上。我一直否认的一个现实，如今终于找着了借口，被我结结实实地扣在了李晴晴的身上。我的小学同学李晴晴，看起来已经真的成了一个"妇女"。

毕业照

我的身旁坐着海。她拿起茶几上切开的柚子递给了我。暗花布面包裹着的沙发旧了，周围略显凌乱的局面令生活的运动状态完整地保留。

海看起来有些不安。太乱了，还没收拾。在这套租来的房子里，除了丈夫儿子以及部分生活必需品，电视、冰箱、沙发、家具都是房东的。生活本身就是乱的，它需要的只是我们随时随地整理。这样的言语太郑重其事，不适合两个人的交谈。但我知道海是一个身体力行者。这不仅仅表现在她坚持每天早晨跑步，锻炼令她身体健康，精力充沛。有一次例外。为了赶班车，海以百米冲刺的速度奔跑，最终自然赶上了，但出汗后感冒了。隔日，声音有些嘶哑的海向我解释。

奔跑。到现在为止，我说不清楚，奔跑的是时间还是每个人。在风尘仆仆的时间面前，我只是习惯在跑步机上模拟，原地踏步让我几乎看不见个人的行动轨迹。毕业后的海开始了真正的奔跑，她打心眼里认定乡镇中学教师只是起点。对于这一身份的不认同在十年之后被彻底推翻。

如今的海如释重负，以大学教师、硕士、心理咨询师的身份，热情地融入现在的生活。还记得三年前与海的相逢。等车时，一个陌生人走过来攀谈，开始还觉意外，稍后，我认出眼前的人。我们是否应该感谢生活，它总是在可能的时候缔造机会，譬如多年以前的同窗，多年以后共事。我跟海的人生再次汇聚，产生了他人无法领会的东西。它们自私、隐秘，像特殊的植物，散发单单属于过去的气息。

过去的意义是什么。是有着共同经历的人回首时的心领神会？海是我的高中同学。在此之前，谁也没想到若干年后的相聚。再次面对海，面对一个由少女蜕变的成年女子，我没有狐疑或犹豫，一个人的模样尚未被时间过多干涉，随时等待被记忆唤起。这个目光笃定的女子是海。高考前夕，她自行改了名字。一个对自己的名字大动干戈的人，对未来也决定自行设计。我习惯了现在的海，静静的目睹从前那个高中女生的消失。

　　海拿出那张毕业照的时候，是肯定了那扇打开的门，通往过去的必经。过去消逝了吗？与现在背道而驰的过去像回荡着的风。怀念是什么。所有散落的铁屑一样的怀念试图与过去建立永久的赤诚。海热诚地唤我随她一同回到过去，从打开了的那扇门走进去，两人相伴便不会轻易迷路。她可以怀念那个不叫海的女孩儿，我要怀念谁？

　　毕业照落了一层苔藓。所有的面孔浮现在障碍之后，仿佛眼睛里突然现出的云翳。那张发黄的照片，多像缀在时间之上的叶片。至于遗落其间的不明原因的痕迹，它再次掩盖了真相，遮住了数张面孔。时间的存在就是为了扫荡所有的痕迹，然后不动声色地眼望着一枚枚叶片自行坠落？

　　照片上的每一个人都离我远远的，不管怎样努力接近都无济于事。那是一群高中毕业生，一群十七八岁的年轻人，他们有理由面对一个陌生人集体说不。他们紧密地站成一排又一排，站在灿烂的阳光下，抬起一张张再年轻不过的脸。有一刻，我甚至怀疑海是不是拿错了。面前的他们，我竟然一个也不认得。站在时间之外，距离成为最大的障碍。可是，等我重新成为高中生，一切就变了。方才还是远离的模糊的面孔，在被提及的名字的暗示下变得切近而清晰。只是有的名字被记住了，有的印象全无。遗忘影子似的尾随时间。无疑，我们曾经朝夕相处，度过了最后的中学时光。对于留下来的一张照片的意义，权且以为就是成就多年以后某一天的不期而遇。

　　我在人群中找到了海。怎么找不到你？我不作声。我把自己藏了起来。为了避免有可能发生的时间的指认，十余年前的遁形令我成功逃脱。那时候，患有自闭症的少女，像一滴油游离周围的水。如今，我在令自己忘却的同时，也扫荡他人淡漠的记忆。

毕业照上，团支书居中，短发、圆脸、相貌朴实，被班主任寄予厚望的她于当地院校毕业后，成了某中专学校的老师。团支书的表现令恩师大失所望，事隔不久，对方的惊骇之举，着实令知情者大为折服。谁也没料到蕴藏在团支书身上的果敢和勇气。那份蔑视年龄的伟大的爱情，冲破世俗藩篱，也荡涤形形色色的眼。十余年前，我们的团支书嫁给了长她二十余岁的官员。榜样瞩目，团支书实践了爱情无障碍的真理。海说，她早离开了那所学校，调入某局专管档案。海说不久前在街上见到她，但是没说话。

说实话，从照片上还暂且看不出，伟同学和娟同学之间会发生什么。前者站在最后一排靠边的位置，后者安静地居于中间。那一刻，在场的所有的人共同注视前方的镜头，未来也在前方。直到毕业，踏上工作岗位，他们的故事还没发生。接下来，在某机关工作的娟同学谈了朋友，但再次遇到伟同学时，娟同学的情感发生倾斜。尽管，曾经的同窗仅是酿造某种可能性，接下来的发展已经朝必然的方向挺进。两人谈婚论嫁，喜结连理。娟同学而立之年成了年轻的副局长，仕途顺畅，无家庭背景。从表面看，娟同学处世的练达与形象的柔弱不相称。

过去与现在的联系是对比还是连续？我们无法由现在预测未来。那些计量时间的词语，在流动与沉淀中不断变更。谈话继续进行，只是增添了新内容。海拎出初中毕业二十年聚会的合影。相较前者口述的笼统和模糊，由色彩鲜亮的数码照片提供的现在，力量强大。在与另外一张老照片的对应下，相隔二十年的同一个人竟然无法重叠。他们背道而驰，拒绝相认，各自消失在岁月背后。时间作为名副其实的栅栏，终于成了最大的障碍。

我看见了一群成年人。男人以及女人。他们早已摆脱初中生这个幼稚的概念。男人目视前方，神态自若，肥胖从容地爬上少年的身体，额头与眼角被岁月眷顾。女人描着细细的眉毛，口红艳丽，被丰腴撑开的脸庞一不小心挤着了眼睛。他们跟大街上看到的男女很像，从这群陌生人中找不到属于他们的从前。少女，这个纯净得近乎透明的词语，更像是一个不可实现的梦。从照片上看，每个人都极力吻合现实的身份。照片下方的联络地址充当佐证。坐前排的老师认得出他们真的是掖在眼皮底下的孩子？

红是个例外。即使海没有指向她，我也将目光投向端坐着的那个女子。倘不说出名字，谁也不会以为她是红。印象中的红，矮个儿、面黑，容貌平平。重叠着的两张毕业照都能寻着。而今的红，秀雅，装扮精致，引人瞩目。学业平平的红高考落榜毫不意外，复读一年无果，转至另一所学校从高一复读。这样的努力换来的是如愿进入大学，比同龄人晚四年。毕业后，红任教于当地高校。不久，貌不惊人的红与校内一英俊男教师恋爱。事后，有未婚女叹服红果真不一般。后者似乎一直等待若干年后红的必然出现。丈夫读研后，红再度努力，读研留京顺理成章。如今，有着一双孪生女儿的红就职首都某高校，取得对外汉语资格，委派他国，得天独厚地教授母语。

我终于说起了辉，我的高中同桌。穿黄军装，声音细小，下巴抬得高高的辉。那天午后，我在单位门口遇见一个女人。才入秋，戴帽子、口罩，着外套，没膝长裙。回首站定数秒，不想对方解除武装迎上来，竟是辉。从前的辉，短发，高挑，走路上身笔直，衣服下的小丘掩不住。而今，依旧是短发，骄人之处却仿佛倦了似的。我看见她没有掩饰的依稀白发。时光就是这样，令人们的目光苛刻而挑剔。我知道自己也在被辉细细打量。一位中学老师的生活无须想象。它庸俗，日常，紧随岁月摇摆。

我迅速地跳开了，避开辉根本不可能伸过来的手。她的确比从前胆大。我像一头敏捷的羚羊。从前不苟言笑的同桌，现在滔滔不绝，在诧异的神情下自我解释职业使然。我的由文字构成的形迹亦被捕捉。班里最缄默的女孩成了摆弄文字的人。

柚子的味道如何？我们无权过问，它们通常不说话。我们只是纷纷拿出自己的柚子。每个人的生活真的藏在里面，含在嘴里才知晓其中的滋味。在海的那张二十年聚会的照片上，我发现了我的小学同学杜，原因在于他的完全建立在从前基础之上的面貌。甭管怎么看，如今的杜，俨然已是他父亲曾经的模样。

时间的脚

1. 一块新手表

母亲抬起头，脸上的表情有些奇怪。我和母亲的距离很近，不仅仅是我们住同一座院子，中间仅隔着一幢楼。而是此时，我发现站在跟前的母亲分明有话要讲。可是，她又重新低下了头，眼睛像触到什么似的迅速弹起，末了，才下定决心抬起自己的左手。她说，你看看这块表。我扫了一眼，问，刚买的？你猜猜多少钱。母亲的声音是轻的、不在意的，可言语间那块突然出现的手表分明是一道坎，横亘在两人之间。我不得不在扫过那一眼之后对它进行评价。而被母亲隐藏起来的得意，自己短时间内竟没有察觉。

现在，周围很少有人戴手表了。尽管那个系在手腕的明晃晃的物件多么出色地完成对时间的把握，并且成为佩戴者高尚的装饰。但是不知从什么时候起，这个重要的物品被忽略了。谁也没有过分在意它的淡出，人们习以为常。我没有手表，我有手机，手机上有时间。而今，我与那个橙色的、用中国结坠了玉质金鱼的手机亲密无间，须臾不能分离。这样的感情母亲无法体会，但我听见母亲对一块手表的阐述是那么切实，那么必需。

我知道很少有人戴手表了，但是我得知道时间，没有手表太不方便，我还得去接海培，我每天下午四点半就得去幼儿园接他，没有手表怎么行？母亲退休有几年了。刚退休的第二年春天，她的孙儿出世。一直以来，她就是这个家庭的轴心，或者说这个家庭就是她的轴心。她把所有的责任、义务贯彻到一个字眼里去实施，那就是爱。她爱她的孩子，爱她的家。从前，我对她更多的是依赖，我的依赖像松软的肥皂泡紧密地团聚在她身边，这种依赖多年后转变成毋庸置疑的信任。现在，她兴冲冲地来我家，悉心教导一些事情，哪些该做，哪些不该做。在一些必须处理的人情世故面前，事先替我考虑周全。近年来，母亲做事愈来愈谨慎，唯恐哪点不当引起不必要的误会。即便如此，还是有一些意想不到的事发生。于是，她的心里就积了一些烦恼。母亲愈来愈庆幸自己拥有两个女儿。她可以和任何一个交谈，深浅都行，那些装在心里的事，出出进进就不再挠人。但母亲始终是豁达的，只有一个豁达的人到了这般年纪看起来还是那么光彩。母亲显得年轻，见过她的人都这样说。对岁月的拒绝在母亲身上卓有成效。

　　一百多块钱吧。我不假思索地说出了这块手表的价格。再不会超出了，太贵了她不舍得。要五百多块呢。母亲的声音不由地扬起，而后再次盯着手腕上的表，好像要进一步验证这块价格不菲的手表。母亲说她原先是想买一百多块钱的手表。那天，她和父亲一起去百货大楼，父亲准备为停摆的挂钟买电池，而她打算买一块手表。我只是想要一块手表，去幼儿园接海培没有时间不行。我的母亲成了祖母，这个角色的转换使她像爱小时候的儿子一样爱她的孙儿。转了一圈，价钱无疑让母亲格外介意。最终，母亲欣喜地试戴了一块新手表，并成功地将瞬间集聚的心情带回家，带到数日后见到她的女儿。我看见了母亲内心的满足。我理解这件被母亲记住了的事还会在一段时间内被她提及。事先，她装在心里，难免有些得意。想想母亲真像个孩子。是你爸给我买的，那么贵，我怎么舍得。

　　母亲肯定没想到我还会提及另一件事。过去了多少年的旧事我竟然还记得。我提起了二十多年前的另一块手表，上海牌手表。我说，那块手表多少钱？我记得因为那块表你和父亲吵架，吵得好凶。戴在母亲手上的表我不知道牌子，细细的表链卡在母亲有些松弛的手腕上。

2．上海牌手表

这是父亲第几次去上海？我记不清了。那个只有父亲才去过的地方，由于难以企及，而更加接近遥远。我仰慕父亲可以去那么远的地方。父亲是出差。父亲的出差总是与会议与工作与一些体面的事相关。我不知道父亲在自己心目中的威望是不是由此产生。他的累积的识见除了使个人阅历丰厚，也赢得一个孩子巨大的尊崇，这应该是属于一位父亲的殊荣。

通常，经历了父亲带回的扑面而来的新鲜的气息，经历了久别重逢的喜悦，令孩子们喜出望外的是旅行包里塞着的意想不到的礼物。父亲向来对孩子们的期待心领神会，从不会空手而归。他常常讲述自己的旅途见闻，历数带回来的特产。这样的日子理所当然成为一个家庭的节日。孩子们欢天喜地，被孩子们簇拥着的父亲同样欢喜。

父亲去了上海。去了上海的父亲除了随身携带的旅行包以及方言，还有令当地人倍感惊叹的肚量。后者令结伴归来的南方人津津乐道。人家只要几个，他一个人就要了几笼。事后，父亲念叨小笼包味道怪异，做得也太小巧了。吃饭这事勉强不得。

上海。这个限定了的特殊地域，由于承担着目光的追逐，落上华美的光环。任何事物只要将上海摆在前面，就有了权威。正是这一所在，一个遥远的地方，父亲带着别样的心情走近，继而恳切地将其迎候。于是，繁华的上海便以一块手表的形式滴滴答答地走进一个家庭。父亲对拥有一块手表是欣喜的、满足的。上海之行，落实在一块切切实实的手表上，的确不虚此行。我能想象那块手表一路上被父亲揣在怀里，连心跳也在某一刻与之共舞。当旅行可以变成永久的纪念，那种真实感与贫乏的时代赋予的优越令父亲自豪。他可以在别人问及时间时，亮出手腕。上海牌手表多像一朵瞬时绽放的奇葩。

父亲没料到这块上海牌手表成了一根导火索。这根丝丝作响、混迹在手表慢条斯理的走动中的声音，与父亲的心跳相吻合。这场必然的燃烧缓慢而充分，甚至略带抒情。父亲充分享受了这一过程，当然包括导火索燃至最后一刻带来的巨响。母亲不能体会。母亲看见那块突然现身的手表脸色突变，内心掀起巨浪。她对父亲大老远买回这么一块不实用的东西表示愤怒。她不需要，她认为父亲也不需要，她觉得最需要考虑的是一家五口人的肚子。她把声音扬了起来，不听任何解释，她强烈要求把这个没用的东西退回去，或者卖给别人。被迁怒的手表很无辜，它已经不能独自返乡，只能一声不响地注视着由它而引发的战争。应该有好几年了，母亲的胃不好，消瘦，控制不住的呕吐令旁人也觉得难受。家里不时腾起中药味儿。但是母亲与父亲争吵的时候，胃病没有出现。

说实话，那块手表对我没有多少吸引力，我只对父亲旅行包里未曾谋面的食物感兴趣。多年以后，面对母亲的新手表，我提起了那块惹事的上海牌手表。母亲说，那时候只能这样，我和你爸爸两个人的工资就几十块钱，三个孩子，还有你姑奶奶。各种开支挨不到月底，还得去单位借钱。我体会不到母亲的难处，也不知道母亲此时的心情。作为当事人，母亲依然保留着旧事的部分记忆，使得中断已久的场景得以绵延。至于那块手表的去向，究竟是留下了还是卖给了别人，如今，我不管是问父亲还是母亲，得到的回答都是记不清了。那块不寻常的上海牌手表就这么被遗忘。

3. 曾经属于那个孩子的表

我必须忍受圆珠笔在皮肤上滑动制造的异样。我忍受着不适，忍受着一只不安分的小虫无所顾忌地爬行。如果把头扭到一边会感觉好些，但是我必须看着，我希望自己的注视可以令对方有更多的耐心，以便把那只表盘画得更像一只表盘，而不是其他什么不规矩的玩意儿。画得好一点儿，别忘了表带。我在一旁提示，生怕没了表带缠绕，表会落到地上。对方则埋怨我的胳膊与一张纸的距离，不平哦，不好画。其实，她跟我一样心急。当我露出手表向别人展示的时候，她就会在一旁大声说那是她画的。那样子倒好像是我借了她的表似的。

之前，我把自己的左手伸出来，右手早早捋起袖子。现在，我抬起左手，右手也在不知不觉地帮忙。我盯着手腕上那块生动的手表仔细端详，觉得它真的是属于自己了。戴上手表后，我们就开始大声询问对方，几点了？你的手表几点了？接着露出手腕亮起藏着的表，煞有其事。此外，我们还用同样的方式追问臆想的八哥。八哥八哥，几点了？八点了。巧嘴的鸟儿总是这样回答。后来才知道那家伙周身漆黑，相貌丑陋，但牙尖嘴利，一经调教能吐人言。戴了两块手表会怎样。有人朝我伸出了另一只手，那儿竟然也戴着手表。于是，那个戴了两块表的人一下子就阔气起来。一个伪装的功用性物品只是完成了装饰，由孩子付诸实施而充满孩子气。一种虚拟的，架设于成人及生活之间的纽带，就是那块被模仿的手表。当后来有人暴露戴了若干戒指的双手，抛开耀眼的光芒，流露的竟是孩童的幼稚。

刻画在我的手腕上的表，表盘由于描摹数次显得规整，分布匀称的间隔令指针找到合适的位置。对方画得的确不差。不过，那个固定住了的时间没有机会从细致的格子间一晃而过，只是诚实地守候。但时间肯定经过了，从孩子手腕上刻画的某一时刻走过。

那个孩子的脸多像向日葵。任何一粒节省下来的饱满的葵花籽，会在院子里埋藏，安心地生长。我的辫子扎着蝴蝶结，一件被母亲用各色毛线编织的毛衣将女孩儿装扮。我盼着快点儿长大，而事实却像埋在地里的那颗无动于衷的种子。我没有要把时间分币一样攒起来的念头，手里的长鞭一刻不停地驱赶不安分的羊群。谁也看不出一个孩子的内心，究竟塞满了什么。与在课堂上失去自由相比，我更喜欢在院子里疯跑。以摆脱母亲的控制为最大的满足，沉浸在属于孩子的玻

璃世界。对一成不变的现在，感觉失望，继而失去了对未来的想象
力。我对重复走在同一条道路上的局面心怀不满。现在是一个巨大的
泥潭。我忽略了对时间的关注。我没有手表。我的曾经被刻画在手腕
上的表并没有表达个人对时间的尊重。几天之后，新鲜感自行消失，
我开始用肥皂用力搓洗清晰的表盘。

　　我需要仰起头才能看见母亲。一张张保留下来的发黄的相片是证
据。被我紧紧偎依着的母亲是年轻的。我喊她妈妈。相片上的妈妈没
变，是头发在变。开始是长长的发辫，然后及肩，再以后成了短发，
后来又烫了头。妈妈用面友，上海产的。面友的脂粉让妈妈的脸很
白，有一种持久的香气。与面友一起受到钟爱的还有放在铁质盒子里
的发蜡，红色，饱含油脂，产地不详。我最喜欢的那件人造棉连衣
裙，绿底大花，是从上海捎来的。第二年，裙子迅速爬上我的膝盖，
还穿在身上。与妈妈的合影恰好是那年。一直认为，爸爸的脾气比妈
妈好，对孩子有更多的耐心。爸爸肌肤黝黑、健壮有力。我知道他的
力量不仅仅体现在外表。爸爸爱管闲事。这是妈妈的原话。他一看到
院儿里的孩子不规矩的行为或校外人员的不良举止，就会严厉制止。
那时，爸爸总是随身携带一只黑色的手提包，里面有诱人的烟草味
道，我常常在烟叶碎屑中寻找硬币。然后拿硬币去学校门口交换冰
棍、糖稀，或者瓜子。

4. 挂钟响了

　　挂钟响了。这个迅速来到父亲身边的声音让他不觉一振。我知道
父亲心里一定在默念。那个清亮的声音被领会之后，终于安稳。父亲
把挂钟从客厅移至他的房间。每逢整点，挂钟报时，化作声音的秘密
开始在父亲耳畔回荡。他不再揣测，也无须过问旁人，甚至用不着观
察窗外模糊的天色。他神态安详，仿佛那是一段美妙的音乐。对时间
的注意让倾听成为意外的享受。即使时间遗落在原地或者陷入睡眠，

扬起的声音会将一段沉着的梦唤醒。

那天，父亲把装上电池的挂钟带回家。他的心愿得到实现。缄默已久的挂钟开口了，也令母亲的愿望变成现实。他没料到买挂钟的举动会令母亲异常感动，当他体会到了那种情绪，是反思自己平常做得不够，还是纳罕母亲孩子气的反应。

平日，家里很安静，除了走路发出的声音，电视有理由成为最出众的一个声音。那个有声有色的外界生活，占据了大段空闲。靠在电视屏幕前的父亲挨近一只马扎，收看体育节目。在平静的生活中，父亲显然需要声音的介入。那是除却电视的声音、收音机的声音、母亲的声音之外的另一种信号。不知从什么时候起，父亲心里突然生出对时间的疑问，让他无论坐在哪个位置都不能安稳。

挂钟响了。这个突然涌现的声音让父亲从容。他不再独自摸索，心情愉悦。被搅扰的宁静，平息下来。时间印在了父亲心上。他开始变得有计划，凭借对时间的理解，开始实施个人主张。被挂钟敲响了的时间单调、守时。曾经，父亲也是那么守时。只是现在，他放弃了外出。不打门球。不再打牌。深居简出的父亲习惯躺在床上听收音机，或者坐在马扎上挨近电视屏幕。时间也可以变成声音吗？他不用再问别人。尽管他不得不依赖，母亲总是把饭菜递到他的跟前。但是，他听见挂钟响了，这是事实。这个在耳畔响起的声音冲淡了疑问，让他开始信赖自己的耳朵。

我抬起了父亲的脚。这是我第二次给父亲剪脚指甲。平常都是母亲给他修剪。当我第一次握起父亲的脚，父亲被幸福冲击得有些踉跄。开始，我握着的是他的手。父亲的手很粗糙，上面布着醒目的斑点。最近，甚至在鼻尖也唐突地冒出一块。他的指甲很脆，指关节突出。他依次伸过手指让我修剪，像个听话的孩子。这就是在养鱼池游泳的那个大鱼般的父亲吗？他的脚踝和脚面隆起。母亲说是浮肿。去医院吧。我说。他表示过完生日再去。曾经有人向我描述父亲当年饮酒的豪迈，自己心里抵触，觉得对方实在是夸张。淡淡地回应，谁也不能抗拒疾病。我买了一顶黑色的皮礼帽作为生日礼物。生日那天，戴着礼帽的父亲很精神。一向善于表达的父亲不爱说话了，开场白后，便将话语权移交给了他的孩子们。

我儿子过生日的时候，外祖父的红包出现熟悉的字体。我记得那个从右至左略微倾斜的字体，书写连贯洒脱。从前，父亲的签名、家长意见或者笔记信札都是这样的字。而今，落在外孙的生日红包上。虽然每个字的距离有点儿远，字迹依旧。母亲说，告诉他不用写什么了，非得自己写。有一回，父亲躺在床上，他要求我念一段我的文章给他听。我念的时候，他安静地闭着眼睛。过了一会儿，发出轻轻的鼾声，我没有停下，只是把声音放轻了。当我念完最后一个字，准备离开时，突然听见父亲说，完了啊？原来，方才他真没睡着。

5. 挂钟又响了

挂钟又响了。当挂钟又一次敲响的时候，即使隔道门，也能听见母亲奔过来的脚步。父亲的挂钟走得准极了。母亲听见了号角般的声音，才从另一堆生活琐事中醒来，投入到这个战场上来的吗？没有挂钟的时候，母亲对时间的掌握如同每天需要搭配的食谱，铭记在心。偶尔忘了，父亲的催促声如约而至。母亲每天早晨和傍晚按时给父亲打针。这时候的母亲俨然一位熟练的护士。她运用学来的方法给父亲打针，量血压。在一次次摸索与实践中，成就胆识和能力。她洞悉术语，血糖、血脂、高血压、尿蛋白、胰岛素，知晓被堆积起来的数字以及若干加号的险恶。母亲关注便池内出现的泡沫，为其多寡忧心。打胰岛素是通过肌肉组织的注射维护父亲的机体，测量血压是她实施的另一种监控。父亲的身体好像是她的。不知道母亲骑车去医院给父亲拿药的时候，有没有这样想过。

母亲堪称饮食专家。她牢记不知从哪儿淘来的方子，为我们耐心讲述食物的特殊功用，督促我们健康饮食，甚至许诺实践后如何立竿见影。她要我们爱惜自己的身体。她一定觉得作为母亲有权这样说，尽管她的孩子们早已长大。而她则像一位走在最前列的无畏的探路者，勇敢前行，不时回头告诉身后的人她的发现。她的目光传递着母爱的温柔与仁慈。她始终热情地、毫无保留地抒发着自己对家庭对孩子们的爱，毫不吝啬地将这样的爱绵延至下一代。那些清晰可见的血脉，牵肠挂肚的情感，让她一次次心甘情愿地付出。母亲曾不止一次地私下表示对孩子的满意，语气里含着骄傲。

我一度忽略了对母亲的关注。她的有限的相片似乎放弃了对从前的描述，从那些背离了色彩，被时间遗忘了的静默中目睹到的是暗淡。那张被遮盖了的容颜让我怀疑她曾经拥有的年轻。她一开始就是妈妈，从我认识她的那一天起。随着孩子们的接踵而至，那个年轻女子不得不迅速成长，以期更快地投入角色。跟母亲修长的身材相比，她的手指不够修长，应该与儿时的劳作有关。母亲是长女。那个时候从乡村走进工厂，一个涉世之初的姑娘充满梦幻般的幸福。我看不见母亲的从前。被我看见的是怀抱周岁姐姐的母亲。肩上搭两根长辫，年轻的母亲莫名的美丽、动人。我发现母亲进入中年异常消瘦，透过单薄的相片，甚至可以触摸到她的颧骨。如今，母亲穿着得体，年轻的心态让她始终拥有良好的精神面貌和姣好的体态。系列婚纱照是父亲和母亲即将踏入红宝石婚的纪念。母亲头一回拥有这么多的相片，看来还中意，修饰过了的容颜被她一再端详。

跟从前比，母亲宽容大度，她尽量不去招惹父亲。母亲最大的愿望就是能出去走走，父亲也说过退休后去旅游的话，但是曾经的许诺已成泡影。父亲的日常生活需要她的照顾，里里外外都是她一个人忙。先前，母亲说颈椎不好。但是有一次竟突发眩晕，原来是脑血管的缘故。事后，母亲对我说父亲当时就慌了，他流泪了，这让母亲很感动。她说两个人的感情到最后就是依靠，是陪伴。现在，一向对饮食抱有强烈喜好的父亲不馋了，只是偶尔提起想吃豆腐，这个要求遭到母亲的拒绝。普通的大豆蛋白会增加父亲身体的负担。父亲烟戒了，酒也不喝了，除了少量的干红。饮食习惯真的会影响一个人的健康，也会重新改变一个人。

每天，母亲都陪着父亲一起散步。父亲与母亲牵着手，或者母亲挽着父亲的胳膊。路人会觉得黄昏也可以如此浪漫。父亲的步履缓慢，视力的减退以及疲乏的双腿制约了他的行动。母亲希望父亲多活动，会对身体有好处，脚部出现浮肿时除外。那个周末，父亲清理完抽屉后，空药盒丢了满满一地，他大声呼唤母亲赶紧收起来。就一会儿工夫，也不能让人闲着。母亲有些不满，我也随声附和。但我知道，父亲介意的不是凌乱的地面，那些清空了的药盒就是父亲的胃吗？

6. 梦境与逃离了手表和挂钟的时间

我说不清梦。毫不提防地出现，魔咒般被其占据。无论是在梦中还是醒来，都感到有距离。那些隐约可见的意识不属于我。即使事后依着所谓的线索追寻，仍然无果。解梦的诠释并不能令人信服，还有诸多寻不到的梦境。世上的确存在那么多未知的事。梦境，也算是一种尝试吗？

母亲有一回说起她的梦。她说梦见了二叔，这令她觉得异常奇怪，她怎么会梦见他呢？梦中的二叔那么年轻。甚至在梦里，母亲也把这样的话讲了出来。转念想，他如何会老，他还没有机会变老。母亲还梦见过姑妈，姑奶奶，姥爷。她解释不清自己为何一再梦到这些故去的亲人。母亲说，见过乡下有人过世，家人扎了这样那样的物件，真是世上有什么就扎什么。言语间是毫不掩饰的羡慕。她说她远的地方不去，就去艾山，那儿离孩子近，方便。母亲的梦显然脱离了现实，但是当着我的面说出的话是现实的延伸吗？未及说完，我便将自己贴近母亲。

父亲也做梦了。父亲说梦见了自己的父亲。他说祖父看上去很好，还是临走时的样子。父亲诧异依然记得祖父的样子，他反复地问走了几十年的父亲，对方只是笑，并不言语。那个下午，父亲把整个会面说得极其详细，他纳罕祖父如何寻到了住处。说起这事的时候，父亲一定觉得不够好，说完后像卸了一件包袱似的，要我们不再提。我从没见过祖父。终年在乡间劳作，生命在壮年耗尽以致落下疾患的祖父究竟是怎样的人？姐姐听了，郑重地告诫父亲，不要在梦中跟故去的人说话。母亲说，往后逢年过节，一定要想着给先人送纸钱。

时间一步步走着，落在手表和挂钟上。除了这两条路径，还有别的道路吗？即使不去注视那些规矩的表格，时间也在行走。有一天，表停了，一切都会停下来，一切都能够停下来吗？我看见太阳最耀眼的时候，顺便也把阴影留下。有谁知道时间最耀眼的时候，它的影子落到哪儿去了？我的身上正一点点落着数字的阴影。渐渐的，那些数字成了年轮，像一棵树。谁也看不见过去。我看不见过去的自己，过去了的一切被遮蔽。那就是时间的阴影？值得肯定的只有现在，可被我看见的父亲和母亲的白发着实令人生疑。我看不见那些纷纷逃离了的时间，那些从手表、钟表内部逃离了的时间，究竟跑到哪儿去了？作为目击者，我的证词无力而游移。

时间丝毫没有偏袒哪个或者对谁无暇顾及。落在手表和挂钟上的时间，落在相片上。翻开还没来得及泛黄的相片，我看见自己正一点点将时间像分币一样积攒。一个人成了现在的模样，从前呢？我尽量不去想从前。即使不想，时间依然像从耳畔刮过的风，飞驰而过。当年，我也像风一样试图摆脱绳索般的成长。此时，只有一个人的记忆。记忆是一块表，一座守时的挂钟。我突然记起父亲生日那天，姐姐说的一句话。从什么时候开始，我们的称呼变了，开始称呼父亲和母亲了呢？

与农时有关

1

农历的春节，最先是与农时有关，围绕着庄稼展开的。那本是一年当中最隆重的一个节气。居住在村庄里的这个春节，我换下了来时的衣服，穿着村庄里寻常的棉袄、棉裤，可装在棉鞋里的脚依然重温着寒冷的深刻。那两个字不留痕迹地从我的记忆中抹去，在这里又清晰无比地唤起。

年开始装点冬天的喜气，年味儿已经丝毫不差地锁在院子里冻成铁砣的肉。红红的春联贴上了，大大的福字挂上了，双手"接"来的财神也供起来了。木柴在灶间的炉膛里啪啪作响，红红的火苗带着铁锅里燃起的热油，腾起了一团团难以释去的白烟。饭前点燃的三支名唤"高升"的爆竹预示一年的好运，素馅儿饺子里面裹藏虔诚的祈祷、素静、幸福与平安。

一进村子就闻到的牛粪味儿，在这儿闻不到了。四四方方的院子很干净，直通院门的水泥路的两旁栽着两行小树，西面砌成了张开的口字形状的花墙内种着整齐的菜蔬，登上靠着东墙的一级级台阶至房顶，就可以望见远处的山冈。

院儿里有一个方整的井台，汲水前要先朝压水井里面注入一些引水，佐以力气后，地下的水才会涌上来。两年前的冬天，一位老妇人在井台不幸滑倒，摔断了腰骨，最后竟又神奇地站了起来。一辈子没有离开过村庄，也从没闲下来的她刚刚编了两只花篮，托人捎来了。紧密有序的藤条外密密匝匝地缠着一层层彩线，好看极了。

刚进村子，就在巷口碰着一位农妇，听着人家亲切的招呼，自己却一时想不起是谁，便只是笑。路过别人家的门口，看着那只善良的狗并不叫，只拿一对狐疑的目光上下打量着。邻家那位从遥远的南方落户此地的女人，已经相当熟练地操起了方言，一个两岁左右的孩子不知什么原因，哭着跟在年轻母亲的身后。

中午时分，外面传来一个卖豆腐的男人长长的吆喝。隔壁屋子里响起的孩子们的笑声，成为这个冬日里最快活的一种声音。墙外整整齐齐地立在一根木头上的几只鸡，带着难以掩饰的幸福，在正午的阳光下慵懒地叫几声。远处，想象中的鹅，也摇头摆尾装腔作势地瞎起哄。

2

冬天，土地休息了，整个村庄便清闲起来。春耕，夏种，秋收，冬藏，井井有条的安排里，冬天就是守在家里的日子。我很容易就能够从宽敞的灶间寻找到所有与土地有关的东西。大米，麦粒，未去壳的和已去壳的花生及其油状物，黄豆，豆腐，粉条，白菜。它们事先都企图在我的眼前躲藏，纷纷藏在缸里，桶里，袋子里，盆子里，却还是被我一眼辨识。

村庄是一个宝藏，一个沉默的、神奇的宝藏。五谷丰登，丰衣足食，所有的生活都跳不出土地的恩典，村庄就是土地最亲近、最忠实的仆从。村庄与土地紧紧依傍，成为与之密切相关、不可分割的整体。每一座村庄的名字也都善于就地取材，选择当地的某个人物、史志，或者附近的地貌。村庄的距离大都以目测为标准，一座村庄出现，从不是孤立的。因为，邻近的村子相距只是几里。站在没有遮拦的土地上眺望，那一条条蜿蜒的路线将你引至人烟簇拥的村落。

走进村庄，我并没有关于它的记忆。路过这座村庄便径直走了进来。面对眼前的事实，围绕村庄展开的抒情，由于陌生而兴味盎然。每个人眼中的村庄都不一样，那些印在旁人头脑中的村庄以及那些与村庄有关的记忆呢。听人说，这儿的确没有发生多少变化，与儿时相差无几。颠簸的道路，承载着一样的坎坷与泥泞，村西头的那个坐北朝南、低矮的土地庙看上去更加矮小、破旧。地里围聚起愈来愈醒目的坟冢。倒是那些从村庄结伴走出去的人们，日新月异地变化着。

村庄是保守的，它习惯以自己的方式流露不变的思绪。村庄的思绪是绵长的，剔除所有的繁琐与形容。即使岁月流转，亘古不变地保持着原貌的村庄依然如故。如故的村庄看起来好像一条静止的河流。其实，村庄的静止是一种停顿，一种意味深长的思考的间歇。让它也开口说话吧，从遥远的起源说起，那得追溯多少年。当明晰了眼前的一切，当精神从此成为永恒，眼前的村庄多像一首传唱已久的古典而抒情的民歌。

我是这个寒冷的冬天里从村庄走过的路人，以为凭借热情就能够揭开村庄的秘密。然而，这座村庄在或阴或晴的冬日，究竟会发生些什么，我真的无从知晓。我只知道，村庄曾经作为一个遥远的词孤立地存在。如今，因为接近而亲切。

3

时间在村庄里丢失了原来的意义。太阳依旧表一样挂在空中。如今，不再忙碌劳作的人们甚至也懒得抬头看天。没有了时间操纵的日子过得从容。天气晴好的时候，向阳的屋山头常常聚着黑压压的一群人，一同触及眼前的温煦，无遮无拦的阳光趁机从人们脸上寻找从前的痕迹。

村庄里的每座房屋的四周都栽满了树。但是我看见去年还站在屋后的那两株高高的白杨不见了，门口的几株也伐了，地上留下了几个粗大的树根。伐树是有原因的,有几株树根竟然抵着了邻近的院墙,使得坚硬的水泥地面残破不稳。明年春天又打算在稍稍远些的地方种下新的树苗。

欢叫着的鸟儿从村庄上空飞过,轻盈得像片叶子,飘飘荡荡地落在枝头。村庄里时时响起的犬吠,听起来有些热闹,它们丝毫不受老牛的干扰。午后的鸡鸣,原本是从容的,悠闲的,此刻却像在举行歌唱比赛,此起彼伏,兴趣盎然。空气里的温度随着太阳的西斜渐渐冷却下来,硬朗的枝杈在亮亮的天际间依然亮出清瘦的骨骼。前院人家的老屋屋后抵着的那几根石柱,似乎非常留意远处传来的拖拉机的声音。

冬天的白昼短得来不及让人把手焐热,夜晚说来就来了。天空渐渐黯淡下来,夜色便开始一点点地覆盖所有的房屋、农舍、牛棚与树木。当夜晚包围了整座村庄,黑暗一层层袭来的时候,连那一双双最明亮的眼睛也深陷其中,什么也看不见。灯,就在此时,很不经意地点亮了夜。所有的生活都集中在了白天。偶尔传来的人们的交谈,没有了白天的透彻与敞亮。那位夜晚临时造访的村民,送来事先预定的东西,匆匆说了几句之后消失在门外的黑暗中。

村庄里的夜晚格外沉静。从白天到夜晚,时间始终不肯说话。夜晚把一切严严实实地藏起来。所有的黑暗都是一种过渡,夜晚充当着其中最恰当的衔接。那个长长的、从没有被简化的过程,永远也不可以被省略。没有谁否认睡眠的价值,它就处在深沉的夜里,那儿是梦升起的地方。在这里,被突出的夜晚进行得漫长而隆重。因此,当睡得格外安详的村庄醒来的时候,总是得事先被狗吠与鸡啼一次次地轻轻唤起。

4

东西走向的小路像一条悠长的、土黄色的绸带,从脚下朝着远方慢慢地扬开。环抱着村庄的土地不声不响。那些曾经附着在上面的生命渐渐平息，隆重的回报已在不久前举行的另一场仪式中显现。而今，它们仍将心中无从化解的爱，努力地在土地上继续抒写。

那个由简单的碎石垒就的宽敞的场院，因为是从土地分离出来的一部分，依旧亲近着，以自然的原貌与身边的土地耳鬓厮磨。如今，在这个空寂的场院，一位勤劳的农妇正在自家的麦垛前，一捧捧地往身后的车里装着草料。

路过一座石板桥，耳边似乎传来潺潺的流水。闻声驻足，发现石桥的另一侧正活泼泼流出会唱歌的水。南面的鱼塘，成群的鱼儿全都躲在了密实的冰层底下甩着尾巴，守塘人孤独的窝棚落着一把锁。田野看上去是浅颜色的。一个人静静地坐在田地里，眺望远处的山冈，在所有安详的、正在沉睡着的事物面前，远处的墨绿和眼前依旧青青的麦苗成了最生动的点缀。一个个立在田埂四角的不起眼的石块，被赋予了石块以外的意义。

没有碰到任何阻拦的风从眼前呼啸而过。从喉咙里释放出来的声音一路畅通，又在风的示意下学会了自由地飞。周围没有一个人影儿，灰色的芦苇的影子，依旧整齐地站在原来的地方，哪怕在风中也没有失去自己的方向。一只喜鹊张开翅膀，喃喃自语，从眼前飞快地滑过。从不远处传来老牛的哼唱，它似乎非常不满浮躁的犬吠，尝试着用深沉的哞叫将其盖过。

与一场大风相遇

我到村外去是想看看地里的玉米。这个念头从一踏上乡村公路，就被车窗两旁迅速蔓延开来的绿揪扯。只是，当我深一脚浅一脚重叠着小路上不明原因的痕迹，并没有与想象中任何一头温驯的牛相遇。

站在那片茂密的庄稼地里，我禁不住伸出手一遍遍抚摸饱满而结实的玉米。类似这样一种毫不声张的探望，会惊扰谁？我遇到了风。我看见风从茂密的玉米地急急地闪出来。那个身影显得异常轻巧。我一下子就闻着了风的身上沾满了玉米味儿，青青的，还有点儿甜。

被我忽略的风就这么一下子冒了出来。我这才发现它不仅仅是在玉米地里窜来窜去。我看见风从瘦瘦的高粱身上吹过，从豆子、辣椒的耳畔吹过，也从花生和红薯的头顶上吹过。那些吹过去的风并不走远，而是放慢脚步等着后面的陆续赶来，然后成群结队一起走。对于突然出现在眼前的这场风，起先，我只是看。渐渐地，像能分辨出地里的农作物一样，我开始平静地注视空中那个飞来飞去的影子。我望见披上了绿色斗篷的风，得意地躲在高高的杨树梢窃窃地笑，眉飞色舞。等到毫不掩饰的笑声变成有恃无恐的喊叫，远远近近都能听得到。我低下头，瞅着地面上朝某个固定的方向不断摇摆着的草叶，断定这风应该是从磨山那边吹过来的。磨山在东南方，圆圆的一个小山冈，看着不远，可我试着走过两次都没能走到。

我的确没有发觉在自己面前转来转去的风究竟要干什么。这场路过的风好像并没有目的，就这么高高低低、跌跌撞撞地跑来跑去。我的脸上有了一些无法掩饰的痕迹，就像眼前愈来愈重的凉意云层一样肆无忌惮地压下来，自己不知不觉中已经被对方团团包围。在田野上飘荡着的风，透明而泼辣，似乎周围全都是敞亮的豁达的通道，没有墙，除了我。尽管彼此谁也说不清，究竟是风挡住了我，还是我挡住了风的去向。

从磨山以南吹过来的这场大风，着实有些欺生，它似乎很轻易就辨明我的来历：既不属于身边的田野，也不属于附近的村子。的确，眼下这个汹涌的海浪一样翻滚着的季节，对我来说完全是陌生的。远处不停喊叫的杨树，以及望也望不到头的庄稼地，就像一口井。我发觉那是一口绿色的深不可测的井。我生怕自己一不小心就会哧溜一下陷进去，从此被严严实实地吞没。我穿着水磨蓝牛仔裤，穿着胸前镶着蝴蝶的白 T 恤，脚下是一双橘红色的凉鞋。这些鲜亮的、与周围极不协调的颜色，加剧了我的莫名其妙的慌张。

大风从头顶上刮过。石头一样坚硬的风，生冷而疯狂。那对谁也看不出颜色与体态的硕大的翅膀，呼呼地扇动着。风紧的当儿，还会听见临行时拴在腰间的那串响铃，非常急促地响起。如果，风不是飞得太高，我毫不怀疑它会将我掳掠而去。如果不是因为跑了那么远的路，我也相信它会轻易地将我连掀几个跟头。一个人站在村外，就显得形单影只。其实，这个时候自己连影子也没了。我傻呵呵的，像一个没见过多少世面的人，默默地看着这场大风。看着看着，心里头就有些慌。我想跑，真的想跑，可又怕自己一跑起来，心事也跑出来了。所以，只是想，只是轻挪脚步，故作镇定。因此，我的表情平淡，平淡的表情表现得不像心里那样慌张。甚至，对吹到脸上的头发，也不加理会。黑色的长发原本是属于我的旗帜，可是，风一来就那么轻易地将我背叛。

面对与我抵触的这场大风，尽管竭力克制心里的恐慌，急欲摆脱和逃离的念头始终伴随着自己。我极想蹲下身，然后找个地方藏起来，或者干脆让自己看起来更像地里的任何一类作物。可那个忐忑不安的人依旧孤零零地站着，孤零零地站在空无一人的旷野提心吊胆，唯恐稍不留神就会被风席卷而去。实际上，来势凶猛的风或许并不认真看我。它像选择一条便宜的道儿，从我的眼皮底下穿过，而根本不会把我抓住。在它的眼中，我大概还抵不上那株不声不响的高粱。

浅灰色的天空极不情愿地被风挤对，一点点地沉下去，像落入西边的那个早已看不见了的太阳。原以为旷野空无一人，我转身之际突然发现，不远处站着的两个农妇。一个着白衣，一个着红衣，两人相距不太远，各自站在自家的庄稼地里，先前扯起来的零碎的寒暄，早已夹杂在风的喘息中飘远。此时，白衣农妇的背影在高大茂密的庄稼遮掩下时隐时现，那个红衣农妇正用铁锨铲地，每铲一次，就翻过来用锨背一遍遍敲打。

离村子近了的时候，我发觉风小了。风试探着，脚步显得有些杂乱，纷纷从高处往低处聚集起来。那些从树梢上刮过的风丝毫奈何不得房顶沉稳的瓦，几番努力未果，撕扯着，挑拨着，把傍晚的炊烟激荡得心潮起伏。看起来相对安静的风，悄悄蹩在墙角，单等人出门的时候伺机跟上。不过，这时候的风依然可以轻易地把狗的叫声压住。白白的干草垛不语，牛是噤了声的，我趁机低头系一度松开了的鞋襻。

到了村子里，有所收敛的风依然在头顶响起，而我一点儿也不怕了。院子里有人声，院门口停着汽车，到处都是晃来晃去的身影。我终于回到了自己以为安全的地方。村子里暖暖的。一只公鸡看上去远比我沉静，步履稳健地赶着回巢，偏偏一转身望见了一只母鸡，想也没想，呼扇着翅膀紧走几步追了上去。另一只母鸡则忧心忡忡地嘟哝着，阴着脸从我的眼前匆匆走过。人家门前拴牢了的那头温和的老黄牛很安详，一头可爱的牛犊在一旁活泼地拱来拱去。

第二天，风走了。我来到昨天站立的那个地方。看见一对勤劳的夫妇正忙着拾掇被风吹得意志不坚定的庄稼。一位刚从地里返回的年轻农妇右手提着篮子，左手握着几棵新鲜的葱，轻快地走在这个清新的早晨。

立秋后的这场大风，以奇袭的姿态突然造访，显示了一番出其不意的样子。风是过客，就像我是这座村庄的过客一样。不过，一场大风的杰作悄然刻在了我的心里。留在心里的风的影子，清晰地记述曾经怎样浩浩荡荡地通过。很久以后，我是不是依然还能想起这场风？

剩下的事情

　　肯定有一些事情已经发生了，譬如从眼前消失了的地里的玉米。整片整片的绿褪了，站着的倒了，直到面前空荡荡的没了阻挡，像现在这样。

　　我不知道从村子到村外究竟有几条路，还是习惯走从前那条狭窄的土路。装满了车辙和脚印的土路很快吞没了自己的路线。确切地说是尘土，适时掩盖或制造新的痕迹。拾起与乡村关系密切的农历，这一天距离寒露还有三天。我的出现与节气没有关系，地里的庄稼则与此息息相关。以为能够看到上回的景象，尽管深魆魆的绿色令人生畏，但那是多么茁壮的生长。而今到处好像都被打扫过了。收获真的是一个干净利落的动作。

　　还有一些正在发生或没来得及发生的事情。我最先嗅到并无法抵挡的是花生的气息，萦萦绕绕，仿佛一层透明的纱布将整座村庄笼罩，新鲜、纯净而甘甜，带着翻腾起来的潮湿的泥土味儿。这个季节，纯朴的花生除了将自己的村庄占据，又以飘荡着的印象潜入一个外乡人的记忆。当我乘坐乡村公交车，漫进车窗的就是被太阳晒过的暖洋洋的芳香。走在村里，身旁驶过一辆满载而归的拖拉机，一不留神抖落下一棵缀满果实的秧子。拥挤的村路两旁，场院上忙碌的农人周围，聚集着的便是挥之不去的气息。一种情绪，一种因摆脱了长长的寂寞而兴奋起来的情绪无须隐藏，继而理直气壮地给乡村制造了一个节日。宛如出生印记般最初的气息，让人亲近。

　　一株立在路边的芦苇与众不同。一粒种子意外地落在了路边，未加思量地长了起来。扎根算不得难事，这儿的土质好，成片成片的庄稼不时更替。而它是一株芦苇，一株长在路边不被注意的芦苇。自由让沉默变成最大的理由。独立是一种最佳的站立姿势，可以轻易地与周围事物区别。我不由得蹲下身，发现这样的姿势恰好可以让自己的视线沿着生长的方向。就是沿着这样的生长，眼前的芦苇一点点立了起来。我看见了一株芦苇的骨骼，纤细且柔韧，像一个人的身体。一株立在路边的芦苇清晰地将自己的身形展现。我知道，即使不蹲下身，它还是如此展现。

通常，视野被束之高阁，而那是一只充满幻想的鸟儿，当四周突然间被打通，局限消失，便开始了风一样的穿梭。颜色首先飘在了眼前。率先流动起来的是路边沟畔的芦苇，不是一株，而是成片聚集起来的。一个簇拥着的阵容，挤挤挨挨的，不约而同地发出绿色的或灰色的声音。这些轻盈的颜色滑向最近的稻田。那是一片方整、得体，甚至连呼吸都保持一致的稻田，齐刷刷矮下身的稻子被太阳染成金黄。这些沉淀下来的色泽如同低垂的谷穗，走向丰收的通衢。必须走近了才能看清楚一朵棉花，发现花儿一样的心事。我掠过一旁结实紧致、跃动的棉桃，望着绽放的棉花，突然语塞。谁知道接下来还有怎样的奇妙朝外奔涌？棉，棉质的，早已不单单属于布。因为接近地里的棉花而变得温暖、纯净而贴己。事实上，白色也是一种颜色。

稻子无疑是此间最引人注目的了。惹眼的稻子齐刷刷地留在地里，夹杂着的绿渐渐隐退，剩下的便是一片片灼人的金黄。如果是站在远处或仅仅俯身，便不会有所发现，必须换一个角度。我看见了锋利的叶子。锋芒如利箭，直直刺向眼睛。我走近了，蹲下身。我是矮下身才发现了它的方向和硬。一枚枚狭长的锋利的叶子，以一致的方向，坚定地往上耸起，投向头顶的天空。在刀枪剑戟的掩映和抵挡下，那些沉重的谷粒含蓄地低垂。其实，无论暴露还是包裹都是吐露，向上、向下，呈现的是不同的方向和姿态。

周围没有人，站在附近的他一下子显了出来。他隐在围绕菜地的那一簇秫秸后面，弯着腰，手里握着一把镰。看上去活儿似乎不需要太费力气，他的动作缓慢。手里的镰刀有些不听使唤了。偶尔抬起的脸被阳光和泥土打磨后，渐渐模糊，一件大体辨出颜色的上衣敞开着，花白的头发像蓬乱的草。我们之间隔着一整片稻子，它们的锋芒正抵着我的腿。自己觉得应该让这些精神抖擞的秫秸立在地里，立得更久些。我往前走了几步，但一匝秫秸还是挡住了视线。我问他为什么要把它们砍下来，怪可惜的。他看来对一旁的问话并不介意。原以为会是甜的，可是不甜，就不能给孩子吃了。他一边说话一边挥动手臂。他好像一下子对不甜的秫秸消失了最初的好感，就像一个满怀希望的人突然间失望了。这时，对面突然出现了一名中年男人。他的背微弓，双手缩在腰间。那人则站得直，脸上挂着笑，纯朴，甚至羞涩，露出烟熏过的牙齿。两人聊了几句后，来人推着自行车走了。他转身继续砍站着的秫秸，一下一下地，仿佛强调从没动摇的念头。

一个走过来的同村妇女大声问他。她很感兴趣地问我是不是对方的亲戚。女人看来很爱说话。她一阵风似的从眼前打了个旋儿，马上转向远处。那边蹲着几个农妇。离得还远，就喊开了，豆子一样的声音落在土里趁机翻了个跟头，挟着股土腥味儿蹿到前面去了。女人穿着棉布衣裤，八字脚踩在松软的地里。她必须穿越刚犁过的田地走到另一头。一遍遍地，那双穿着布鞋的脚陷了进去，又很快拔出来。地里留下一个晃动着的背影。

我站在黄土路上，准备沿来时的路走回去。路边铺满了蓬勃的草，紫红色的喇叭花挂在简陋的篱笆上。远远望去，村庄露出温和的屋角。我看见一个开手扶拖拉机的人从田里驶过，身影被高高摞起来的长长的藤蔓遮掩。人消失了，剩下拖拉机嗒嗒嗒不懈地敲击浇灌着花生味道的空气。一台抽水机不安地停在沟边，制造着更大的声响。成年累月踞在场院上的麦秸垛，堡垒一样，永远保持固有的形状，生怕一改变便会不认得了。阳光是漫过了树的头顶才渐渐落下来的。在田野上，树，只能算是点缀，它们直立，缄默，远远地守候。

我无意中捡到一只芦苇。俯身拾起来的时候希望它不是落在地上，而是长在路边。手里的芦苇依然有新鲜的梗，浅灰色的缨子，毛茸茸的。握着意外的收获走到村口，同样意外地碰到踞在邻居家门口的一条狗。一开始我想躲开，离远些。最终，一条喜欢拿眼睛揣度对方的狗被我极小心地绕了过去。等到走过去才发现，其实它并没有想象的那么凶。如果不走近，它甚至连叫声都忘记了。

蜘蛛之吻

发现蜜蜂的是一个孩子。一只蜜蜂，我听见他大声说。这个发现让他有些兴奋，一只飞进阳台的蜜蜂也飞进了孩子的眼睛里。那只蜜蜂嗡嗡嗡叫着，并没理会旁边冒出来的另一种声音。挨着绿色的窗帘，我看见四月的杨树，阴天似乎没能压住那层惹眼的新绿。地上铺着夜里落下的雨，空气中荡起的轻尘，早已不知去向。至于出现在早晨的一只蜜蜂，我不知道它从哪儿来，朝哪儿去。我敢相信，闯入阳台这个举动显然没经过深思熟虑。但愿过一会儿，它能像无意中找着来时的路一样，再从那个敞开的窗口飞走。

我的身边并没有出现一只蜜蜂。我看见的是一只苍蝇。那个黑乎乎的家伙正朝着阳台上的玻璃乱撞。它一定不明白外面的光线为何一点儿也不介意玻璃，而自己却一次次受阻。其实，出路近在咫尺，它只要稍稍朝下，然后转个身，就会重获自由。但这只苍蝇把全部精力用在一次次与玻璃的持续对抗。我能听见上方传来的扑扑扑的碰壁声和焦躁不安的声响。一只苍蝇令孩子与蜜蜂发生混淆，是其庞大的形体以及不绝于耳的相似的声音。

接下来会发生什么？我甚至连想也没想。我无法制止一只苍蝇的焦躁，没准儿它最终能逃出去，现在的耽搁算是误闯的代价吧。不管是一只蜜蜂还是苍蝇都无法左右我的生活，已经转身的我打算回到自己的餐桌旁。如果不是因为发生了意外。

发生意外的是那只苍蝇。看，苍蝇被蛛网粘住了。再次转身，我看见了那只悬挂在蛛网下面的苍蝇。大得像蜜蜂的苍蝇正急速旋转，眼前舞动起一团黑影，夹杂其间的嗡嗡的声音令蛛网摇晃不已。只一瞬，情况便发生了改变，那只四处寻找出路的苍蝇仓皇间落入一个更加明确的包围。它恼恨极了，试图转动硕大的身躯摆脱困境。

　　蜘蛛静静地守在一角。之前，我没看见这只蜘蛛，它安静得令人忽略。事发地点就在我的头顶上方，那是一个盘踞在阳台东南角的稀疏的蛛网，借助三面墙壁搭起了的领地。此时，我没有介意一只蜘蛛的入驻，它的到来不会是因为一场风，那扇敞开的窗户为它的通行提供了便利。春天，阳台上的窗户经常被我打开。于是，除了一些长翅膀的家伙趁机飞进来，还会有长脚伶仃的蜘蛛，它也顺着这个通道爬了上来。较之前者的自由、散漫，蜘蛛踏实、稳妥，那个悬挂在墙角的蛛网既是劳动展示也是栖息的巢。

　　我竟然一直没有清除挂在阳台墙角的蛛网。聪明的蜘蛛选择了高处，那个角落安全地逃离了我的视线。大扫除的时候，挑落聚在屋顶的黑乎乎的蛛网，发现四处飞扬的灰尘好像一起找着了据点。蛛网的全部作用只是为了承接沸沸扬扬的尘埃。它们的主人呢？此刻，头顶上方的这张蛛网完全吸引了我。一张白色的、有着丝丝缕缕牵扯的网悬在那儿。其实，吸引我的是那只蜘蛛，还有底部下坠的入侵者。确切地说，是这名入侵者无意间中了埋伏，成了俘虏。我仰头盯着突然出现的场面，意识到被自己瞥见的分明是自然界。我的小小的阳台呈现自然的一角。一只苍蝇碰到了蜘蛛。宿命准确地降至一只苍蝇的头上。此刻，自己目睹的是一场由来已久的较量，古老正沿着固定的路线在这张无声的蛛网延续。

　　苍蝇被粘上了一只翅膀。这是一个体形庞大的家伙，甚至会被人错以为是蜜蜂。而今，一只向来喜欢摆动脚爪，非常介意味觉器官沾上食物而妨碍飞行的苍蝇，突然摒弃了习惯动作，转而对自己的一只翅膀产生极度不满。它忘记了是如何闯进来的。如果时间可以回到数秒前，它肯定不会草率抉择。那些连复眼都没见着的丝线，粘上了一只翅膀，令善于飞翔的苍蝇陷入困境。此刻，它的头朝下，身体倒悬，正以令人眼花缭乱的速度旋转，意欲挣脱。这只苍蝇遭遇了有生以来最大的麻烦。它焦躁不安，那些从天而降的丝线令它愈来愈疯狂，一刻也不肯停歇。这只庞大的苍蝇不知疲倦地旋转，任由一双翅翼带着自身重量以及哼鸣，不肯轻易地束手就擒。如此剧烈的运动致使整张网发出同样的震颤与声响。

蜘蛛出乎意料的小。体表颜色极浅，几乎难以区分它的头胸、腹部以及触须，除了四对夸张的长脚。小蜘蛛很警惕，踞在蛛网最上方的一角，时刻注意俘获者的反应。有时，它会沿自己编织的道路试探着前行，但对方剧烈的动作令其马上滑动伶俐的长脚返回原处。大多数时候，它的头朝下，密切观望下面的动向，一有机会便试图走近。感觉不妥忽而折身后，仍会在半路稍事停顿，频频回首。任何站在此处的人，都能看见蜘蛛压抑不住的喜悦。蛛网下悬挂着的苍蝇制造的震动超过了它的预想，连一旁的我都唯恐这只疯狂的苍蝇会彻底破坏精心编织的蛛网，而令弱小的蜘蛛无着。处在剧烈摇摆中的蛛网并没有断裂。无触角、无翅、视力远远低于苍蝇的蜘蛛，依赖的就是这样一张与身体息息相通的网。一张看似机巧、浑然天成的网，与蜘蛛而言全然是无心，只是本能。一张静止的网与守候着的蜘蛛，以静制动，需要的是对时间的耐心以及捕获带来的自给自足。

阴天，窗外低低划过的黑色的燕子一定感觉到了翅膀的分量，一闪而逝的黑色令人眼前一亮。阳台上的蜘蛛选择的地方很安全，一点儿也感受不到外面的潮湿。这天早晨，蜘蛛很忙碌，无暇顾及窗外以及仰望着的视线。我始终仰着头，继而站在了椅子上逼近一场生死较量。此刻，目睹这样一场自然的争斗，我知道自己只能是观望者，没有理由站在任何一旁。视线的介入丝毫没有影响事态的进程。我看着蜘蛛一会儿试探着爬下来，一会儿迅速爬上去，全神贯注地盯着那个不断挣扎的被俘者。周围的确存在着许多未知的危险，譬如蛛网之于苍蝇。

显而易见，蛛网也遭到了破坏。那张呈现奇妙构造的网的底部出现了部分缺失。相比轻薄的、弱小的蛛网，那只苍蝇太沉重。起先还担忧摇摇欲坠的蛛网脱落，倾向于小蜘蛛的无着，转而同情困入网中的不幸的苍蝇。一直不断挣扎的苍蝇正在一点点旋转上升。于是，那些看似费力扯开的丝网变成了缠在身上的愈来愈紧的绞索。如果当初它不做如此疯狂的举动，情况或许会好些。这只庞大的苍蝇再也无法挣脱，不知不觉间，它离上面的蜘蛛越来越近。哪里听得见蜘蛛的呼吸？危险的脚步素来无声无息。

　　一只拼命挣扎的苍蝇终究还是累了，它的舞动出现了罕见的停歇。稍后，再次将方才刚刚攒起来的力气耗尽。踞在蛛网上方的小蜘蛛不厌其烦地一次次走下来，此时的它已经不再急于转身，而是站在不远处的某根丝线上打量起自己的猎物。它看起来很满意自己的收获。苍蝇依旧顽强抗拒着蜘蛛。只要对方试图靠近，苍蝇便开始剧烈晃动，于是那只小蜘蛛便滑动伶俐的腿脚走开。只是，现在的苍蝇已经不单单是其中的一只翅膀被缚，还有两只脚。于是，从底下攀到了上方的苍蝇只能倒悬，再没机会抬头。双方的僵持终于产生了一个结果。当小蜘蛛再次靠近的时候，苍蝇竟然没有拒绝，安静得似乎忘记了该如何晃动。小蜘蛛靠得太近了，以至于整个身体就贴在了苍蝇的背后。多么不起眼的一个小白点儿啊。看着靠在苍蝇背后的蜘蛛，我对体态悬殊的二者有了最直观的比较。

　　伏在苍蝇身后的蜘蛛，静静地张开了自己的嘴。偶尔，那只苍蝇也在动，但是此时的它似乎忘记了曾经发生的一切。眼前好像全部静止了。时间呢，只有站在椅子上凑近了才看得到，布满灰尘的台面，落着一些僵硬的、风干了的壳儿。这儿除了风偶尔光顾，少有人发现。

声　音

1

那是一扇漆过奶黄色的门。曾经散发出来的黏稠的、真实的气息像飘荡在春天的青草味儿。如今，陆续沉淀下来的颜色伴随那些较大的、颗粒感的突起在眼前浮现。就像多年前的那件准备拆洗的毛衣，不声不响地旧了。门后没有插销，原先的位置留下的是一块有些醒目的疤痕。窗户一直关着，那扇没有任何束缚的门与门框闪出了一段空白。

吱吱嗒嗒嗒嗒。耳旁一直断断续续地响着，好像有一只手用力地扯过。那由于力量的持续而来的奇怪的声音，在极不情愿地被揪紧后，便会示威性地来一下重拍。声音进行得规律，执拗，听来像一段无伴奏的模唱。间或，稍作停顿，让人以为就这般止了，不消片刻又重新扭动起来，唯恐旁人忘了它的存在似的。

身下那把红色的钢架结构的椅子，原本保持沉默，渐渐地也开始对所承载的重量做出有意识的抗拒。只有面前狭长的标着黑色字母的白色的键盘，在手指的每次敲击中发出会意的回应。中间那只抽屉塞了几本厚重的书，推拉之际有些费劲，就像老式风箱，呼哧呼哧喘着气。

2

挂在树梢上的那枚叶子轻轻跳了起来，好像有谁不小心碰了它一下子似的，只是那个过于细微的动作除了叶子本身，也只有空气才能感受到。

窗外的那两只鸟儿也被惊动了吗？它们几乎是在同一时刻离开了那根纤细的树枝。深色的伶俐的一双身影眨眼就不见了，剩下的是一根余音袅袅的颤抖着的弦，触动琴弦的手指，倏忽间已经远离。

阳光把每一声叹息都化成柔韧的光线，不时抖落在沿自由路线行走着的事物身上。聚到一起的风开始敲击透明的玻璃窗，当它从远处跑过就一直想挤进来，可事实并非像它想的那样简单。

路边寻常的杨树和柳树，肯定事先商量好了，一个个带着得意的浅笑，舒展着身子，还偷偷地往怀里藏着什么。白色的杏花赶在春天到来的某一天齐刷刷地绽放，那缕香让蜜蜂远远闻到了。空中出现的那个忙碌的身影被一个孩子看见，就举起了小手儿，跟跟跄跄地跟着朝前跑。

3

我不声不响地站在路边。我正竭力保持自己不出声，像一棵从不开口说话的树。其实，即使有声音，也如一枚轻盈的石子，来不及发出就被迅速淹没。然而，我的确不是一棵树，我更像一枚石子，只是敏感让耳边不时响起巨大的声浪。所以，不得不停下来，依靠在一棵真正的树的身旁。

眼前晃动着无数穿梭不止的身影，那些总是匆匆忙忙的人，以及永远奔走着的车辆。每张嘴都像鱼一样开合，努力地发出声，谁也挡不住。防滑的带着人工花纹的橡胶轮胎一丝不苟地关注着与地面的摩擦。好不容易才抑制住的刹车声像极了安静的人堆里乍响的那声放肆的喷嚏。当排着长队的喇叭次第从卷起的尾烟中徐徐升起，我才设法从怎么也找不着头绪的线团里冲了出去。

街上响起的各种各样的声音像一块糖，胶着，黏稠，严严实实地裹在了一起。

叫卖声，吆喝声，讨价还价声，还有装在扩音机里面现成的、不知疲倦的声音反复响起。

"卖——豆腐卤的，来了，香——豆腐卤，臭——豆腐卤……"

吱吱作响的电焊切割声伴随点点火花，无畏地漫过高高低低的纷扰，径直冲到了最前面。

我轻轻地咳了一声，试探着说了一句话。声音竟然如此陌生，连自己也并不能肯定。等我再一次倾听，那个瞬间连同闪烁着的疑惑，转眼消失。

一个表情平淡的女人旁若无人，一边走一边敲打手中的一面鼓。随着行走的间歇，鼓点单调、质朴，像挂在脸上的表情。

迎面走来的背着箱子擦皮鞋的人，目光总是先低头盯住脚下的鞋子，然后仰起头："擦皮鞋？"

4

高跟鞋在楼道里响起，远比吸引声控灯的击掌来得干脆。停在门前窸窸窣窣的布料的摩擦，像咀嚼桑叶的蚕。

当油在煎锅吱吱作响，室外的门铃不再引人注意。那个由纤细的电线导引的声音在空气中蔓延，有点儿像没拧紧的水龙头。两扇同向比邻的门，时常会对某种轻微的声音狐疑，于是，隔墙问答不算多余。仅就倾听而言，还是手指的叩击更真切。

桌子上那只细致的、边沿结着蓝花的瓷碗一不小心落到了地上，伴着一声极度惋惜的感叹，骤然碎了的残片应声炸裂。只是方才还聚拢到一处的声音，怎么才一会儿就捡不起来了。

一架轻盈的纸飞机在狭窄的空间起落，它的悄无声息的起飞与坠落都与一个孩子的兴致有关。偶尔响起的鞭炮除了唤起窗外的欢呼，也让楼下久卧着的深蓝的车发出警惕的、异常尖锐的抗议。

夜晚的交谈是近距离的，在与外界稍有间隔的区域进行。可以听见笔在纸上沙沙走动，不远处传来的那个女人的笑声，乍听真有点儿像扑棱棱的灰鸽子，流露掩饰不住的快乐与得意。

5

就像世上再也找不出完全相同的两副面孔，谁也找不着一模一样的声音。

听觉似乎天生就对声音拥有超乎寻常的记忆。虽然眼睛永远也看不见，却可以在目光的注视中一点点明晰声音的走向。不论坚硬还是柔软，声音具有的灵敏度总是随不同物体变换。

抽泣。呜咽。撞击。应和。拒绝。呻吟。喷射。呼喊。欢笑。挣扎。喊叫。开关。心跳。呼吸。鼾声。亲吻。所有的声音都像电影院遵守的对号入座。手轻轻地翻动纸页，铅笔的刷刷声有如窃窃私语。铜钱坠地，簇新的纸币嘎嘎作响，哪怕是一枚镍币，也会掷地有声。

音乐是丰富的源泉。婉转悠扬的歌声，万般变化的乐器，都在耳畔随风儿的方向尽情延伸，所有生动的、快乐的、庸常的、悲泣的，甚至远方死亡的气息，全都布满了难以想象的兴奋与活跃。

当堆积起来的声音迅速剥离，而后在扩散中一点点滤清，那些运动着的、奔跑着的、澎湃的、抑制的、悲哀的、停滞的、连续的、断裂的，曾经一度混合，最终渐渐还原本来面目。

耳朵像蚯蚓虔诚地匍匐在地面，倾听所有的声音雨点一样落下。碎了，散了，又聚来，或大或小，或长或短，无休止地重复着，交织着。

我只是尽可能搜集起了各种各样的声音，模拟书面意义上的声势。站在这样一片具体的、抽象的、熟悉抑或陌生的场景中，自己暂时充当眼下这个混乱现场的沉默的清理者。

6

声音无所不在。无须回头，也不用张望，周围就是声势浩大的制造场。

每个喉咙都欲彰示各自的存在，声音就像太阳底下那团最忠实的影子。听觉的确不可忽视，因为它的存在以及健全，才使得声音成为可能。

所有的声音都无法用眼睛看到。在眼前飘来飘去的声音不可捉摸，你不能像捕捉一只昆虫那般轻易，只能听着渐行渐远的它从你的面前气味一样消失。从门缝里塞进去的那段声音，多像一截散发着清香的松木，翕动鼻翼就可以辨识流淌的真实的气息。

谁都想象不到，无法咀嚼的声音也能发出类似咀嚼发出的声响。但它绝不是一块糖，也不是庄稼，它更像一只陶罐、一只玻璃杯，连坠落都显得那么生动。只有当声音安静了，栖息在安静的文字里，才可以一次次抚摸，抚摸羽毛一样飘落的声音。

被封堵了的压抑着的喉咙，拳头样的声音砸在桌面上，那双一直试图抓住声音的手只是将鞭子一次次扬起，直到空中才发出噼噼啪啪的声响。

当声音一次次感染周围的事物，偶尔的停顿使寂静意外地充当与众不同的另一种声音。

声音的确是一种存在，一种瞬间即会消失的存在。它随意自如的伸缩使距离的远近制约了自身的行进速度。声音的短暂与持续在于戛然而止和生生不息。

有时候，我试图使自己在某一刻停滞，像不小心落在纸页的醒目的墨迹，像固定在哪段文章里的不可缺少的标点，以便清醒地、从容地回顾遇到的形形色色的声音。

　　此时，我的确无法恰当地形容某种具体的声音，我只能单纯地说出某一点。是的，我只能像竭力描绘记忆中的某个人似的，描绘出它的模样。

　　至于时间究竟躲没躲在钟表里，没人刨根问底。只是始终像雨滴一样唱奏着的声音，已经被愈来愈多的人回避或者否定。因为无论怎么听，那的确算不上世界上最美妙的声音。

第三辑 ｜ 近距离

近距离

　　这样的距离足可以观望，我说的是从行驶着的班车至身边的那条河。一天两次的频率积累起来是庞大的。我从来没有计算。庞大是一种力量，一种不容置疑的权威，可以蔑视一切，推倒一切。我坐在行驶的车上看身边的河。身边的河会不会看我？双方的距离是绿色的隔离带，曲折的小径以及河畔的柳树。眼下的道路紧紧围绕大河展开，生怕迷了路似的，一路尾随。

　　我始终与身边的河，保持这样的距离。匆匆过客坐在车窗边，看河水流动。清晨，常有渔船飘浮在河面上，铁皮船立一两个人影儿。沿河的垂钓者散落而坐，样子安闲。有一回，下着雨，所有的车辆都横在了路上，像抛到岸上的鱼。水里的鱼机警地在深处游动。偶尔，我会惦念那些不曾谋面的家伙，千万莫贪诱饵游到岸边，可岸上高手稳如磐石，屡有斩获。没有哪一个仅是为了锤炼耐心。一根线抛出后没入水中，河面平静，与长线到来之前并无二致。每一声叹息都被暗暗压抑，只有看不见的水下活跃依然。局面总是两重，作为分界线的水平面镇静自若地分割，注定了被俘者与猎手的对立。至于投射过去的目光无足轻重，远远比不上斑斓的光线、守信的季风和一片片流浪的浮萍。

　　一条大河当之无愧地成为一座城市的明信片。这个最柔软的地带，宽广澄澈、明亮温润，深陷其中的除了一双双眼睛，还有形形色色的鱼、游弋河面的船和心事重重的垂钓者。河里站着的不知名的树一点儿也不羡慕雄踞其上的桥，似乎心里早已明白，就一条汤汤大河而言，眼下所有的都只是装点。那些在附近出没的广告呢。绚丽的色彩，夺目的造型和咄咄逼人的文字，纵情演绎竞争者的雄心壮志。自己一下子就记住了"小户型时代"。时代一词的延展，仿佛让人看到河水在雨季的漫溢。但"时代"真的已经施展魔法，泼溅激情的浪花，令一座为水环绕着的城市容光焕发。记不得从哪一天开始，河对岸竖起了最大的装点：那些层层叠叠的楼宇像一夜间冒出的笋，除了尽力往天空伸展，也试图将自己的身影名片一样印入水中。

道路苏醒过来了。睡了整整一冬，睁开眼睛发现人间换了颜色。由灰白往绿色的过渡缺少中间色，但没有谁介意这种跳跃。生命富于跳跃的动感，间或停顿，大自然的内在节奏只有季节靠近了才发出会意的指令。花儿的出现证实颜色的确颇有来历，层层晕染的花瓣迷离众人的眼，也招惹多情种。花枝招展听从的是生命的召唤，相约绽放的密令早已深谙心间。那些高坠枝头的果儿，成熟稳重，用句号圆满作答生命的疑问。

简朴的房舍隐于果园，只露出尘世的屋角，农人候在悠长的小径旁，体味也如小径一样悠长。田园风情对面有人间烟火。那些被命名为寨、大院以及生态园的农家院落，僻静闲散。粗瓷大碗、方桌小凳成为佐餐，原汁原味的农家饮食唤起路人的向往。记忆中驻留的那个牧羊人仿佛一直在摇旗呐喊。他紧握手中的鞭子就是旗子吗？手握鞭子的牧羊人出现在夏日的傍晚，驱赶身旁簇拥着的成群结队的羊。一堵漫长的墙看起来不是阻隔，而是诞生羊群的神圣的牧场。看，羊群流水一样正从洞开的缺口涌出。牧羊人守护在它们身边，手里挥舞着柔软的旗子。那个巨大的场地由谁围拢，又是被谁无意间打开？仿若从天空打开了的缺口，宽广无垠，青草丰美。挥舞鞭子驱赶羊群的牧羊人似乎成了无所不能的天神。由天空赶下尘世的羊群，多么安宁、有秩序。所有的车辆都在耐心等待，目睹一队神奇的队伍浩浩荡荡地穿越。

那个傍晚，我看见的天空不是蓝色的星星点点，也不是安宁驯服的羊群。从一侧车窗望去，空中现出一个巨大的鸟翅，斜伸向前。自己一直都在追随这只鸟吗？一只翅膀上面落满灰色斑点的大鸟。在那个触手可及的傍晚，热烈的音乐激荡，适合飞驰的越野车，适合郊外漫长的公路，适合生动的心跳。自己的手指不知不觉寻找藏匿的节拍。远方到底有多远？多情的音乐，飞奔的车轮，还是空中出现的大鸟，可以把人带向远方？

对一座城市的观察该采取怎样的姿势。眼睛是最大的目击者。目光沿着事物的边缘还是试图从掩藏着的中间地带穿越？坐在车上的人始终没有机会停下，虚虚实实的影像被一只持续摇晃着的镜头左右。我知道每天固定路线的穿梭不是最佳方式，自己没有走在马路上，走进人群中，被迎面的陌生人打量或者打量对方。隔窗而坐的观察者的观察更像擦拭，像擦拭眼镜片一样擦拭被雾气遮挡的玻璃窗。

广场愈来愈像广场了。仿佛是哪一刻得了指令，再容不得思量，一夜间高楼林立。人走在偌大的广场像步入谷底，身子越来越矮。云住在了楼上，再也不肯往下张望。当西边又立起一座城，"万阅城"。夕阳是否还舍得将金子洒向那片洼地？"建，所未见；享，所未想；唯，所寓为"。每次路过那处拔地而起的地带，都不由得仰望。穿梭的确很生动。穿梭的生动源于动作的连贯和整齐划一。十字路口成了声带。当各种各样的声音混杂，浩浩荡荡地冲破通道，试图剥离其中任何一种都变得不再可能。多年的习惯让我更加依赖眼睛。自己不止一次地看见那个歪在轮椅上的男子，有惊无险地在紧要关头滑动。车轮般滚滚向前的时间似乎只有面对红灯才肯暂停，变得缓慢。红灯，以秩序和规范的身份出现，制造了十字路口无数次短暂的集聚。此时出现的那名妙龄女子，显然也将十字路口当成自己生活的舞台，灵巧地将手里的宣传单递进车内。

天桥徐徐升起，像一场雾似的，揉揉眼睛之后发现不是虚设。从前路旁打下的桩子不见了，变成天桥的出入口。一条崭新的道路被铺开，跃入空中。徐缓的阶梯，拾级而上的学生。方向被突破后营造了又一种可能。眼见一条路上几乎同时立起两座天桥。人们抬头看着长长的天桥，目送着在天桥上行走着的孩子。从家到学校的最后一段路是一道彩虹。电影院对于一座城市已经变得不再权威。早先坐落的位置无法改变，那个堂皇的中心地带，万众瞩目。如今，电影院更像一个被框定的名词。真正落入眼中的原因，不是悬于楼前的海报，有分量的旋转门，身着制服的年轻侍者，也不是被分隔开的功能不一的放映厅，以及上演周期变长了的影片，而是回首时黯淡而温暖的回忆。我相信自己的途经，正在一次次实现着与过往的不期而遇。很少有关于电影院的电影，除了多纳托雷的《天堂电影院》。"回到"不仅仅属于叙事结构，也是深埋在记忆中的不变的路线，每个人内心充满了的渴望。生命的痕迹由脆弱而生动的胶片演绎。世界突然间在自己眼前变得有些沧桑。

看到"双井口浴池"，我确信被这个名字打动了。所以，在接下来的某个下午决定走进它。我看见一个空旷的院子，院子尽头站着瘦瘦的女人。操异地口音的女人显然不知道双井口的缘由。女人身后是简陋的门脸。她不仅要看护停在门外为数不多的车辆，还是浴池的售票员。从前把守浴池的女人胖硕，整个冬天都盘腿坐在潮湿的床上，不厌其烦地撕澡票，撕得粉碎，然后打扫。这个瘦瘦的女人不用。她机警地盯着来人。天气明显转暖，客源少了。不知到了冬天，这里的客人会不会多些。

我不知道在排除目力的局限后，自己还可以积攒多少力量去追赶一座城市。近视让自己缺乏直面的勇气，日新月异的面貌宛如不断变幻的题型考验个人记忆。通达路上最后一座老楼即将消失，孤零零地立在路边，四周所有的联系被斩断了。视线里早已消失了的水沟，裸露着的年深日久的砖石。"古有秦砖汉瓦，今有沂州水泥"，马路上飞驰而过的车体广告播撒宣言，预示这儿将由什么来更替。

消失也是一种考验。记忆在消失了的事物面前无计可施，究竟要将信任施与现在还是沉甸甸的从前？如果不是因为记忆，每个人也正在一点点地消失。对照从前的相片，愈来愈多的人积攒着无可争辩的犹疑。时间正在编织有史以来最大的一场骗局。夜以继日从未停歇的时间只是瞬间。被记忆了的时间，为了便于储存，纷纷变成一块块或黯淡或光亮的磁石，仅针对特定的事、特定的人发出指令。

城市宛如丽装美人。"蓝海国际"旁边，即将动土的"银座中心"新辟了一处广告，一个着红色晚礼服的女人，高至天际。仰拍的视角明显夸大了形象，模仿了一座摩天大楼，路人需仰视才能感知全貌。城市不是摩登女郎。相比于城市，自己更认可"城池"。那个具有防卫守护意义的城池固若金汤，政通人和，安居乐业。防护从开始就成为城市的功用。东方红影城周围，那条弯弯曲曲的河就是从前的护城河。一座被数条大河拥抱着的城市曾经多么需要一条护城河。

我就是一尾鱼，喜欢岸边戏水还是水底游弋？视线总是毫无顾忌地丈量个人与生活的距离。不仅包括远处，也包括摇晃的车内。身边的，邻座的，以及车头车尾。自己与季节也隔着距离。天气的变迁总是早早地由扑入视线的树贴己地告知。尽管，时间将标有刻度的进程安排得多么有条有理，可是身体由于隔着玻璃窗，反应迟钝。某日，登毗邻河畔的九楼看河。发现那条蜿蜒的大河竟然被悉心裁剪，小心翼翼地镶嵌在每个人的眼里。那是一条被无数双眼睛分割了的河。看着看着，眼前碧波荡漾，触景生情。被我看到的河段是独独属于自己的了。

老酒店

　　进来坐定，才发觉这地方是熟悉的。是周围墙上影印着的壁画，是黑漆漆的四方桌，也是一扭头就看得见的窗户上垂挂着的饰物。自己数落着曾经来过，数年前的那一次是跟谁谁谁，也是四个人，有一个是外地女诗人，姓李。从前，坐于此地，听同行者谈及常与某某在此小酌，那个痛快。而今，依旧是四个人，对此地竟也都是熟识的。耳边依次传来絮絮的言语，让人疑心此次分明是合谋，以期制造一起可以分享的共同记忆。小城不大，之前数度缘何不曾相逢？

　　于这样的酒肆，便要舍雅间，坐厅堂。眼下的气氛是市井的，热闹的；觥筹交错，人影晃动。身前身后的壁画让人恍惚间身处前世，时光倒流是相得益彰的感触。桌上摆着粗黑的瓷碗碟盘，同样色泽质地的酒壶，只是相比碗的大小，那沽酒的壶是小了的。人归了市井，菜也是家常。桌上放着小碟的坛子肉、豆腐干，冷透了令人爱不释手；热炒的茄子，芹菜炒牛蹄筋，还有一大盆本地山菇炖鸡。聊起口感筋道，硬是扯出笑谈，当事人无意间留下了酒桌上流传的把柄。若论特色，当推店家配制的豆腐干，去了水，却不失香泽，唯有口感了。此处，热盘热碗均不用托盘，兴许是避免端放停歇时的泼溅，抑或手指浸入菜肴。只见菜盘被手脚麻利的伙计用一特制的家什由下而上地夹紧，蟹爪般，稳稳地起落，滴水不漏。

　　进老酒店自然得饮老酒，斟于碗中的酒被器具吞噬了大半颜色，说不出的滋味是其间埋藏着的秘密？在此地遇上熟人街坊邻居不意外，抬头没准就遇上了，寒暄客套，有来有往。几个人正聊着，一女子忽现眼前，仿佛就为了印证老酒店之实。女子脸颊红润，该是饮得酣畅，出门偶遇，遂直奔而来。这位前街开茶馆的老板娘，与在座的某兄甚熟。想来自己与她也有一面之缘。先前是夜里，见面握了手的，甚至向乍见的老板娘提了建议，譬如以她的身份、模样，短发不及脑后的盘发。后者端庄静雅，即使偶露张狂，竟也蛮得来。开茶馆的果真利落泼辣，斟满他人杯中酒，一杯见底。客套后，令某兄随她去应酬，不从，乃反剪其臂，一路挟持。那老兄拗不过，竟被掳掠而去。

身旁一桌，人众，场面热烈。相比这旁的私语，那边时常掀起阵阵声浪。邻座的女人丰腴肥硕，谈吐豪放。一旁瘦弱的白皮书生想来不会是她家掌柜，那个高大胖壮的家伙倒有几分像。一不留神，方才还待在母亲身旁的胖小子，跪在了椅子上，手攀椅背，眼神怯怯地投向了这旁。其间，店里又来了一伙儿，选临窗的桌，坐了。四方桌妥善安置了四个人，一人把持一面，最好不过。尾随的视线亦招徕后来者逡巡的目光。四下里，声浪一波波漾起，停歇时，没于其上，而人身处其中，片刻也躲不过。

饭食要的是面条，听说这儿的油饼可口，便又索要油饼一张。朝端着热腾腾的油饼上桌的厨娘道谢，对方回不谢。面条是清水面，油饼外酥内软，香气扑鼻。食面兼食油饼是有讲究的，取常来常往，团团圆圆之意。想来眼下四人，每周必见一回的，差不多一个鼻孔眼儿出气。"相见亦无事，不来忽亦君"，见面清谈吃酒写字打牌，乐子只有自己人知晓。临走，跟老板打了个照面儿，对方乃身材魁梧的长者，衣衫是仿了旧制的，暗地里透着纹路。道别时，长者满脸和气，生意人和气生财，果然。

艾香弥漫

那影儿明明就在跟前却看不见，便只好闭了眼睛深嗅。眼前蓦地缭乱起来，淡淡的，忽远忽近，忽上忽下，灵蛇一般扭动。待忍不住偷眼观瞧，发现那气味真的是有了影迹，变成绿蓬蓬的艾叶，化作细细长长的艾条，轻烟袅袅，欲言又止。进来的人无一不与艾撞了个满怀。艾香弥漫。一不留神迎了上去，周围遍布艾的气味和影子。头一次去平安路的"仁仁艾灸"是去年秋天。伴着淅沥的小雨，那一场邂逅仿佛延续了前世的约定。

没见过生长在路旁的艾，她的山坡在远方。总是每年临近端午，才看见长长的，没有捆扎的艾草集聚，在经久的节日里本色出演。草本生就天然的姿态，与大地唇齿相依，其中，汲取了天地灵异的一株，叫艾。究竟是谁取了这名字，好似召唤，时而放开喉咙，时而轻声细语，心底的言语顷刻吐露。只是初生还是青涩，厚叶披以灰白色的短柔毛，经年之后，惊人的蜕变并没有脱离天生的异禀。燃起来的艾带着持久的特异的香气，一遍遍重述一个声音，隐秘的声音齐呼，被吸引者瞬间投入。艾，发现者称呼，香艾。由着气味的牵引，艾草成了"医草"，《本草纲目》载："艾叶能灸百病。"

"仁仁艾灸"居平安路，沿街的二层小楼。乍看，式样一致的店面，挤挤挨挨的，可瞅着瞅着就眉目清晰，于斑驳中轻灵灵跃出。是那份目之所抵的雅洁。默念咬合在一起的四个字，衬着悦目的温暖的底色，觉得本该如此。

做艾灸的师傅姓梅，南方人，言语不多。初次见面，问一句，答一句。从前别人怎么称呼你，小梅吗？再过几年，就叫老梅。来者显出对姓氏的兴趣。梅春和的表情淡淡的，眼睛里似含着雾气。不知道是不是因为小雨的缘故。梅春和这名字起得真不错，关键是这个梅字。写出来比听起来还好。是吗？梅春和抬头，那层雾气又浮了上来。

生活是游动的。久居其间，早已察觉不出其中的动荡。对于固着一地的生活方式，梅春和从心底是拒绝的。他设想着自己的人生路线，曲线远比直线生动。哪怕是漂浮。水生植物吐露长长的根须，缠绕着，摇曳着，在每一片未知的水域寻找生机。多年前离开故乡，梅春和即如一条溪流径自朝向远方。那不知所终的下一个去处总是旗帜般招摇。

如果说足迹可以刻画，游历过的那些地方究竟呈现怎样的线条？上面一丝不苟地标注生命的刻度。多年以后，梅春和发现自己依然站在最初的起点。那一声喟叹，长长的，谁也闻不见。只是此时的再度行医，梅春和体味着的是从未有过的安稳。时间是生长秘密的水源，无所不能，无处不在。一座陌生的城市也有可能成为新的定居地。此时，身处临沂的梅春和开始对这座城市生出一种莫名的好感。是因为艾？他嗅着艾的味道跟从前一样。

艾在游动。在这间有些逼仄的小屋里游动。点燃了艾香，到处都是艾的影子。梅春和喜欢这样，甚至觉得自己是不是也有了这种味道。进来的人是冲着艾来的，这让他觉得找到了可以攀谈的人。来人问起艾灸，梅春和的情绪一下子提了上来，尽管声音还是轻，话明显多了。疾病多是隐患。奔这儿的大都听闻了"灸百病"，遍寻良药后却发现萦萦绕绕的香艾竟有如此奇效。疑虑的打消很简单，因为面前这个表情淡然的南方人讲得跟医生一样。

店内四壁贴着的图片，走近了端详才发现是理疗指示。心经通，脾经通，肾经通，肺经通，肝经通。来者据此即可判断自身究竟是哪条路线出了故障。在这里，身体不再是一个整体，而被分解成一个个器官，划定各自统辖区域，从而形成上下贯通的不同路径。中医看重经络，视其乃运行气血，联系脏腑、体表及全身的通道。《黄帝内经》称："经脉者，人之所以生，病之所以成，人之所以治，病之所以起。"经络畅通，则身体愉悦，健康。"应之以自然，然后调理四时，太和万物。"庄子对天运自然的本意，与中医养生的调理一脉相承。人本自然之物，顺应自然，应时调理，则顺畅通达。

艾立在墙上，姿态翩然。燃起了火的"灸"由来已久。远古发现，"木与木相摩则燃"，而将燃着的树木灸于患处，即可祛寒解痛。历经检验，无论是松、柏、竹、橘，还是榆、枳、桑、枣皆不宜作灸火，唯艾叶熏灸最为显效。脱颖而出的艾被吟唱，入了诗经，"彼采艾兮"。采艾的女子载着香气，衣袖、青丝，连歌声里也抹上了。燃起的艾香浓郁热烈，抵着身体的穴位。而在接触到外来的那股力量之后，生命被助燃，被唤醒，气脉畅通，活力涌现。

通常所说的针灸本是两回事，"针所不为，灸之所宜"。因针灸并用，故有此称。而今的针灸，仅指针疗。记得曾问过梅春和会不会针灸，对方淡淡地说他不喜欢针。内心的抵触让他有理由拒绝锐利的银针。而灸的温和则令同样温和的梅春和亲近。再说，这里是艾灸，本就界限分明的。

来的人也渐渐喜欢上了艾灸。是因为推崇中国医学的自然疗法。谁会抵抗来自传统的巨大吸引？是因为笃信艾灸的无所不能——温阳补气、祛寒止痛、补虚固脱、温经通络、消瘀散结、补中益气。也是因为信赖梅春和的功夫。身体是一个整体，协调各部分的统一体。关于身体的秘密也非严密地隐藏，真实常常以隐约的迹象呈现。就在问询和诊疗中，被敏锐的慧眼捕捉。梅春和说，养生即调理，疾病在于预防，防患于未然。梅春和说买辆车还注意定期保养，人怎么可以忽略自己的身体？梅春和说，身体也需要投资，人生最大的投资应该是健康。

春天再去，发现店里来了一位姑娘，眉清目秀的。攀谈起来，丝毫没有隔阂。问她怎么来这里的，回答心里喜欢。她称呼梅春和，师傅。梅师傅的女弟子，言语从容，手法也是从容的。看来是入了门道。或许是因为与梅春和熟悉了的缘故，便觉得这姑娘似曾相识，好像上回就在这里。想来，她从心里该是喜欢香艾的。

湿地之光

这一处泽国有着自己的疆域，目之所及，没有边际。立夏将至，到处弥漫着生长的气息。它们的根基扎在水里，看不见，却想象得出。根深叶茂适合所有的植物。我不知道该怎样轻唤其中的名字，生怕外来的声响打破呼吸的静谧。而我分明正在靠近，其实，还可以再靠近些，直至隐入其间，俨如沉默的一株。

站在武河湿地，人不由得生出一种亲近。这样的感觉在水里传递着。眼下孕育着生命的水与一旁的大河不同。河水的流向带着天生的密钥，注定流浪远方。而一条挖掘的河，最初以内陆湖的特征与一旁的大河并行，直至有一天，河道变浅，成为一处围堰。武河停了下来，就此止步。路却纵横交错，延伸开来。引来了车，自如地穿行。步行的人沿长堤，徜徉其间。

我开始历数自己是第几次来武河。一次是深秋，坐在车里，做一名匆匆过客。这时候的湿地褪尽了颜色，满目苍茫。沉郁之间，抬眼掠过清冷的水面，惊觉于一只水鸟的出现。只见那个土著把身体压得极低，展翅翱翔，倏忽间驶往尽头。毫不顾及身后那束凝固了的目光。一次，同行者兴致勃勃地卷起了裤腿，赤足踏入清凉的水里。潺潺的溪流，连同映在水里的影子都是过去的时光。有多少人愿意站在流淌着的溪流？快看，这水，多清啊，跟小时候一样。水草轻盈，鱼儿游动。是不是弯下腰就能与逝去的岁月相遇？还有一次，恰是正午。那天的风大，大风总想把伞盖撑开，好把来人撞翻。风也藏在水里，把平静的水面荡起重重波纹。还有四处细细密密的声响，听得真切，此起彼伏。那是立在早春的芦芽正在拔节。在一片灰白的色泽中，绿色低矮而茁壮。看过一张张照片，有人频频发问，这是哪儿的湿地？武河在哪儿？

至今，我还没见着武河的胜景。那得等到八月，一起来看荷花啊。心里牢记这个约定。这个五月，是第四次来武河。我在故地流连。走过栈道，依靠着木栏杆，探望幽静的睡莲。心往下沉，直到成为一滴露珠，靠近娇小的莲。上午的阳光倾洒，不觉得热，倒是有些温润。同行的几个人簇拥着合影。岸边，人是一簇簇的，身后的睡莲也是一簇簇的，一同留在了影像里。从什么时候起，自己开始在意与谁在一起。愿意与息息相通的人拥有共同的记忆。我愿意偎着湿地，愿意再次遇见从前的那只白色的水鸟。我倾吐着自己的心事。惦记着八月，满池的荷花竞放，那个着罗裙的女子会不会也被唤作荷？听驻地的人绘声绘色讲着八月的武河。那个看上去有些粗犷的人，用的可是最生动的言语：你是不知道的，那个香气啊，走多远，都一直跟着，都藏在身上，多少天也扑不掉。

深沉的芦苇荡让视线变得细密。这里是湿地最森密的所在。一杆杆芦苇细细长长，影子一样站立。它们密密匝匝，不分彼此，成就了一个水上部落，也为水鸟提供栖息之所。芦花飘雪是盛况，片片白羽随风舞动，整个世界深深陷入其中。璀璨的霞光中，飞鸟掠过上空，芦苇荡发出阵阵欢呼。站在开阔的栈道观望，与一双双新生出来的眼睛对视。就在这片疆域的一角，矗立一座塔楼，自然成了风景。拾级而上，脚下发出木质的声音。即使中途停下，倚窗站立，那窗框就成了画框。于是，站着的人与窗外的树，一起作画。待一鼓作气，攀至顶楼。登高望远，武河湿地美景尽收。

我无从计数这一处泽国拥有多少子民，是否还会扩张自己的领地。这里水草丰美，这里水波潋滟，这里水汽氤氲，这里的日出日落与别处不同。这个离开城市的自然之境，越来越多的人赶来投奔。感受清风袭来的苏醒。人本是自然之子，与一只飞鸟、一株植物没有什么区别。听说，这里还有一座山，叫黄山。一个有山有水的所在，有如光影浮动，明暗相宜，令人心驰神往。

老　街

　　分明听得见身后的声响，是黑漆漆的双扇木门，吱吱扭扭，门钹上的铁环也紧跟着摇晃起来。人是被风牵着衣袖飘进来的，依着门缝还是越过高墙？我敢保证飘落的时候没有声息，直到双脚踏在了青石板上，自己才被墙外一簇簇垂下来的四月的新柳唤醒。眼前出现一条深深的巷道，与青石板一同被早晨的细雨抹上了釉质，已然置身高墙的保护之下。只有正午的光线从青色的屋脊上方直直地降落。步入其间的人恍若置身从前，是依稀的记忆，不是拼贴的梦。擦肩而过的路人，不时朝四下探寻着，也是疑惑这里可曾藏着自己的前生？

　　绕过了芙蓉街那些热热闹闹的店铺，午后的王府池子街被另一种气息团团围绕。时光倾洒，静静地落在青瓦、粉墙、门楼和青石板上。时光如水，一遍遍清洗着深埋的记忆。此刻，任谁都能感觉到就站在时间的入口，目睹洞开的流年正被眼下的事物悉心收藏。指针游动，像一张滑动的老唱片可以倾听。踩在青石板上的足音回响。踏入时光的通道必然得步行，得经这样的一条老街。居于老城的老街多像一座城市生命的脉。正如济南得于济水，历下处历山之下而名，老街的名字也是有来历的，与泉有关。芙蓉街由芙蓉泉得名，王府池子街也是因了近旁那个叫做"王府池"的泉池。

　　王府池归德王府，地名总是如方言般可靠。明德王朱见潾觅的自然是济南城的胜地。此处原属都元帅济南公张荣祖孙所建的府第。曾经的乡野园林为堂皇的王府替代，亭台楼阁散布濯缨湖四周。濯缨湖，一个如此清洁而美好的命名，始于元代。归了王府的濯缨湖，为建筑所累，水面不断缩小，最终由湖变成了池的规模。濯缨湖成了众人口中的王府池子。至清代，德王府成了巡抚衙门所在地，范围压缩。濯缨湖被划出衙署。济南府志记载："濯缨泉称湖，前在德王府内，今在院署西墙外百步余，俗称王府池，围圆四十余丈，由地沟北流，穿民居，出自起凤桥下，至院后会珍珠泉水，经百花、鹊华两桥入大明湖。"王府消失了，街道追随过往的俗称，但是那汪泉池真的不叫王府池，人们称呼它原来的名字，濯缨泉。《名泉碑》《七十二泉诗》《七十二泉记》，在那些清洁的石头上，闻得见濯缨泉汩汩流淌，晏璧与郝植恭一同在泉边复活。

濯缨泉还是从前的模样，由着周遭围拢过来的石栏忠实地守候，平静的水面揽过俯身的老街和慕名者试探的身影。一幅水墨已然铺展。远处的柳按捺不住，急急地与风耳语，试图一并飞入画中。泉水的记忆远比书写的历史丰饶，就像谁也无从精确计数濯缨泉的生命起于何时。任何一桩事物的出现总是早于对它的命名。泉若有灵，一定欢喜濯缨这个名字。泉边青石轻轻呼唤，路过的行人为之驻足。还有那些老街坊，世代住在濯缨泉边，朝夕相处。汲水，洗濯，浣衣，濯缨泉早已听懂了俚语家常。那个登岸的男子适才告别濯缨泉的清冽，把远处投过来的好奇的目光与水滴一并轻快地抖落。在泉里游弋是老街居民的独享，一生亲近。泉边立石碑，"濯缨泉"，系孔子后裔孔维克题写。孔子曰："小子听之，清斯濯缨，浊斯濯足，自取之也"。

依着濯缨泉的是一幢古旧的二层楼房，青砖、拱形红窗，显赫一时。听说当年韩复榘嫁女选的便是这里。如今，论及它的历史，唯有窗外的濯缨泉知晓。泉水动荡，投入其中的背影也跟着摇晃，安静下来让人难辨真实与幻影。濯缨泉不言，它出神地望着对面挑起来的红灯笼。站在濯缨泉畔北望，我也看见泉边酒肆醒目的红灯笼，"荷塘月色"令眼前蓦地腾起一股清幽，月色中抹上了荷香，还有弦音轻拂，于夜空中袅袅腾腾地弥散，复又幻作了荷的模样，此起彼落的蛙鸣凑兴。望着远处横卧的那座小桥，总觉得似曾相识。两年前自己盘桓的该是那个地方。

那天，我站在桥上。不识对面的濯缨泉，也不知桥下北流的溪水自何而来，奔向何方。只记得那天的风大，自己就是被那一场大风起劲地吹，一直吹到了小桥。风把桥下的溪水吹皱了，把桥头的字吹皱了，把立在桥上的人吹得像一团水草。水草摇曳，直让人忍不住想要伸手触摸，够不着，便手扶石栏远远地看。光滑的石栏持久地保留着手掌的温度，甚至轻易地抹去了石质的纹路。挨着桥的那户人家，有一间临水的阳台，推开窗，水汽袭人；掩上门，也能闻见潺潺的水声。临池的盆花与水下缠绕的葱茏相映。站在桥上的人一心等着门儿打开，能望见主人的模样。从桥上走过的白猫对陌生人的态度迟疑，是因为路遇发生在没有想象力的白天。午后的胡琴咿咿呀呀地唱，操琴的人把面目隐藏。琴是旧的，曲子是从前的，倾听着的桥是古老的。

风住了，就看见了立于泉流之上的圆门上的字。刻在石头上的痕迹，如何会被风轻易地吹走。起凤桥注定与风无关。清顺治年间即在此建有石桥，桥头本有一座腾蛟起凤的牌坊。由此向西是通往府学、文庙的必经之路。而今，步入起凤桥街与王府池子街交叉口，还能寻到那眼叫做腾蛟的小泉。起凤桥街不长，是一条东起西更道街、西到芙蓉街的小街。起凤桥下的溪流，由王府池子而来，自南往北，昼夜不息地流淌。与之前的命名不同，这回是先有了起凤桥，才有了起凤泉。有水，自然得有桥。起凤桥的现身令老街显得灵动，有了腰身的曲线。水草婆娑，看上去与两年前一样。在午后略微倾斜的光影中，愈加丰美的水草可否辨识来者？小桥，流水，人家。水面有光，粉墙上也映着光。流水装下了桥的影子，房舍的影子和在此流连的人。站在起凤桥上的人，一不留神陷入时光底部，那里有温和的泉，长满了深酽的会说话的水草。

时光落稳了，就落在青瓦、粉墙、门楼和青石板上，仿佛只有靠近它们才觉得牢靠。蹲下来才发现生活的肌理是石质的，是木质的，颜色成了多余，保留的唯有最素朴的两种。循着青石板踏入老街的人盯着瓦檐和正脊打量，一遍遍用目光抚摸贴着纹饰的门挡板、古朴的抱鼓石雕。惯常的生活在抵达此处时突然转了个弯儿。这些披上了斑驳光影的老宅，簇拥着，集聚着，发出内部的纯粹的声音。生活如此质朴，如此悠长。步入其间需要途经一条条幽深的巷道，可以叫金菊巷、翔凤巷，或者墙缝巷。不计长短、宽窄，哪怕仅容一人通行，携风而往。一扇打开的窗户流溢生活的内部场景，靠近窗台的桌案上摆着笔筒、瓷瓶，院子里晾着温暖的花棉被。这样的人家木门上书"瑞气盈门"抑或"美丽人家"都是相宜的。张家大院在芙蓉街一带是有名气的。最早看见的是门口悬挂着的张家大院私房菜的招牌，唤作"雅聚源"。落座的雅士品尝鲁菜佳肴，一并领略百年老宅的时光之味。访客与张氏第十七代孙张汝琢不曾谋面，记住了张家大院的媳妇李金莲。李金莲模样清秀，若南方女子，善言，熟悉张氏家族掌故。在《济南老街巷》一书中能寻到蹲在泉池溪旁的李金莲的身影。而与雅士相聚的张汝琢依旧站在一页纸上，品鉴流溢墨香的书画。想那张家大院的私房菜是祖传的，四合院里的那株红花石榴树也是祖传的，遒劲的枝桠系满了吉祥的红丝带。

老街有老树，老宅，还有老泉。泉水穿宅过巷，低吟浅唱，清澈婉转的水线犹如淡墨翻卷。那粉墙，那青瓦，那木门，那人影，皆成了画卷。泉水随处可见。一路上遇着濯缨泉、芙蓉泉、起凤泉、腾蛟泉和刘氏泉。还有那一汪汪无名的泉，心底一律唤作了涌泉。勤快的主妇推开屋后的角门，踏着清洁的青石级，两步便赴了泉边。目之所及，亲历者的眼睛一遍遍被泉水洗濯，自然清亮。这氤氲着泉水气息的老街，是缓慢的、筋道的，湿润而温和。让此地与旁处，有了最大的不同。泉城名副其实。听说不远处就是闻名遐迩的珍珠泉。珍珠泉，单是想一想便觉得极美。倘能守在泉畔，倾听泉水吐露心语，咕嘟嘟，冒出一粒珍珠。凝神再睹，良久，又捕着一粒，宛如心花绽放。

一个人

那是百余公里外的一间会议大厅。巨大的椭圆形会议桌前坐满了人，两侧添加的整齐有序的座椅上也坐满了人。两者的区别是，桌子上有与人对应的标记姓名的牌子，两侧没有桌子的没有牌子。众人头顶上方闪烁无数灯盏，自上而下倾泻的微黄的光，公允而坦然。白天一般不会把灯点亮的。这些出现在会议大厅的在白天被点亮了的灯，郑重地构建进行中的会议气氛。一架支起来的摄像机像一只鸟，细脚伶仃，不时摆动机警的脑袋。手持相机来回穿梭的摄影者，躬身凝神，瞬间即被一双更为有力的无形的手擒住。时间似乎在某一刻真的停滞了。看镜头中的人正待开启的唇角。

一个人出现了。坐定的我很快觉察到了他的存在。尽管，在这间人影憧憧的会议大厅里寻不到他的座位。但是几乎所有的来宾，无论坐在桌子跟前的还是跟前没有桌子的，都怀着同一个目的。他们一定也看见了他。是的，就是这样。他们纷纷用深情的口吻，讲述那些留在心里的往事。而他，就这样一次又一次地落到每个人柔软的心底。记忆是一朵怒放的花，注定在某一时刻火焰般绽放。生命也是这样的一朵花吗？

他不知道这个为他而召集的会议，他很介意现身任何隆重的规模盛大的场合，他不喜欢。他喜欢安静，喜欢松竹、藤萝、老柳树，喜欢清幽僻远的汤家庄。这是他走后十周年，后嗣为纪念祖父在故乡筹办的书画选首发仪式。纷至沓来的政府官员、书画后学、收藏者、慕名者，他已难以阻挡。个人意愿最终被浓郁的亲情更改，走后的他无法拒绝后人的缅怀。一个人的逝去，并没有消磨人们对他的纪念。人不是因为纪念才被念起的，活在众人内心的生命更加强大。当生命以另外一种形式延续，谁都以为他还在。人归根到底就是种植下的一个个印象吗？就像他画的那些画写的那些字，如今依然生气勃勃，林立在会议大厅四周的墙壁上。到处都是他的影子了。耳畔，有老者正用熟谙的方言絮絮谈及旧事，地域被同一种声息悄然围拢。于是，便开始想象他的口音，是不是亦肖像了这样的乡音。

我看见了1943年的白菜，并列着的两棵，深浅相宜的墨色生出过目难忘的水嫩。我看见了1943年的红萝卜、白萝卜和扎成捆的青菜，在一张有些驳色的红木桌上挤来挤去。1943年的那棵树已经很老了，可还是把湖水、天空包括远山染上了枫叶的斑斓。玉米依旧，绿皮黄籽紫须展露生机。盛在盘子里一九四三年的鱼，没有遇见拨开水流自上而下穿梭着的同伴，看它们多自在，多么矫健。集体出现的四只鸣蝉，在纤细的树枝上静伏，四周连一丝风声也闻不到了，那份显然拿来示人的怡然，是属于蝉儿还是心怀此趣的人？

我看见了民国从一张张纸质良好的画页上闪现的黯淡的背影。历史真的是一条长河，呈现一个可能的方向。汇聚起来的所有的人和事是流动的水了，哪里是岸？回忆的岸是静止的、无声的，唯有淙淙的意识溯流而上，搅动水波，令记忆之舟驶过每一处连遗迹一并消失了的码头。而我是一个丧失了记忆的人，只能站在岸边远远张望。如今，我看见了被带至眼前的过去。看见民国二十二年的渡口，那个沿着江边默默走着的人；看见赤脚读书的男娃；看见民国卅年秋，那只眼神凌厉的秃鹫；畅响于民国三十三年的黎明之歌依然在耳边回荡。我也看见了那个从民国走来的人，看见民国二十一年的他着长衫，安静地坐于上海美专的绘画研究所，授课的先生也是着长衫的，他们是刘海粟和潘天寿。听过鲁迅先生的木刻艺术理论的讲座后，不知道他对那个身材不高留着髭的绍兴人生出怎样的印象。他注定一生都会铭记这段时光。他也会用一生记住四川，记住三台。从1938年起始的九年的光阴早已令三台不仅仅是一个地名，而是汩汩地融入血液，染就生命中又一笔值得书写的浓墨重彩。

所有的话题都围绕着一个人。认识一个人究竟需要怎样的途径？现在的我与从未谋面的他已然相识。我称呼他先生。一张分发的报纸上载有某人简朴的文字。那个登门为求墨宝而特意着了灰色中山服的乡人，禀报的是攀得上的亲戚的姓名，冒昧地称呼先生的夫人，早年毕业于南开大学的郑恩进女士，"郑老太太"。我也步入了那座位于汤家庄的静雅的小院儿，那里有常青的松竹，一株粗大的藤萝缠绕在老柳树上，居室靠窗抵着一张八仙桌，书房门前是由一得阁墨汁瓶砌成的花池沿儿。先生年逾八旬不辍笔耕，伏在书案上进行日课，临写颜真卿楷书《麻姑仙坛记》。案下铺着的旧毡子满布经年墨痕。而那位鲁莽造访的乡人不虚此行，于次日捧得先生真迹归。

而今，我确定已认得了他，生于1905年的书画家、美术教育家崔祝生先生。我看见照片上的先生，着中山装，露出白色衬衣，被时间涂抹的颜色掩不住白发，也掩不住笃定明亮的目光。心下认定此时的先生该居泉城，继而，自以为是地把那张署有"青岛第二海水浴场"字样的着中山装男子的素描，当作了先生的自画像。1957年9月25日这一天，依然保持本来的姿态，在一张素白的纸上止步。

霁堂新墨

雪地白桦

那一场雪是如何来的，不要去想。反正看见了就已经厚得没过了脚踝。雪花，一朵一朵地飘，无声无息地落下。看着轻盈，落下来才知道分量。一场雪悄没声息地靠近，把整个林子围拢了，才止步。看不出哪儿是天，哪儿是地，眼前就只剩下了树。

这片白桦林，扎得根深林密，一阵风奈何不了，那阵脚密着呢。从叶间穿梭的风，又穿了出去，不见了。北方的冬天长，可那又有什么关系。有这样的树就够了。它们偏爱这儿的气候，不畏寒，愈见挺拔。在林间穿行，林中的路通向哪儿？满天满地的白，还有路吗？

这一棵棵挺立的白桦就是路。那上面长着眼睛，多清亮。走着走着，就会在哪一棵树跟前停下来。长在白色的身体上的那一只黑眼睛。坦荡荡的眼神，就这么盯着，眨也不眨。没什么可隐藏的，无处隐藏。步入白桦林，在任何想停留的地方驻足。是的，眼前只有树。这一棵，那一棵，面目相似又决然不同。到处都是洞开的通道，畅通无阻。只管沿认定的路走吧。弄不清是路引领了树，还是树牵着路了。有了路，就不会在不明底细的丛林里迷失。

现在，天晴了，这满地的雪，把眼晃得厉害。白色，最纯净，简单至极。白，是一卷皮纸的白，一片云的白，棉花的白，还是满头银丝的白？白，到底有多白。是那匹驰骋的白马吗？在雪地里，快得像闪电，转眼消失在白茫茫的视野之外。这雪白的白，已将整个世界从头到脚地掩盖。眼看着快要严丝合缝，可如何偏偏露出这一截白色的身体。雪地白桦，依旧是白，依然可以辨别。凭借气息，还是晃动着的一道道深深浅浅的影子？白桦安然落在雪地。无论长幼，不问短长，一律直立。世界驻留于此，时间止住了。来，一起深呼吸。

雪地成了一面镜子，光影浮现，照着这一片白桦林。一行行深深浅浅的脚印，踩成了诗行。如果有画笔，就画吧，最好是水墨。用雪地做皮纸吗？是谁在击掌？手风琴兀自响了，白桦林是世上最美的音节。听见了吧，那些长着眼睛的树可都有一副好嗓子。不信，靠近了，闭上眼睛，听。有雪落地，有脚步，有心弦拨响，有梦的呓语。除此之外，还有什么，还能有什么？心之所念，梦里就去了。一个没见过真正的白桦林的男人，会梦见。那片白桦林，是梦境。

去一个与梦境相连的地方吧。愿望从来跟年纪没什么关系。在滨河植树，造大千景观，够抒怀的了。如果可能，辟一块地，种上白桦，等我老了，它们还年轻。有一处净地，如此安神，多好。

忆江南

心上人只肯待在一个地方。想起来，由里而外都是柔软的。有两个字，也只在某一处潜伏，时而萌动。正因了心头一动，脚步就跟上了。由北往南，只一个方向。过了江，地界儿是江南，心也是江南的了。

烟雨迷蒙，小桥流水，粉墙黛瓦。无需着墨，不论站在哪一处，停下来就是画，随手能卷进画筒。不信，走着瞧，还都入了眼。江南生就这般模样，惹人慕。即使不曾来过的，望着挂在墙上的画，也变得情意浓，眼波流转，携游兴步入画意江南。

那些白是现成的。只管把皮纸铺开，往上面抹。靠近些，再靠近些。需要走近了才能辨明，黑的瓦，白的墙。仰头，看见一排排乌溜溜的瓦，层层叠叠，保持原来的秩序，只是颜色渐褪。瓦上落着草籽，有的是被风吹过来的，有的是鸟儿衔落的。落在上面就扎了根，冒出头来。雨从瓦缝渗下去，也沿着瓦檐儿滴落。倘雨大些，再伴着风，雨水就刷到了墙上。一层层洇，粉墙就变得深浅不一，好似着了墨。墙角的那丛竹子长得好。枝干直立，是那逸出来的竹叶摇曳，又印在了墙上。竹是墨竹，却品出绿意，在风中盈盈而动。洞开的那扇窗是墙的眼睛了，每一片光阴都没躲过它的注视。除非再高一点儿，越过了墙，头顶上的那块天空，天井似的深，白底儿，是真的白净。

街上没有人影。记忆总是在剔除一些什么，沉淀最深刻的印记。怎么就一下子钟情起了那些旧事物？是因为人也渐渐旧了吗？我把自己用旧了。时光旧了，人也旧了。一路上，走着走着，时不时就要停下来，打量起那些斑驳的墙，古旧的楼。好像在比一比谁的故事多，又或者能从注视中获得什么讯息。地上有积水，摇晃着，倒映着灰色的天空。打此走过，得寻着哪儿水浅。若穿了软底布鞋，不免要着慌。待赶回旅馆，衣衫是干的，伞是干的。可脚底湿了。就有些怜惜那一双鞋子。

这时候，最好是闻见入耳的曲儿，可以是昆曲，也可以是越剧。咿咿呀呀地响着，听不懂唱词没关系，听味道。待整个人也入了味儿，人便成了江南的了，全然忘记了鞋子的事。住上一段时间，会习惯这儿的饮食，食材中从不会短缺糖，甜是必不可少的滋味。还有桌上的米酒，糯糯的，纵然多饮两杯也不醉。

人来了，心就跟着来了。踩着光滑的青石板，望着背阴处趴着的青苔，遍布心事。这一回是孤身，待下回与人牵手同游，滋味注定不同。

枯　荷

冬日，久坐无事。枯坐。人定在椅子上，成了一根木橙。桌子乱，摊开的书，横七竖八的画笔，纸张。孰料，一个枯字，就把人整得无趣。冷是一重。还要怪罪扯不掉的霾？屋里的竹子发黄了，它也喜欢能开窗的日子。

点一支烟，让它燃起来，盯着那团烟雾出现，又散开。鼻塞，早已闻不见香气。人是可以朽的。叫老朽。自以为距离还远。不过，偶尔朽一下的心，也会径自冒上一阵烟。再好的茶，冲泡几回之后，味道就没了，得添新茶。可从来没人说清水乏味。而今，愈来愈珍惜独处的时光，哪怕枯坐。是不是有了大把可以回忆的人，都开始惜时。

还是画吧。把时间画在纸上，让它随便成为什么。一团一团的，被谁抛了出去。恼恨的时候，也会把一张纸团了，扔掉。似乎就在抛出去的瞬间，人变得清醒。

天是黑的，漆黑，抹过来一把，就是厚重，又一抹，是乌云卷上来了。天际间透过些微的光亮。如果，整团整团的云压过来，就什么也看不见了。底下是塘里的荷。满满的荷，把那一池水塞得鼓鼓囊囊。盛放和饱满就在那一刻。差不多就要满得溢出来。直立的茎，冲出水面。顶着那一头灼灼的荷叶。变幻了的颜色，闪着醒目的光彩。

墨成了唯一的颜色。看似块状的墨迹，不经意地涂抹。细看，却辨出了层次，分明是丰满的荷叶，绿意浓。正是那年夏日的荷塘。蝉声明亮，鱼儿潜游。几只水鸟一会儿飞来，一会儿远去。清风吹得荷叶簌簌作响。香远益清，亭亭净植。背景的白神清气爽，那几只白鸟恰好藏于其中。

再往后，落下去的线条干净。亮了之后，荷塘变得不再拥挤。荷叶翻卷，各具形态。颜色是一层层地褪，露出筋骨。简单其实不简单。至简才是大道。最后，剩下的那一枝两枝，真是纯净。还了洁净的纸面。枯荷。枯了就枯了。那低下头的莲蓬，含着莲子，芯是苦的。落入塘中，转年，复现生机。

一味茶坊

差不多每个周六下午，我都会与这些叫得上名字的道路相遇：开阳路、新华一路、金雀山一路、八一路、平安路。生活明白无误地沿铺展开来的路一次次起始。这些或宽或窄、或长或短的道路——交错的、连接的、相邻的，彼此总能找到联系。当我沿着八一路和平安路的交汇路口由西往东，走不了多远，就从平安路南侧熙熙攘攘聚着的"武汉九九鸭王""肉食专家波尼亚专卖店""雅芳化妆品店"以及"商用空调专营店""中医理疗门诊"等诸多店铺间，寻到下午的去处：一味茶坊。

我常常忽视双扇玻璃门上的提示，门上挂着"拉"，而自己总习惯推门而入。推不开，而后方想起要换个举动，或者索性从那道闪开的极窄的缝隙挤进去。如此，便常常遭旁人数落，真是不长记性。这时，自己才扭头扫视，发现身后落着如何弹也弹不掉的"推"。在这两个一次次被沿袭的动作之前，一度垂落的卷帘门事先被"哗"地推了上去。我能想象那个瞬间发生也停歇下来的声音，正伴随着连贯的、一气呵成的动作一并消失。只要谁肯停下来，就会发现周围的确充斥许多简单的、繁琐的、必须的，也是习惯了的动作。清晨，最先到达的一味茶坊的主人走进他的一天，便是从一一打开的卷帘门上的三把锁开始。

一味茶坊门前稍稍靠东的位置卧一张茶几，赭黄色，造型朴拙，随意，四周围拢几只树桩样的矮凳。迎面的柜台上方，清一色摆着九只玻璃茶罐，透过密封着的明亮的玻璃，看得见蹲在里面的安静的茶叶，以及一律朝外的明码标签。一只小了许多的玻璃茶罐心甘情愿地隐在这支整齐的队伍背后。那台寡言的电子秤，不可或缺，被计量的斤两与无法计量的生计唯有它才洞悉。东边一直抵到房顶的橱窗内摆着礼盒包装的茶叶，有本地的日照绿茶、莒南绣针、观音王、普洱茶和黄山毛峰。底下那层放着茶盘，其间茶壶、茶杯一应俱全。安装了玻璃的西边的橱窗也抵到了最高处。靠北一部分摆着一些旧茶壶，式样考究、形态各异，年代、质地和工艺成了蒙在一只只壶上的最大的谜。另一部分陈列着云南乔木七子饼、普洱贡府、勐海古茶等南方茶品。这些被素纸包裹的茶，古朴、原始，与眼前出现的遥远而古老的地名吻合。

"茶，早采者为茶，晚采者为茗。《本草》云：'止渴，令人少眠。'南人好饮茶，北人初不多饮。开元中，泰山灵岩寺有降魔师，大兴禅教。学禅，务于不寐，又不夕食，皆许其饮茶，人自怀挟，到处煮饮。从此转相仿效，遂成风俗。自邹、齐、沧、隶、浙至京邑城市，多开店铺，煎茶卖之，不问道俗，投钱取饮。其茶自江淮而来，舟车相继，所在山积，色额甚多。楚人陆鸿渐为茶论。说茶之功效，并煎茶、炙茶之法。造茶具二十四事，以都统笼贮之，远近倾慕，好事者家藏一幅。有常伯熊者，又因陆鸿渐之论，广润色之，于是茶道大行。王公朝士无不饮者。"

唐人封演所著《封氏见闻记》被书法家孙树臻先生悉心书写。"树臻，丁亥于羲之故里"。眼前这幅字，飘逸、洒脱、行云流水，柔韧的宣纸责无旁贷地承载点点墨迹和源远流长的茶道。字幅东首稳稳地落着遒劲、凝重的四个字——"一味茶坊"。此时，迎面墙壁上方固着的墨香与心底溢出的淡淡的茶香相融，还有四下里隐隐穿梭着的茶味，令这间面积不大的一味茶坊充满地地道道的茶韵。西侧墙壁，留有剧作家、书法家张铁民先生形神兼具的墨宝，"茶禅一味"。

沿西墙而上的楼梯，令房间高挑起来。一味茶坊上下两层，遂拾级而上。此时，少有人攀一侧的扶手，而将眼睛盯牢了西侧的墙壁。

扶梯而上的是诗歌，那些一页页被装帧起来的黑白分明的诗歌。自然而然呈现阶梯的走向。

应该点灯了——给理想/江非；电话亭下的男人哭了/蓝野；瞬间/林莽；再次想起解放路/刘瑜；凌晨三点的歌谣/邰筐；信使在途中/白玛；春夏之交的民工/辰水；谁家没有几门穷亲戚/朱庆和；把食物送进过冬的地窖/赵国际；山冈的那一边/芦苇泉；我和人群的暧昧关系/轩辕轼轲。

一株高大的室内植物立楼梯拐角，随时迎候。绿色总在不经意间潜入心底。那串挂在墙上的红辣椒令人禁不住触摸，被触摸到的是被称作火红的颜色，作红火解应该也讲得通。这条狭长且有些黯淡的走廊，被北墙上的画次第点亮。那是诗人林莽的两幅油画。上面出现被标注了的时间。"2007年2月18日，原作于1973年春。"其间还落有一行文字：

"这是我六十年代末、七十年代初在白洋淀插队时村庄的主要街道，那些有许多值得记载的人和事，时光转移已有三十多年了。林莽2007年3月6日。"

这些摞在一起的确凿的时间，多年以后依旧持续着对世事不懈的干预。它们还记得落在窗台的邻家的鸽子，高过四层楼的大杨树，落在蓬松的羽毛上温柔的阳光吗？"日复一日/灰尘落在书脊上渐渐变黄/如果生活时时在给予/那也许是另一回事/我知道，那无意间提出的请求并不过分/我知道，夏日正转向秋天/也许一场夜雨过后就会落叶纷飞……"诗人林莽也是一位画家。记忆令往事重现。在另一幅画中，谁都看见了那个挎着篮子奔向茅屋的白衣女人的背影，也在完成一个抹不去的瞬间？

在必然出现的那个固定的下午，我的出现成了必然。推开一味茶坊的门，从闪开的那道极窄的缝隙挤进去，或者拉开玻璃门。一味茶坊的主人邰筐在，这个正在度过本命年的男人，着红装，与楼梯下依墙而立的神气活现的小猪默契。朋友都习惯叫他老邰，连他两岁的女儿郐篮子也这样称呼。老郐安稳地坐在茶几东侧，背抵橱窗，双手习惯地叠放于膝盖。客人来了，坐哪儿都成，但那个位置非他莫属。总之，看惯了老郐坐那儿，有条不紊地洗茶、沏茶、倒水，将杯盏一一放至客人跟前。老郐身材瘦高，伸长了胳膊，在那张机关遍布的茶几上游刃有余，还能腾出机会握一块抹布。那个位置我也曾坐过一回，看似简单的活计，操作起来很不顺畅。单单一旁吱吱作响的电壶就令人作难。所以，跑跑腿，起身去西边的商店要一桶纯净水可以。那一周匝的矮凳哪只都坐得，唯独有一处坐不得。

　　人是陆陆续续地来。从金雀山四路步行而来的郭老，一路上究竟走了多少步，有时候是被记住了的。二楼东屋北墙悬挂的"八骏图"便是郭老的杰作。那是一味茶坊开业馈赠的贺礼。一匹匹骏马姿态迥异，神态昂扬，纷至沓来的马蹄声和嘶鸣，令奔跑定格。这个一辈子习文，古诗词造诣尤为深厚的老作家，晚年不可救药地爱上了丹青。钊哥，戴眼镜，身上习惯挎着背包。与郭老魁梧的身材不同，这是个看上去精干的人。习杂文的他涉猎广博，前段时间在读《晚清七十年》《袁氏当国》《清朝野史大观》。"平时好读杂记，不免涉及野史。野史者野也，既有非信之谓，又有生猛之嫌，故只好姑妄听之姑妄闻之。"这个读书人喜深夜静读，尤爱在自己的书上作批注。我曾向他借过几本商务印书社出版的哲学书籍，休谟的《人性论》、亚里士多德的《灵魂论及其他》以及柏拉图的《游虚弗伦苏格拉底的申辩克力同》等。嗜书嗜烟如命的钊哥在圈子里口碑好。谁都不能否认这个自称"不知道自己还有没有个性了"的人，是一个有修养、有气度的人。

　　整整一个下午，几个人就围拢在那儿，谈话，佐以绿茶或普洱。绿茶，汤清叶绿。以"汤色绿、滋味浓、板栗香、叶片厚、耐冲泡"闻名的日照绿茶是江北名茶。目睹被投入透明玻璃杯中的茶叶，或徘徊，飘舞下沉，或游移于沉浮之间，最后才缓缓降至杯底的过程。实在是动静相宜，别有茶趣。待那一缕缕的茶烟弥散，举杯品啜，香郁醇厚，回味甘甜。普洱呢，这种云南特有的茶，与未经发酵的绿茶不同，经过人工速成发酵后的再加工，独具越陈越香的品质。盛在透明玻璃杯中的普洱茶，呈现苗壮的殷实的红。每人手握的杯盏精致、小巧，盈满耐人寻味的色泽和香气。"云南的茶都特别强调香气，普洱茶是一种以味道带动香气的茶，刚喝下去的时候好像没有味道，不过茶汤吞下去的时候，舌根又逐渐浮起甘醇的滋味，因为香气藏在味道里，感觉较沉。"就是上述均经得起冲泡的茶，由着几个人推杯换盏，喝至无味。不管先前存在着怎样的兰香、枣香、荷香、樟香，还是板栗香。无味之味算其中一味。喝着喝着，先前的那只电壶就有些小了，喝着喝着，原来的小电壶就变成了一只大壶。

不知不觉间，言语在这个必然的下午充当了茶味。那些风一样飘过去的话儿，跑出去多远被拾了回来，重新验证各自存在的迥异的生活。烟从一开始就被点燃，充当了话题的引子。这个被一点点拉开的线索细长，曲折，无孔不入。下午被它完全占据。西墙上的钟表停在2:26分。这个时间与钟表体内的电池无关，无论是金锣还是南孚。来自钟表本身的意志，头一次对既定的、传统的习俗进行更改。事情其实很简单，既非偶然也不是巧合。只是不知从哪天起，这个被叫做钟表的家伙决定止步。是因为排除自己制造的声音，才能更加专注地倾听？谁也不能对过往的生活提出一丝改进或大声叫停。可是如果时间对此置之不理了呢。那个停滞了的时间仅仅属于这儿，属于在座的每个人，与平安路上来来往往的行人和车辆无关。伸手触及的书籍、期刊，塞在橱窗最底下的那层，站着或躺着。《人民文学》《诗刊》《我的川菜生活》《茶禅一味》《李白集》《白居易集》《杜甫集》《阅微草堂笔记》《追风筝的人》《雷平阳诗选》《圣经》。还有很多藏在桌子里面的有作者签名的书。有时，自己靠着柜台，听别人谈话，或者手里拿着书。前段时间看过的于坚的《暗盒笔记》被我放回原处。有感于这个不断行走着的诗人的敏锐和睿智，借助手中掌握的两件外物参与也实践了对日常生活以及世界的触摸和体察。"如果图像是伤害的话，那么我的文字可以算是忏悔"。"写作是个人的事情，但摄影却要介入世界。照相机无论如何改变不了它的工具，武器的性质，它是最低限度的暴力。摄影是痛心的事情，我总感到我在伤害、惊动世界。"最近，开始看那本带着丰厚插图的书，《花·骨头·泥砖屋》，对那个叫做欧姬芙的女人感兴趣。这个一生的大半光阴在新墨西哥州的沙漠隐居的美国画家，一直坚持自己特有的风格，作品出现的意象一律是花、骨骸、风景的局部。少数的几种颜色，被扩大了的局部，给人留下深刻的印象。这个一生只穿黑色或白色衣服的女人，将"纯净"与色彩全部给予了自己的作品。至于外界将那些被放大了的花朵谓其蕴涵着"性象征"。生性倔强而执着的画家欧姬芙亲口回答："'性象征'是别人说的，可不是我。"

这样的一个下午，有人走进来，有人止步。止步的应该是去了隔壁，或者隔壁的隔壁。走进来的是白玛和刘瑜。几个人开始提及故乡河里生长着的水荭草。他们说我的长裤上就布满了水荭草，蓝莹莹的，跟河里的一模一样。多年以后，我就穿着布满水荭草的长裤在远离河水的一个下午想象河水中漂荡着的水荭草。第一次看见白玛是在二楼会客室的那张放大的照片里。这个叫做沙兰的白玛、北京的白玛、连云港的白玛、西藏的白玛的女人，黝黑、健康，戴戒指、耳环、手镯，偶尔抽烟，口音里的各色印记挡不住脸上浮现的淡淡忧郁。她说有一天可能会回西藏。我知道白玛措木即海之莲。热爱打击乐的她写作《鼓手》："我39岁，女，像矮灌木丛一般高/健康状况良好。正直、胆小，沉默寡言/为日月星辰秘密打造。不过是万物之一物，/来到大地上，沦落为黑夜的鼓手，演奏忧伤那一章。"刘瑜戴眼镜，圆脸，人长得斯文，举止稳重，头脑冷静。我不知道诗人刘瑜与商人刘瑜哪一个更切合他。几个人决定在下午朗诵诗歌的时候，他再次吟诵了老邸的《二苹》："二苹，我不知你现在哪里/可这并不影响我想你/我们已四年没见了/没有你的城市多么空旷/没有人住的院落多么荒凉/……沂河水流得还是那样慢/河面上依然泊着/那么多捞沙的木船/我们曾无数次地/从西岸摆渡到东岸/大风刮起河滩上的沙子/也敲打着我们的脸/那一天你眯着眼说/给我吹吹，吹吹/这一吹啊，时光就吹过了许多年。"听着他深情地念起那些被时光纠结起来的词句，音乐被省略，我们用自己的声音追随诗歌的旋律。听得见的文学的嗓音宁静、优美，是婉转的夜莺还是小嗓门的土拨鼠。有时候自己不说话，静静地坐在矮凳上，就像那块栖身在角落的黧黑色的、磨盘样的石头，盯着平安路的行人和车辆，从东往西，或者从西往东。贮存着茶叶的海尔冰柜偶尔发出声响，落到时间的缝隙。时间究竟落在哪儿？我不知道生活究竟是居于此处，还是一门之隔的街道。

我看见的是周六下午和自己一同出现的人。所以，我看不见从苍山来的辰水，这个长得像庄稼一样健康的兄弟，如何挤上慢慢腾腾的乡村中巴车，坐上两个小时后，又原路返回。我看见了冬天戴礼帽的郭老、铁老，精神、风度俱佳，看见才思敏捷的钱老依旧步履如风。看见江非停在门口的黄色的电瓶车。看见乘九路公交车的郑老师进门的时候，总习惯推一推鼻子上的大眼镜。轩辕轼轲扛着啤酒来的时候，对面坐着河南的小伙儿王清让。老诗人朱珠前来，陪伴的是得意弟子姚汝林。浙江的诗人来了，那是一个外表刚硬、内心不停地驶过火车的人。北京的蓝野是自家兄长，见过面，便从心底认可了这个刘飖的同乡。大泽山葡萄是青岛诗人徐俊国寄来的。从青岛到临沂到底有多远，这些鲜美的葡萄知晓。龙岩来的时候我没在，盛誉之下的书法家，为人谦和、爽直的秉性，早已有幸目睹。秋天的一个夜晚，刘希龙送来自己的字。不管是"落木千山天远大，澄江一道月分明"、"有约不来过夜半，闲敲棋子落灯花"，还是"白鸟一双临水立，见人惊起入芦花"，都率意、真诚得像这个默默习字的人。当然，还有一些人。那个福建闽东的女人，看上去瘦弱得像一个女孩儿，来过问她的茶叶。开业那天，赶喜的老汉将手里的炮仗一个个点响。晃荡着手里的搪瓷缸上门讨钱又一声不吭的小男孩儿。进来送广告、报纸的，收拾外卖盘子的。也有的顾客推门张望，那个称了几两茶叶的中年男

242

人，以及进来买茶具的女孩儿。还有搞市场调查的，问免费广告是否按时收到的。名字叫做伊丽莎白的哈密瓜，籍贯是烟台。那天下午，装了满满一车的伊丽莎白，黄灿灿地挤在马路对面。两个人去了拎回来四个。

　　对面瞭望到的济南一九烧烤、一九涮肚烧烤是一家，热闹喧腾的烟火气在马路对面缭绕。那些人间的烟尘，爬不上平安路东边的金雀山。这个从前的山冈，站立着一座年代久远的教堂。金雀山教堂气定神闲地俯视远离了的俗世生活。一味茶坊的东邻，先前是一家花店。有一天，守在花店里的姑娘消失了。墙上只剩下玻璃。想想看，从前，这些被镜子映照的鲜花和花香多么明媚。稍后，这儿就成了"麻辣鲜香，味厚透骨"的"武汉九九鸭王"。这段日子，东邻的门上贴着"转让"，听说是为了逃税。肉食专家波尼亚专卖店的店门贴的是"招超市促销人员数名"的广告。在那个固定的时间，我不知道自己是第几个抵达一味茶坊。不过现在，朋友们都知道了我的守时。那天下午，自己还差两步就到了，突然接到电话。我扫了一眼立在不远处的电话机。原来，某人不信言之凿凿的解释，等站到门口，就见那人果真出现了。我也吃过一回闭门羹。那是夏天，老邰和杜振彬下乡卖茶叶。我站在东边不远处的中国人寿大楼前和 15 路公交站牌下依次等，烈日当头愈加想念茶叶的清凉。等从楼前再次奔至站牌，就见着步行而来的郭老。与此同时，钊哥也刚好把车停到了路边。

琅琊画馆记

从考棚街折向沂州路，跟前的街道眼见着窄了，两旁挨紧了的房舍勾着头像要竭力掩住一段秘密。朝南驶去的晃晃荡荡的公共汽车与背向而行的我，彼此留下的是相似的背影。那个下午，步入其间的人总免不了左右环顾。沂州路那些洞开着的店铺不介意，坐在门前唠家常的街坊也不介意。对那抹夹杂在午后的飘移的视线，他们像抖落一枚垂至肩头的叶子。那个已来过数次的画馆，在白日竟一时难觅。只因先前的抵达多是夜里，有车将众人一并携至，阻挡了个人对具体方位的识辨。抑或由于远离居所，自己极少涉足这条沿袭了古老名字的街道。脑子里依稀浮现从前的青石板，雨点落上去，身前身后便会响彻。街巷中缓缓走过的撑油纸伞的人成了烟雨迷蒙的画。

我终于寻至沂州路 21 号，那幢位于路西的三层楼前。周围低矮的房舍令这幢临街而立的楼房突出。此前自己将某酒馆当成路标，那个暗地里划写的指示牌将我顺利引领。眼下，绿色的铁门洞开。拾级而上，楼梯陡直、高阔，内心不免生惧，遂埋头前行，不敢回首。此前第一次踏入即生此意，不想而今仍挥之不去。迈过二十三级台阶，折个弯儿稍作喘息，又继续登攀。说不清究竟是楼房年代久远还是心里认定的个人与传统文化的距离，迎面而来的是真实的陌生和无法触及的距离感。此时，楼梯间没有咚咚作响的脚步和偶尔碰撞的言语，一股隐隐的香气在眼前划过若有若无的影儿。

三楼画馆的门敞开着，似乎早已熟谙有人在这个下午的造访。老卢和希龙并排坐在那张黑白相间的长沙发上，翻看手里的书帖。一只电壶正在勤勉地工作。对于我这个熟识的来访者，站立迎候已觉客套。笑容可掬的老卢说清水洗尘。方念起自己此前隐约透露意图，不承想劳烦心细如发之人惦念。安静是属于这个下午的，也属于这个下午的画馆。栖于墙上的一卷卷书画是安静的，立于一旁的那尊巨大的香樟是安静的。那张宽绰的桌案，桌案上的宣纸、毛笔、砚台、墨盒、镇纸、笔洗，桌案下的卷缸也是安静的。遮住了窗的白色的布，看上去是纸的样子，徐徐透过属于沂州路秋日下午的光。无疑，端坐在画馆的两个人也是安静的了。我只希望自己的闯入没有惊扰这儿的静谧。

"琅琊画馆"现于北墙，行书，落款"戊子年夏月启后"，魏启后先生的行书古拙随意，运笔闲散，乃点睛之笔。我可以于案几旁捧读这位书法大家的书帖。先生1920年生于济南，早年就读北京辅仁大学中文系，受教溥心畬、溥雪斋、启功诸先生。背靠"琅琊画馆"，身前卧一茶桌，系黄金樟，由一巨型树桩雕琢而成。且不提手感，层叠有趣的案台，那色泽着实逼人，随时间流逝愈显高贵的金黄，呈现曼妙自然的纹理，的确名副其实。或坐或立，举目皆是黑白，便觉得两者是最相宜最般配的颜色。其他的只能是点缀。譬如墙边立着的以及廊柱上垂落的绿萝。悬挂于四周墙壁的书画，以横幅、斗方、条幅排列，错落有致。实木框镶嵌卡纸、缀金边的现代装裱，宣纸呈暗花，或仿古宣，也有醒目的佛教黄。传统的轴裱，均由绫作边，色泽或白或灰。鉴于个人对未知事物的兴致，询问后知晓个中缘由。就像书法是国粹，传统装裱亦讲究，有天杆、地杆、轴头诸称。置于中堂的对联无需轴头。条山因挂于山墙，故而得名。顾长，拖曳的条山，配合浑厚的墨迹，很是气派。我知道此时，那个巨大的香樟散发的气息正与空中流溢的墨香交融。性情相投，便不会拒绝这样的亲近。

私下里以为，在诸多真迹中能令外行眼前一亮，且识辨出来，自然非比寻常。那个手书"纳于大麓，藏之名山"的墨客，那个吟咏"月已到门何不饮，梅今如此可无诗"的书生。书法家刘彦湖尤擅隶书、篆书，作品成熟、圆通、独树一帜。彦湖先生有在作品中注释的习惯，令人在领略书法意境时，一并品得习字人的心境。"纳于大麓，藏之名山"系隶书，小注言"长沙岳麓书院有此联，明人手笔也，岁甲申秋日曾谒其处，为大叹服，彦湖重书，稍用己意"。"月已到门何不饮，梅今如此可无诗"为小篆。"曾见钱十兰先生书有此联，释文曰：'月已到门何不饮，梅今如此可无诗'。"那小篆着实难辨，幸而先生明释，如此已令人仿若目不识丁。而从种种字体的变幻，已领略神秘莫测美轮美奂的中国书法。"梅花百树鼻功德，茅屋三间心太平"，系清代大家伊秉绶所撰。其隶书对联传世者甚多。注解云，"有清一代号金石学大昌篆隶高手辈出，以隶而言之，愚最喜伊默庵莫邵亭二家，以其有独诣之功耳，乙酉暑热时作此有清凉之致也。彦湖记"。体味清凉之致的刘教授重温伊汀洲的雅兴，想来古今善书者文墨相投、秉性相通。精于篆书，因而彦湖先生的个人印章颇具特色，书卷中依次出现的两枚印章，分别为"刘"，或"老湖之记"、"安平泰"，"老湖日利"呈现的是多富足丰盈的内心，安逸得令人生羡。推崇篆书天才钱十兰的刘彦湖，不似尝携"斯冰之后直至小生"的钱坫，听旁人讲述丁亥年初见彦湖，惊其言语轻，节奏缓。已将气力置于毫端的功力犹如太极，蓄势待发。稍后，于某期刊目睹伏案提笔之人，已然相识。信乎？见字如见人矣。

琅琊画馆与羲之故居相隔不远，"普照夕阳"的壮美宛如千层影、百丈金。而今，寺内钟声隐隐可闻。书圣故里翰墨飘香，书法名城人杰地灵。在此欣赏到本地书法家的作品，令人尤为欣喜。悬于东墙的是市书协主席龙岩先生的书法作品，出自唐朝李洞诗"送舍弟之山南"。"南山入谷游，去彻山南州。下马云未尽，听猿星正稠。印茶泉绕石，封国角吹楼。远宦有何兴，贫兄无计留。"诚如落款"厚居"之名，龙岩先生笃厚、稳重，习字人的秉性胸怀涵养气度，顺延点点墨迹，在宣纸上自然流溢。市青书协主席姚东升先生工草书，写于丁亥秋的唐戴叔伦诗《越溪村居》，粗犷、奔放，笔锋雄健，宛如疾风横扫。由黄雀、清溪、春风、钓鱼矶勾勒出安贫乐道的雅士情怀。书法家刘大海在诸多大赛中数度获奖，成绩斐然，可谓实力雄厚，而人缄默、寡言。谁都看得出，这个讷于言而敏于行的男子的目光，透出一股怎样的锐气。藤影桂香书屋主人一幅"鱼因贪饵遭钩系，鸟为衔虫被网羁"，很是警世。熟读《世说新语》的刘希龙，慕魏晋风，性情率直，放达，习字是个人修为所至。戴复古的《江村晚眺》与龚子敬的《泊舟》，分明是两个朝代，而意境却如此相通，那搁岸的渔船、夜泊的小舟、立于前滩的双鹭，可否就是落日下临水而立的那一双白鸟？而今，抬眼即见，好一幅"白鸟一双临水立，见人惊起入芦花"。刘希龙的作品典雅流畅、灵活多姿，与诗韵衔接得当。书法家耿国生显然钟情那个"以丹青以自适"的吴门画派领袖沈周，一副出自白石翁的行书作品"老我爱种菊，自然宜野心。秋风吹破屋，贫亦有黄金"，写得遒劲洒脱、游刃有余。立足黄色宣纸上的墨迹，现于尺度完美的白底装裱中，翩翩然宛如画作。不知香山居位于何处，想来耿君于此获得清雅，亦快慰。就国画而言，个人喜写意之作，其中可见意趣盎然。因而，睹画家王有志于岁次乙酉冬以《紫藤树》补白的画作，遂面壁而立观，且饶有兴致地读至"密后脱一叶字"。

对于书法，自己在相当长的时间内一直隔膜，阻于面前的门，而今认定为浅薄。一个原本品咂文字味道的女子，于字里行间因感受到浸透了的时光而沉醉。当那个维系于个人的、短暂的历经，遭遇人类的源远流长的历史，自然俯首。时光即墨色。已然体会时间之味的墨色，倾泻在安静的宣纸上。世上再没有任何一种表白如此这般的简单而纯粹。面前的黑白，最是相宜。人倏忽间安顿了，蘸了墨，欲往纸上。依然不懂种种形迹、规矩、字的布局，但睹那字或静雅或安闲或狂傲或自由，"密处不透风，疏处可走马"，上下空阔四面疏通处气息流通、灵气往来。清华琳言"轮廓一笔，即见凹凸"，于跌宕顿挫的线形、氤氲蹉跎的墨色中凸现昂然的生命本色，意味深远。"狡兔暴骇，将奔未驰"是表现瞬间的妙处，将动未动，富于张力，突出的是

"势"。"夫书势法，犹若登阵"。康有为讲"古人论书，以势为先"。原本静止的书法空间，因为"势"在而生命流荡，充满韵律。"若能用笔，当自流美"，书法所要表现的是艺术，是美。无疑，断松拂云是美的，竹影摇窗是美的。领会艺术的妙境，乃是沉默。"达士游乎沉默之乡"。沉默之乡正是大美不言，落花无言，最具中国传统文化的书法验证中国美学的妙境与禅意。"可以心契，不可言宣"。如今，与书法止于一支毛笔距离的某人，由无知而妄言。

与卢兄初识于戊子年夏夜。众人于一酒馆布篷下饮酒，一席人认得不多，不免局促。不想坐于旁侧的男子言及对鄙人早有耳闻，再问竟是卢公之子。与卢公数年前相识，很敦厚可亲的长者，令人敬重。那夜大雨滂沱，很是凑兴。席间，初次谋面的卢兄沉静，言语寥寥。孰料，在月余后送别远行友人当晚，揩拭男儿泪。倏忽间觉得这个不掩饰自己的朋友，赤诚难得，可交。熟识了，称呼就变了。总之，卢兄太书面，就直呼老卢。老卢代表年长、亲切、信任、踏实。画馆主人卢洪军习字、鉴赏、收藏一并涉猎，可谓行家里手，为人大度、谦和，在圈中颇有口碑。周末，几个人于此清谈、小酌。在那个固定下来的时间，人自然也是相熟的。相见亦无事，不来忽忆君。这样的夜坐于画馆，即使闲来打牌，手里握着的也是墨香，抹不去。

俗人朱新建

朱新建何许人？推及数月前，孤陋寡闻，尚不知晓。某日，翻阅摄影家李百军博客，见文章提及曾赴金陵观画展，与老友朱新建重逢。有文字介绍，亦有图像作证。故友相见，喜悦之情跃然，也慨叹世事沧桑。曾经的茁壮英姿，如今唯将一"老"字抛给端坐着的、衔着烟的画家。光脑壳，烟雾笼罩。瞬间的影像描不出内心的丝寸，倒是文下短短长长的议论，意犹未尽地捅开镜像的沉默。

再次听闻朱新建已不再陌生。七月，日照雅都美术馆的弘石坐在临沂的酒馆。弘石说，九月去日照吧，雅都举办朱新建画展。自己当时是应承了的。因而接到短信通知，"脂粉俗人朱新建艺术展定于九月十七日周日上午十点于雅都美术馆举办开幕酒会，弘石诚邀您赏光参观"，自然履约，欣然前往。

原以为此行可以见着朱新建。其实心存此念再次验证一个外行的当然揣测。其时，"脂粉俗人朱新建"注定不能亲临现场。二〇一一年九月十七日的海滨城市日照在一场大范围的寒潮的袭击下，气温骤降。烟台路雅都美术馆前铺就的红地毯上落了些雨点。整个上午，扬起来的劲风一直没有止歇的意思。出席"脂粉俗人朱新建"国内巡展的主角是朱新建的太太，也是整个活动的总策划，陆逸。那个着黑丝绒旗袍的娇小的女人，站在大风中发表致辞，表达了"我先生的微恙"，表达了对雅都美术馆的感谢。

至此，一个连朱新建面都没见着的人，如何也没有谈及他的道理。对于一个并不缺乏他人言说，且即使他人不说自己敢说敢做的一个人，外行又能抖出什么新鲜料？除了层出不穷的画集，朱新建亦著书立说。诸如《大丰谈艺》《决定快活》，"小众菜园"里到处流传着关于朱新建的逸闻。我打算噤口了。外行大都说不到点子，贻笑大方。倘不谈及画艺，旁敲侧击呢？抑或就说说金陵的这么一个人。想来，目前左手持笔作画的朱新建该不计较，不会在意远在琅琊的某人的莽撞。相比绘画，此时的朱新建对个人思想的见解似乎更为认可，尤喜人栖于旁侧声声诵读铿锵文字，享受着人生的一种快活。此时的大丰该暂不念猪头肉了吧。

海报上的朱新建，侧影，神情黯淡，挂着一丝落寞，眼睛不知瞄向哪儿，神思也不知飘向了何方。这样的一张照片被到处张贴。复制下来的面孔一次次映入围观者的视野，但那束目光倾斜，回避了对视的可能。那是一个怀揣自我意念的人，没打算与人交流。九月的雅都美术馆迎来了朱新建。雅都美术馆的二楼和三楼成了朱新建的巢。占据了雅都美术馆的朱新建不躲不闪地站在自己的画里，守在洁白无瑕的瓷器旁，蹲在雕塑的凳子上，不说话，目光倾斜，瞥向别处，回避了对视的可能。

一个人，又一个人，成群结队的人涌上美术馆黑亮的金属质地的楼梯。脚下很滑，闪出白色的缝隙，琴键一样攀升下行的阶梯，行走其间需小心扶着栏杆。一个女孩下楼时摔倒了。朱新建是怎么上来的？攀行的人们没想过这个问题。他们小心翼翼地走在悬空着的楼梯上，急于摆脱眼下的不适，向往着楼阁的开阔与安全。楼上的朱新建定定的，还是那副模样，兀自将目光投向一侧。络绎不绝的人们在他面前驻足，盯着他的脸，盯着他的被裁剪了的人生段落。然后转身离开。展览就是围观。居于视线中心的朱新建如何也躲不过，那个秃脑门太惹眼，还有积攒了大半生的人生花絮，语录集锦。手握"雅库"第七期的参观者，如果耐心瞅一眼的话，就会发现，这个叫做朱新建的是一个蛮有故事的人。

来画展的除了捧场的，看热闹的，就是那些有备而来的收藏者。

前者沸沸扬扬，一览无余，后者夹杂在沸沸扬扬的人群中，把帽檐儿压得极低，眼睛被遮住了，露出一张张若无其事的脸。朱新建不言不语，燃起又一根烟，身子趁机调整了一下，瞬间恢复了先前的姿态。朱新建的泰然自若让收藏者为之一振。有人直接摘了帽子，拭起了不明度数的镜片，脑袋一律朝前抻了几分。这些寻找朱新建的人，又名追随者，怀着对一个人的虔诚和推崇，像看电影似的品味属于这个男人的传奇。如今，追随者聚集在画家的作品前，一遍遍用目光剥离被宣纸、墨汁、颜料、油画布遮挡着的朱新建，期冀大丰能转过脸，冲自己最钟情的那幅投来嘉许。这些锲而不舍的追随者推崇画家，赏鉴作品的艺术价值，也明明白白地追问潜在的升值空间。附庸文雅的传承令真的、假的艺术爱好者一时难辨。他们热忱地邀请朱新建的太太。一行人在相中了的画前留影。笑盈盈地将手握于腰间的陆逸与夫婿合影。清一色的男人当中，女人自然娇媚。

朱新建画里的女人娇媚。朱新建极快地瞄了一眼人群中的女人，寻找着属于自己画里的女人，臆想中的女人。脱胎换骨也褪不去，朱新建随心所欲地描绘着自己眼中的那类女人。最初是淡的水墨，素纸上勾勒玲珑的曲线和媚态，人是藏在心里头的，模样自然不见。渐渐的，面目清晰，脂粉气显现，人有了些微镜头前的谨慎。朱新建希望女人简单。作为物的指向，朱新建画里的女人，柔软，慵懒，闲散，无所事事，一副家居的猫的倦态。朱新建不舍不弃地画着女人，他叫做"美人图"。这个持之以恒的行为只是让他更像男人。一个效仿了真实生活的又一个人版本。朱新建手中的柔毫痴痴缠缠，仿佛那才是身体的一部分，线索般游走的感觉奏响独独属于他的话语。

朱新建不舍不弃地画着自己的美人图，享受快活。笔墨汇聚纸上，直接剥离了不明不白的暧昧。朱新建的美人是俗气的。朱新建的美人图是俗气的。在一次次审视的目光下，成为自我想象的一场场狂欢或狂欢后的惦念。朱新建自以为是地描绘世间的欢情。这些不明身份的女人属于朱新建的制造，贴上了一致的标签。在一场蓄意挑动的情欲的书写中，朱新建撩开了帷幔，彻底地指认现场，打乱了世俗生活表面的平静。说朱新建大胆，说他画得直白，说他的勇气没有顾忌。归根到底只是一个男性画家敞露个人内心。朱新建被指摘被羡煞的也是剥离的依旧黏稠的那层伪装。技艺最终只是一种表达方式。当满目浮华皆成想象，朱新建已化身其中，成为彻头彻尾的俗人。俗字，出声读起来免不了流俗，远不如写起来好看。一个吃五谷的人本就是俗人。画美人图的朱新建也是。跟有些人不同的是，他甚至有意大写了那个俗字，偎着谷子的看起来愈来愈像个人形。颓废、无奈乃至悲凉，裹藏着的是解读者的个人信息，仿佛望着一眼泉，断言经年之后水的得失。朱新建绘画的时候该没想那么多。倘被巨大的文化覆盖和肢解，个人的呼号随时随地被湮灭殆尽。毫无疑问，朱新建的美人图持握的是男人的视角，继承和传递着的是男性社会霸持已久的权力和地位，他的无忌和恣意释放，直接触及迅速崛起的独立、自省、坚毅、优越的女性群体，遭遇阵地痛击成为必然。

画美人图的朱新建也画江湖好汉。朱新建的江湖好汉被他重新起了名，唤作大侠、刀客、英雄、高士。朱新建毫不含糊地命名着他的江湖，不吝搬来世上种种高尚称谓。于是，现了形的江湖好汉蜂拥而至。明明唤作大侠的，看着看着，竟瞅出小来。身形利落，尖嘴猴腮，一脑门子鬼灵精怪，似乎是随了鼓上蚤时迁。刀客，自然是刀不离手。拎了刀的刀客必是要备个招式。只见那红脸刀客扎稳脚跟，抬头一声断喝，问道对面来者何人？但愿不是虚张声势，徒长威风。着黄袍的英雄大度沉稳，不动声色，只将手中羽扇挥摇。轻捻髯须的英雄止步凝思，可是怀念曾经的兵戈铁马，胆气英豪？与前者挥洒自如的状态有所不同，朱新建面向高士大师之时，涤荡尘念，潜心追随，示沐手礼。图中人物浑圆挺立，精气十足，眼神灼灼，已参透世间众相。那些叫做戏曲人物的也该划入江湖。只是当人生着了浓墨重彩之后，英雄的举止变得令人生疑。重新演绎的情节令严苛的观众识辨真实与假面。白脸剑客生得俊俏。衣裳缝着的花与那一刻的脉脉含情注定此君又是世间情种。朱新建漫不经心地画着，咨意地画着，别有用意地画着，意犹未尽地画着，画着自己对各色江湖男人的偏爱，画着挥之不去的曾经的记忆和想象。画着画着，朱新建也成了好汉，行侠仗义，一呼百应。想来，这样的好汉必是善饮且喜食猪头肉的。

　　山水素来让人生出一些眺望。远远的，在层峦叠嶂纷繁呈现的气象中，慨叹自然的伟力，人遁形于山林，已然不见。朱新建的山水则省却背景的渲染，任由笔触渐次推进，模糊了固有距离，使得远处的事物切近。世界倏忽间透彻，明晰，简单而直接。至于大段的留白，则成全了好事者多余的补缀。寄情山水本是寻求人生境界，在于情趣，在于意蕴。仿若琵琶清音，余音袅袅，茶烟升腾，香气犹存，抑或握于手心的那枚罕见可人的灵石。朱新建的山水图，精简为天地人的格局，令消失已久的人物复现。山水之间的路途被定格。房舍、孤舟的数次重逢形成了安定与漂泊之间连续不断的游走。影影绰绰的树或枝干硬朗的树是真实的，自始至终充当沿途的指向标。路线明确，眼下仿佛拨开了的人生脉络，开阔、简洁，显现着人与自然与生命的平衡。睹朱新建的花鸟图，误觉闯入奇异世界。池中、枝头、树下，一个个影子兀自现身，或独立或结伴。形是逼近了的瞬间。鸟似人，分明也是含情，全都透着一股子神气。当你打量它们的时候，对方回应的是迅速划过的狡黠，紧接着的则是一连串莫名其妙的声响。

　　朱新建一刻也不停地画。除了偶尔调整一下坐姿。坐在画里的朱新建从容、得意，挥洒着内心的念想与悟道。释放实在是难以言表的快慰。那条通道暗自连接个人与世界达成的所有密谋，通往人生的自由之境。朱新建自在地于画里画外穿梭。连自己也不知道哪儿才是可信的。对于一个醒来却依旧清醒的梦，什么是真实？至于画什么，画成什么，始终是一个值得玩味的话题。朱新建手捧茶壶，眼望漂浮着的茶叶沉降，留下来的是令人咂摸的难忘的味道。朱新建打心眼里喜欢这两个字，觉得凡事最好的评价都能用它替代了。解释是多余的，仿佛沸腾的终会冷却的水。

坐在画里的朱新建是踏实的，惬意的。朱新建每天画画、写字。除了吃饭都在画画，连坐在马桶上也在练速写。画前先写字的规矩定了就再没改过。每天，朱新建总是先写上十几张字后，才开始画。正如当年对齐白石的追随。对于书法，朱新建推崇颜真卿。画上题字，犹如眼神，传情达意，镶嵌其中。至于写什么，那是画前功课，自然得做足。无拘无束地读书、交游，感悟体验，笔墨与性情吻合与人生态度趋于一致。画意犹如内心生出的树，葱茏，繁茂，充满活力。博采众长是朱新建的习画心得。真正的画家不会放过出现在眼前的任何一幅画作。即使是授徒，朱新建也会当作自我习练的良机，乐在其中。闻听楼上某人持黄宾虹真迹，朱新建早已按捺不住。以临一张，送一张为代价，央求对方将画暂留家中两日，以便揣摩研习。那几日是朱新建魂不守舍难以入寐的狂欢日。一麻袋花生和可乐相伴足矣。朱新建亦收藏个人中意的画作，令面前时时立起逾越的标杆。时间最是诡异，催人早生华发，也任由悟性发酵生长。当生活由漂泊转而安定，静守金陵的朱新建笔墨回归传统。中国发明了的线条，在那些没有丝毫渲染的水墨画中，形式是极为讲究的事。朱新建往往是经了铅笔才挥动画笔。准确是作画的基本。墙角成堆的铅笔速写稿本见证了一位绘画者的勤奋。

画家成了世界上最后一批手工艺人。朱新建不停地画，他觉得自己停不下来，不能停下来。右手不能画了，就会左手画。朱新建打心底里觉得画画实在是一件让人快活的事。人生哲学本意简单，就是要让每个人都想明白了，想明白了才能活得明白。人生根本就是要快活。搁下画笔的朱新建感谢上天给了自己这样一个本事。既然有了本事，这辈子就得施展出来。投身绘画的朱新建全身心地享受生命的愉悦，浓墨重彩大张旗鼓地宣告个人生命的态度，决定快活，享受快活。倘若自己快活，也能给别人带来快活，自然是天底下最大的快活。这个九月，在日照雅都美术馆，一干人马与一场大风共同见证了一场画展。陆逸被突如其来的海风托举，摇摇摆摆，好像随时都会飘走。没有飘走的陆逸款款坐定，侃侃而谈。大丰的小娘子生着兔牙，眉眼灵动，语速极快。一双操练琵琶的素手，出其不意地舞起了颜色。静立室内的花瓶，花枝招展，暗香浮动。台上紧锣密鼓，烈焰红唇的巾帼英雄整装上阵，骁勇善战，不让须眉。台下的大丰睹得真切，一招一式熟稔于心，拟作戏曲人物，呼之欲出。

水岸生活

命名包含着的祈望和心愿总是在被唤起的时刻流溢。比如一座城市，一座日夜枕着一条河水的城市，她的名字里流淌着一条大河的长度和体温。由遥远的大山一滴水的萌发，凝聚起来的生命之源，积攒着，流淌着，奔涌着。宽阔的河床，激越的波浪，绵延不绝。水，这一世间最柔软最坚韧的事物，以自己的方式运行着生存法则。临沂，这座为水环抱着的城市，带着起源的神秘力量，愈见葱茏、丰美、富饶、迷人。

城市的意义始于建立之初。不管是因城而市，还是因市而城。无一例外地见证人类集体性地告别迁徙流离的颠沛，奔向安居乐业的美好愿望。"筑城以卫君，造郭以卫民"，城以墙为界，城墙是最早的建筑和生活的保障。文明这一卓著的标志性勋章早已深深地嵌入城市的墙体。建筑脱颖而出，一个始自动作的词语锻造成地面上实实在在的建筑物。建筑的目的由最初树立的防御本能，拓展成愈来愈讲究愈来愈有表现欲的空间。

任何一个踏入陌生城市的旅行者，他的目光最先捕捉到的还是陌生。那种扑面而来的陌生感来自飘荡的空气、安静的树木以及一张张游动的面孔，来自遍布视野的森然的建筑。在棋盘一样的城市中漫步，像迷失方向的棋子。陌生成为一堵真正的城墙阻断记忆。面前呈现的是另外一座城市的表情。建筑是城市最真实的表情。那些闯入视野的不是钢筋、混凝土、砖石的混合物，不是临时搭建的被命名了的聚居地。它们已经不再顾名思义，那张沉淀于心的城市的面孔，温暖、过目不忘。家园永远是他乡无法寻觅的归宿。如果俯身，能嗅出夹在石头缝里的时光的指纹。

人们青睐美，对美的事物发出感叹。一而再再而三的回顾皆因触目的惊艳。记不得从什么时候起，自己的城市开始有了旖旎的神态。是金雀花开的瞬间还是伴随着河水的涨漾？金雀山还在，那座曾经的小山默默注视着东边的河水，这里依然是这座城市的制高点。长长的金雀山路与伟岸的沂河大桥唇齿相连，成为直抵沂河的第一大道。金雀山下，沂河岸边，就在这片洁净湿润的水岸，自己的眼睛是如何一下子被击中了的，也是因为触目的惊艳？眼前乍现匠心独具的城市园林，所以，一瞥，仅仅是一瞥，眼前的建筑群落已从无限城市风光中集体性地脱颖而出。

史无前例的开辟呈现的非凡气势和巨大潜力，愈来愈接近创造者对于城市、建筑、艺术与生活的全景式描绘。这儿俨然是一座城。退却了最初的抵御和喧闹，静立水岸，幽谧、闲适、优雅、卓尔不群。建筑化身凝固的音乐，而行走则令乐音叮咚，袅绕不绝。古罗马建筑家维特鲁耶在《建筑十书》中提出的建筑的三个标准，"坚固、实用、美观"，仿若一杆标尺，检验和推动着建筑的发展。眼前的打造，不是铁匠打铁，不是画家作画，不是魔术师手法的出神入化。那些魔术般次第诞生的令人咋舌的作品，哪一个不是千锤百炼方引入的画境。一座座风格迥异被格外注重的单个建筑，独立成章，而就在翩然落座后，每一栋房子伸出的手臂已挽住了相邻的臂弯。如此紧密的相偎相依，令这些有着明显家族特征的成员展露遗传密码。它们已经成为这座城市令人过目难忘的场景，建筑就是生活中各种场景的亲密合作。这些被精心打磨特别制作的艺术作品，就是城市的一个个激情的细胞，并且最终成为别具一格的环境，属于这座拥有美丽水岸的城市。

创造者的眼光不仅在于选择了一份适合自己的恰当的行业，还在于把这桩事当作太阳底下最光辉最灿烂的事业悉心经营。造房子。让我们一起造房子吧。为人民造房子，为这座城市造房子。还有什么能比造房子更让人幸福和满足？造房子的人怀揣安居乐业的理想，造房子的人把造房子当作事业去经营，造房子的人把造房子当作艺术去创造。人是独立的人，美是大写的美，城市成为美的又一载体。他们认定信念是一种力量，只要精神的火把高高举起，必能照亮前行的每一段路。文化从来就不是镶嵌物，不是任人咀嚼的口香糖，而是事业立足的最深沉的核心能量。"质感"是为自己的建筑作品量身定做的一件礼服，"人文气质"是对社区整体性的形象定位。创造者建设者的身份和生于斯长于斯的本土意识达到最完美的结合。

人的思想呈现的奔涌其实就是河水，向前的方向令那条大河浩浩荡荡。"做有灵魂的建筑"实现了景观的美感和人居的舒适感。从开始即引入上乘的规划设计理念，不断汲取着前沿阵地的营养元素。当建造楼盘被作为艺术挖掘实现，建筑即是雕塑的意义重现。价值与意识和谐共存，自然与建筑人性化结合。负责不是一句话，负责是言行一致，是身体力行的姿态。对人民负责，对城市负责，对历史负责。唯有肩负责任的创业者，才会"兼济天下"，才会不断地以力作演绎经典，建筑城市之美和生活之美。因为手中诞生的城市园林是自己城市里的家。

暖意总是在呼出那个字的时候袭遍周身。家。一个世间最感性最温情的字眼，无论放置在哪儿都令人魂牵梦萦。每个人都在寻找属于自己的城市里的家。而一个倾力打造城市形象的领跑者，坚信形象即是创造力。凝聚着地段形象力和高度形象力的醇美成熟的社区，以标志性的生长保持视觉冲击，领袖一座城市的风华。在这里，城市建筑与艺术融合，产生了"诗意"、"画意"以及令人愉快的"建筑意"，最终发现和构建了城市的建筑"意象"，体现了建筑的和谐之美。色彩成为建筑的一部分。无论是西班牙式的红瓦白墙还是典雅的灰、成熟的黄，其间散落的色彩与周围的环境和谐共生。颜色不只是装饰物，而化身建筑的生命，无与伦比的力量和情绪迅速进入建筑内部，完成自我陈述和告白。细节从来都让人感动。通常，人们对建筑的感觉是粗糙的却又无比细微，没有人太多地注意建筑顶端的点睛设计，但是对质感上乘的涂料、外墙文化石、粗重的铁艺栏杆、古典灯具以及地道的加拿大红雪松倍感兴趣。树木的出现第一次超越了自身，架起了天空下自由的桥梁。精益求精令看重细节的人们目睹的是品质。家的气息和舒适感极熨帖地由内而外地流溢。

生活由此开始。在这个最靠近河水的地方，空气中无时无刻不氤氲着水的气息，甜润、美好。水岸不再是一个飘渺的动人的词，而是眼前生活的一种，触手可及。没有人能说出幸福的味道，也没人见过幸福的模样，但几乎每个人都选择将幸福作为自己的人生目标。相对于那个无以言表的不见行迹的幸福，幸福感的获得则因体验常常令人捕获。譬如热爱着的自己的城市，茁壮的生命，亲人的拥抱，失而复得，久别重逢。当"广厦"变成现实，绽放的欢颜属于幸福感还是幸福？

每个人都在寻觅属于自己的生活。选择水岸生活的人很快品味到自己的家园不单单是装修精致风格独特的居室，不单单是恩爱和睦的家庭氛围，一种味道正从温馨的家一点点地扩散，抑或由外及内地渗入。那是邻里亲切的问候，庭院绿意葱茏的生机，透彻的空气，耳畔一声声清脆的鸟鸣。生活正以自己向往的方式款步走来，而人们又是以一种怎样的心情投入久违了的生活的怀抱？当清晨的第一缕阳光贴近锦缎一样的水面，沿河广场上已是剑影扇舞，姿态翩翩，沐浴晨光的人们舒展肢体，向新的一天致意。黄昏，同样的地点人影憧憧，鼓乐齐奏，每个人的一天都充满着各自的忙碌与所得，如此有声有色的渲染该是对过去了的一天的深情回味。工作是立足之本。每个人都会努力工作，努力的背后不是工作本身，而是为了更好的生活。生活就是休憩，就是自由自在的呼吸。人们放松自己的心情，享受生活给予的最大的快乐。共同的居住地让并不相识的人迅速消除隔膜，珍视生命中的每一次相遇，言语间如相交多年的老友。

无法测量的是细节的力量。它击中的不仅仅是眼睛，还有柔软的内心。那个在门口刷卡的男人无意间发现了突然多出的标语，"高高兴兴出门去"，起初并不在意，以为只有这么一句。等到下班回家，看见另一句问候的时候，登时心里一动，"欢迎回家"，回家的感觉很温暖很贴心。有着私藏酒坊的女士，拥有各种年份、各式包装、各个国度的葡萄酒。对于生活的品味亦如其敏感的味蕾。当她目睹经常出入的地下通道，为防止路滑，已经安装上了扶手。手心里的摩挲有如红酒温情的浸润。

生活的笑颜因为彼此的绽放，成就了一幅幅难以忘怀的人生画卷。端午节的龙舟赛让沂河沸腾起来，泼溅的水花、飘舞的彩绸与此起彼伏的呐喊，一起激励着奋勇争先的划桨勇士。作为国家非物质文化遗产的赛龙舟，历经数千年依然光彩如初。而今，传统节日与力度和美的再度结合，让簇拥在河岸上的人们感受着节日的巨大魅力。电影对于人的吸引并没有因为时间和技术的缘故消退。人们精确计算着银幕与屏幕的差别。电影是一种情境、一段人生、别样的情绪。电影描绘特定的气氛，显露态度，阐述意义和存在，如此被记录的人生有人会当作故事来读，而人生远比故事深刻丰厚。从前的电影情怀让人不由得亲近那个讲述着生活和生命的"故事"。电影周让时光倒流，让人们重回昔日的影院。当赛事与趣味结缘，那些亲历过的人总爱一遍遍回味定格的亲密与快乐。那个叫趣味大赛的比赛，以家庭为单位。听说过这些项目吗？乒乓球接力，懒惰的自行车，呼啦圈跑，袋鼠跳，踩气球，纸衣往返跑。知道两人三足行最需要的是什么？当啤酒、足球和风筝争先恐后成为一个又一个节日的主题，摄影机里驻留的就是一个个挥之不去的美妙的瞬间。

西街很早就被记下了。乍听，这个以方位命名的小街并不是太引人注意。城市生活的丰富是因为总能不断兴起或吸纳一些新鲜事物。西街的出现就好像特定为这座水城补足了某一部分。它的纳入视线不是亲临，而是事先由着某种渠道的传播已有耳闻。西街的全称叫香榭丽西街。很难用哪个词语来代替西街。西街是白色的，西街是红色的，西街是绿色的，西街是时尚的，西街是休闲的，西街是生活的。乔木、林荫道、休憩花台，酒吧、咖啡馆、西餐厅。节日的西街的异彩纷呈。如果打算去艾孚山咖啡馆观看首届酒吧歌手（乐队）大赛，就得错过卡萨酒吧布下的调酒师的表演，除非你不想尝试在西街比萨的8分钟单身浪漫约会。平安夜，相携去1216咖啡馆吧，那里有丰盛的圣诞火鸡大餐，还可以盛装步入音乐做伴的酒会。

　　对于一经选择了的生活，人们总是发自内心地珍视。目睹一页页翻过去的日子，或激情或平淡或忙碌或闲适，不管怎样都充满意味。生活总是值得我们去热爱。一度，那些过去了的生活中有一些特殊的日子被小心挑拣，叫做纪念日。从哪一天开始，居于水岸的人们发现时间停止了，就在每个人屏息令呼吸止住了的那一刻。河面宽阔，舒展而宁静，仿佛闻得见来自世界底部的静谧的芬芳。只有风站在柔软的河面之上，一遍遍追逐聚集着的广阔而细致的波纹。那些成群结队的雪白的羊群，缓缓地，从山下被赶往山上。

盛夏的果实

在我抵达蒙阴的前一天，一场雨已经提前光顾了这座背倚蒙山的小城。如今，我难以辨别雨的来历、气势以及究竟揣了怎样的念头。远处的云蒙湖水面如镜，绕城的东汶河款款缓行，雨点将秘密迅速投落后，鱼一般深深地潜入水底。曾经从一幅被拍摄下来的图片上记住了小城的姿容。那个如画的漫漫长卷展示着被绿树浓荫环抱着的城池，房舍街道井然有致，被洗濯了的天空留下天蓝的蓝，一弯流动着的河水令这座神奇的绿色城堡明眸善睐起来。当我与汶河真的在今年夏天的某一刻并肩而行，淳朴好客的主人一点儿也不介意来自身旁的打量。一路牵引满目新奇的来访者，沿城中洁净的道路，一直攀上那些层层叠叠郁郁葱葱的山坡。

汽车飞驰在盘山公路上。抬眼张望，一侧紧偎山的肌肤，另一侧是渐渐远去矮下身的山谷。随着盘旋升起的山路，顿时觉得山在升腾，车在升腾，人也在一点点地升腾。不知不觉已然置身山中的我，不禁重新品味"蒙阴"，这个本地区唯一以山命名的地域，原来如此沉静地栖于蒙山的怀抱。山区不再是抽象的地理名词，而是远处的山影、幽谧的沟谷、盘旋的山路以及漫山遍野的翠绿青葱。绵延是山的趋势，一座座敦实的山包紧挨着，行进当中，谁都无法忽视的绵延着的绿是眼中唯一的颜色。在这里，我很快寻到了那场雨的踪迹，它袅身裹进碧草绿叶的清亮里，汇入山涧清冽的淙淙溪水中。天上弥漫着的迷蒙的雾气也在不声不响地叙说，蹲在路边的湿漉漉的石头是在倾听吗？夏天，这个一年当中雨水最充沛的季节，一个连指尖都被绿色沾染了的季节，让一座座山朗润起来、青翠起来、挺拔起来了。从游蛇般盘旋的山路爬上来时，耳畔响起的是那首耳熟能详的沂蒙山小调。此前看过的那部影片又在眼前晃动。穿行于蒙山沂水、蓝花布衣、煎饼布鞋、荷包担架、炮火硝烟、忠烈满门的沂蒙山小调啊，既深情又质朴，既欢快又悠长，既优美又悲壮。土生土长的沂蒙山小调，而今，又在孟良崮的土地，在烟庄上空，在和平的安宁的富庶的山坡响起，青山绿水，草地，牛羊。

旺庄果业合作社里一派繁忙景象。没有人注意二号入库冷藏区上方的时钟。那根毫不停歇的指针从晨雾乍现的乡道走来，奔向暮色四合的田野、炊烟袅袅的院落。其间，它们就停落在合作社社员固定的坐姿、穿梭着的身影，以及一筐筐高高堆积起来的鲜美的蜜桃上。此时，坐在巨大的工棚下的合作社社员们正在劳作。她们将每只桃子裹上保鲜袋，她们给每只桃子贴上标签，她们把打扮停当的桃子一一装入纸箱。没有人在意围拢过来的人群，偶尔抬起头来并不妨碍手上麻利的动作。与这些熟练的包装女工分工协作的是那些合力推着搬运车的男人们。他们把成箱成箱的蜜桃搬上运输车，他们一点儿也不吝惜体力，他们计算出装满这样的一车要多少箱。一天三车的运载量要他们不能轻易地停歇。此时，一辆红色的车头越出工棚的外运恒温货车静候着。只有风尘仆仆的它知道果业合作社里的忙碌，知道沿途果园的广袤与芬芳，知道这个夏天驶往县城驶向四通八达的公路上那一辆辆穿梭不已的货车，让漫长的路途充满蜜桃的甜香。外来者一眼就看见了那些挤满筐的蜜桃，争先恐后地探出鲜灵灵的脸。是的，这些蜜桃太抢眼，个头大，分量足，新嫁娘般亮丽红润。这种被命名为"蒙山脆"的获得商标注册认证的蜜桃果真名副其实，入口甘甜极为清脆爽口。我俯身看着这些清晨才从果园采摘来的桃子，身上缀满莹亮的久久不肯滑落的水珠。埋首成筐成筐的蜜桃下的是一张张黝黑的面孔，被涂抹的有着惊人一致的颜色得益于阳光饱蘸热情的一遍遍的泼洒。这就是我的庄稼一样健康、果树一般苗壮的勤劳的乡亲。勤劳是黝黑的面孔，是纯朴的比泥土还要沉着的底色，勤劳是富裕的生活，用一路流淌的汗水精心浇灌。硕果累累的盛夏的果实该是对他们最好的回馈。

那是位于岱崮镇井旺庄的一处桃园。在这个夏日的正午，阳光比雨点更密集比烈焰更炙热地笼罩着它。沿小道步入桃园，眼前并没出现想象中热闹的采摘场面，四周出乎意料地安静，只有远处传来蝉儿的声声嘶鸣。稍一思忖，站在这个距入口不足十米的所在能发现什么？那些躬身穿行的背影该在桃林深处隐现。此刻，他们早已成为一株株桃树，卷入不断涌动的绿色的潮水。低矮的桃林，桃枝低垂，奇怪的是没有看到果实。碧叶间出现的是一个个黑色的遮盖物，就是它们严严实实地将果儿一一裹起。正是有了这层保护，丰美的果实才能躲开虫蚀、风侵、雨淋和污染。后期采摘之前，纷纷扯下面具，让一缕缕阳光温情地抹上流光溢彩。而今，这层黝黑的坚实的盔甲难抵其中的力量。是的，几乎每一天都能听见真切的喊叫了。桃园内一处处灯盏高悬，卫士般站立，没有几个人知晓它们的威力。等到夜晚降临，一盏盏明灯点亮，就是不声不响的卫士们张开了警戒网。那些形形色色的飞虫，奋不顾身地陷入甜蜜的光明，开始了它们久久不息的夜宴。临行回首时才发现桃园的全称：井旺庄蜜桃标准化生产示范基地。示范，总是带着模范的样板，值得效仿和推广的。

看见远处的山影，看见围拢在身旁一层层扯不断的浓浓绿意。一直在山间奔驰的人突然间醒悟，自己已然被群山环抱，触摸到了山尖的雾气。昨日那场雨始终不肯离去，在山中幻成袅袅白雾，将远处的山一一揽入自己的胸怀。一路上，我已远远地领略了"崮"的奇特，一座座仿如头顶上戴了帽子的别样的山。这就是沂蒙山区特有的地貌景观，被誉为中国第五大造型地貌的"岱崮地貌"。抵达岱崮镇那个最佳观望位置时，原本清晰可见的远远近近的"崮"群神秘地消失了。正午的白雾依旧缠绵地依恋着"崮"顶，影影绰绰的印象增添了些许遗憾，瞬时有了某日亲临崮顶的迫切愿望。在山间穿行，路边房舍的乍然出现让人心生暖意。我看见了掩映在绿树中的山里人家，看见攀援在房前屋后的朴素的丝瓜花。我看见女人扬起来的好奇的目光，看见男人背后挺起的带着劳动特征的坚硬的结。我还看见整洁的校园，看见在球场上奔跑的无忧无虑的孩子。赶牛的老汉安静地站在路边，不安静的风一路扯着他的衣襟，身后尾随着温驯的牛，垂着头默默地走。远处山坡上有两只羊在角斗，那只雄健的黑羊明显占了上风。我很快认出路旁那株自生自长的枣树，像碰到了熟悉的街坊，上面挂着一枚枚喜人的青色的果儿。

一只粉蝶闪入桃园，那个翩然的身影有一种说不出的妩媚。它在一株株柔曼的枝条上起起落落。试图穿越整座桃园是鸟儿心底的豪迈。在这个自由的天堂，处处都是它的家。到了雨季，那些白色的自下而上铺设的水管本该歇歇了，可闲不下来的它们引领山涧蓄满的溪水一路欢歌。守着漫山遍野长势喜人的桃园，农人的劳动场景由山上的桃园转至丰收的路旁。一只只蜜桃装满筐，成筐成筐的蜜桃堆得结结实实，乡道上穿梭忙碌的是载着蜜桃的大大小小的运输车。常路镇石峰峪村的桃花湖风景旖旎，湖面浩荡，山水相映。渔船浮荡水中，湖畔立亭台楼榭，四周青翠房舍点缀其间。每到春天，桃花烂漫。山上桃花水面桃花人面桃花相映红，处处即景，令人流连忘返。石峰峪村的高音喇叭在这个下午响起的时候，跟前一天或者再前一天没什么区别。那个裹着地道的蒙阴县常路镇石峰峪村方言的通知，即使由南围子、蒋家坪或者榆树山的任何一个村民听来也没有障碍。可如果没有解释，谁也没听清村主任一遍遍重复的内容是"明天卖桃的，来拿箱子"。

在这个优质的水源地，拥有天赋之源银麦山泉，是有口皆碑的银麦啤酒的原产地。在这个山地丘陵占94%，花岗岩分布广泛的名副其实的山区，享有"中国蜜桃之都"美誉的蒙阴令果品业成为一座县城崭新的标志。充分利用山区优势种植果树，鼎力发展林果业可谓得天独厚。"绿色产业，山水蒙阴"造就了一个美丽的人间神话。盛夏的山坡满眼葱绿，累累果实缀满枝头，果农沉甸甸的喜悦在山上山下起伏、荡漾。等到来年春天，桃花湖畔的桃树开花了，岱崮镇的十万亩桃树开花了，全县六十万亩的桃树开花了。漫山遍野的桃花啊。还有苹果花、枣花、杏花、梨花、樱桃花，漫山遍野的花盛开了的时候，花海如潮，花香似海，让人如何抵挡？

蒙山印象

车灵敏地拐过一道弯，沿悬于路口的指示路线笔直东行。道路两旁葱郁繁茂的树像忽然念起了什么，纷纷抬眼张望。此时的我忍不住怦然心动。空气中的洁净，流淌着属于清泉的甜润气息，让人陷入抹不掉的记忆。周围的景物如此熟悉。是谁在前方轻声呼唤，另一个声音一遍遍默默回应。再次嗅着蒙山呼吸的女子已然明了，这是一个注定与以往不同的别样的夏天，因为近在咫尺的蒙山，因为无可名状的吸引，因为龟蒙顶上那早已许下的心灵之约。

这个早晨有雾。远方天际呈现影影绰绰的迹象，尽管边界模糊，描摹的分明是天上的宫殿。这样的话掩在心底，仿佛一说出来面前的仙境便会登时幻化消失。雾成了神秘的引领，眼前的景象愈加迷幻，令人心驰神往。司机小徐说，蒙山道观的签是极灵验的，去年自己就专门上山还愿来着。我无法知晓每个登临蒙山的人怀着怎样的心愿，单单"孔子登东山而小鲁"的胸襟与气度，数千年来即令无数登攀者一路追随。

第一次抵临蒙山是月余前。那日，天气晴朗，碧空如洗，自己像一只归林的鸟儿一头扎进蒙山的怀抱。蒙山真绿啊！那种惹人的颜色，裹着清凉直往人眼睛里面钻，躲也躲不过索性迎了上去，让汁水一样的绿从头到脚将自己涂抹。盘山公路两侧，身前身后，目之所及，处处都是绿色的影子。面前滑过数不清的树，一棵棵挨得团结，阳光陷入其间，不得不缩成铜钱样的点点光斑。敞开的车窗任由披了绿衣裳的山风窜进窜出。山风因了依傍山的缘故，总有些恣意，甚至比林中的鸟儿还要自由。驾车人蛮有经验地说，站在山顶往下看，是看不见盘山公路的。这条土黄色的绸带神秘地隐没在满山遍野的绿林丛中。九龙潭的水也被染绿了，四周群山的倒影争相映在那片清澈而宁静的水中。山水深情相拥，你中有我，我中有你。这样的山上一定住着神仙，仙风道骨、鹤发童颜，身上也该裹着一袭绿衣裳。

盘山带着一种内里的体贴，公路飘荡成一条若隐若现的绸带。这绸带悉心漫着山势，像一缕轻烟抚摸蒙山翠绿的肌肤。显然，眼下的登山方式是属于现代的，它最大限度地消解了攀登的劳顿，造就了闲适的云中漫步。而今，登山路线采用这条唤作中路的盘山公路，更多地取自心情，一种急切的抵临顶峰的热望。每一条路径都指向了山顶，就像树的生长，向上是骨子里不容更改的意志。上行的，蜿蜒曲折的线路以非俯身不得见的幽谧，检验着登攀者的心迹。我感激这条最便捷的道路，无数筑路先驱以躬身的姿态经年造就。如果可能，我不会在盘山公路盯着峰回路转，也不会由蒙山坊出发，直赴主峰龟蒙顶的主道。我打算取道西路，由万寿宫起步，沿"东蒙古道"，涉桥移步，穿山越岭，徒步走完全程八公里。体验如何身随路转，曲径通幽。岁岁年年树木荣枯，山路两旁屹立着的岩石该还记得当年的东蒙客。李白、杜甫蒙山偶遇，谱写一路携手同游的弟兄情义。东坡居士神采奕奕，手握蒙山萱草，翩翩而来，翩翩而去。

龟蒙顶近在咫尺。我看见了匍匐在巨大岩体上的人类的记录，正在来者一束束目光的凝视下无声地诉说。是告诉人们早在三千多年前，山下那个以风为姓的东夷部落首领太皞建立了颛臾方国？一个以风为荣的国度自然膜拜山的高峻与神通。山是圣台，是最接近天空的地方，传递神灵的教诲，接受虔诚的祈祷与拜祭。周天子的旨意只是远方一个同样敬畏的眼神。高山仰止。只能是这样的姿态，只有这样的姿态才能望见耸入云端的山顶。

"泰山岩岩，鲁邦所詹。奄有龟蒙，遂荒大东。"春秋鲁大夫奚斯的颂诗，难掩鲁人对辽阔疆域直抒胸臆的骄傲。"孔子登东山而小鲁"

的高瞻与雄视，令踞曲阜东百余公里的蒙山千百年来散发经久不息的魅力。而今，踏上"孔子登临处"的后来者，站成了一座山的高度，倚栏站立，极目远眺。四周群山逶迤，状似波浪，层层叠叠，连绵不绝。近处的望得见姿容相貌，巍然伟岸。远处的隐于云端，生出另一番迷蒙景致，令人意欲亲临其上。望见"蒙山之巅"时，自己的心登时被那个巅字击中。那个至高无上的、极致的崇高的字眼让人体验到一阵阵难以抵御的战栗。我不知此情此景，是否与当年夫子登临时一般无二。只是如今，所有的慨叹都显得笨拙无力，"小鲁"依然是最恰切最有力的表述。自己留下一个小小的疑问。当年的东山是否亦如今日蒙山这般翠绿清新，赏心悦目？

　　站在蒙山之巅，望得见平邑县城东十余公里处，北依蒙山，南临浚河，颛臾方国故城遗址。历千年然古城风采依旧。一路之隔的固城村，由方国古称而得名。固城村西南、城东4公里处是颛臾村。孔夫子掷地有声的"恐季孙之忧，不在颛臾，而在萧墙之内"的声息，与清费县地方镇东崮村人杨仪廷《吟怀古迹》中面对颛臾故城多古意的咏叹，犹在耳畔。距县城北三十五公里处的南武城古城遗址，黄土夯筑，半圆形的城郭残墙断壁，镌刻着两千四百多年的历史风云。当年，孔子抵武城闻弦歌之声，"武城宰"子游以"君子学道则爱人，小人学道则易使也"令夫子悦。南武城诞生了"宗圣"曾参，貌丑德高，豫章百花洲结草为堂的澹台灭明，先贤的武城故里，如今的魏庄乡土桥村西，即在眼下。望县城西北，可见始建于西汉年间的呈"『"字形的南武阳故城遗址，今平邑县仲村镇。此地是与鲁之狂士曾点同列"孔门七十二贤"的仲由、原宪的故里。《论语》中"浴乎沂，风乎舞雩，咏而归"的曾点与性格爽直、勇武忠诚的子路栩栩如生。安贫乐道、不与世俗合流的原宪亦为后人吟咏，唐人吴筠有《咏原宪子》一诗："原生何淡漠，观妙自怡性。蓬户常晏如，弦歌乐天命。无财方是贫，有道固非病。木赐钦高风，退惭车马盛。"

　　"观鲁台"雄踞海拔1156米的龟蒙顶东南隅。通往其上的阶梯高耸、陡直，宛如天梯。手之所触、脚之所抵、目之所及皆为石，采自平邑特产的"将军红"花岗岩。这座飞来物般的天台已然与基下生于27亿年前的花岗闪长岩浑然一体。站至1169.9米的观鲁台放眼观望，心旷神怡，触景生情，不知身在何地神游何处。乍看，云雾四起，青山成了云海中隐现的连绵的岛屿。再睹，又疑自己分明人在天上宫阙，云雾袅袅笼罩之所在，非仙界又是何处？观鲁台上有玉皇阁，玉皇大帝、托塔李天王、太白金星，众仙家被请至此，此地原来是人间仙境。蒙山这等"福地洞天"，自然是修仙得道的绝好去处。春秋末期，楚国名士、以"孝""隐"著称的道家代表人物老莱子避乱世，偕妻子逃至纪南城北百余里的蒙山之阳，"葭墙蓬室，木床蓍席，衣蕴食菽，垦山播护"，之后西出函谷关流落到秦国，又辗转回归故地孝养二亲。蒙山前麓官庄村东南偶遇孔子的那座石桥，被后人称为"遇圣桥"。先秦诸子，有纵横家之祖、数术之崇美誉的鬼谷子，隐居蒙山教授弟子百余人，苏秦、张仪、孙膑、庞涓皆为其弟子。"鬼谷子讲堂"居龟蒙顶东侧，大洼林场内。而今静伏于此，但闻远处深深幽谷间，天地灵气悠然升起。以"道"名教的道教，系我国传统宗教，或言老庄学说，或言内外修炼，或言符箓方术。教义以"道"或"道德"为核心，认为天地万物都由"道"而派生。法"道"而行，天人合一，回归自然，修炼成仙。张陵《老子想尔注》中，把老子作为道的化身。称"一者道也"，"一散形为气，聚形为太上老君"。《犹龙传》又谓："老子即老君也，乃大道之身，元气之祖，天地之根也。"老子在道教中化作众生信奉的神灵，与老子有着深刻渊源的蒙山自古以来即被视作道教名山。前身是蒙祠，颛臾王庙的万寿宫，全盛时"身心顺理，为道是从"的道士达300余人，为蒙山上最大一处道教设施。千余年的道教活动为蒙山留下宏殿重阁，黄卷青灯、钟响磬鸣的神秘令苏东坡留下佳句，"闻道东蒙有居处，愿供薪水看烧丹"。

站在观鲁台上，自己的视野倏忽间高阔而邈远。"逝者如斯夫"的历史如同江水，滚滚不息，它们会在一个后来人的跟前驻足？可是，回首之际我真的看见了那些纷纷芸芸的影像，岩石一样贮存在蒙山的记忆里。在历史长河中继续滑行的传统，带着出生地泥土的芳香，钻石般持久地散发璀璨的光。眼下，我极想知道关于一座山的秘密，该如何让它袒露心扉，开口说话。空寂的山谷回音是它的声音吗？先人们敬畏山的存在，因为他们明白人的渺小，竭力寻找所有可能的依靠。他们似乎已经未卜先知，整个人类的历史在自然的发展变迁中，短暂得经不得推敲。"天长地久。天地所以能长久者，以其不自生，故能长生"，一座天长地久的山，包含着所有古老的久远的史前的秘密。那些被命名了的岩石的年龄不是数字的堆叠，谁能计算得出二十七亿年到底经过了多少番轮回的磨难与修炼。无疑，利剑一般直刺苍穹的蒙山电视差转台是年轻的，龟蒙顶上的卧龙松是年轻的。那个年轻的造访者盯着卧龙松上悬系着的根根红丝带，吐露的心愿无论在艳阳下还是雾霭中都红得耀眼。

我果真看见了山上的神仙，仙风道骨，鹤发童颜，披着一身绿衣裳。由龟蒙顶折返西行，走不多远，沿石级攀上路旁的坡，垂落的松枝成了被掀起的眼帘。从那边的山上飘来一仙翁，一手挂鸠杖，一手托仙桃，款款而行。白须飘，眼眉笑，像有几多话儿要讲。倘一阵云雾涌来，不晓得老人家会不会一言不语，驾了祥云即走，单留下朗朗笑声在山间回荡。但他肯定将此地当作了人间仙境，乐得眼下这般吉祥福瑞的如画美景，既来之则安之了。再次目睹翩然而至的蒙山寿翁，我纠正了同行者的误解。这座世界最大的山体雕刻，是利用整座天然裸岩山体雕刻而成的。一行人正于凉亭小憩，穿越林中的凉意，水珠般缀满肌肤，又被山风吹得好不惬意。瞅着山下偌大的九龙潭变成了一枚亮晶晶的珍珠。顺着导游的手势，我看见了远处的鹰窝峰。拔地而起的峭拔气势与其他和缓敦厚的山峰迥异，四面峭壁刀削斧劈，显露山的筋骨。那个唯有鹰可以在其上盘旋做巢的所在，顶巅现数棵侧柏，谁也不知道它们是如何扎根其上，傲立云端的。与上一次的远眺不同，由于下山路线的选择，自己此番抵至峰前。如此迫近，甚至可以闻见它的气息。我仰望着，高高地举起镜头。这一处的山峰险峻、陡直，如同雄鹰的桀骜。那是鹰的眼光。有打此路过的人说看见鹰窝峰很有些张家界的味道。在这个夏日的黄昏，我静静地站在峰前，守候天空中极有可能出现的鹰的踪迹。在心里，自己更喜欢鹰巢岩这个古老的名字。

深幽容不得人思量，纷纷从盘踞着的岩石、蓊郁的林间、葱茏的草丛以及一声声婉转的鸟鸣中滑出。我极想知道每一块岩石、每一棵树、每一株草、每一只鸟儿的名字，以便可以在擦肩而过时轻声唤起。自己与井边的皂角树和大樱桃树是故交，重逢时，彼此难掩内心的欢喜。那眼默契的终年涌着汩汩不息的泉水的井是我们的见证。说不清何种缘由，下山时人更是瞻前顾后，左右环顾，以期掠得更多的回味。等我确定路边站着的果真是一棵橡树，不由得举目凝视。只有眼见如此端直清丽的风姿，才明白为什么一棵树能够这般高贵而久长地站立在人们心底。我终于没有错过古道。路遇橡树，行过一截青石板路后，赫然看见路旁竖立的"东蒙古道"。先前只觉得道间林密幽深，被树掩映的路径处处即景，不禁重新踏上方才走过的古老的青石路。途经百寿崖，目睹满壁的一百个形态各异的寿字争奇斗艳，书圣王羲之的真迹格外醒目。忽念群龟探海的奇观，那已不单单是人的头脑中对应了实物的绮丽想象，犹如神助的自然的造物暗合这座长寿之山由来已久的声誉。天已黄昏，登山人踩着斜坡缓步滑行，还有陆续的登山者健步朝山顶进发。我分辨不清一个月间两次出现在蒙山的是否为同一人，那个总是被眼前的景色征服的女子，流连忘返。

听说蒙山脚下那些如孝义村一样寂静而古朴的村落，不乏百岁老人。想来也是自然的事。守着这样的山是有福的了。而今，我知道了平邑这个古老郡县的名字源自春秋时期的季平子。两次谋面的当地诗人韩苏蔚，自我介绍，云蒸霞蔚的蔚，心里便觉得很是恰切。从他口中得知，身旁那个戴眼镜、眉目与言语间总是流露诚恳的蒙山管委会主任，名字叫李向仙。李向仙。诗人嘴里重复着。三个人不由得相视而笑。

去汤头

1

这一周，去了不远的乡镇。说不远也不近了，那是与邻近的县城接壤的地方。自己从来没去过，之前也只是途经，路过，这就让一处弥漫着人烟的聚居地变得好像永远是隔壁。所以，准备再次去，专门去，直奔那处所在。

出临沂城，东行过沂河，往北 40 多里即是。地图上如此指示。司机小孟说，过了那片栗树林子就到了。冬天是看不见栗子的。一个认识栗树林的人在我眼里顿时有些不简单，而这个河东小伙儿分明已出口成章。于是，栗树林早早超越了参照物，成为这个冬天最美妙最有想象力的象征。过了栗树林，果然，看见路上悬挂着的蓝色标示，汤头。如果不是数日前的那次探访，如果不是事先翻阅了关于汤头的记载，自己与这个古镇还是会形同陌路，继续制造生命中的擦肩而过。而在此次决定以汤头作为落脚点的行动中，我以一位造访者的身份持续而平静地叩击那扇虚掩着的大门。

大概没有什么可以像地名一样牢牢地记住一段历史，借此保留又不断延续河水一般的记忆。初来乍到的自己，相信"汤头"命名的渊源。命名即是历史的开始。那个公元前 86 年即有的村落，那条自北往南，名为"汤水"的河。河水的名字笃定早于地名。"汉昭帝时封刘安国为温水侯，又因地处汤水源头，故名'汤头'。"历史如此命名了汤头，同样因为一条河流。那条由汤山径直西下，有着自然坡度的街道便唤作了"温水侯路"。古镇汤头纵横交错的街道大都有着类似的名字，温泉路、神泉路、汤河路。还有簇拥在乡间的那些古老的村落，汤坊崖、泉上屯、泉沂庄。就像在发黄的照片中觅得的一个家族内在的难以更替的面容。

一个地方因温泉而得名，一个地方因温泉而驰名。汤头，被这汩汩温泉孕育了多少年？"汤头温泉"成为最默契最相宜的组合。而今，以个人的视野难以描摹历史的迹象，借助诗咏，觅得位列"琅琊八景"之首"野馆汤泉"的景致。"野馆空余芳草地，春风依旧见遗踪"。想那春风多情，一年年地吹，一定是长了记性，识得旧日的物事、人情与萋萋芳草。时间带着不可逆转的意志和力量令万物臣服，传说则以己见神奇地建立起本土意识和民间话语。在此驻留的帝王名士无稽可考，敢问一年一度的春风，可还愿意细数始皇、孔子的仪态举止，王右军、刘石庵的笑貌音容？民国《续修临沂县志》有文字记载汤头，"有温泉二，一在村内，一在村外。旧为男女浴处。砌石为池，泉自石隙侧出，热如沸汤。在村内者，热至四十五摄氏度上下；在村外者，几至五十六七度。浴者非人之渐，则不能忍受。色深碧，质多硫黄及盐，爬搔委顿之疾，浴之辄愈。远方多赍粮而至者，以清明节为尤多"。"色深碧，质多硫黄及盐"的汤头温泉声名远播，1862年荣登英国《大不列颠百科全书》。

2

汤水是一条河的名字。当地人又名汤河。水与河相较，很有些异样，流露特有的气质。自北往南流淌着的汤水，北魏时期被水文学家郦道元勘察载录《水经注》，"汤泉入沂"成为一条河水纳入世人视线的第一个注脚。

那个傍晚，大风从北面来，护送着汤水，走了一程又一程，依旧没有从身边撤离的意思。守在河岸上方的夕阳，凝视的目光愈来愈执着、深酽。瞬间，水面波光粼粼，浓墨重彩。岸上人凭栏伫立，目睹水天之间动人景象，沉醉而迷离。只有如此紧密地贴近一条河流，才会发现水的生命力，发现流动的姿态是无法描述的生动和美，发现源头的孕育和积蓄是一种伟力，发现一条对地域命名了的河流具有的内在品质。河水中央水草游弋，倘河面荡漾一叶扁舟，该也是由北往南，保留一条河流的走向。

旧日的三眼汤池落于汤河边，为汤头西北村所辖。而今，涌现汩汩温泉的泉眼难觅踪迹，只留下男汤、女汤、赖汤的称谓流传。站在被指认的已掩埋于绿化带下的故址，寻访者心生遗憾。那段流传已久的历史过早地隐没，沉寂在人们的记忆中。一个喝着汤河水长大的西北村的男人，从什么时候起经常在夜里沿那条河走。这个开始即带着仪式化的行动会持续多久？回忆被时光打造，凿成单单属于成年人的季节，刻骨铭心。多年后的反刍令从前带着难以言表的温情。仿佛流出一二十里的河水里还冒着的白汽。汤河边立起一块块崭新的文史碑。石刻历历在目，有山有树有人有泉，关于祈福，关于男女争汤。"野馆汤泉"跃入眼目。一块题为"贤聚"的石刻背面，有文字明述："汤头历史悠久，文化底蕴深厚，此图主要展现历朝历代名流贤士对汤头流连忘返的场景"。

那座跨越汤水的汤泉大桥静卧，直到清晨，被穿梭的车辆一声声唤醒。醒来的桥记录人间的图景，川流不息的声音是不能忽视的一种存在。桥下的河水也在同时醒来，一条晃动着的金色的缎带裹住了落下来的每一滴声息。横卧水面的桥像一张弯弓，汤水成了动人的弦。水声淙淙，汩汩流动着的河水保持着自己的方向，并不理会风声的聒噪。

从前的汤水上方架一座石板桥，想象着小桥的玲珑和经久，宛如手臂拉近了两岸。一辈辈的小镇居民行走着，历经着，见证着。自己当真见着了从前的石板桥。此时，那座石桥已移至"观唐苑"的门前。一弯仿照的自西而东的水流。石桥与岸的方向一致，被径直摆在了中央。重新演绎的场景令从前变成了含混的另一版本。只是那些笃厚的青石如昨，光滑的表面和裂开的缝隙留住的是谁的脚印？如今，时光尾随一个下午的光线现身，磨盘、石臼、木槌、衰草，一同感怀过往。这个冬天的下午鲜少有人，只有凉亭外的芦苇被风吹得低下身子，极低。那情景是入画了的。

3

汤山的名字美。那是数着汤头、汤水，再落到汤山的时候。被命名为汤水的河与叫做汤山的山，怎么看都像是孪生兄弟，载着一股子亲情，难离分。东边是山，西边是水。对于一个有山有水有温泉的地方，自然美好。

汤山在外人眼里不像山。远没有想象中山的高度，山的气势，山的模样。或者那座山压根儿就不存在，只是杜撰的一个维系美好愿望的影子。如果没人提醒脚下就是汤山，寻访者断然不会把这片只是呈现出起伏的地面叫做山。这样的山见不着山顶、山腰、山脚，而是将自己的身形严严实实地藏起，匿于初来乍到者视线之外。

将自己藏起来了的汤山还是现身了。来访者在镇子住下，几番行走终于觅得汤山的影踪，发现匍匐着的汤山内敛含蓄，发现汤头就坐落在汤山上。温水侯路是由汤水直抵汤山的一条捷径。这条穿越镇子塑造了又一个十字路口的路是一杆标尺，出其不意地丈量着山的曲线。看起来没有什么奇怪的了，汤山就在脚下。居于东边的汤山果真占据了好地势，自上而下，以绵延的视线，静观眼下。

两旁林立的店铺仿佛被手托举，渐渐攀升，努力生长着内心愈来愈明显的某个愿望。身后不远处，一部分山被围了起来，算起来那儿该是最高处。围墙和铁门共同打造了严密与间隔，并不妨碍鸟儿们的沟通。它们忽地从这儿飞往那里，又从那里飞到这儿的地面和树梢。

与那个手持铁锹的老人的攀谈起因简单，他显然并不排斥突然出现的陌生人，从镜头中看到的不是冒犯而是友好。这个叫周佃栋的老人，一次次将肩上的工具摆弄成一杆枪。之前，他只是像往常任何一个早晨一样侍弄这片林子，直到干完活扛着家伙离开。他说山上那块地不属于他们村子了，他说别忘了把这些照片寄给他。那些刚栽上不久的细密的小树，很快把离去的人遮住了。倘若回头，他能看见这些小树，也能看见山上的那些绿色惹人。

站在汤山上，才想起此前驻足的该是山的另一侧。那天，被另一条路引领，攀上路旁的制高点，有一块被掘去了大半的山石裸露，空洞洞的，附近地面有火烧过的痕迹。这座曾经的火山，早已停止了自己的思想活动。头顶的天空清澈，喜好成群结队的北方的麻雀，舞蹈似的飞起、降落，也有叫不上名字的长尾巴的鸟儿拖着心事划过。才知道，大路对过便是显赫一时的旅游度假村。如今，紧闭的大门一并锁住了曾经的繁华和眼下的寂寥。路边一名等车的妇女，眼神飘忽，时而瞥向大路尽头，时而疑惑地打量着山上那几个陌生人。

一路上随处可见的标示牌，道出一声声温情十足引人注目的呼唤。"为了你，这温泉流淌了千年"。看着的人不禁心旌摇荡，周身暖意。其实，相对于一个个擦肩而过的人，萍水相逢终究浅薄。汤山才是最钟情的守望者，有着难以置信的执着和坚韧，正是它眼望着这温泉流淌了千年。

鲁城的城

俨然已是城的版图。一眼望去，边界分明。东接尚岩，西邻税郭，南挨峨山，北抵下村。被四方簇拥在当中间儿的，就是鲁城。鲁城的城门大开，鲁城的城门上竖着旗杆，鲁城的旗杆上挑着的城字耀眼。风呼啦啦地不走城门，专贴着旗子，从旗子的眼皮底下飘来荡去。自古以来这儿便是城。从前叫峰城。现在，叫鲁城。

城有城的规模。城中有山，大大小小八十七座山头。所谓大，就是高，也不是真高，200米是一个界线。神山、寨山、白人山、狮子山、石城岗、平山、尖山，归于此列。剩下的那些小山林立，为数众多，没法——历数。鲁城不偏不倚，给每一座小山郑重地命名。时时念着这些熟稔的名字，亲切地称呼着，内心充满喜悦。是啊，在一览无余的平原上一下子现出这么多山，自然显得不同寻常。有了山，就有了势，有了势，那心气儿是从脚踵处就提了起来的。

谁也无法忽略那些山的存在。索性依着地势做起了文章。单单一个山字，就分成了山头、山前、山后、山根、山口。于是就有了寨山头、吴山头、驼山前、匡山后、平山后、李山根、北山口。还有岭、崖、石门的界定。界碑岭名副其实，东薄岭、西薄岭依了方位，庄岭该是佐了姓氏，幸福岭呢，直抒胸臆地表达着对于生活的热忱，兴冲冲地奔向了高地。曹崖的地势低，东石门、西石门仿若天然的屏障，把山成功托举。此外，还有天台庄、王围子、南山……星星点点，山的影子不时地在眼前晃。那些立起来的小山各个站得扎实、可靠。

有山自然少不了泉。就像任何与水沾边的字体都依着水纹的形态。泉水自地下喷涌，泉水从山涧流淌，泉水选择着自己的途经和方向。山上的泉水清澈，甘美是大地的嘉奖。依着泉的村落备受恩宠，木桶打水，泉边浣衣，拎着甘甜的山泉水还家。山上有了泉，就有了灵气，有了眼波的流转，有了动人的声响。山上的泉让山上的树长得分外好看。景色生在心里，树的心里生长着一年四季。中泉沟、南泉沟、北泉沟，永远不会脱离泉的命名，心甘情愿地围在泉的四周。有谁知晓，沾了泉水的村庄啊，拥有着泉水般的活力泉水般的清洁。那么，西泇河呢？长长的西泇河多像一根缆绳。由会宝湖引出，还是投入了她宽阔的怀抱？河湾村、前龙湾、后龙村模拟着西泇河的曲折。水里的龙王偶尔出没，不动声色地巡游自己的领域。鲁城几乎所有的桥都落在西泇河上。从蜿蜒的西泇河往北伸出的一条淡淡的水线，径直去了响水泉。

城里有庙。城里的庙有名字，叫东马庙，叫西马庙，叫玉皇庙。庙里供奉着菩萨。庙里的菩萨该不止一家，没准儿相互间还认得。都是天上下来的嘛。天上的神仙，呼风唤雨，无所不能。天上的神仙享受着人间香火，也没忘了分内的职责，护佑鲁城风调雨顺，百姓福乐安康。鲁城还有一个最引以为傲的人。鲁城最有名的居民就是匡衡，"凿壁借光"的匡衡。一个成为典故的人，有口皆碑，千年流传。黑沉沉的夜，除了一斛清凉的月，还有什么？勤学而无烛的匡衡，见邻舍有烛，"乃穿壁引其光，以书映光而读之"。当内心的火光通明，可以穿越土壁，穿越时空的百折千转，跃至浩瀚的历史的星空。想一想读诗明经的匡衡操一口地道的乡音，引诗经为据。"六经者，圣人所以统天地之心，著善恶之归，明吉凶之分，通人道之意，使不悖于其本性者也。故审六经之指，则人天之望可知，草木昆虫可得而育，此永永不易之道也。"所谓"无说诗，匡鼎来，匡语诗，解人颐"。匡稚圭果真"经明不凡，当世少双"。如今，从老书房至匡衡凿壁借光处，有一条笔直的路。多少年过去了，多少人走过去了，回回头，看那老书房还在。东面的会宝湖，湖光山色，一如明镜。被洞穿心事后，仿佛张开的羽翼，振翅欲飞。

那些林立的小山中，肯定有一座山叫匡山，所以，才有匡山后这座村庄。不知道匡山后的居民是否都姓匡，那里住着的可否还有匡衡的亲戚。叫做庞户、魏庄、孙村、沈庄、姚庄、大闫庄、小闫庄、刘庄的村庄，人烟密布。以家族为特征的聚集令村庄像一株根系发达的大树，每个人都是这株树上的树枝、树叶。每个人都承继家族的荣耀和使命。活着，他们生活在村子里，死后，埋在村子后面的林地。也有一些村庄，单单从外部让人辨不出源地。仿佛一个迁徙者，带着一路的风尘与雨水，滋生茁壮的民间的诗意。大地、后场、太平村、雷雨口，还有更动人的名字吗？它们多像飞鸟衔来的一粒粒的种子，就这么深情地栖居在大地上。还有一个地方叫楼子，以楼子命名的除了楼子桥，还有楼子古墓群。历史除了载于典籍史册，流传于民间记忆，还延续在古老的命名和不着字迹的书写中。下寺院遗址被真实地刻录。多年以后，发现者与被发现者之间，在形成的文化通道两侧遥相呼应。细想，该是先有了下寺院，才有了下寺这个村庄。

毫无疑问，城的基座就是山。瞧，多结实，多牢固。从前，人们在山上种树、垦荒、放牧，牛羊满山坡。谁也不知道山底下是什么。这里的山不高呢，是不高。可这里的山，有着与别处不一样的气势。谁也没有追究那股子劲儿是从哪儿来的。直到有一天，山里进来一群人，他们自称勘探者。勘探者说这里的山跟别处不一样，是矿山，这里的石头不是一般的石头，是矿石。鲁城的人开始重新打量这座不一样的城，一座矿山的城，被那么多的山深埋的森严的矿藏。历史被揭晓，城下的天地洞开。时光金子般镌刻在那些叫做铁矿石、石英石、石灰石、海绿石上。城里的人守着自己的城。城里的人打开了城门。很快，城里修了大道，叫鲁平线、坦马线、雷泉线、徐河线。矿石往返于这些四通八达的路上。按理，城里的人往城外去，城外的人赶往城里。鲁城的人还是稀罕自己的城，不肯远行。毕竟，古城是古城的样子，古镇有古镇的胸怀。鲁城被称作兰陵的西大门。兰陵，距今已有两千三百多年的历史。据传由楚大夫屈原命名，意指"圣地"。听说，鲁城的镇长便是萧望之的后裔。

纪王崮：王的城

　　那些远离道路的小山，静静地投下深深浅浅的影子。大地是一面镜子，广袤而明亮。连一只蚂蚁的路线都清晰可循，更不要说这些雄踞的大地之子。一座座大小不一的高山城堡次第涌现，远看，仿若戴着平顶的帽子。当地人叫它们"崮"。

　　崮是大地上的塑像，巧夺天工，与被庄稼围拢的淳朴的村庄唇齿相依。民间的智慧，针对具有家族特征的崮群继续命名，孟良崮、东汉崮、锥子崮、云头崮、马头崮、莲花崮、歪头崮……那是智者由眉目间些微的差距，参与天地事物的明辨。崮，生了根须，静静地生长，单单属于沂蒙腹地的标志被指认，难以模仿。崮，这有着乡音缠绕的肖像的字形，也会根植某个少年的名字里，呼出的声息，恳切而绵长，奔向丰饶的大地深处。

　　民间，是一个平和安静的词语，也是深不可测、包罗万象的所在。历史上的每一桩事件都会在其中生发，隐没，究竟是销声匿迹还是暗藏玄机？在民间，空气中流淌着的传说，与淙淙的山泉一样清凉，与黑夜的面目一样神秘。民间传说沿着遗落的线索，以代代相传的方式还原真相，历史的轨迹呈现意想不到的曲折。没人在意讲述者是否添枝加叶，想象力似窖藏的陈年老酒，那气息令人沉醉。

　　泉庄人把境内最大的崮叫做"纪王崮"，源于传说，日渐为史引证。清康熙十一年《沂水县志》中记载："纪王崮，巅平阔，可容万人，相传纪侯去国据此。"末代纪王的去处成了历史的谜。秘密被时光封存，随风而散的零星碎片，成了需要拼贴才能建构的缄默的物证。再也寻不到一个如此壮阔的崮顶。山巅上腾起的炊烟一下子就卷到了云里。那么,住在崮上的人似神仙了。没人说得清从什么时候开始,祖先在此繁衍生息。古村落的遗址犹在,而今的"崮上人家"延续着纪王崮数千年来不绝人烟的传奇。传说不是空穴来风,一些陆续出现的物证试图还原丢失的真相。农人耕地时发现了铜、板瓦残片,甚至遗落的簪子。疑问开始推向更远的从前,想象遥远的原住民,想象崮顶上依稀残存的真的是传说中纪国古城的遗址?

　　纪国乃东夷古国,姜姓,始建于商朝后期,周灭商后,接受周朝封侯。故城在山东寿光县城南十四公里纪台乡纪台村。纪国疆域广大,起兴于东海赣榆,后扩张至寿光建国,胜于齐鲁。诸侯争霸,纪国或兵戈相见,或参与会盟。《春秋左传集解》载:"鲁隐公元年八月,纪人伐夷。"即公元前722年,纪国兴兵伐夷国。纪国也曾攻打过齐国。纪侯姜季率部,占领过距齐都五公里处,迫使齐胡公徙都薄姑。莒国与鲁国不睦,经常发生边界摩擦,"鲁莒争郓久矣"。纪国出面调停。《左传》隐公二年载:"冬,纪子帛、莒子盟于密(今沂水),鲁故也"。在纪侯的斡旋下,公元前715年,鲁隐公与莒子会盟于浮来山银杏树下。自此,鲁、莒、纪结盟,与周边国家关系稳定。联姻亦是纪国的外交谋略。公元前721年10月,纪侯娶鲁惠公女儿伯姬为妻。五年后,伯姬之妹叔姬再嫁与纪侯。纪侯则嫁女与周桓王为后,加深与周王朝的关系,借周王威慑日益强大的齐国。

　　齐国与纪国同宗,两国封地比邻,纪国故城距齐都临淄不远。历史不曾遗落任何一桩大事记。《史记·齐太公世家》载:"哀公时,纪侯潜于周,周烹哀公而立其弟静,是为胡公。"从此,两国结世仇,"齐欲灭纪"。几经鲁桓公调停,甚至于公元前695年,促使齐侯与纪侯会盟于黄地。而齐灭纪的决心已定。未几,鲁桓公被急欲称霸的齐襄公谋害,纪国顿失后援。两年后,齐率部赶走纪国邢、鄑、郚三邑百姓,占领其地。至公元前691年秋,纪侯之弟纪季以一邑之地酅人齐成了附庸,以存宗祀。纪国势穷力蹙,纪侯向鲁国求救。鲁庄公急往郑国滑地与郑君子婴商议救援未果。时间降至公元前 690 年夏，齐举兵伐纪。《春秋》载录纪国本事，庄四年成了重要的纪年，"庄四年，纪伯姬卒；庄四年，纪侯大去其国；庄四年，六月乙丑，齐侯葬纪伯姬。"

大去其国的纪侯何等悲怆，离开故国，一去不复返。直至"庄十二年，春王正月，纪叔姬归于酅"。归来的纪叔姬，带回的只有一个消息。历史曾无比真切地一次次现身，终被时光追逐，成了行囊中似真似幻的影迹。而今能够连缀起来的只是一些冷静的事件，简洁得仅剩下了想象。即使亲眼所见都会生出差池，更何况这些远距离的纸端的辨认。消逝远比洪水迅疾，一切归于沉寂。在一个临时搭建的舞台上，由于缺乏逼真的场景而难以引人入胜。得寻到一处现实的土壤，才能唤醒所有逝去事物的记忆。从清晨出发，去寻找黑夜。循着隐没的事物的落点，探秘者听从大地秘密的召唤。

不知所踪的纪侯究竟去了哪里？那为史书略过的八年，驻足何处？清道光七年，《沂水县志·舆地》试探着托出历史迷踪："纪王崮相传纪子大去其国居此，故名。"相传是揣度，也是因为相承的久远。所有的视线再次落到矗立在大地深处的高山城堡。想当年，于苍茫中孤军独行的纪侯望见的是什么？逝去的疑惑开始慢慢地在现实面前消解，一切都由来已久。那被命名为纪王崮的山，据说泉庄乡深门峪村的一个自然村，也叫纪王崮。

五月的午后，一望无际的原野倾吐灼热的气息，把心底的热忱毫无保留地敞露。白生生的光线直直地倾泻在头顶，与登山的路径一致。倏忽间，坐在车里的人已然忘记了贴着山体的盘旋，而以为是直直地升了起来。人仿佛真的是在半空悬浮，白光耀眼，望着一侧的沟谷、乱石，不由得心生怯意。待沿陡直的青石级一路登攀至顶，方才安顿。站在海拔 577.2 米的纪王崮，发现果然"巅平阔"，近四平方公里的面积，南北绵长，岂止容万人。

平顶，四周陡崖。这是一座易守难攻的城堡。站在崮顶才发觉大风在头顶上飞。它不是从哪道山门闯进来的，它是天生的，这里是它的地盘。所以，大风会冷不防从树丛中钻出来，从石缝里探出头，抑或从天空俯冲，像一只大鸟，一只凌厉的鹰。当远处的天空真的出现了鹰的踪迹，敬畏之人在大风中行注目礼。

从什么时候开始的呢，自打从前的西大崮变成了纪王崮，崮上就不单单长树，还生出多得让人数不清的传说。天长日久，传说变成了树，变成了泉，依旧鲜活。那株枫杨树，又称平柳树，从巨石的臂弯兀自长出，历经千年，早已石树一体、石树一色，当地人将此石抱树奉为神树。最有名的泉有两眼，一处叫走马泉，一处叫胭粉泉。泉水甘洌、清澈，供给驮运粮草的马匹，也充当美人梳妆的六角明镜。伯姬和叔姬在民间被唤作胭茹和姒粉，这两位美丽娇柔的女子，在泉水的映照下愈加明艳动人。

城堡自然有城门，叫做朝阳门、水西门、凳子门、坷垃门、塔子门、走马门。六个城门中，当属水西门最是险峻，飞鸟难行，所以又称雁愁门。走马门的地势最为平缓，马儿可通行。途经的泉，就是走马泉。并排六个饮马槽，六匹骏马泉边饮水可谓壮观。经由走马门，通向的是山下一个叫深门峪的村庄。古城墙犹在。那些立于崮顶的巨石是突出的，仿佛坚不可摧的壁垒，无论颜色抑或质地，均与旁处的石头和岩层迥异。巨石切割的石块，千钧之重，历经数千年而岿然不动。古城墙是如何建造的，成了一个结结实实的谜。究竟是在冬季泼水成冰，经由滑道，用绳子将巨石打捞上山，还是利用木块做滑轮，由“木牛流马”牵引至顶？到哪儿叩问绝顶智慧的古人。可以寻到的纪元台也是由巨石垒成。这个当年纪王祭祀的平台，刻有东夷部落鸟夷的图腾。玄鸟，即四灵之一的朱雀。纪元台最主要的精华是伏羲氏根据天地万物的变化发明的八卦。纪王在此祭天地、祭祖先、祭社稷，企盼以虔诚感天动地。盟誓的呐喊该也由此集聚，在崮顶回响。于是，西大崮成了纪王崮，拥有了王城的规模。在齐鲁的边界，在幽谧静寂的群山包围之中，隐藏着不为人知的故国的秘密。它不会被风化，因为有崮忠实的守候。那六道天然的城门，唯留下鲜有人至的深门峪。深门峪低沉不语，守口如瓶。

纪王宫是纪王崮唯一的建筑，在遗址上复建的纪念碑。甚至没有高过一棵大树，质朴的外观很容易被发现，有些孤单，但并不觉得突兀。这座在原址重现的行宫，谨慎地按照西周的宫殿建筑式样。重檐庑殿顶式建筑的纪王殿，面阔 7 间，广 32.4 米，深 16.06 米。周围环绕 28 根廊柱，建筑面积 512 平方米。观者揣度，这不见得是原貌。至于最初是什么样子，谁也没见过。遗址具备天生的吸引力，于是，还原成了一桩势在必行的行动。

一楼是具象的，具体到固定的生活场景。它们如此简洁，没有一丝多余的陈设。被展开的日常生活慢条斯理地隔断了遥远的时空，呈现凝固的瞬间。当翻阅被公布的王宫生活，人群中有人开始对照个人的现实生活。没有谁怀疑其中饱含的想象力，而想象力的延伸正由着另一种途径，一张张深入其中的影像继续。通往二楼的木质楼梯是狭窄的，听得见不安的足音。还好，行进间有跃动的光线细心地牵引。二楼是一处展馆，塞满了漫长的历史，长得让人记不起从哪儿开始。当时间止步，当现实变成历史，变成了安静的文字，回顾与沉陷属同一种姿势。来者立在一处礁石上，四周是涌动的黑色的海浪，声声不息。历史浮现，栩栩如生，在叙述者缜密的探究下，完整得像一块独立的天空。盘踞在展馆中央的纪王崮沙盘复原模型，以崮独特的挺立，宣言般地证实王城的存在。

没有人再怀疑传说。当新闻成了旧事，传说充当了预言。人们发现真相正沿着传说的路线游走。民间是乔装的知情者。民间传说不再是好看的花边，而是有着细致的可以探究的纹理。瞧，事实多么郑重地正沿着花边奔跑。那场波及全国的重大发现为人瞩目，原本寻常的施工现场化身千古探秘之旅。那实在是一场轩然大波，至今尚未完全退却。独自站在空荡荡的静寂的现场，周匝烘托大幅夺目的图片和文字，一同守护着以往的沸腾。在这个临时搭建的架子下，被标示的位置，整齐的坑道，千年的尘土，遗留的马骨，严守秩序一样严守尘封的秘密。两千六百多年已经足够长。历史是未知的，过去包含巨大的秘密。那些全然未曾预料的事情。相较于未来，旧事物总是更让人感觉新奇和惊讶。历史的天空一部分被隐没，隐于地下。喧哗散尽，以消逝还大地以寂静。对于猝不及防闯入的另一个世界，久远的过去保持青铜器般的沉默，即使被光线照耀。时光锋利，削铁如泥。

下午的光线重了，开始由王的城自上而下地慢慢滑落。滑过两军对垒的疆场，滑过奇异的地下冰宫，滑过险峻的崖壁栈道，滑过幽思的望乡台。温凉河安静，马连河安静，虎头泉、马蹄泉和响泉闻见了什么消息，开始窃窃私语。那天，无论走到哪儿都被大风奇袭，临行前只好用手遮住飞舞的头发，露出面孔，一并留住落至原野上的绵延的崮群。大风一路追随，是想赶往山下喝桃花酒吗？

从厉家寨出发

　　厉家寨不同于其他的村庄。单单那个呼出来的"寨"字，热腾腾的，伴着骄阳下豆荚的爆裂。村庄则敦厚、传统，似一根短笛，少了充满想象力的传奇。有人披星戴月投奔远处的寨子。远处的寨子依山傍水，得跋山涉水才能抵达。落在高岗上的寨子，如天空的雄鹰一样安全。寨子里飘出山歌，寨子里流淌着清泉，寨子团结得像一个拳头。以寨子命名的聚集地，不是土生土长的村庄，而是追随车马的劳顿迁徙而来。命名中透出的凌厉，来自那些削尖的竹木或枝杈。天生的守护，先是演变成四面环围的营垒，继而，人丁兴旺，成了世代栖居的村落。那一圈木栅栏爬满了扁豆花。

　　没有哪一座村庄像厉家寨一样被纪念。厉氏族人的一次次迁徙早已载入家谱，躲避战乱灾荒成了其中不可回避的字眼。于是，那个宛如山寨的居所是跋涉后的最后定居地。西傍大山，东临气脉山，北依葡萄山，得名厉家寨。时代变迁，几易属地，大山依旧傍在西邻，位于山底的厉家寨还是厉家寨。与徐家寨、张家寨差不多，厉家寨除了被族人记忆，再也难寻其他的意义。山岭、沟壑，把厉家寨的土地横七竖八地切割，零碎得像一块块补丁。收成是立在上面的一株单薄的高粱。

　　直到一场热火朝天的运动的到来。在厉家寨纪念馆，那些罕贵的黑白照片生动地记录了一个不同寻常的厉家寨。时光洒落，半个多世纪前的瞬间闪亮，像一枚枚不灭的灯盏。行进间，眼前晃过一张张真诚的面孔，目光如炬，意气风发。挥舞着铁锤的男人，举着镢头的男人，推着车的女人，挑扁担的女人。一两个，三五个，人影攒动，络绎不绝。他们在山上、巨石背后、山道间，或蹲，或立，或走，或跑。山顶上的红旗飘扬，燃起了人们心头巨大的热情。举过头顶的坚硬的铁器闪着本质的光芒，铿锵作响。一声声呼出的劳动的号子正以集体的力量博弈。愈来愈强烈的敲击声，由远及近，巨石轰然倒下。这无需辨认的劳动的人群，沸腾的人群。每一个打此走过的人都认定劳动是一枚火种，星星之火可以燎原。削岭填沟，改道山河，零碎的土地连缀成片，山地变良田。愚公移山，开山辟地，劈开的是厉家寨人对生活迸发的渴望。改造自然，舍我其谁，如此豪气满怀，只为建设心中美好的新天地。隔着那么多年，时间、地点、人物，往事依然历历在目。厉家寨已矗立成一座为人瞩目的纪念碑。

命名总是以最简洁的方式抵达真相。譬如坪上、团林、壮岗、朱芦，围绕其间的谜底早已从敦厚的谜面缓缓散释。如今，它们属于临港。由着四块斑斓的高低错落的土地汇聚而成的临港，成了一个崭新的地理名词。临港，初生的临港，脱颖而出的临港。靠近，带着天生的姿态。俯身，主动，充满生气，让一个地方蓦地亮堂起来，湿润起来。空气中有了一抹蓝。在这样一个靠近港口的地方，近海，嗅着海的气息，闻见翻涌的海浪，还有那一个个即将诞生的美妙的传说。真的，再没有一个地方可以从容地靠近七个港口，岚山港、岚桥港、拓汪港、日照港、连云港、董家口港、青岛港。那一弯美丽而绵长的海岸线。临港是名副其实的了。

海市蜃楼的印象近乎梦幻，在不可实现的地方制造逼真的幻觉。对于在广袤的原野上出现的一簇簇真实的影子。那像麋鹿一般闯入视线的，不是山坡，不是树林，不是河流，不是湖泊，是穿行其间的起伏的道路，是机器轰鸣的场面壮阔的现场，是矗立其间的现代化的楼宇，是临港人新的聚集地。大山路、黄海路、临港路、坪壮路。一条条新修葺的道路，宽阔、深远，与所有吐露的或隐秘的希望相连。漫扬的尘土中，劳动者面色黧黑，神情坚毅。直射的光线与静立的树木成为一场水利枢纽建设工程的见证者。一条条银白的水练在天地间舞动，绣针河、团林河、莲花河、泉子河、龙王河，大地上生长的事物美得让人心仪，怦然心动。筑一道拦河大坝吧，给水库注满生命之源。那些所有以龙字打头的都与水有关，龙潭湾水库、青龙峡、龙门、龙潭、玉龙潭。它们不是海市。建设犹如一粒粒种子播撒在临港这块热情的土地上。旋即，那些新生事物纷纷破土而生，拔地而起。创造一座新城是一个壮举。时间蕴藏着不可预知的力量。两年是建设的起跑线，令原本发生在白纸上的蓝图悄然化作新的版图。

坐落在原野上的每一座村庄都是有来历的。繁衍生息的家族盘根错节，还是能寻到最初的根。故乡翻着农历那一张张流传的密语，播种收获。沙土地里住着花生，满山坡的茶园清幽，还有晶莹的蓝莓，缀满枝头的板栗、黄金梨。最惹眼的是名叫"好例"的大樱桃，美不胜收。从土地里长出来的生命总是让人喜悦，新愚公、凤凰岭、月牙湖，落地生根。夜里去月牙湖荡舟，能邀约月亮一起同行吗？彩沟被不由分说地染上了颜色，一个彩字染就了四季，从春到冬，年年流淌。从铁牛庙村走出去的孙氏族人忘不了故乡。传说与事实挨得如此切近。村头的铁牛从天而降。从天而降的铁牛从唐代落户，就这么不前不后、不偏不倚地落在此处，护佑本乡风调雨顺，五谷丰登。有了铁牛才有了铁牛庙，才有铁牛庙村。老孙头的眼睛里生了云翳，拄着拐杖走。从前的路总归走不错。他守着祖先孙镗，守着唐代的铁牛。看不见了又怎样，刻在心里的这辈子忘不掉。躺在地上的麦秸散发清香，徐徐地在铁牛庙村弥漫。那是太阳的味道，粮食的味道。村西的大树还是记忆中的样子。村北新砌的路与河道蜿蜒而行。河边的树是新栽上的。

春天总是会发生一些动人的事。那么多的树一下子冒了出来，单薄的叶子好似睁开的绿眼睛。它们会遇见落下来的喜鹊，叽叽喳喳地说要飞到甲子山看海，它们也会遇见那些慕名而来的人。愈来愈多的慕名者奔向厉家寨。多年以后，坪上镇的厉家寨纪念馆成了来回穿梭的时空隧道。从厉家寨出发，经过那段难忘的轰轰烈烈的光辉岁月，从厉家寨到临港，建设者汲取着大山传递的力量，继续创造着从无到有的奇迹。站在临港的天空下，人们认定，生活的颜色其实就是彩沟的颜色，总让人心生向往。

夜宿沂山

由临沂往沂山，过河东，途经大庄、苏村、沂水、马站。大树般根植的地名让沿途生成一条绵延的风景线。古时的驿站选中了的要塞，令原本静寂的马站脱颖而出。次第闻见的嘶鸣，急促的马蹄，劲风携裹着人影纷至沓来。如今，关塞的优势仍在。立于久享盛名的马站，极目远眺，东西横亘的大岘山口，"齐南天险"穆陵关雄踞，耳畔传来铜质风铎的叮当作响。过了马站，就是沂山。初来乍到的人看见路旁矗立的"临朐"，红色的界碑醒目。未及思量，只一脚，便由鲁国踏至齐邦。

地势长在脚下，缓缓地攀升。起初，这样的变化让人难以察觉。明明近在咫尺的沂山，总以为离自己还远。过了祝家村该快到了吧。我看见祝家村人躬身劳作的身影，看见一行行小树张开新鲜的面孔，看见房舍踩着夯实的土层阶梯般渐次生长。那个下午，我还看见一场大风，突如其来，威风凛凛地凌空而立。在一声声神气的号令下，远处的杨、近处的松、独立的巨石，以及集体簇拥着的花儿，纷纷鞠躬致意。我知道这是从沂山吹来的，沂山的风。这也是东镇沂山特拟的致辞吗？

沂山的大门敞开着。大风扯着我的衣襟，飞也似的奔向沂山。门外那些驻留的目光牵得老长老长。第一次走进沂山，猛然发现陷入身不由己，比谷底更低，比天空更远，比云朵更柔软。与此同时，升腾成为一种力量，一个方向。贴着山体的围拢，静伏的山路成了忠实的向导，一丝不苟地刻画轨迹，就像沂山怀抱里的每一座山、每一棵树、每一株草的生长姿势。高度最先把提醒告诉了耳朵。耳语中塞满海拔、速度、盘旋、风向，但是并不妨碍同时收听到飞鸟的啼鸣，以及有规则的振翅的声响。一扭头看见了水。山下那潭水洗涤着每一双与它对视的眼眸，清亮是泉水的底色。绵延不绝的群山不声不响，它们该是我见过的最团结最静谧的山峦，是因为那重密不透风的绿帷帐？

我在沂山住了下来。我住在了沂山上。一回又一回，我试图更准确地表达着一桩事实一种心情。结果已然降临，让人来不及想，来不及开口。我望着开着的窗，映着山，是一幅随时变化着的画。风入画来，总爱把自己藏起。鸟儿在远处叫，在不远处叫，一声一声，有时，似乎歇了，竖起耳朵，又来了。看不见的定居者，声音温存，一点儿也不介意暴露行踪。我想弄明白它的用意，是否含有某种暗示？我也很想知道这鸟儿的名字，见面的时候，跟邻居总得打个招呼吧。

夜晚滑落，悄无声息的，谁也没有注意到它滑翔的姿势，如何起步，如何腾空，又如何安然落下？这似乎成了一个谜。与此同时，月亮爬上了山。夜行者驻足，举头凝望，一致以为今晚的月亮着实有些朦胧。记不得先前是哪一个提出来的，晚上出去走走吧。应者颔首，一路同行。出来才知道要去的地方叫百丈瀑布。熟悉地形的说瀑布离这里不远，顺着上山的路往下走，有三里路吧。山里的生活从起步的那一刻开始了，可不是吗，只有住下来才可以在这个时候出去走走，走走夜里的山路。这个夜晚因为有了目标，一行人不免兴冲冲。交头接耳，左顾右盼，心有所动。夜色中除了浮动的言语，细碎的脚步也列入了声响的一种。事先知道夜里冷，带路的特意着了件外衣。其余的人压根儿没觉得凉意，只管揣着热腾腾的心情赶路。

夜是属于山的。走进夜里的沂山，仿佛置身谜团。眼前分明现出一重障碍，需要伸手扯开，只是扯开之后，迷雾复现。几次三番，人彻底陷入了夜里，有些无着，有些不安，也有着些许的探究。到处都是夜的黑，到处都是山影、树影、石影，后者巧妙地安放着自己的影踪，不露痕迹，夜色是最安全的保护色。在巨大的沉寂中，夜行者听见了精灵的歌喉，是轻盈的小嗓，由白天延至夜晚的吟唱，让沂山的夜有了自己的声音。穿行的风闻声舞动，隐于夜色中的静默的听众发出有节制的掌声。走着走着，队伍里有人开始对路程表示怀疑。还没到吗？话音未落，只听前面传来哗啦啦的积极的回应。人群雀跃起来，峰回路转，一路拾级而上。百丈瀑布最早是听见的。夜里，一行人立在一座桥上静静地听瀑。天籁之音令人俯首，令人屏息，令人冥思，令人流连。山也在听，黑黢黢的树也在听，贴得最近的巨石已将整个身体匍匐。风声隐去，四周静寂。被夜色揽入怀里的百丈瀑布发出清越的欢唱，所至之处闪现耀眼的白。由此往上能攀到瀑布顶，但夜里的山路终让人止步。站定了才发现不远处有一只亭子，站在亭子里往外看与从外面看亭子，视角迥异。用来观景的亭子是否知道，本身也成了景致。山上的月影淡淡的，拿手电朝亭子顶端打量，辨出"迎仙亭"。一行人看罢，顿时觉得自己非比寻常起来。

拾级而下，路口的小屋亮起了一盏灯。记得方才是暗的。走至跟前，见屋前水池养着鱼，周身彩色，看的人便以为是金鱼。一旁的男子解释，水是山上引下来的泉水，鱼是山里的鱼，耐寒，生来的颜色。男子笑着，诚邀客人喝茶。言谈间，知晓主人姓张，听见有人来就掌了灯。小张说这茶叫玉竹，沂山特产。温性。小张说门口的大树叫平柳，有120年了，把这房子遮得严实。有一年，瀑布的水就漫到大树跟前哩。说罢，小张伸手指明位置。旁人问，那种鸟呢，一路上就听见它叫。小张回答，那种鸟啊，叫参鸟。身子小，尾巴长，叫声像转起来的车辘辘。他用方言说出的土名没听清。掌了灯，飞蛾紧跟着来了。小张扫了它一眼，继续攀谈。他说平日里自己巡山，妻子看店，七岁的儿子还算听话，有一回孩子看着鸟在屋顶上筑巢，想捉，他没同意。旺季的时候，一家人住在山上，天冷就回山下的村子。如今，从前的上寺院村民很知足，爱笑，笑起来就露出一对虎牙。再来吧，来了就找小张。小张笑。不着急，一会儿开车送你们上山。又笑。笑了，虎牙就藏不住。当晚坐小张的车返回。路上有车灯，月钻进了云里。

白天见到的沂山姑娘，白衣黑裤，长长的发辫，极素净。听她讲作为古齐国的南疆，沂山镇原来叫做大关镇。听她讲北京的地坛就供着东镇沂山。听她讲泰山有遥参亭，沂山有草参亭。这里有个村庄就叫草参亭村。建于东汉84年的沂山法云寺，仅仅比洛阳白马寺晚16年，无愧齐鲁第一古刹。位列临朐古八景之一的百丈瀑布自然要提及，"百丈素崖裂，四山丹壁开。龙潭中喷射，昼夜生风雷。但见瀑泉落，如从云汉来"，她拈来李白的百丈瀑布诗。这些，护林员小张知道吗？后来，我见到了山下的那个村庄，上寺院村隐在一片郁郁的丛树中。

次日夜，几人相约再行。出来时，忽觉有星点的雨，以为无碍。说好了按昨晚的路线走。带路的还是从前的那个，依旧着了外衣，晃动着手电，光圈硕大，在路上照出老远。失了朦胧的月，到处黑影憧憧，山顶上的树怎么看也与昨夜不同。走出去不远，豆大的雨点落下。中途遇见两人，事先说好了去瀑布，没找到人折回的。谈话间，骤雨如密鼓，众人无处躲藏，寻桥边一株大树下站定，望着这场突如其来的雨，不知所措。谁也未曾料到，一会儿工夫，雨停了。站在树下的人不晓得该折回，还是继续。片刻，月亮出来了。远远地看，月亮原来就住在山坡上。定定地站在树下看月亮，月亮里住着什么，住着一座山，还是人影儿？

夜里的山，静。山里的夜，凉。风声响起，还有满池的蛙声阵阵，此起彼伏。小张远了，玉竹远了，瀑布远了，一行人离灯光愈来愈近。夜晚的灯光驱使脚步的行进。但是今夜，我只想如一滴雨融入沂山。今晚的月色真美。有了月，与山而言，灯光是多余的。雨停了，参鸟又出现了，仔细听，真的是像扭动的车轴，一声又一声，吱扭扭、吱扭扭地响起。

图书在版编目（ＣＩＰ）数据

视线 / 也果著. -- 武汉：长江文艺出版社，
2016.11
ISBN 978-7-5354-9121-3

Ⅰ.①视… Ⅱ.①也… Ⅲ.①散文集－中国－当代
Ⅳ.①I267

中国版本图书馆 CIP 数据核字(2016)第 219698 号

责任编辑：沉　河　谈　骁　　　　责任校对：陈　琪
封面设计：吴亦童　　　　　　　　责任印制：邱　莉　胡丽平

出版：　长江出版传媒　　长江文艺出版社

地址：武汉市雄楚大街 268 号　　　邮编：430070

发行：长江文艺出版社

电话：027—87679360

http://www.cjlap.com

印刷：武汉市首壹印务有限公司

开本：640 毫米×970 毫米　　　1/16　　印张：19　　插页：2 页
版次：2016 年 11 月第 1 版　　　　　2016 年 11 月第 1 次印刷
字数：256 千字

定价：39.00 元